U0044283

地獄公寓

THE INFERNO APARTMENT

卷6 惡靈的真相

【最終章】

黑色火種——著

主要人物介紹

李　隱：男主角。網路寫手，一個善良熱情的青年，因離家出走而誤入地獄公寓，又因屢屢通過高難度的血字指示而被公寓的住戶推舉為樓長。他一度懷有要拯救所有住戶的理想，本身有著敏銳的洞察力和推理能力，在每次要執行血字中抽絲剝繭、尋找生路。後來他愛上了嬴子夜，決定只為守護她而努力活下去。

嬴子夜：女主角。大學物理老師，早逝的父母都是教授學者。她性格堅韌，冷靜睿智，外表冷漠卻內心善良。在她進入地獄公寓後，發揮其過人才智，連續通過幾次血字，對李隱日久生情。多年來一直暗中調查小時候母親離奇死亡的真相，最後發現，這個事件和公寓有著千絲萬縷的連繫……

深　雨：詭異孕育的「鬼胎」，因為怪異悲慘的人生經歷，被人們所厭憎和歧視，故而悲憤厭世、思想極端，擁有著可以提前畫出與公寓血字有關的場景的預知能力。她利用預知畫來誘惑、操縱公寓住戶，被稱為「惡魔之子」。

柯銀夜：智商不遜於李隱、嬴子夜的住戶，一直深愛著與自己沒有血緣關係的妹妹銀羽，在得知妹妹受地獄公寓控制後，毅然跟隨她主動進入公寓。他對愛情極其忠誠，即使知道銀羽並不愛自己，卻依然義無反顧、不求回報地守護她。

柯銀羽：被柯銀夜一家收養的女孩，與哥哥銀夜手足情深。在一次和男友阿慎約會的途中進入了地獄公寓，她在公寓裏一直受到銀夜的悉心保護，但心裏仍然掛念著已死去的男友。她智商很高，感情細膩。後來得知她的親生父母以前也是公寓的住戶。

主要人物介紹

上官眠：外表為十六歲可愛女孩，實為西方「黑色禁地」組織的頭號殺手。因得罪勢力龐大的埃利克森家族而逃亡到中國，意外進入公寓。由於從小就活在生死之間，死亡對她來說反而是最親近的事物。

卞星辰：跟隨著哥哥卞星炎從美國來到中國，一直生活在優秀哥哥的陰影下。在一次車禍中受傷導致一隻眼睛失明，開始自暴自棄。無意間救下了輕生自殺的敏。後來他得知了預知畫的事，卻受到深雨的操縱，犯下殺戮的罪行。

楚彌真：李隱大學死黨楚彌天的雙胞胎姐姐，暗戀李隱多年。楚彌真為執行十次血字的公寓住戶，然而始終還處於第十字血字的執行狀態，和弟弟同受公寓詛咒，且楚彌天目前下落不明。

蒲靡靈：惡魔的代言人，詛咒自己女兒敏在六歲的年紀懷上惡魔之子深雨。死後化身更難捉摸的亡靈，在每年五月一日，就會殺掉一個曾出現在深雨預知畫中的人。在各地留下了日記或字條預告住戶關於公寓的資料，但其用意只是惡意的樂趣。

徐　饕：當李隱自我放逐時，公寓分裂為三大派系，分別為以銀夜、銀雨為首的「夜雨盟」，以神谷小夜子為首的「神谷盟」以及以徐饕為首的「聖日派」。「聖日派」宣稱公寓是末日的前兆，唯有通過信從徐饕才有可能獲得救贖。聖日派擴散速度很快，尤其是剛進入公寓的新住戶，不少人都被吸引了，如今人數已經接近二十人，完全可以與兩大同盟平分秋色。徐饕禁止任何派內的人加入兩大同盟，一旦發現，殺無赦！

卷6

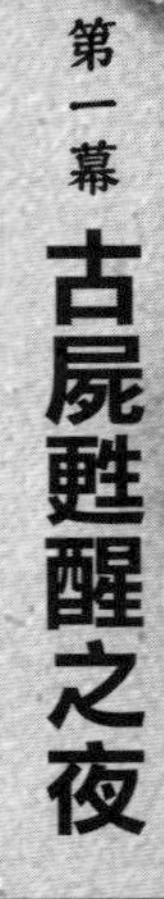

第一幕 古屍甦醒之夜

1 豪門秘辛……10
2 引路燈……27
3 幻影校園……45

第二幕 紅色星期五

4 紅袍狂魔……88
5 蠱師之家……115
6 尋找亡靈……145
7 變臉嬌妻……173

第三幕 蠟像之死

8 冤魂之家……208
9 多了一個……238

目錄
CONTENTS

第四幕 風雨九頭島

10 最後一個血字……268
11 最熟悉的鬼魂……290

最終幕 魔王

12 倉庫惡靈的真面目……314
13 血字總清算……368
14 蒲靡靈的秘密……400
15 地獄契約……422
16 終極倖存者……448

古屍甦醒之夜

PART ONE

第一幕

時間：2011年8月14日23:00 ～ 8月15日03:30

地點：白嚴區國家歷史博物館

人物：神谷小夜子、柯銀羽、風烈海、公孫剡
洛亦晨、林善

規則：規定時限內待在白嚴區國家歷史博物館。
館內二樓6號和9號展廳館各有一具古屍，
將在當晚甦醒並且尋找對方。這兩具古屍
生前是死敵，不相遇時一般不會殺人，一
旦相遇就會變為厲鬼，博物館內所有人都
將在瞬間死去……

地獄公寓

1 豪門秘辛

三名來自五十年前的新住戶的加入，在公寓內引起了軒然大波。

蒲連生的房間是二九〇五室，這個房間五十年來一直空著。他發現房間裏的佈置完全不同了，不止這裏，這個城市的街道、人們的服裝都和以前很不一樣了。

「變了……一切都變了……」以前生死相依的住戶都死了，他的父母自然早就過世了，女兒緋靈也不知所蹤。半個世紀，滄海桑田。

門輕輕地開了。蒲連生回過頭一看，是莫水瞳。

「連生大哥……」莫水瞳走進這個熟悉卻又陌生的房間，「我們只能接受了，不是嗎？影子詛咒沒有開啟，我們活下來了。」

莫水瞳從小就失去了父親，她的童年過得很艱辛，但是，她對生活充滿了信心和希望。她進入公寓的時候，覺得天都塌了，卻咬牙扛了下來。她勸服那些絕望的住戶，讓大家團結一心。以前的公寓住戶都是生死之交，不像現在，公寓要分裂為三個聯盟，聯盟內部還內鬥連連。

蒲連生的心很痛，很痛。妻子死在魔王級血字中，讓他悲痛欲絕。他是靠著生死相依的住戶陪伴，才能挺了下來。他們都是有血性的漢子，就算面臨恐懼，也會互相鼓勵安慰，那些過命的兄弟對他來說還是嶄新的記憶，可現在卻已經是遙遠的過去了。

「我們不該釋放那個惡魔的……」蒲連生說道，「我沒能保護好葉寒，後來我想彌補，可是，卻變成了現在這個樣子。」

「是因為他能夠預知未來，所以你才會那麼做，不是嗎？他可以預知血字，這個能力對我們而言是很重要的。」莫水瞳問道，「三大聯盟都有意讓你加入，你有什麼打算？」

「我暫時還沒有打算。那個叫李隱的前樓長，他提供的很多情報都讓我在意。對了，離厭呢？」

「他出去了。他說，無論如何都要想辦法找到他妻子，也許她還活著。」

白離厭平時略顯陰沉，卻是個面冷心熱的人。他對妻子一往情深，進入公寓時，他的妻子剛生下兒子不久。如今他的兒子應該是五十歲了，妻子也是七十多歲了，離厭該如何面對他們？

「我今天去為父母掃墓了。」莫水瞳說道，「母親在我進入公寓的第七年過世了，她和爸爸葬在一起。我失蹤後，她該有多痛苦……」莫水瞳掩面而泣。她是一個很孝順的孩子，雖然早就有心理準備，還是很悲痛。她看到墓碑顯然已經很多年沒有人來過了，這個城市裏已經沒有認識她的人了。

蒲連生還不知道，他的女兒早就在六號林區被殺死了，而她至死都沒有結婚，也不知道父母的下落。而一切，都是蒲靡靈造成的。這個惡魔的出現改變了一切，所有人的記憶都被他篡改了，他以「蒲靡靈」這個身分而活著，死後化為厲鬼殘殺了無數住戶，蒲家祖屋也成為了鬼屋。

住戶們向蒲連生提出了一個最關鍵的問題：「蒲靡靈封印了魔王是怎麼回事？他不是一個心魔嗎？心魔怎麼封印了魔王？」

然而，蒲連生對此事也是完全不知情。他執行血字的時候，地獄契約碎片只發佈了三張，這之後發生的事情，他根本不瞭解。但是，既然封印了魔王，他內心就有些安慰了。當年的住戶，說不定還有少數倖存者。

住戶們對於當年的倖存者也很感興趣，如果可以找到，就能夠知道魔王級血字的內幕。所以，三大聯盟都要求蒲連生提供一份當年住戶的詳細名單。作為交換，會竭盡全力幫助他們三人執行餘下的血字。

蒲連生沒有猶豫，立刻把詳細名單交給了他們。住戶的數量很多，雖然名字都記得，但是無法全部提供地址。僅僅靠名字和外貌，要查一個五十年前的人難如登天，而有地址的十二個人，原地址全都拆遷了。

在某個空間內，彌天和深雨在一個破舊房屋的門口站著。

「我現在知道畫不出你們的原因了。」深雨說道，「是因為，現在的我和你們共同承擔了詛咒。所以，我無法預知和你們有關的任何事情。」

「什麼意思？」

「我，無法畫出和我自己的未來有關的預知畫。我無法知道自己的未來！」

深夜，蒲連生站在陽臺上，看著天空中的皎潔圓月。始終沒變的，也就只有這一輪圓月了。

「緋靈……你在哪裏……」失去妻子後，蒲連生在世間最重要的就是女兒緋靈了。他還要執行四次血字，才能從公寓離開，現在，他唯一需要考慮的就是這件事情了。

他從陽臺走回一片漆黑的客廳，打算先去睡覺，明天再繼續理清這些紛擾，適應這個五十年後的世界。然而，他忽然有種很不安的感覺，身體不由自主地顫抖了一下！他的第六感一直很強。以前，他就是以這種對危險的直覺，才闖過了一次次血字。

在蒲連生房間的正下方，二十八樓的一個房間，此時有兩個住戶在裏面。其中一個是神谷盟的慕顏慧，另一個是一個有著黑眼圈、頭髮很亂的男子。這個男子是新住戶，也是神谷盟的人，名叫羅俊東。

「姜嵐生怎麼會不見了？」慕顏慧皺眉問道。

「他和我是同一時間進入公寓的，我們交情還不錯。因為沒有多少人認識他，所以他的失蹤也沒有及時發現。」羅俊東非常不安地說，「我想，他……」

「大概是因為不相信影子詛咒，所以不肯住進公寓吧？」慕顏慧有些不以為然，「你也知道，這樣的住戶很多啊。」

「但是……」羅俊東很不安地說，「之前，聖日派也有人莫名失蹤了……」

「嗯，也不光是聖日派，我們認為他們是接到了血字外出，現在，可能是團滅了……也有可能是集體離開公寓想挑戰影子詛咒。」其實慕顏慧也有些不安，最近失蹤的人太多了。

「李隱、銀夜和神谷小夜子都放棄了殺上官眠，難道是因為這個？」這句話當然是慕顏慧在心裏說的，萬一這個房間裏有竊聽器，被上官眠聽到了，她就死定了。

李隱莫非是懷疑公寓內部出現了會讓公寓住戶失蹤的某種力量，所以才決定暫停聯盟內鬥的？但是，公寓是絕對不會有鬼進入的啊！住戶們相信這一點，就像相信太陽一定會從東邊升起一樣。然而，真的有保證嗎？公寓本身，不就是個最大的鬼屋嗎？

慕顏慧咬緊牙關說：「我去和神谷小姐談談。」這時，她忽然感覺背後有一股森冷的寒意襲來。

接著，房間裏變暗了！她看到，羅俊東的身後出現了一個黑影！

那個黑影在窗外月光的照射下，露出了真容。然後，那張臉急速發生變化，最後化為了一個極度扭曲恐怖的形象！

「你……你……」慕顏慧駭然不已。羅俊東回過頭，也看清楚了那張面孔，頓時嚇得魂飛魄散，當場昏了過去！

慕顏慧意識到，要馬上逃走！然而，那個鬼影的身後是大門！要衝出去必須經過那兒！她立刻衝進了臥室，把門鎖上，跑到臥室的陽臺上，看著旁邊的陽臺，距離很遠，但是中間有一個空調外機，如果踩在上面，或許可以過去！

她抓住陽臺欄杆，伸出腳去。看著樓下，她臉色發白。這裏是二十八層，摔下去絕對是當場死亡，公寓的自癒力只有執行完血字才有效。可是，現在不逃出去，就必死無疑！天啊！公寓裏為什麼會有鬼?!那個人，為什麼會變成鬼?!

慕顏慧的右腳踩在空調外機上，一隻手抓住欄杆，另外一隻腳也踩在欄杆上！此時她恐懼到了極點，哆嗦著把兩隻腳都踩到了空調外機上。

然而，空調外機下面忽然伸出一隻手，將她的腳抓住，向下拉去！

慕顏慧腦子裏一片空白！她試圖去抓牆壁上凸起的空調外機，可是墜落的速度太快，根本就抓不住！不……不……不！

她的身體終於重重地摔在水泥地上，鮮血從後腦不斷流出。她眼神呆滯地看著天空，已經斷了氣。她身下的水泥地面上，很快出現了一個黑色大洞。洞越來越大，一隻手從洞裏伸出來，一把將她的屍體拖入黑洞中！然後，黑洞消失了，水泥地面恢復如常。

與此同時，在公寓某個房間的牆壁上，黑洞浮現而出，一個人走了出來。而這個人的面孔，已經恢復成了平時所偽裝的那名公寓住戶的樣子。任何住戶看到這個人時，都不會懷疑這個人早就已經死在了倉庫裏，更不知道，這個人已經成為了索命死神。

八月裏，已經死了三名住戶。還可以再殺死七個人！

蒲連生打開房門，看了看走廊。剛才那種不安的感覺依舊縈繞在他的心頭。

「是錯覺吧？這個公寓是絕對安全的，住戶執行血字回歸公寓，就不會再被鬼追殺了。」他搖了搖頭，「唉，但願什麼事情都沒有。」他將門緊緊關上了。

天南市的一家酒店裏，桐生步未正在看一段小夜子交給她的血字視頻。從夏淵在的時候起，就有不少住戶拍攝了這樣的內容。她現在看的是唐醫生執行魔王級血字的內容，是李隱用蘇朗製作的針孔攝影機手錶拍攝的。

「這是……類似紀實片的恐怖電影？」桐生步未旁邊坐著一個穿和服的年輕女孩，她有一頭略卷的頭髮，面容清秀。「姐，我先去洗澡。你最好不要看這個視頻了。」她發完手機簡訊，就向浴室走去。

這個女孩是桐生步未的妹妹桐生憐，也是小夜子的同胞妹妹。憐和小夜子的生母是桐生家族企業現任總裁的私生女，而且已經去世了，後來她的丈夫離開了桐生家並帶走了小夜子，而憐則過繼給了步未的父親，也就是憐的舅舅。而母親的死，正是小夜子成為偵探的原因。

步未看著憐的背影，又轉向視頻。看著看著，她忽然目光一滯，立刻按下了暫停鍵。

「這是……不是吧？憐一直在研究這段視頻，會不會這個就是線索？等憐洗完澡和她說一下。

嗯，不如先給小夜子打個電話？」她馬上取出了手機，打開電話簿，一時手快，錯按到了慕顏慧的號碼。

公寓裏的那名假住戶剛走出黑洞，忽然，黑洞裏傳出了手機鈴聲。假住戶回過頭去，從黑洞裏取出了慕顏慧的手機來，接通了電話。

「喂。」一個聲音用日語急促地說：「小夜子嗎？那段視頻，那個醫生去執行什麼『魔王血字』的，我發現了一件有點在意的事情，是這樣的……」

桐生憐走進浴室，脫去和服，她的身材和神谷小夜子比還稍顯稚嫩，不過，她的心智比起小夜子，卻是絲毫不弱。擰開水龍頭，舒適的熱水淋濕身體的時候，她終於可以褪去假面了。

對桐生憐而言，世上的親人只有一個，就是姐姐神谷小夜子。充滿算計、只知道金錢的桐生家族，對她來說就是地獄。但是，她卻周旋在這個家族裏，成為了桐生家總裁、也就是她的外祖父最疼愛的外孫女。大家都以為她是沒有心機的人，因為她一直完美地表現出稚嫩天真，並且，她對小夜子的態度一向是很厭憎的。然而，這一切都是假像。

憐至今還記得，在小夜子十三歲、自己十歲的時候，母親桐生綾子胸口插著一把匕首，死在桐生家的豪宅中。而發現屍體的，正是姐妹倆。

桐生綾子是桐生雄二郎的私生女，當桐生雄二郎找到她的時候，她只有七歲。她進入桐生家後，自然受到各種冷遇，卻堅韌地活了下來。她的三個哥哥和兩個姐姐都不喜歡她，尤其是大哥桐生正人，他是最有希望繼承家產的人。二哥桐生裕也還對她稍微好一點。這種寄人籬下的生活過了十幾年，大學畢業後，她提出要獨立生活，桐生雄二郎就安排她在家族企業上班。

柚生綾子認識了一位神社少主持，神谷隆彥。二人相戀結婚，隆彥入贅桐生家，改姓桐生。不久後，綾子生下了小夜子和憐。那段日子，他們一家人過得非常幸福，直到那一天……

新年的煙花放過後，興高采烈的姐妹倆發現了母親的屍體。從那一刻起，她們墜入了地獄。

桐生家宅邸的防盜設備是很先進的。殺死母親的，自然是桐生家的人！有嫌疑的人太多太多了。因為案發時間是在新年凌晨時分，沒有人有不在場證明。時至今日，警方也沒能破案。

深愛著母親的姐妹倆，仇視著桐生家族的偽善者，她們為了找出兇手，可以不惜一切代價。

小夜子對妹妹說道：「外公對爸爸說，他如果要離開桐生家，就不能把我們都帶走。至於是選我還是選你，父親還沒有答覆。」

「我要和姐姐在一起！如果姐姐要走，我也要走！」

「你要留下來。」小夜子堅定地說，「我們一定要找出殺害母親的兇手，不是嗎？因為受到外公的寵愛，所以母親很受嫉妒。你留在桐生家，因為大家一直都認為我非常聰明，他們對我會很警惕，可是善良天真的你，可以降低他們的警心。不管要用多少時間，我們一定要找到真凶，然後一起殺了他！從今以後，你要表現得很討厭我，和我無法和平相處的樣子。我會裝出嫉妒你可以留在桐生家的樣子，然後一直和你爭吵。只有我們表現得互相憎惡，才能讓他們不懷疑你。我需要你提供情報，而我一定要成為偵探，無論付出多少代價！」

桐生憐永遠無法忘記，姐姐那一刻冷酷的眼神，所以，她答應了。沒有可以相信的人，身邊每個人都有可能是兇手。誰都有可能在觀察自己、算計自己，甚至想殺死自己。

熱水不斷淋灑，憐的內心卻越來越冷。她現在很害怕。當她從姐姐口中得知了公寓的存在，知道姐姐被詛咒時，她真的很害怕。

洗完澡後，憐發現房間裏空無一人。桌子上放了一張紙條：「憐，我要出去一趟，不知道什麼時候回來，你先睡吧。」

憐心裏忽然有了一絲不安。步未的確是真心把自己當成妹妹的，可是，她也同樣可能是兇手。雖然案發的時候步未只是個孩子，但是一直被父母灌輸著厭惡綾子的念頭，誰能保證她不會動手？步未表面上對小夜子很客氣，但是內心其實也對她始終懷疑自己父母是兇手的想法很不以為然。但畢竟她是憐的姐姐，也是自己的表親，所以步未從未給過她難堪。

此時，步未來到了已經成為無人區的公寓周邊地帶。現在已經是凌晨一點了。本來她不打算那麼晚來，但是，因為是小夜子的事情，她還是來了。

當初，憐被過繼給父母，成為自己的妹妹，步未是有過排斥的。但是憐太純真可愛了，所以步未後來接受了她。雖然步未知道小夜子對憐很嫉妒，而憐則因為父親選擇了小夜子而心懷怨懟，不過畢竟血濃於水，步未相信，憐還是需要小夜子這個姐姐的。

只是，小夜子的生父神谷隆彥太薄情了，離開桐生家不久就續了弦，多年來和桐生家斷絕關係，很少來看望憐。所以，對於這位姑父，步未始終沒有好感。

這時，步未聽到身後有腳步聲，連忙回頭說：「小夜子嗎？我……」身後卻一個人也沒有。

她忽然打了一個寒戰。這條馬路太冷清了，一個人、一輛車都沒有。她不禁左顧右盼起來，卻根本沒有發現，一張森然可怖的面孔從她的後背緩緩露出……

在那個不知名的遙遠異度空間中，火車徐徐地在空曠的平原上行駛。鏽跡斑斑的鐵軌不知通向何方，兩邊是一望無際的平原，空中永遠也沒有太陽。

彌真在筆記本上記錄著目前所有的線索，正在推理。現在，雕像到了彌天手上，她相信彌天會保詛咒。

護好那個雕像。她感應到，下一次詛咒的來臨越來越近了。如今的情況是，她也會遭受魔王級血字的詛咒。

「引路燈的火種，必須在下一站去找。」身旁的他開口了，「最近，火種已經不好找了。」

「嗯……是啊。」彌真看向旁邊空座位上放著的紙燈籠。有了這個燈籠，才能保證在這個空間中不迷失。引路燈是蒲靡靈在日記紙上告訴他們，並在那個惡靈建築中獲得的，只有一種類似鬼火的火種，才能夠點燃引路燈。當務之急，就是要獲取新火種！

翌日，新血字發佈了。

「八月十四日二十三點三十分至八月十五日三點三十分，待在白嚴區國家歷史博物館內。三個月前在天南市漢代古墓出土的兩具古屍，分別陳列於館內二樓六號和九號展廳。這兩具古屍將在當晚甦醒，並且尋找對方。這兩具古屍生前是死敵，不相遇時一般不會殺人，一旦相遇就會變為厲鬼，博物館內所有人都將在瞬間死去。館內一樓四號展廳有兩盞古老的燈籠，叫引路燈。引路燈的火種是類似於鬼火的白色火焰，能夠燃燒五分鐘。持有引路燈時，一旦有鬼出現在三十米範圍內，火焰會變為黑色，引路燈也會引導鬼跟隨持有引路燈的人，火種滅後，這一效力就會消失。館內共有九個火種，一旦用完就無法再使用引路燈。」

執行這一次血字的人，是神谷小夜子、柯銀羽、風烈海、公孫剡、洛亦晨和林善。

三個月前，考古學家在市郊一處新出土的漢代古墓中，發現了兩個保存完好的棺木，其中是一男一女兩具屍體，從衣著上判斷，男屍地位顯赫，但古屍的身分還在考證階段。

這個血字和送信的血字很相似，只是上次是兩個死後依舊相愛的鬼，而這次卻是死後依舊互相憎恨的鬼。二人互相憎恨的緣由無從得知，而如何進入戒備森嚴的博物館，倒不是問題，公寓會排除一切障礙的。

「必須兵分二路。」神谷小夜子說道，「這一次，顯然是要分開住戶，提供了兩個引路燈。我估計，手機通信不會有問題。我們要搞到博物館每一個樓層的平面圖，進行詳盡研究。」

「我同意神谷小姐的看法。」柯銀羽贊同道，「這一次血字，提到『不會輕易殺死活人』，這是在鼓勵我們接近鬼魂，並引開兩個鬼。當然，這其中可能有陷阱，但是，鬼一旦相遇就是瞬間團滅。因此，我們兩路人馬要一直交換情報，絕對不能讓兩個鬼有相遇的機會！」

神谷小夜子又說：「鬼進入三十米範圍內，鬼火就會變成黑色。這意味著很可能是無形的鬼。」

「我們直接進入展廳嗎？」林善發怵了，「開什麼玩笑？」

「只要有引路燈就可以活下來，不是嗎？」柯銀羽說，「你仔細看，是在夜間醒來，並不是血字一開始就會醒來。而且，也沒有說會同時醒來。這意味著什麼，不用我解釋了吧？」

林善只好點頭。他和凱特進行了肉體交易後，一直害怕自己的背叛行為會被拆穿。他是夜羽盟的人，卻將情報出賣給神谷盟，一旦暴露了，會被三大聯盟排斥出去的，雙面間諜可不是那麼好做的。

「我只要看過一次平面圖，就可以全部記住。」風烈海說，「其實我也可以先到博物館去，把每條路走過一遍……」

「不，不要去。」柯銀羽立刻反對道，「你別忘了夏淵的教訓。你是這次血字中最為重要的人物，因為你的記憶力不會出錯。對平面圖的熟悉是關係性命的大事！」

符靜婷今天就要出院了。多年積累的劇毒讓她的身體很虛弱，經過長時間休養，終於恢復了一些。她是個非常嫺靜溫雅的女子，和她那個變態殘忍的哥哥完全不一樣。這段時間，她和慕顏慧的關係也越來越好。得知戰天麟和凡雨琪都已經死了，符靜婷痛哭了一場，慕顏慧一直陪伴她、安慰她。

但是，今天慕顏慧卻沒有來。整理好東西後，符靜婷在病房門口看到了神谷小夜子。

「慕醫生她……」

「她今天沒來上班，我也不知道她去了哪裏。」神谷小夜子看著已經開始恢復神采的符靜婷，說道：「上官眠以後可能還會需要你的才能，你最好不要離開這個城市。慕醫生沒有聯繫你嗎？」

「沒有。好奇怪。」

「你最後一次見到她是什麼時候？」神谷小夜子追問道。

「昨天她還來上班了啊，說今天會來為我慶祝出院的。」

「她當時有沒有什麼奇怪的地方？」

「你為什麼這麼問？上官小姐說要解析我哥哥的毒藥、讓我協助她的時候，我就意識到，你們這些人背後肯定有可怕的事情。究竟是怎麼回事？你們想利用我哥哥的毒藥做什麼？」

「回答她。」一個冷冷的聲音傳來。只見上官眠猶如幽靈一般出現在符靜婷身後，她的頭髮已經剪短了，表情機械而冷酷。

神谷小夜子身體一震。符靜婷驚恐地回過頭說：「你……你到底……」

「回答她。我不喜歡重複同一句話。」上官眠的恐怖武力，是曾經在符靜婷面前展現過的。符靜婷臉色蒼白，囁嚅著說：「我看不出來，慕醫生的樣子沒有什麼奇怪的。」

一個小時後，市中心的一家日本料理店裏，神谷小夜子和桐生憐對坐著。小夜子說：「昨天晚上發生的事情，務必詳細告訴我。」

「那個叫慕顏慧的醫生也失蹤了？」桐生憐托住下巴，姿態很優雅：「昨天晚上同一個時間，步未不見了。」

「不光是她，還有一個叫羅俊東的住戶也不見了。步未在國內絕對沒有認識的人，而她認識慕顏慧，也有她的手機號碼。如果說這是巧合，未免也太巧了一點。」

「姐姐。」桐生憐露出擔憂的神色，「你現在很危險！接連發生這樣的事情……」

「住戶陸續失蹤絕對不會是意外，公寓一定是出了什麼問題。」

「那你要怎麼調查？我一定會竭盡全力幫助你的！」

「你什麼都不要做。只要幫我調查楚彌真和那段視頻就可以了。你是我妹妹，我不能讓你捲進這些事情來，否則怎麼對得起死去的母親？哪怕在最壞的情況下，至少你也要是安全的。就算找不出殺死媽媽的兇手，你也要活下來，憐！」

「姐姐，你是我在這世上唯一相信和依靠的人！我怎麼可以眼睜睜地看著你死？對了，這是我在京都神社求的平安御守。」憐把御守遞給小夜子，「求你不要死，姐姐，否則我就是孤單一人了。」

小夜子接過御守，緊緊地握住了憐的手：「我當然不會扔下你不管的，我會盡力活下來，我要找到殺死母親的兇手，然後讓那個人進入這個公寓！」

日本京都市的一個神社前，站立著一男一女。男子面容英俊、身材挺拔，提著一個旅行箱，女子一頭長髮、身穿粉色和服。這兩人正是神原雅臣和神谷小夜子，他們一下飛機就立即趕到了這裏，而返程機票也已經訂好了。

「小夜子，」雅臣看向一臉決然的小夜子，「現在，我們……」

「至少要再見父親一面。」小夜子冷冷地說，「我一定要問問他，他真的完全忘記母親了嗎？」

桐生綾子當年因為深愛神谷隆彥，沒有接受父親為她安排的婚姻，但是，她去世後，神谷隆彥很快就帶著小夜子離開了桐生家。桐生家族裏一直有傳言，說他接受了交易，條件是以後永遠不再追查綾子的死。

神谷神社的面積不算大，這是昭和時期建的神社。他們進入神社時，一眼就看見了一個穿著黑色和服的中年女人，打著一把遮陽油紙傘。而她看到小夜子，露出驚訝的神色來：「小夜子！還有……神原先生？」

雅臣連忙鞠躬道：「神谷夫人，之前打擾了。這一次……」

小夜子打斷了他的話：「我想見父親。他在神社裏吧？」

這個中年女人正是神谷隆彥喪妻後續娶的森本信乃夫人，婚後改名為神谷信乃。這位繼母和小夜子的關係一直非常微妙，而小夜子因為偵探的工作，長年東奔西走，在家的時間也很少。

「你回來了……」信乃夫人緩緩走過來，伸出手剛想去摸小夜子，小夜子卻冷冷地問：「父親在哪裏？」

信乃夫人的眼中閃過一絲黯然，握著油紙傘的手微微垂下，回過頭看向臺階上方的神社，說道：「你父親應該是在院子裏照顧那些花吧。」

神谷神社目前完全由小夜子做偵探的收入來支撐，所以，說神谷隆彥收了桐生家的錢，看來是不太可能的。

院子裏，一個頭髮已經有幾分灰白的中年男人正在修剪花木。小夜子走近他時，他身體一頓，隨即回過了頭。

「小夜子……」神谷隆彥站起身，剛想說什麼，卻看到了小夜子身後的雅臣。

金魚在水池裏嬉戲。一截竹管緩緩傾斜而下，水緩緩從竹管內流出。陽光灑在池水上，粼粼閃光。

「果然還是神社的蕎麥麵最合我的胃口。」小夜子雙手合十道，「我開動了。」

神谷隆彥露出一絲欣慰的笑容：「不過，沒有你母親做得好吃吧。」

小夜子拿筷子的手顫了一顫。

「我聽說現在憐在中國。你和她見面了吧？」

小夜子咽下一大口蕎麥麵，抬起頭說：「爸爸偶爾也會關心憐的事情啊，難得。不喝些酒嗎？」

「伯父，我來吧。」雅臣立即伸過手來，將裝著酒的罐子拿起，把神谷隆彥的杯子倒滿，又看了小夜子幾眼。

「憐不能原諒我吧？」神谷隆彥苦笑道，「不，應該說，你們都無法原諒我吧？那麼多年來，我都沒有去為你們的母親掃過墓，也從來沒有去看過憐。」

氣氛有些僵了。神谷隆彥端起酒杯，喝了一口，說道：「你應該很快又要走了吧？」

「我買了傍晚回中國的機票。」小夜子波瀾不驚地說，「這次的委託比較難辦，我會在中國待很長時間。」

「是嗎？這樣啊。」

小夜子將筷子放下，看了看在獨自小酌的父親和他面前幾乎沒怎麼碰過的蕎麥麵，說道：「你根本無法融入桐生家吧？不，應當說你早就厭倦了入贅桐生家的生活吧？」

神谷隆彥沒有回答，雅臣則有些驚訝。

「這是我的推理。其實，還有一種可能，不過，沒有證據支持，我對憐也沒有說過。現在，我想親口問你。你還記得母親嗎？你已經徹底忘記母親了吧？」

神谷隆彥的手緊緊攥著，開始喘著粗氣：「你問這些，又是什麼意思？她已經死了，已經過去那麼多年了，再談這些有意義嗎？你說我厭倦了？也許吧。我不想再和桐生家的人扯上任何關係了！」

這就是神谷隆彥的回答。小夜子倒滿一杯酒：「是嗎？那好吧。」她舉起杯子，一飲而盡：「我想問的話已經問完了。你已經徹底忘記母親的話，我也就不再需要你了。喝過這杯酒之後，你和我再也沒有關係了。蕎麥麵很好吃，可惜，以後再也吃不到了。雅臣，我們走吧。」

「別再去調查桐生家了！你放棄吧，小夜子！」

小夜子回過頭來，見到父親的手攥得緊緊的，顯得更加蒼老了。「我當然知道很危險。」她冷笑道，「但是，我和你不同。只要能查出殺害母親的兇手，我可以付出任何代價。如果會放棄，我從一開始就不會做。」

離開神社的時候，小夜子沒有回頭。

「不問問你父親，是否知道什麼內幕嗎？」雅臣還是壓抑不住好奇地問道。

「能查到的事情我早就查到了。桐生家有怎樣遮天的手段，我是很清楚的。所以，我根本不指望能夠用法律制裁兇手，從進入那個公寓開始，我就決定，要用公寓來制裁兇手！」

日暮西山，神谷隆彥和神谷信乃並肩站在神社大門前。

「她不會回來了。」神谷隆彥的身體在顫抖，似乎隨時會倒下：「她和她母親一樣倔強。就算知道前面是多麼可怕的道路，還是要走下去。」

信乃夫人握住丈夫的手，說道：「就這樣置身事外，看著她去做這樣危險的事情，真的好嗎？你有絕對不會後悔的自信嗎？」

神谷隆彥沒有回答，他也無法回答。這個世界上有很多事情，可能無論怎麼選擇，都是錯誤的。多年來，他一直希望忘記這個噩夢，想永遠和桐生家劃清界限。

那一天，他的岳父、桐生家的家主是這麼回答他的哀求的：「兩個孩子必須留下一個，這是我的底限。綾子是我珍愛的女兒，我一定要讓她的血脈留在桐生家。」

現在想來，把一個孩子留在桐生家，只是便於監視罷了。對於這起殺人案，桐生雄二郎首先考慮的就是掩蓋。從某種意義上來說，殺死桐生綾子的是桐生家族全體成員。動機也很明顯，是為了不讓桐生家的財產落入桐生綾子手中，沒有人希望和一個私生女分享遺產，更何況，她極有可能獲得較多的遺產。

小夜子登上了飛機，雅臣卻留在了日本。不久後，憐也會回日本，他必須和憐一起去調查楚彌真在待日本期間的所有線索。

2 引路燈

二〇一一年八月十四日，晚上十點。天南市國家歷史博物館的防盜系統忽然癱瘓了，負責巡夜的保安人員也都莫名其妙地擅離職守了。

住戶們從地鐵站出來，就看到了博物館。這座博物館建成四十年了，有五層樓，占地面積超過兩萬平方米，周邊有著許多綠化帶。而現在，博物館附近幾乎空無一人。這裏是市中心啊！現在才十點多，居然人就這麼少了？

柯銀羽不禁搓著手說：「我在想，如果那個公寓有需要，是不是可以讓整個地球都空無一人？」

「我們走吧。」站在最前面的小夜子邁開步伐，臉上滿是決然。這是小夜子的第五次血字指示，這將是血字的一個分水嶺，如果度過了，以後就可以瞬移回公寓。但是，這次血字有柯銀羽在，她是第八次血字了，這個難度在公寓是史無前例的。這個情況，讓這次血字中的其他住戶惶恐至極。

這次分組，是小夜子和公孫剡一組，柯銀羽和洛亦晨、林善一組。風烈海會跟隨哪一組呢？雖然每個人手裏都拿著平面圖，但是，一邊跑一邊看圖的效率自然很低，有了風烈海就不一樣了。更何況情況瞬息萬變，風烈海的存在至關重要！

「他跟著我吧。」小夜子說道，「我是第五次血字，危險程度會比第八次的柯小姐危險，所以，讓他跟在我身邊比較好。」這個理由讓人無法辯駁。

「我們會隨時保持聯繫的。」小夜子又說，「你們也不算吃虧。現在距離血字開始還有一段時間，柯小姐，關於白天提起的那件事情，我想再和你談談。」

柯銀羽卻搖頭說：「別說了！我認為那根本就不……」

「公寓發生了某種變化，有那麼多人陸續失蹤，你還能忽視嗎？」

柯銀羽大聲反駁道：「他們肯定是不想死在公寓內，所以在外面自殺了……」

「那麼，屍體呢？」小夜子一針見血地指出了漏洞，「如果這些人都是自殺的，怎麼會一具屍體都找不到？我聯繫過他們的家屬，他們是失蹤了！一定是公寓發生了什麼變化！」

洛亦晨有些反應不過來，問道：「難道是血字的某種變化嗎？這和上次那個血字的『超出掌控』有關係嗎？」

公孫剡卻想明白了，這個心思縝密的檢察官說出了一個恐怖的推理：「那些住戶是被公寓吞噬掉了！」

「胡說八道！」柯銀羽越來越激動了，「什麼公寓吞噬了住戶？也許，對，他們一定是去執行了魔王級血字！執行魔王血字的人屍體會墜入異空間，所以找不到！」

「我不認同你的觀點，柯小姐。」公孫剡搖頭道，「魔王級血字是可以讓其他住戶跟隨的特殊血字，而目前失蹤的住戶，幾乎都是沒有執行過一次血字的新住戶。他們會就這樣一個人獨自去執行魔王級血字嗎？怎麼也會叫上盟內很有經驗的人一起去吧？就像蒲深雨那樣的人。」

公孫剡很理解柯銀羽為什麼如此激動。如果連公寓內的安全都無法有保障，住戶最後的避難所都要崩潰的話，所有人都要萬劫不復了。那麼，就算現在拚命執行血字，只怕也無法保命！

「我和李隱已經談過這件事情了，他也認為我說的有一定道理，同時懷疑是否和倉庫的消失有關。」柯銀羽說道。

一直沉默的風烈海開口了：「這和倉庫又有什麼關係？」

「倉庫為什麼突然消失始終是個謎。三個聯盟一直在研究如何重開倉庫，詢問蒲連生後得知，五十年前也出現過倉庫，所有道具都和現在的一樣。總結了道具出現後的血字，我有了一些發現。」

在公寓二十九層，蒲連生正在詳細回答李隱的問題：「道具出現後，大夥兒都非常高興。奇怪的是，離厭居然一直不使用道具。而大家使用了道具之後，血字的死亡率反而上升了，全員死亡的血字次數也增加了。」

李隱看向白離厭，問道：「白先生，你當時為什麼沒有使用道具？」

「我感覺很邪門。」白離厭如實答道，「尤其是那些古怪的符咒、鏡子。為什麼突然給我們那麼好的東西？我就沒有去用。」

「對倉庫的消失，你們有頭緒嗎？」李隱又問道。

蒲連生搖頭道：「我們在執行那個血字並來到五十年後的世界之前，倉庫已經出現四個月了，並沒有消失。」

「你們對於道具有沒有產生過懷疑？」

「當然有，可是，一直查不出來。而且因為血字的難度越來越高，大家肯定會去取用道具的。」

蒲連生忽然問道：「我聽說，公寓陸續出現了失蹤者？是因為這個，才讓你們和倉庫的消失聯繫到了一起？」

「目前只是推測。不過注意到這件事的人越來越多了。」公寓裏已經不安全了，住戶們開始意識到了這一點，可以說是人心惶惶，很多人因此搬到公寓外去住了。

此時，在十四樓的走廊上，發生了一場暴動。

「啊啊呀呀呀呀呀——」一個彪形大漢拿著一根棍子，踢開了銀夜的房間，只見銀夜和羅十三正在屋裏。彪形大漢舉著棍子吼道：「都有那麼多人失蹤了，到底是怎麼回事！不是說加入夜羽盟就會保護好我們的嗎？不是說公寓裏面沒有鬼、絕對安全的嗎？你們在放屁，老子做了你們！」彪形大漢舉起棍子就衝向銀夜。

不等銀夜有動作，羅十三已經一步衝上前，他抓住棍子，又一把按住彪形大漢的腦袋，狠狠砸到牆壁上！隨後，一腳踢中他的腹部！

羅十三冷冷地對身後的銀夜說：「這次算你欠我一次人情。」

銀夜走到大漢面前，很鎮定地說：「這樣下去不行。必須儘快查出這到底是怎麼回事。我們沒有上官眠那樣的武力，假如住戶大規模暴動，根本無法鎮壓！」

六名住戶手裏拿著博物館平面圖和介紹館藏品的小冊子，踏進了館內極為寬敞的大廳。館內一層與二層之間沒有完全隔斷，挑高近二十米，懸掛著著名書法家的巨幅作品。在一層已經有不少展品，當然，重要的展品都在樓上。

柯銀羽說道：「我們先不忙著分開，一樓有一間監控室，可以監控各個展廳。如果我們進到那裏，可以基本掌握館內的情況。當然，影像本身可能就有靈異現象。」

大家都很贊同，目前並不知道古屍的具體甦醒時間，如果能掌握住古屍的動向，就能爭取主動。血字中說的「不會殺人」完全是文字遊戲，沒有一個住戶把這當真。不殺人也叫血字？肯定有陷阱。但是，他們必須去接近那兩具古屍。因為一旦兩個鬼相遇，館內所有生靈會瞬間死亡。「瞬間」意味著什麼？意味著沒有任何轉圜餘地，意味著團滅！這一次血字極有可能團滅，這也符合第八次血字的難度。

兩具古屍出土時是合葬的，似乎是很親密的關係。但是，如果那麼親密，為什麼會有死也不休的仇恨呢？還是說，這是殉葬，所以被犧牲掉的女屍心懷怨恨？住戶們也考慮過那些隨著兩具古屍一同出土的文物，但是，那些文物中根本找不到憎恨的原因。

最不合理的，就是雙方都對彼此有強烈的仇恨，卻將這兩個人合葬！天南市是西漢一個諸侯國的領地，從陵墓的規格判斷，男屍也許是諸侯國的貴族。兩千年過去了，死亡也無法終結的仇恨還在驅使著他們，要用這份恐怖的憎恨將自己轉化為厲鬼！

風烈海在最前面帶路，大家都緊跟著他。穿過幾條走廊，前面就是警衛室。此刻，裏面沒有一名警衛，門口敞開著。監控室非常大，有近百個螢幕，顯示著館內各個地方。

「必須找一個人在外面望風。」小夜子指著洛亦晨說：「洛小姐，麻煩你待在門外，有什麼異常情況馬上敲一下門。記住，不要喊。」

目前先要拿到引路燈，同時去尋找火種。看著監視螢幕，也有利於搜尋火種所在。

「引路燈也是這次出土的文物呢，一樓四號展廳……」柯銀羽掃視各個螢幕，忽然瞪大了眼睛！她看到一個螢幕上，有一個長方形展櫃，裏面躺著一具高度腐爛的屍體。屍體的面容無法辨清，而身上穿的正是漢代服裝，這應該就是其中一具古屍。

二樓的六號和九號相距較遠，中間的走廊路線也挺複雜。兩具古屍就算同時甦醒了，要找到對方也需要時間。

「是這兒！」小夜子也鎖定了另外一個螢幕，上面有一個同樣的長方形展櫃，裏面有另外一具古屍。「執行第二計畫！現在古屍還沒有甦醒，我和柯小姐在這兒盯著，你們馬上去找引路燈和火種！一旦有情況，我們立即給你們打電話！手機都要調成振動！」他們已經試過了，在館內用手機通信完全沒有問題。

風烈海驚訝道：「你們都是智者啊，卻留下來……」

「智者自然就是坐鎮後方、運籌帷幄的，衝到第一線還叫智者嗎？我們活著，才能幫你們出謀劃策啊。」小夜子振振有詞道，「反正在館內並沒有安全的地方，難道你還怕我們獨善其身嗎？」

於是，風烈海、洛亦晨、公孫剡和林善都去四號展廳找引路燈去了。

他們走後，柯銀羽看向小夜子，問道：「你在打什麼算盤？」

「你這是什麼意思？」

「你以為我看不出來嗎？說是我們留在這兒監視，你真正的目的是想提防我吧？你不希望我和他們一起去！」

「你這話是什麼意思？」

「你我都是一盟之主，何必裝傻？慕顏慧失蹤後，你就意識到公寓出問題了。你現在是不是連我都無法相信了？也對，我們畢竟是倉庫關閉之前就在公寓的住戶，相比之下，他們四個要安全得多。你想在這兒監視我的動向，對吧？」

「你多心了。」小夜子搖頭道，「我這樣做，是因為我們的生命都很重要。」

說著話的時候，神谷小夜子和柯銀羽的目光一點兒都沒有離開監視螢幕。

「算了。」柯銀羽說道，「你做得也沒有錯，懷疑我是應該的。」

風烈海等人進入了四號展廳，很快就找到了引路燈。那是放在一個展示櫃內的兩個很破舊的燈籠。公孫剡上前將展示櫃的玻璃罩打開，當然，防盜系統已經徹底癱瘓了，所以，不管他們怎麼做都沒事。

然後，他們分了組，洛亦晨和林善一組，公孫剡和風烈海一組。目前，在監視畫面中沒有看到火種，所以，他們要兵分兩路去尋找火種。博物館那麼大，誰也不知道在什麼地方。必須要抓緊時間！在古屍甦醒之前！

公孫剡提著燈籠，跟著風烈海快速跑動。他們進入了一個又一個展廳，搜尋白色的火焰。一個展廳裏是秦漢時期的文物，風烈海忽然發現，一輛馬車內正一閃一閃地發著幽光。

公孫剡和風烈海立即衝向馬車，只見車內有一團很小的白色火苗，只有指甲蓋大小。風烈海將手掌輕輕放在火苗下方，竟然感覺到一股寒意。那個火苗就這樣停在掌心上，被風烈海取了出來。公孫剡立即用手機對著白色火苗拍了照片，發給洛亦晨。

此時，他們的心情非常緊張，急於迅速找到所有火種。血字的「瞬間死亡」沉甸甸地壓在每個人的心頭。

洛亦晨收到了公孫剡發來的彩信，驚訝地看到了白色火種。

「太好了！」洛亦晨欣喜不已，「林先生，你看，火種是這樣的！看起來好小。」

林善馬上湊過來一看，頓時呼吸急促起來，激動地說：「那我們也要抓緊了！洛小姐，我們快找！」

洛亦晨的心情其實還算鎮定，畢竟她多年來一直生活在死亡陰影中，家族傳承的詛咒讓她在絕望中麻木了，隨時做好了受死的準備。如今雖然是九死一生，但是畢竟有了生存的機會，她當然會竭盡全力去抓住！洛亦水活過上次血字後，洛亦晨就發誓自己也要活下去，要給洛亦楓做出榜樣來。

監控室裏，小夜子緊盯著的男性古屍的螢幕竟然一下變黑了！似乎是因為窗外的月光被烏雲遮擋住了。而柯銀羽負責的女性古屍的畫面也變成這樣了！

僅僅是短短一瞬間，畫面又恢復了。

然而，兩個展示櫃裏，此時竟然已經空空如也！

「不見了！」柯銀羽不由得後退兩步，隨即撥打了林善的手機！小夜子也馬上打給了公孫炎！

剛剛找到了火種，還在激動的公孫炎接到了電話。

「馬上去二樓！」小夜子的聲音傳來，「鬼開始行動了！」

二樓的走廊路線雖然複雜，但是兩個鬼刻意去找對方，很難保證不會相遇。現在，必須儘快去引開鬼！兩組人立刻行動了！

「二樓……」小夜子的目光不斷掃視著，二樓所有監視螢幕裏只看到了展品，沒有任何鬼魂的蹤跡！

公孫炎和風烈海迅速衝到二樓，直奔六號展廳。風烈海已經將那個白色火苗點在燈籠的燈芯上，一團妖異的火焰逐漸燃燒起來。

沿著走廊一側，二人忐忑不安地前進著。前面不遠處就是六號展廳，而燈籠內的白色火焰還沒有變色。

一枚火種只能燃燒五分鐘，雖然他們不想浪費火種，但是誰也不敢去賭那個「不會殺人」。二人到了六號展廳門口，他們的心臟怦怦直跳，身體有些僵硬了。展廳大門敞開著，裏面也是秦漢時期的文物。這個展廳面積很大，長四十多米，寬近二十米。

風烈海站在展廳中央，提著燈籠向各個方向筆直走著，火焰依舊沒有變色。如果他們無法成功地引開鬼，火種燒完後，就很危險了。

洛亦晨和林善繼續尋找火種。無法點燃引路燈的話，去了九號展廳也是找死。

監控室裏，小夜子和柯銀羽都目不轉睛地盯著螢幕，在六號展廳裏只看到了公孫剡和風烈海。

「那兩具古屍不是僵屍……」銀羽忽然喃喃道，「我們想錯了，他們是非物質的真正鬼魂體！連攝影機都無法拍攝下他們。」

「立即離開六號展廳，去外面找！」小夜子對著手機說，「風烈海你熟悉路！九號展廳的鬼也正在過來！你們一定要引開其中某一個鬼！把它引到頂層去！」

風烈海說道：「可是，神谷小姐……」

「那個鬼也許已經離開六號展廳了！引路燈只能燃燒五分鐘！你忘記了嗎？快！馬上出去！」

風烈海一咬牙，和公孫剡一起衝出了展廳！他們沿著走廊飛奔，到了一個轉彎處，引路燈的火苗變黑了。五分鐘已經過去了一大半！

他們立刻停住了腳步，隨即向後面跑去！一旦引路燈的火焰變黑就證明鬼在三十米範圍內了！接下來，鬼就會跟著拿著引路燈的人！

公孫剡和風烈海向樓梯跑去！他們的速度越跑越快，因為黑色的火焰開始變小了，能不能撐到頂層都是個問題！一旦火焰完全滅了，鬼就可以殺他們了！

小夜子提出過一個想法，鬼「一般不會殺人」，會不會是指，觸發鬼殺人的條件就是使用引路燈引導鬼魂這一行動？如果這是觸發死路的條件，就算住戶知道這一點，也必須要這麼做啊！

跑，跑，跑！盯著監視螢幕的小夜子緊握雙拳道：「快，快，快啊！快一點！」誰也不知道，他們前往五樓的路上，會不會碰上另外一個鬼！

衝到四樓後，公孫剡和風烈海無比緊張，正要最後衝刺，火焰滅了！對鬼的引導失效了！

風烈海和公孫剡非常驚恐地回過頭，咬牙跑向另外一邊樓梯。風烈海根據腦內記憶的平面圖，迅速在各個展廳間穿梭！

他們知道根本看不見鬼魂，可是，跑動的過程中還是不時地回過頭去看。現在沒有了引路燈，他們的心情越來越緊張！雖然不知道鬼是否尾隨在後，也只能祈禱可以甩掉鬼了。

兩個鬼，現在應該一個在二樓，一個在四樓。九個火種，現在還有八個。而血字才剛剛開始。

洛亦晨和林善還在一樓搜索著，依舊一無所獲。風烈海和公孫剡現在停留在三樓，也繼續尋找火種。沒有火種，他們誰都不敢到二樓去。

「引路燈……」公孫剡忽然說道，「你不覺得，就像是倉庫的道具嗎？」

「對啊。」風烈海點頭道，「我記得有一個道具叫『蹄魘』，有和『引路燈』類似的作用。」

「『蹄魘』？」公孫剡回想了一下，「是哪個類型的道具？」

「是……」風烈海回憶著那個道具櫃子的樣子，他當時的影像清晰得如同照片，即使最微小的細節也不會遺漏。「是詛咒類道具。」

公孫剡忽然想到了什麼，說道：「那你回憶一下，道具中有沒有引路燈？」

「沒有，類似鬼火的倒是有一個叫『蝕火靈燭』。你看……」風烈海拿出一張折好的紙說，「這是我記下來的道具的名字。你是想知道，引路燈是否和道具有關吧？」

公孫剡接過那張紙。「嗯？」他看到剛才提到的『蹄魔』時，赫然發現了一件事情。

「這……這些道具，開頭的字連起來，似乎是一句話！」公孫剡是個觀察力極為細緻的人，他試圖解讀出來。

「一句話？」風烈海大吃一驚，他完全沒有想到過這一點，連忙湊過頭來看。就在這時，他的嘴巴被一隻冰冷的手緊緊捂住了！

「對，真的能連成一句話！詛咒類道具是不死之咒、妖頭咒、大魔頭、鎧魔裝、醜鬼面、蹄魔，這句話是『不要打開抽屜』。攻擊類道具是陰司羅盤、厲魂鐘、面魔、血瘤樹種子、子母鬼旗、蝕火靈燭、假人形，這句話是『因裏面血字是假』。抗性藥物類是悼天血紋、巨蠱、七夜怨血、弒魂朱砂、未來瞳、死腐液、戮影粉，是『道具其實為死路』……道具是死路？還有這一句……」公孫剡悚然地讀出最後一句話來，「鬼魍網、紫紋靴、離域畫軸、幽焚盾、異手、隔世鎖、鬼畫……啊，『櫃子裏有一個鬼』！」

駭然至極的公孫剡猛地抬起頭來，卻發現，剛剛還站在面前的風烈海，此時消失得無影無蹤了！

「風……」公孫剡呆立在原地，解讀出倉庫中隱藏資訊的驚駭還沒有散去，風烈海又離奇消失了！雙重打擊讓他驚得僵立了很久。

等公孫剡反應過來時，他馬上拔腿飛奔！有一個鬼已經進入了三樓！

公孫剡衝過一個個展廳，他的心臟都要爆炸了！跑了一陣子，沒有發現什麼異樣，他才稍稍鬆了一口氣。在血字裏，死去一個人後，一般都要隔一段時間才會再有人死，按理說他暫時還是安全的。

他又想到了小夜子提出過的假設。剛才提著引路燈的是風烈海！難道說，用引路燈引鬼的人，會成為鬼的首選殺戮對象？但是，他很快否定了這一想法，如果是這樣，六個人執行的血字，火種引燃一次死一個人，那九個火種如何用完？這樣的死路太明顯了，難度也過分失衡。

公孫剡進入了三樓的十四號展廳，躲藏在一個展櫃後面，警惕著四周的動靜。作為一個檢察官，他的心理素質非同常人，他很清楚，越慌亂死得越快。

他一手握著引路燈，另一隻手上還抓著那張紙。風烈海的記憶是不會出錯的，道具櫃子裏的確隱藏著這個生路提示，也的確有一個鬼藏在倉庫中！

「櫃子裏有一個鬼」這句話是防禦道具櫃子上的，那麼是那個櫃子裏有鬼嗎？還是其他的櫃子也有？「不要打開抽屜，櫃子裏有一個鬼」，然而，已經有許多住戶打開過抽屜了！這不就意味著，也許鬼已經被釋放了嗎？莫非公寓被鬼侵入了嗎？可是，鬼是無法進入公寓的啊！被釋放出來的鬼去了哪裏？公寓外面嗎？這件事和住戶的失蹤以及倉庫的關閉有關係嗎？

經過推理，公孫剡不得不接受一個現實，那就是——那個鬼已經被釋放了！這段藏頭文不可能是巧合，而且，正如蒲連生所說，倉庫出現後，血字的死亡率反而上升了，這不是和「道具其實為死路」完全吻合嗎？

公孫剡越想越心驚。如果真的有一個鬼時刻在公寓外面不斷殺害住戶，那麼再怎麼執行血字又有什麼意義？就算離開了公寓，是不是也一樣會被追殺？為什麼大家沒有早一點發現這一點呢？

公孫剡拿出手機，打算給小夜子打電話。然而，他又壓下了這個念頭。不！不能打電話！

他意識到了一個問題。如果那個鬼真的出來了，會在什麼地方？只要不在公寓內，在地球上的任何一個角落都有可能！說不定這個時候正在自己身邊！而其他住戶是鬼假扮的，還是真的，怎麼能分辨得出來？這件事情，絕對不可以告訴任何人！

公孫剡打定了主意，如果這次血字可以活下來，回到公寓後，他就立刻去執行魔王級血字！這是在近乎十死無生的殺局中獲得一線渺茫生機的唯一方法！

公孫剡收起手機，不斷做著深呼吸。他必須全力以赴地完成這個血字！「第八次血字的難度……我，我會死嗎？」

自從他進入公寓，對幾位智者一直很依賴。遊戲血字後，他對神谷小夜子很感恩，所以選擇加入了神谷盟。可是，如今已經沒有可以相信的人了。他的腦子裏甚至閃過了最壞的可能性。那個鬼，有沒有可能已經侵入了公寓呢？畢竟，那不是一個正常血字中的鬼啊！

「爸，媽，孩子不孝，也許不能陪伴你們終老了。申娜，希望你幸福。」公孫剡心如刀絞。他所度過的，是雖然有憾、但是無悔的人生。

他現在有兩個選擇，一是回到二樓，二是直奔五樓。不管怎麼做，都是很危險的。而生機，只有找到火種！

他最終下定了決心。上去！找到火種，就有生機！不冒險，小命就要交代在這兒了！

公孫剡健步如飛地衝向樓梯，雖然恐懼已經讓他的身體變得很冷，可是，他必須用最快的速度跑！

他一口氣跑到了五樓，衝進了十九號展廳，然後迅速將門死死關上！他不斷喘著粗氣，看著前面一排排展示櫃，這裏展出的是宋元明清時代的文物。

公孫剡開始在展廳內穿梭，搜尋著火種的微光。如果鬼進入了這個樓層，等待他的就是和風烈海一樣的下場！

他忽然停住了。他看到，一個展櫃裏有一團小小的白色火苗！

找到了！公孫剡疾步走過去，一下將玻璃罩打開，抓住了那個白色火苗。

「太好了……」

然而，白色的火苗突然變得更加陰冷了，他的手都冷得差點放開了！這團漂浮的火苗剎那變成了黑色的！

公孫剡目光一滯。他並沒有立刻把火苗放進引路燈。火種無比寶貴，為鬼引路，最後自己說不定還是會死！引開鬼的同時，就是將自己和鬼綁在一起！

他撒腿跑進了二十號展廳。不遠處有一個樓梯，他要從那個樓梯到四樓去！

此時，他掌心裏的火苗還是黑色的，而且，陰冷的感覺越來越強烈。

公孫剡忽然想到，他現在是不是正在向鬼跑去？可是，回頭也可能是自投羅網啊！而如果使用引路燈，無論走到哪裏鬼都會跟在自己身後，他不想步上風烈海的後塵！

黑色火苗閃動著，而前後左右三十米內沒有任何障礙物。那個鬼，就在自己視線之內，但是，他就是看不見！

沒有選擇了！公孫剡只得把火苗放進了燈籠裏，迅速點燃！

這一瞬間，他感覺自己是開啟了生命的倒數計時。當火苗燃燒殆盡的一刻，他便會迎來最終的絕望時刻！

「找到了！終於找到了！」

洛亦晨驚喜萬分地看著眼前一個展櫃旁邊的陰暗角落，有一小團白色火苗在閃著微光。她幾乎是喜極而泣，馬上蹲下身子，把那個白色火苗捧在手心裏，慢慢地站起來。

「太好了！」林善也是激動萬分，「現在總算掌握主動權了！」

這時，洛亦晨的手機振動起來，她馬上接聽了柯銀羽的電話。

「洛小姐，你們找到火種了嗎？」

「是的，已經找到了！」

「公孫剡現在在五樓，你們馬上到樓上去，找另外一個鬼！快！必須利用燈籠燃燒的五分鐘，拉大兩個鬼的距離！你們一定要小心，風烈海已經死了！」

現在他們並不知道，另外一個鬼是否也在接近上面的樓層。但是，無法牽制另一個鬼的話，兩個鬼隨時都有可能相遇！

洛亦晨連忙向樓梯跑去，林善緊隨在後，問道：「怎麼了？出事了嗎？」

「風烈海……他死了！」

血字開始還不滿一個小時，就已經出現第一名犧牲者了！這怎能不讓他們悚然心驚！

「火種讓我來拿吧？」林善嚇得渾身冷汗，「你，你拿著引路燈就好。」

「你怕什麼。」洛亦晨搖頭道，「火種只要還是白色的，就證明沒有鬼在我們附近。」

他們跑到四樓樓梯口時，洛亦晨發現，掌心的火種變成黑色的了！而此時，公孫剡就在樓上！而且，他也正在向這段樓梯走來！

洛亦晨立即拿出手機打給公孫剡：「你走另外一個樓梯！快！」

事先研究過平面圖的住戶們，對分開兩個鬼的做過許多計畫。雙方都持有火種的情況下，自然要最大限度地分開兩個鬼！

將引路燈點燃後，洛亦晨說道：「接下來，我們執行第三計畫吧！」

公孫剡卻說：「不行，我的時間不夠！引路燈已經燒了三分鐘了！你們快離開這兒！我朝和你們相反的方向走！」

洛亦晨大驚失色，拿著引路燈的手都不穩了。她馬上飛奔起來，林善也緊跟了過去！

快！快！快！

在博物館裏，最大的距離就是館內相對的兩個角。可是，他們這樣能撐多久呢？現在火種已經用了三個，時間卻還沒有過去一個小時。

洛亦晨提著燈籠飛奔，感覺時間過得太快了。那黑色的鬼火讓人心裏森森發寒，隨時提醒著她，鬼就在身後！

她終於衝到了一層。公孫炎目前正把鬼引到博物館頂層的西北角，所以，她要把鬼引到一樓的東南角，是一號展廳！

就在洛亦晨剛踏進一號展廳時，引路燈熄滅了！

林善在看到燈籠熄滅的瞬間，毫不猶豫地拔腿就跑！洛亦晨也知道必須馬上逃跑，不能再等了！

無論如何，現在他們總算爭取到了一點兒時間。兩個鬼暫時被分散到了博物館裏距離最遠的兩端！

「還不能將蠱用於血字嗎？」柯銀夜滿臉焦急，幾乎是咆哮著對羅十三吼道：「如果兩個鬼相遇就會化作厲鬼，銀羽就沒有生機了！那時候，也許我都來不及救回她！那我該怎麼辦?!」

羅十三蹲坐在地上。地板上有一個火紅的轉輪圖案，他的手正觸摸著圖案，神情肅穆。

「蠱是非常恐怖的東西。」羅十三抬起頭說，「如果貿然使用，住戶們會死得更快！難道我不想早一點救心戀嗎？這就是我的顧慮！還不到時候，我還不能夠下蠱。」

「好吧。」柯銀夜無奈地說，「那麼，只要九個火種全部用完了，不管血字過去了多少時間，我就馬上犧牲兩次血字，把銀羽的血字抹掉帶回公寓！」

「你要慎重決定。」羅十三提醒道，「你只能救她一次。這麼寶貴的機會，輕易浪費的話，也許你會後悔！」

「銀羽已經是第八次血字了！就算她這次活下來，能救她的也只剩下第九次血字了！第十次血字和魔王級血字是無法使用這個方法的！最重要的是，我也不能保證能活到銀羽執行第九次血字！」柯銀夜雙膝跪倒在地，「我不能沒有她啊……我這一生都只為了她，我生命的意義就是讓她活下去。只要她可以活下去，我做任何事情都可以！」

羅十三完全能理解柯銀夜的心情。他也有深愛的人，為守護這個人願意付出一切的心情，沒有人比他更能深深地體會。這也是他進入夜羽盟的一個重要因素。

「總之，現在還不能用蠱。但是，你放心吧。」羅十三扶起柯銀夜，「我會竭盡全力的。銀羽能活到現在，她不是等閒之輩，你要相信她。」

博物館的監控室裏，神谷小夜子和柯銀羽大氣都不敢出。

兩盞燈都熄滅後，已經過去十分鐘了，館內還是很平靜。

「可以爭取多久時間呢？」柯銀羽目不轉睛地盯著螢幕，「我們不如只留下一個人在這兒吧？多一個人去找火種，希望更大一些。」

「也好。」小夜子點頭道，「反正螢幕上無法看到鬼。那就我留在這兒吧。你去和洛亦晨、林善會合。」

小夜子給公孫剡打電話：「你無論如何不要到一樓來，鬼可能一直跟著你。反正逃到哪裏也不安全，你先在原地待著。我看著監視螢幕，如果你敢下來，我會馬上讓人去截住你。我可不管你是不是神谷盟的人！」

「我明白。」公孫剡簡潔地答道。

「找到新火種之前，你先忍耐著吧。火種就算找到了也要節約使用。風烈海死去還不到半個小時，你應該沒事的。」

忽然，門又打開了！

「找到新火種了！」柯銀羽走進監控室，「我剛才在走廊上發現了火種！」

「那就好，先不要用，另外一個鬼被公孫剡引入五樓二十二號展廳了……」

然而，當小夜子回過頭來時，赫然看到，柯銀羽手中是一簇黑色火苗！而一瞬間，再度變成了白色的！

柯銀羽頓時臉色大變！

「去找洛亦晨！」小夜子從椅子上跳起來，「那個鬼從一樓一號展廳進入了監控室，到剛才為止一直在這個房間裏！它聽到我的話了，現在，它會到五樓二十二號展廳去！」

3 幻影校園

彌真醒了過來。

「這是……」她發現自己竟然睡在大學宿舍的床上！她甚至懷疑自己是不是還在做夢？

彌真立刻從床上坐起來，揉了揉雙眼，瞪大眼睛看著眼前的宿舍。的確，這是自己大學時的宿舍！和她同宿舍的三個人是千汐月、白秀敏和方靜，現在其他床鋪上還有她們的被子。

而在她的床上，卻多出了一個很殘破的燈籠——引路燈。

「怎麼回事？李隱呢？為什麼我回到了這裏？」

彌真整理了一下思路，她睡著時還在那列火車上，為什麼一覺醒來就變成了這個樣子？一瞬間，她突然明白了。

她和深雨共同承擔了詛咒，也就意味著，此刻的她也在執行魔王級血字指示！這個大學宿舍就是魔王級血字的心魔幻象！

此時正是深夜時分，宿舍內卻空無一人。

如果說彌真有心魔的話，那自然就是李隱了。

彌真提起引路燈，輕輕推開宿舍的門。走廊上很安靜，一切都和以前一樣。她必須儘快想辦法找到火種，否則後果不堪設想。

彌真一直都在懷疑一件事情。夜幽谷那個空間，怎麼看也不像是執行第十次血字的場所。而有那麼多重疊空間存在，難道這些空間全都是過去住戶的心魔構成的嗎？

魔王級血字究竟是什麼樣的存在？心魔到底是鬼魂，還是幻覺？唐蘭炫醫生的死，如果是觸發了死路的話，死路又是什麼？彌天的分身投影，會不會也是一個心魔？

彌真認為自己目前還不會有生命危險。只要那個雕像還在，詛咒就會一直保持平衡。但是，只要三個人中有一個死了，那麼所有人都會死。李隱的情況怎麼樣了？他不會有事吧？

彌真走到樓梯口，慢慢地走下去，出了宿舍樓。金域學院的一幢幢建築在黑暗中佇立著。

「彌真？」一個聲音從身後傳來，彌真立刻回過頭去，看見林心湖端著一個臉盆，欣喜地看著她。

彌真立即警惕地後退。眼前這個林心湖，很可能就是一個心魔。

林心湖走過來，說道：「你怎麼那麼晚還不進宿舍呢？」

彌真毫不猶豫地轉身飛奔起來。她絕對不能夠和對方搭話！而如果這就是心魔的話，接下來等待自己的會是什麼？汐月？彌天？李隱？

還在原地站著的林心湖愣了，她不明白為什麼彌真看到自己就要逃走。她有些疑惑地走回宿舍樓，進入浴室，將臉盆放好，擰開了水龍頭。

「彌真好奇怪啊。對了，剛才進來的時候怎麼沒有看到一個人啊？好怪啊。」林心湖和彌真不是一個宿舍的，但平時經常去串門。

林心湖打開洗面乳瓶子，就要開始洗臉。然而，當她看向鏡子時，整個人如遭雷擊。鏡子裏，林心湖的左臉從額頭到嘴唇的部分，竟然是一個空洞！她嚇得一下坐倒在地，可是，用手去摸臉，竟然毫無痛感！

彌真此時在學校裏漫無目的地走著，她忽然回憶起了過去的一個夢境。黑暗，碎裂的空間，門後無盡的黑暗……那是……那是什麼？

彌真手中的引路燈隨風輕輕地飄著。這個校園，怎麼看都太真實了。她到底要在這個地方待多久呢？

此時，彌真的宿舍裏，她睡的那張床上出現了詭異的空間褶皺。褶皺越來越大，一道道裂縫憑空出現了……

小夜子和柯銀羽向洛亦晨所在方位飛奔而去。目前火苗是白色的，這也就意味著，無法知道鬼的動向了！

在走廊拐角處，她們終於找到了洛亦晨。小夜子一把搶過她手中的引路燈，將火種放了進去！然後，小夜子繼續飛奔上樓，同時還給公孫剡打電話：「去找新的火種！快！」

樓梯在館內各個方向都有，現在根本無法確定鬼的路徑。他們現在只能祈禱，另外一個鬼已經離開了二十二號展廳，甚至離開了五樓。不然，他們就要陷入絕境了！

公孫剡正在四樓，他手裏沒有新的火種，什麼也做不了。而另外一個鬼，正在上來！

現在只有五個火種了！在這長達四個小時的血字中，五分鐘簡直就是杯水車薪！這個血字的生路究竟是什麼？到底怎麼做才可以活下來?!

小夜子在樓梯上跑著，林善、洛亦晨和柯銀羽緊隨在後。然而，火焰還是沒有變黑。他們都陷入了極度恐懼中。

他們跑得雖然很快，但是，也許已經來不及了！每一層樓的面積都很大，如果直衝到二十二號展廳的話，後果不堪設想！

小夜子衝到五樓了，而火焰依舊是白色的。現在，這裏很可能已經有兩個鬼了！

小夜子對身後的人說：「別跟著我！」她迅疾衝進一個個展廳，速度飛快地穿梭著。直到在最後一個展廳裏停住了腳步。

火焰還是白色的！但是，兩個鬼只怕正在不斷接近中！

公孫剡在四樓找不到火種。這時，也來到了五樓！他是從另外一個樓梯上來的，然後直接跑到二十二號展廳門口。

五樓一片死寂。小夜子的身體僵住了。在走廊上奔跑時，她手中的引路燈火焰變成了黑色。而公孫剡此刻就站在她對面。

與此同時，洛亦晨等人還站在樓梯口，焦急地看著眼前的長廊。洛亦晨回過頭剛要說話，卻忽然發現，眼角的餘光中，有一個人從她身邊走了過去！她立刻又回過頭去，然而，眼前還是一條沒有任何人的長廊！

小夜子和公孫剡一起快速穿行在走廊上，這時接到了洛亦晨的電話。

「快點啊，神谷小姐，鬼向你們那邊過去了！」

他們距離樓梯還有一段距離！這是千鈞一髮的時刻！更可怕的是，火焰已經很小了，快要熄滅了！

「好！」小夜子神情決絕，她立刻向旁邊最近的窗戶跑去，把引路燈從窗戶扔了出去！

引路燈從五樓墜落到了地上，幾乎在落到地面的同時，火焰熄滅了。

小夜子繼續向樓梯跑去，公孫剡愣了好一會兒才跟了上去。他明白了，這是小夜子破釜沉舟的手段。把引路燈扔出去，那個鬼就只有從窗戶出去下到一樓了！這樣，就可以瞬間拉大兩個鬼的距離！

這一招確實夠狠！代價卻是將引路燈扔出了博物館！這種行為，無異於壯士斷臂！公孫剡自問，他絕對沒有小夜子這般魄力！

小夜子和公孫剡氣喘吁吁地又跑回了一樓。他們現在還活著，說明剛才的策略成功了。那個鬼的確跟著引路燈跳下去了。

「引路燈……」公孫剡抹著額頭上的汗水，「少了一個不要緊嗎？」

「只能這麼做了。」小夜子扶著牆壁，「現在鬼火燒盡了，那個鬼肯定會重新回來的。不過，一個在一樓，一個在五樓，重新尋找對方要花不少時間。只要能爭取到時間，我們就可以找到更多火種！還有五個火種！」

接下來的時間，沒有人敢鬆懈。無法離開博物館的他們，是無法出去拿回引路燈的。現在只有一個引路燈可用了！

五個人全部分散開去尋找火種了。目前他們唯一能給自己安慰的，就是血字所說的「一般不會殺人」了。

火種燃燒的時間實在是太短了，五分鐘只夠暫時拉開距離的。如果火種燃燒的時間夠長，他們本來能有很多種辦法的，甚至可以讓柯銀夜過來，把引路燈帶到公寓裏去，那樣就一勞永逸了。兩個鬼無法相遇，住戶的生存率就能大大提升。不過，大家也知道，柯銀夜隨時願意為了銀羽而取消血字。

現在柯銀夜還沒有這麼做，說明銀羽還沒有到必死之局。

還有一個局限是，住戶在血字取消的情況下回歸公寓，是無法帶著人回去的，鬼當然也帶不走。因此，取消血字的同時，住戶也就失去了這個可以便捷完成血字的方法。這個辦法其實很消極，住戶即使靠這個辦法暫時得救了，下一次要執行的血字只怕還會更難。

而小夜子手裏也握有一個大籌碼。她在執行血字以前，就已經向公寓裏所有有資格取消血字的住戶發了通牒，說她手上有一張地獄契約碎片，已經被她帶到日本保存了。對於離開公寓不能超過四十八小時的住戶來說，是不可能長時間去日本找契約碎片的。所以，如果小夜子死了，大家就無法挑戰魔王級血字了，這些有資格在最後關頭救她的人，必須做好為她付出代價的準備。

這兩個人即使在最壞情況下，還有一線生機，而其他三人就完全沒有後路了。

幸好，半個小時過去了，已經到凌晨一點了，住戶們還活著。不過，兩個鬼應該也差不多要再度相遇了。

在這段時間內，小夜子、公孫剡和洛亦晨各找到了一個火種。

正在四樓的小夜子接到了洛亦晨的電話：「我的火焰變黑了！位置是二樓九號展廳！」

九號展廳是其中一具古屍甦醒的地方，鬼居然又回到了那裏？

「我知道了！」小夜子剛說完，她掌心的火種忽然也變黑了！

柯銀羽緊皺眉頭道：「快！你必須移動了！」

「不，先不要動。洛亦晨，你待在原地，觀察火種的顏色！」

他們有一個懷疑。這個血字的怪異之處就是，兩個鬼的行動似乎具有一致性。古屍是同時甦醒的，如果兩個鬼一直在搜尋對方，血字時間就太長了，而火種的數量也太少了。合理的解釋是，每隔一段時間，兩個鬼就會暫時停止尋找對方。

「現在是驗證這個假設的好機會。」小夜子也不動，看著掌心的黑色火苗說：「我們就這樣一直不動，如果我們的火苗一直都是黑色的，就能證明兩個鬼的確是同時暫停尋找對方的！如果可以掌握規律，這就是生路！」

「是黑色的，沒有變！」洛亦晨驚喜地對手機說，「神谷小姐，你那邊也是嗎？」

「對，是的！」已經持續十分鐘了，黑色都沒有改變！十分鐘內，不可能連半徑三十米範圍都無法搜索完的，那麼就只有一個解釋了——這個假設是正確的！這就是生路提示！

這個假設的驗證，說來簡單，但是也危險至極。火種在放入引路燈前能夠一直燃燒，也可以指出鬼所在的範圍，但是無法引開鬼。而在這種情況下，鬼是可以殺人的。血字所謂的「一般不會殺人」並不能夠保護住戶多久。

小夜子這種玩命的做法，連柯銀羽都不贊同，也只有洛亦晨答應和她一起進行這個實驗，尋求一線生機。但是，洛亦晨也已經到了極限了。如果小夜子要她在有鬼的地方繼續待著，恐怕她會精神崩潰的。

「好吧。」小夜子不再堅持了，「目前得到的資訊足夠了，你走吧。」

洛亦晨這才鬆了一口氣，她雙腿都軟了。風烈海的前車之鑒擺在那兒，能夠支撐十分鐘，已經是奇蹟了。她立即開始跑動起來。

然而，穿過了幾個展廳後，她卻發現，手中的火種竟然一直是黑色的！

現在引路燈在四樓的小夜子手中，手上根本沒有引路燈的洛亦晨陷入了很危險的境地！而因為要進行這個實驗，她身邊的人也沒有其他人了。

此時，洛亦晨正在另外一具古屍曾經陳列的六號展廳裏。鬼就跟在她的後面！但是她不能跑上去拿引路燈，因為那等於把鬼引上去！所以，必須讓小夜子把引路燈拿下來！

洛亦晨哆哆嗦嗦地打著手機。由於手抖得太厲害，手機竟然摔到了地上，她連忙去撿，腳卻笨拙地踏出一步，一下把手機踩裂了！

這時，面前不遠處的展廳大門突然關上了！

洛亦晨頓時後退了好幾步，嚇得臉色慘白，心裏後悔得不得了，為什麼要答應小夜子進行這個實驗啊！或許是因為，從小到大一直承受著家族詛咒，讓她習慣了和靈異事物接觸。但是，此刻她才意識到，比絕望更可怕的，是希望。正因為有了希望，就有了活下去的意志，而當希望破滅時，恐懼更大了。

「不要……我不想死……我好不容易有機會可以活下去，我不要死！」

掌心的黑色火種越來越冰冷，她幾乎要凍僵了。她很想逃跑，可是雙腳難以移動！最後，她只能哆嗦著在地上爬行。她死死地盯著手心的火種，希望它變成白色的，但是，一點兒都沒有變。

「不……不要……」她的腦海中閃現著亦心、亦楓和亦水三個妹妹。她作為家族的長女，在父親病逝後，曾發誓一定要照顧好妹妹的。亦心解除了詛咒，而亦楓和亦水，她也要讓她們活下去！她不甘心，不甘心啊！

「啊——」洛亦晨終於拚命站了起來，向前方跌跌撞撞地衝去。她撞倒了一個展櫃，又跌在了地上。展櫃的布幕落下，她連忙要扯開布幕，然而……地上的布幕忽然漸漸隆起，一個人形輪廓浮現而出，向洛亦晨撲了過來！

小夜子走到三樓時，接到了正在一樓的柯銀羽的電話。

「神谷小夜子！」銀羽的聲音充滿了憤怒，「洛亦晨死了！她到現在也沒有來和我們會合，電話也打不通，肯定是死了！這都是你的責任！就因為你貿然做這種實驗！你不就是仗著危險的時候有住戶會救你回去嗎？洛亦晨的死，你有不可推卸的責任！」

小夜子沉默了幾秒鐘，說道：「現在追究責任也沒有意義了。她手上的火種呢？」

「你只關心火種嗎？她因為你的判斷失誤死了啊！她是我們夜羽盟的人，我對每一個入盟住戶都承諾過，要竭盡全力保全他們性命的！」

「你夠了！火種只關係到我一個人的生死嗎？你們不也是一樣？我不會做沒有意義的事情，執行血字本來就不可能奢求沒有犧牲。有時間想這些，還不如想想怎麼活下去！」

柯銀羽說道：「我明白。我的想法很簡單，這個實驗不允許再進行！太危險了！現在你身邊沒有鬼跟著吧？」

「三十米範圍內沒有。」

「為防萬一，你暫時不要去二樓。就算去了，也不要接近九號展廳。」

「公孫劋跟你在一起吧？保管好你們手上的火種。另外，我在想辦法拿回被我丟出去的引路燈。雖然在博物館範圍外，但是我會取回來的。」

「什麼辦法？」

「事在人為。」

掛斷電話後，柯銀羽說道：「公孫先生，你的火種，不如先給我拿著吧？」

「抱歉。」公孫劋搖頭道，「神谷小姐交代過我，必須一直拿著火種。我是神谷盟的人，所以……」

「不就是不想交出火種嗎？不用說這麼多廢話！」林善冷冷地看著公孫剡。

「我知道了，那你就先拿著吧。」柯銀羽沒有堅持。

「拿回外面的引路燈，她想怎麼做？」林善好奇地發問了，「柯小姐，要是你，你會怎麼做？」

「應該是讓其他人幫忙拿進來吧。不過，會是誰呢？」

公孫剡持有的火種始終是白色的，大家稍微放心了。不過，引路燈在小夜子手上，如果她死了，後果真是不堪設想。所以，他們也沒有放棄拿回另外一個引路燈的希望。

「柯小姐，我有一個想法，不知道該不該講？」林善又問道。

「不該講的話就不要講。」柯銀羽斷然地說。

「柯小姐，我還什麼都沒有說啊。」

「我知道你想說什麼。要讓銀夜來這裏，對不對？」

這句話完全說中了。如果此時公寓裏有誰肯甘冒生命危險把引路燈拿進博物館來，也只有一個人了。那就是為了銀羽而不惜進入公寓的柯銀夜！

「我不會讓他來這裏的。絕對不會！」柯銀羽的態度很堅決，「我真傻，承諾了住戶要全力保全他們的性命，但那不過是個虛假的安慰罷了。我其實沒有資格指責神谷，我不是也沒有堅決阻止洛亦晨進行實驗嗎？現在，我也很害怕。所以，我至少不讓銀夜也捲進來。」

公孫剡看著柯銀羽的堅決態度，不禁想起了已經解除婚約的未婚妻。愛一個人，就要去守護對方。他是為了不讓未婚妻捲入這麼恐怖的事情中，才毅然解除婚約的。即使她不能夠理解，他也願意這樣做去守護她幸福生活的機會。

「柯小姐，博物館外面是安全的啊！」林善還在勸說著，「請你再考慮一下。如果坐地鐵的話，半小時就可以到這裏了。求你了，我們需要拿到另外一個引路燈啊！」

「我同意柯小姐的看法。」公孫剡堅決地支持柯銀羽，「林先生，神谷小姐已經說她有辦法了，那麼，我們就應該相信她。」

「你給我住口！我才不相信那個偵探！」林善激動萬分地說，「都已經死了兩個人了！我現在根本無法冷靜！」

不過，就算林善再怎麼哀求，柯銀羽的態度始終很堅決。林善產生了一個想法，他要瞞著柯銀羽給柯銀夜打電話，只要把情況說出來，他肯定會來的。但是，林善不知道要找什麼藉口暫時離開。柯銀羽不是傻子，不會看不出他如此明顯的企圖。

洛亦晨死後，暫時平靜了一陣子。可是，大家都很清楚，隨著時間流逝，公寓對鬼的限制也會不斷削弱。

時間到了凌晨兩點。在四樓某個展廳裏，一個黑暗的角落裏有一簇白色火苗。忽然，白色的火苗變成了黑色！

位於市中心的國家歷史博物館，此時猶如一座死寂的墳墓，附近所有的霓虹燈都不亮了。這個城市，正一步步地變成幽閉的牢籠。

李隱漫步在黑暗的道路上，步伐不疾不緩。他還在回想小夜子給他打的電話。

「我有楚彌真在日本期間的重要情報。我可以先發一部分給你，是有關楚彌天的部分。我已經調查了很久，這些資料，我想你是需要的吧？」

「條件是什麼？」李隱很冷靜，開門見山地問道：「神谷小姐，大家都是明白人，我不認為你會無條件提供給我任何情報。」

「你到國家歷史博物館來，幫我把引路燈帶進來。你不用擔心，鬼一般不會殺人，何況你還在博物館外面。你不需要走進來，只要把引路燈扔進正門就行了。只要你做到了，我就會把其他資料都給你。」

「所謂資料，到底是什麼？」

「當然是值得讓你冒險的東西。楚彌真大學畢業後就去了日本，在東京生活了一年多，你認為，當時想要找到弟弟下落的她，為什麼要去國外呢？」

「什麼意思？」

「預知畫。」小夜子說道，「她要尋找被蒲靡靈藏在日本的預知畫。蒲靡靈用預知畫換了很多錢，離開故鄉天南市後，他就去了日本。蒲家祖屋裏留下的預知畫沒有任何價值，因為距離現在最近的畫也是十幾年前的，而他在日本留下了最新的預知畫。可惜的是，楚彌真找了很久也沒有找到。而我已經找到了那幾幅畫，但是我目前執行的這個血字的預知畫沒有畫出來。」

「真的嗎？」李隱再冷靜，此時也無法控制激動的心情。

「不錯，我可以發給你一部分。蒲靡靈絕對是大師水準，他的畫作很難模仿的。」

接著，李隱收到了一條彩信，畫的是一個穿著破爛的男孩，低著頭漂浮在幼稚園裏。這是任何住戶都無法抵抗的誘惑。

李隱越走近博物館，四周就越黑暗，寂靜得一點兒聲音都沒有。這是一個風險很大的賭博，對應的是巨大的收益。蒲靡靈的預知畫，是目前越來越恐怖的血字中最好的解救之道。而小夜子之所以選擇自己為交易的對象，就是因為自己最瞭解楚彌真，所以會相信她的話。李隱不得不慨歎，小夜子實在太精明了。

李隱先沿著博物館週邊，尋找那個引路燈。來到西門附近，他發現地上有一隻破舊的燈籠！他立刻撿起燈籠，給小夜子打電話：「我找到了！」

「很好。其他人現在不在一樓，你從門口扔進來就可以走了。」

「好！但是，如果你敢不遵守約定，我就把你的秘密告訴所有住戶！」

「這是當然。」

「我扔進去了！」

李隱提著燈籠，走到西門面前。大門敞開著，但是根本看不見裏面的情況。他把引路燈扔了進去，然後立刻轉身狂奔！他不敢放慢速度，直到跑進了地鐵，才鬆了一口氣。

小夜子給柯銀羽打電話：「到西門去。我已經把引路燈取回來了。」

「什麼？真的？」

「快去！必須馬上把引路燈拿到手！」

「變成黑色的了！」

公孫剡跑向一樓的路上，可怕的事情發生了。鬼就在三十米範圍內！而從這裏到西門，還要穿過幾個展廳！

手中沒有引路燈、只有火種的情況，真是危險到了極點！小夜子進行的實驗，之所以對她沒有危險，是因為她持有引路燈，而洛亦晨就死了！鬼是會殺人的！就算不相遇，一樣會殺人！

不過，現在只要拿到引路燈，就不會步上洛亦晨的後塵！但是，館內的面積太大了，穿過一個展廳都要挺久，公孫剡手中的火苗越來越陰冷，這是鬼正在接近！他們通過觀察證實，火苗的溫度越低，鬼的距離就越近！

鬼緊跟不放，這說明什麼，已經不言而喻！距離西門越來越近了，可是，火苗也已經冷到了極點。公孫剡甚至快握不住火種了，他的皮膚都開始凍傷了。

公孫剡終於能看到引路燈了！他一咬牙，衝刺過去！要馬上點燃引路燈，轉危為安！

然而，就在公孫剡快要抓住引路燈的時候，一陣穿堂風吹過，竟然將引路燈吹出了大門外！

公孫剡伸出的手頓時停住了！住戶是絕對不能邁出博物館大門的！

柯銀羽立刻說道：「還有辦法，離大門很近，我們用工具把燈弄進來！」

林善焦急萬分地說：「無論如何都要拿回來啊！」

可是，鬼會給他們這個時間嗎？

冰冷的感覺襲來，大廳裏飄來一股腐臭氣味。太令人毛骨悚然了！

現在他們有兩個選擇，一是向其他方向逃走，二是想辦法把引路燈拿進來。逃的話，只怕依舊會落個悲慘下場。但是將引路燈拿進來……沒有人能抵抗影子詛咒！

千鈞一髮之際，公孫剡解下了皮帶，衝到門口，甩著皮帶朝引路燈丟過去！皮帶倒是碰到了燈籠，卻把燈籠打到了另一邊。

手掌上的火苗越來越冰冷，公孫剡越來越絕望了。自己的一生，就這樣結束了嗎？他不甘心啊！他的眼中湧出了淚水。他緊抓皮帶，再度甩了出去，卻還是無法勾住燈籠，甚至把燈籠越推越遠了！

突然，一雙冰冷的手從後面掐住了公孫剡的脖子，並將他向後拖去！

就在這時，一隻燈籠從旁邊甩了過來，正掉在公孫炏面前！他頓時狂喜地把燈籠抓起，把火種放了進去！

火種燃燒起來了，那雙冰冷的手鬆開了。

公孫炏回過頭，只見柯銀羽和林善正瞪大眼睛，看著不遠處的小夜子。

「總算趕上了。」小夜子氣喘吁吁地說，「不能坐電梯就是慢。喂，你們愣著做什麼？快想辦法把外面的引路燈弄進來！」

這次的危機總算過去了。但是，五分鐘後，依舊吉凶難測。

「這是你第二次救我了，神谷小姐。」看著手中燃燒著的引路燈，公孫炏感慨地說：「太謝謝你了。我今後一定會……」

「不需要。如果你們死了，對我來說沒好處，所以我才這麼做的。」

「你是怎麼做到的？」柯銀羽冷冷地問，「你怎麼把引路燈弄進來的？你和公寓的某個住戶做交易了嗎？是不是銀夜？」

「不是銀夜。」小夜子搖頭道，「隨便你猜吧，我不會告訴你的。」

他們總算用皮帶把引路燈弄了進來。這個引路燈就讓小夜子拿著了，她的火種還沒有用。

公孫炏提著另一個燈籠，說道：「我要去頂層，你們如果害怕，就別跟來了。」他向另外一邊的樓梯跑去。

柯銀羽和林善都站在原地沒有動。

「你接下來打算怎麼做？」柯銀羽看向小夜子。

「我要去二樓拿洛亦晨的火種。」小夜子語出驚人，「雖然她很可能已經死了，但是火種有可能留下來了。就算鬼還在那兒，我手上還有火種，可以保命。你們跟不跟來隨便。不過，在沒有火種也沒有引路燈的情況下，你們的性命是沒有保障的。」

柯銀羽和林善自然都跟在小夜子的身後走了。

「你能確定洛亦晨死在哪個展廳嗎？」

「不知道。不過大致可以猜到她的逃跑路線，我估計她沒有逃出二樓。」

「為什麼那麼確定？」

「首先她肯定沒有到一樓，否則你們會發現她。而她明知道有一個鬼就在四樓，不會冒險，所以她應該還在二樓，或者是在從二樓到一樓的樓梯上。火種也可能被鬼拿走了，不過，總要試一試，畢竟火種太少了。」

他們來到了二樓，走在陰森的走廊上。

「下面就要進入九號展廳了。」小夜子說，「鬼甦醒的展廳是相當危險的，鬼隨時有可能回來。」

柯銀羽則說道：「會不會正因為如此，反而更安全？」

「我不下成功率低於五成的賭注。」小夜子說道，「公孫剡現在也很危險。五分鐘後，他要是逃得慢了，可能就會步風烈海的後塵。鬼殺人到底是個什麼規律，有沒有死路條件，還是未知。或者，鬼是隨機在某些情況下殺人的？」

「和引路燈的使用也許有關係。」柯銀羽說道。

「至少和洛亦晨的實驗讓我確信了，公寓的確對鬼有限制。兩個鬼停止行動的那段時間，是我們最安全的時段。我一直在考慮，有沒有一勞永逸的方法，可以讓兩個鬼永遠無法見面。」

柯銀羽搖頭道：「就算兩個鬼無法見面，也不代表就不會再殺人了。那樣的話，也不算找到了生路啊。」

他們來到六號展廳門前。大門敞開著，不遠處有一個展櫃倒了，布幕掉在地上。

柯銀羽立刻衝了進去，林善也馬上跟過去。小夜子卻站在原地不動。

就在這時，大門突然關上了！柯銀羽和林善被困在了六號展廳裏！而二人的手上都沒有引路燈！

陰森黑暗的展廳內，有一種壓抑的氣氛。林善嚇得渾身發抖，竟然躲到了柯銀羽身後。

「別慌！」柯銀羽卻非常鎮定，「引路燈能引開三十米範圍內的鬼。」她高聲喊道：「神谷小夜子，你還在外面吧？你馬上點燃引路燈！我去拿火種了！」

「喂喂！」林善焦急地說：「你，你說火種？」

「剛才我看到了，幕布旁邊有一個火種！是黑色的。」

黑色火種！鬼就在三十米範圍內！而那個展櫃與小夜子的位置是否超過了三十米，他們無法確定。

「馬上點燃引路燈吧！」柯銀羽喊道，「你引開鬼，我要去拿火種！鬼出去時，肯定會打開門的！」

然而，門外沒有任何動靜。

「喂，神谷小夜子？」

依舊沒有聲音。

「不……不會吧？」柯銀羽敲著大門喊道，「喂，你回答我啊，小夜子！」

林善頓時面色慘白，他哆嗦著說：「被……被殺了嗎？神谷她，被鬼殺了嗎？」

如果小夜子死了，那個引路燈就無法幫到他們了！而在這個封閉的展廳內，他們就沒有任何希望了！就算拿到了火種，也救不了他們了！

「不……不可能的！」柯銀羽取出手機，撥打小夜子的號碼。

然而，手機沒有人接。

「不，不要！」林善嚇得跳起來，朝展廳的另外一個大門跑去！他此刻已經害怕得魂飛魄散了！但是，他現在的行為，無異於找死。

公孫炏此時已經到達了頂樓。他在一個清朝文物展廳內，站在一樽晚清的火炮前，看著快要燃盡的引路燈。令他欣喜的是，在這樽大炮的炮筒裏，竟然有一個新的火種！他立刻伸手進炮筒，抓住了那個火種！這是第八個火種了！

在引路燈燒完後，他立刻把展廳的門關上，用最快的速度向樓下跑去！而且，他不是直線跑動，而是在走廊中拐來拐去。手上的新火種還是白色的。他放心了不少。

忽然，他的手機震動起來，來電人是柯銀羽：「你在哪裏？引開鬼了嗎？」

「我拿到了新火種，怎麼了？」

「太好了！你快到二樓六號展廳這裏來！神谷小夜子死了！」

公孫炏心急火燎地向二樓趕去。因為基本一直都沒有休息，他的體力消耗得很厲害。而讓他更受刺激的，是神谷小夜子的死訊！如果這是真的，那就意味著神谷盟要土崩瓦解了。公寓的智者就只有這麼幾個，必須要救下柯銀羽！

公孫炏趕到三樓和二樓的樓梯拐角處，忽然發現，手心的新火種變成黑色的了！

他的身體猛然一顫！不能繼續下樓了！否則就等於把鬼給引到那裏去！但是，如果不過去，柯銀羽和林善豈不是凶多吉少嗎？

公孫剡咬緊牙關，還是停住腳步，返回樓上。他決定，一旦感到鬼要殺他，就馬上點燃引路燈。而柯銀羽那邊，如果神谷小夜子真的死了，想必會有一段緩衝期。而這段時間，就是重要的轉機！現在沒有其他辦法了！

此時，柯銀羽已經拿到了那個火種。林善也已經跑了回來，他哭喪著臉說：「這個展廳完全被封閉了！」

「別擔心，公孫剡一來，就能夠救我們了，不要離開大門！」手中緊握著洛亦晨留下來的火種，柯銀羽緊貼著展廳大門，林善也只有照做。

在黑暗的展廳裏，這樣的等待實在是可怕的折磨。只過了一分鐘，林善就焦躁不安地說：「公孫剡怎麼不來了？」

「不知道，也許被什麼事情纏住了，暫時無法過來。不要太著急……」

「我，我等不下去了！」林善的眼中儘是恐懼，「對了，他一定是想拋下我們，不管我們的死活了！對，他是神谷盟的人，他不會管我們夜羽盟的死活的！」

林善自己因為好色而出賣了夜羽盟，自然也把公孫剡看成是同樣的人。而這個想法，讓他在身處絕境時更恐懼絕望了。

「夠了，冷靜下來！」柯銀羽冷冷地說，「平時我是怎麼說的？執行血字，絕對不能自亂陣腳！你想活下去，就絕對不能嚇唬自己！」

幸運的是，十分鐘過去了，展廳內毫無動靜。不過，柯銀羽手中的火種一直是黑色的。這說明，鬼始終在三十米內看著他們！

林善被恐怖壓得忍無可忍了。他完全不相信公孫剡會下來救他們了！但是，他又逃不出這個展廳！

「我想我們暫時不會死的。」柯銀羽冷靜地分析道，「神谷小夜子剛死，我們不至於那麼快就會死的。現在只有忍耐下去，這扇門我們絕對撞不開的……」

林善突然一把搶過柯銀羽的火種，拔腿就跑！林善其實頗為精明，否則又怎麼能窺探到羅十三的機密，所以受到了銀夜和銀羽的賞識。不過，他的心理素質遠遠沒有柯銀羽強大。這個世界上，絕大多數的人面臨生死危機時，都不能保持冷靜和理智。

精神崩潰了的林善猶如失去了全部籌碼的賭徒，在無力地胡亂掙扎著。他發現，無論跑出多遠，手中的火種依然是黑色的！而他已經跑到了展廳盡頭。

「不……不要啊！」林善蜷縮到角落裏，滿臉都是淚，渾身顫抖地喊道：「別殺我，我不想死，不想死啊！」他手掌上的黑色火苗極其冰冷，彷彿連骨頭都開始結冰了，似乎在蠶食掉著他的生命力。

林善取出手機，要給公孫剡打電話。之前銀羽不知道為什麼，一直不給公孫剡打電話，也不說明理由。他此時已經管不了這麼多了，還是打了過去。電話很快接通了：「公孫剡，求求你，救救我！我可以加入神谷盟，要我做什麼都可以！」

「我現在四樓被鬼追，自身難保，你自己想辦法吧，我沒有別的辦法了！」

「你……」就在這時，林善手上的火種忽然變成了白色。緊接著，他身後不遠處的門一下子打開了！

這一瞬間，林善才明白了過來！

銀羽已經猜到了這一點！她猜到公孫剡遇到了鬼，如果給他打電話過去，等於洩露了情報！那麼，剛才，那個鬼是把頭湊在自己拿著手機的臉頰旁邊，聽到了這番對話嗎？

現在，那個鬼，要去四樓了！

「你快逃！」林善馬上對著手機說，「快逃啊！」

林善的愚蠢，為住戶們挖了一個墳墓！公孫剡聽到這句話時，正在四樓的一個展廳裏，剛開始他還不明白，隨即恍然大悟！

逃……那就意味著，要用掉手上的火種了！

公孫剡立刻準備點燃引路燈，可是因為動作幅度太大，一下把引路燈拍到了地上，他連忙衝過去撿，結果身體撞到了展櫃上，火種頓時甩了出去，掉在了地上！

公孫剡看不見火種了！展廳裏本來就暗，火種又是黑色的，在黑暗中，根本看不到火種！他只能在地上不斷摸索著。

他很緊張，另一個鬼正在上來，必須要在那以前引開這個鬼，否則所有人的性命都要在這裏斷送了！他絕對不能讓事態發展到那一步！

「已經……那麼晚了啊？」金域學院圖書館裏，嚴琅揉了揉眼睛說道。

不遠處，白秀敏也在看著書，她有些疑惑地看著空蕩蕩的圖書館說：「平時這個時候，彌真和李隱應該都在的啊。」她站起身，「嗯，我們走吧。」

然而，她放回書架上的那本書，卻漸漸地自動抽離出來，然後掉在了地上！

白秀敏有些疑惑地回過頭去。她的眼睛陡然睜大了！那本掉落下來的書上，竟然有不少血跡！

嚴琅注意到身後的動靜，轉身一看，不禁猶疑地問道：「怎麼了？」他忽然聽到旁邊有聲音，立刻扭頭一看，是一身紅衣的千汐月！嚴琅一直暗戀著千汐月，此時心裏猛跳了一下！

千汐月手裏拿著一本書，對嚴琅笑了笑，問道：「怎麼了？你剛才的表情怪嚇人的。」

「不……沒什麼。」

圖書館外面的草坪上，正站著彌真。當她抬起頭來時，透過窗戶看到了嚴琅和千汐月。那是自己的心魔嗎？她感覺有一點兒不對勁。之前看到心湖時也一樣，總感覺那的確就是真正的林心湖。這個空間究竟是怎麼回事？

「姐姐。」

彌真立刻回過頭去，赫然看到身後正站著彌天和深雨！

「你是……姐姐嗎？」彌天認真地注視著眼前的彌真，卻無法確定。他清醒過來後，發現自己在大學時的男生宿舍裏，而深雨就在他的身邊。

他們是因為共同承擔了詛咒，所以一起進入了這個空間嗎？但是，他在宿舍樓裏見到嚴琅、韓真、羅城等人時，感覺那的確就是真正的他們。那麼，這裏不是魔王級血字的心魔嗎？

「我明白了。」深雨說道，「這裏的人並不是心魔，是真實的人。只不過，這個空間是住戶的記憶為基礎產生的投影世界，而魔王一旦入侵這個世界，並讓住戶的意志崩潰，就是住戶死亡的時刻！」

這個空間裏的一切都是真實的，這裏的生命也都有人格和靈魂，甚至可以離開這裏到外面的世界去。蒲靡靈就是一個例子。

在金域學院的東門，有一名青年正打算走出去。他剛跨出校門一步，就聽到脖頸的骨頭有一聲很響的斷裂聲，身體其他關節也相繼發出清脆的響聲。他還不知道這是怎麼回事，就已經倒在地上，肢體斷裂分散開了，就像是被拆開的玩偶一樣！而在金域學院的校門內外，此時都被一具具屍體鋪滿了。鮮血將地面染紅了一大片，讓人觸目驚心！

圖書館裏，千汐月聽到了一個聲音，她驚喜地抬起頭來：「彌真？」她看到了彌真和彌天，又將疑惑的目光投向站在後面的深雨，問道：「這位小姐是？」

彌真回頭看了看深雨，說道：「是一個朋友。」

彌天忽然聽到彌真悄聲說：「我感覺進入這裏之後，有一種回到故鄉的感覺。」

彌天對這句話非常不解。

「彌真，李隱呢？」千汐月忽然問道，「你們不是形影不離的嗎？還有，我聽說的，你們約定會在畢業後結婚？」

彌真一時思維混亂起來。剛踏入圖書館時，她看過了報紙，確定了日期。現在這個時間點，千汐月還沒有遭到王紹傑的侵犯，也還沒有殺人。然而，現在千汐月所說的話卻是記憶中完全沒有的。

「怎麼了，彌真？這也沒什麼好害羞的啊。」千汐月莞爾一笑，「你和李隱不是已經交往很久了嗎？你還答應會讓我當伴娘的。對了，你手裏為什麼拿著那麼破的燈籠？」

彌真忽然明白了。在這一天之前，她曾經和李隱一起看過流星，當時她許了願，希望今生能和李隱一起度過。是因為她那麼執著於這個願望，才投射出了眼前的這個情景嗎？魔王級血字指示非同小可，絕對不能夠掉以輕心啊。

圖書館的門突然被打開了，一個人極為狼狽地衝了進來。是韓真！

「出……出大事了！你們快點去看看吧！出大事了！」

眾人隨著韓真跑到圖書館外面，赫然看到了極為恐怖的景象，他們覺得血液都凍住了。圖書館外的一棵松樹上，釘著一具屍體，一根被削尖的椅子腳從屍體的咽喉穿過。那具屍體的臉雖然已經扭曲了，但依然能認出來是王紹傑！

王紹傑這個時候其實還活著，可是，他卻在這個空間裏死去了，而且還是如此駭人的死法。

「這是……怎麼回事？」千汐月捂住嘴巴，驚嚇得倒退了好幾步。嚴琅立刻衝過去，扶住了她。

此時的金域學院裏，只有李隱所在的班級還有人活著。

「報……報警！」白秀敏反應過來了，她取出手機撥號碼：「嗯？怎麼會沒有信號?!」

所有人都掏出了手機，發現的確都沒有信號了。大家越來越害怕，身體顫抖著。

「大家馬上散開！」彌天忽然說道，「兇手可能還在附近，我們分開逃！要想辦法找到電話報警！」

他們分開了，彌天、彌真和深雨三人一起行動。

「是魔王。」彌真說道，「在這個地方，我和李隱是相戀的，那麼，這就是幻影。」

深雨說道：「這就是你最大的願望吧。」

這時，他們跑到了女生宿舍附近，聽到了一聲淒厲的慘叫聲。

彌真看到，林心湖靠在牆壁上，她的手抓著牆壁，臉已經破碎成肉塊，只剩下一半的嘴巴還在微微動著。

當這個幻影世界逐步崩潰，公寓的限制會逐漸削弱。當住戶的心靈出現裂縫時，魔王就會乘虛而入。只要心裏還有欲望、恐懼和罪咎，就無法度過這個血字！

「彌真！」一個熟悉到不能再熟悉的聲音響起，彌真立刻將目光投向一個跑過來的人影。是李隱！

李隱跑到彌真面前，氣喘吁吁地說：「太好了，原來你在這裏啊。嗯，這位是誰？」

深雨驚愕地說：「李隱？為什麼你在這裏？」

「嗯？你認識我？彌真，她是誰？彌天，你認識她嗎？」

彌真卻後退了幾步，用戒備的目光看著他，問道：「你是誰？」

「你怎麼了？彌真？」李隱以為這是戀人開的玩笑，不在意地說：「我還能是誰啊？我們都交往那麼多年了，你還是這麼愛開玩笑啊。」

這是一個巨大的誘惑，彌真可以帶走眼前這個真心愛她的李隱！在現實世界無法得到的李隱的愛，可以在這個世界中獲得！只要她可以成功執行這個魔王級血字指示，她就可以帶著這個李隱，離開這個空間回到現實！

而一旦產生了這樣的想法，就更加容易讓魔王入侵了。當年葉寒之所以死在魔王級血字裏，就是因為這個原因，她的執念使得蒲靡靈不死不滅，而加速了她的滅亡。也正是因為她的執念，才讓蒲連生帶著蒲靡靈進入了現實的世界。這個世界裏的一切都可以帶回到現實中去，只要能夠活下去。

願望可以完全地實現，這是任何人都無法抵抗的誘惑。在魔王級血字中，甚至可以讓現實中早已死去的人復活，並帶入現實繼續生活。這個世界可以實現人的一切願望，但是同樣也可以毀掉所有。欲望越多，要付出的代價也就會越大。

「姐姐！」彌天衝上去，一把拉過彌真：「千萬別這樣！這裏不是真實世界！一切都是假的啊！你千萬別上當，千萬別被誘惑！」

彌真不捨地看著眼前的李隱，這是她夢寐以求的李隱，她該如何選擇？

這時，深雨走了過來，冷冷地說：「你不知道嗎？你們班有人死了。」

李隱愣住了：「死……死了？」他隨即看向彌真，意識到這不是在開玩笑。

「怎麼會……誰死了？」

「王紹傑和林心湖。」彌天立刻替彌真作了回答，「你去看看吧，這裏沒你的事情了。姐姐，我們走！」

彌天絕對不能夠容許姐姐此時屈從於欲望，他比任何人都清楚姐姐對李隱的感情有多深。而他也已經從深雨口中得知，現實中的李隱，身邊已經有了生死相依的戀人。這也就意味著，姐姐沒有希望了。彌天很瞭解李隱，他是個很重感情的人，不會輕易動情，一旦動情，也就不會輕易動搖。

彌天拉著彌真，繞開李隱，準備奪路而逃。無論如何，他都要想辦法再度找到離開這個空間的出入口。

就在這時，對面忽然跑來了兩個人！是羅城和白秀敏。他們跑得很快，羅城面色慘白，幾乎是哀號道：「李隱，彌天，救，救我們……死了，死了好多人！」

話還沒有說完，又是一聲淒厲的慘叫聲劃破夜空，顯得格外悚然！

「那個聲音……」彌真立刻聽出來了，「是莫曉菲！」莫曉菲也是他們的同班同學。此時所有人都心驚膽戰了！

「千萬別去校門口！」羅城兩眼瞪大，驚恐地說：「那兒死了好多好多人！整條馬路上都是屍體！凡是走出去的人全部都死了！」

羅城腦海裏依舊是剛才看到的恐怖場景。無數斷肢殘臂、內臟腸子散落在地，太血腥了。他跑回來的路上不知道吐了多少次，此刻已經是連膽都嚇破了。白秀敏是從另外一個校門跑過來的，她也看到了同樣的情景。金域學院現在是一個只能進、不能出的牢籠！

「先想辦法和大家會合！」彌真當機立斷道，「大家聚在一起想辦法！」幽靜黑暗的校園裏，嚴琅正扶著身體發軟的千汐月，匆匆地走著。

這個時候的嚴琅，和千汐月還沒有那段黑暗的經歷，他們平時說話不多。但是，在這個關鍵時刻，嚴琅為了心愛的女孩一定會挺身而出。

「電話都打不通！」嚴琅很著急，他只想著要儘快帶著千汐月逃出金域學院。但是，無論從哪裏走，都看到了一大堆屍體。本來膽就不大的他，早就嚇得魂飛魄散了，可是，在千汐月面前，卻還得強撐下去。

千汐月的膽子當然更小，已經嚇得連路都快走不動了。他們從校門口退回了校園。無論是通向外面的大門，還是與外界隔開的牆壁附近，沒有一個人可以活下來。嚴琅想去找到能上網的電腦，他帶著千汐月進入了機房。

與此同時，一個宿舍樓裏，集中了十幾名李隱同班的學生。班長韓真、副班長羅城、白秀敏、文倩、周正亮等人都在這裏。對於陌生的深雨，不少人投來好奇的目光，但也轉瞬即逝。

「找不到任何可以與外界聯繫的方法。」韓真皺緊眉頭，極為不安地說：「也無法出去，校園裏試圖出去的人都成為了屍體。」

「我之前去機房試過了，沒有用。」羅城焦急地說，「現在只有我們還活著嗎？老師都死光了嗎？」

「大家冷靜一下！」韓真高聲說道，「絕對不可以慌亂！我們先去找武器，然後再考慮食物儲備的問題。不知道我們會被困多久，所以必須做好一切準備！至少要三個人同行。如果能找到向外面發信號的東西，就最好不過了！」

彌真不時打量著身旁的李隱，她漸漸意識到，事情的發展不像她想的那麼簡單。他們面臨的是魔王的詛咒，而魔王是她在公寓裏也沒有真正面對過的未知存在。

韓真說完之後，大家馬上開始行動。武器實在很難找，只能找到拖把和掃帚，以及許多椅子。而食物只能去食堂看看了。

樓外忽然傳來一個聲音：「你們做什麼？不要拉著我！」

深雨聽到這個聲音的一瞬間，雙眼立刻放出光彩，她衝出宿舍樓，見到走廊上，羅城和周正亮正拉著一個青年。

「你是誰？你不是我們學校的人吧？」羅城喝問道。

「星辰！」深雨哭著撲上去，一把抱住那個青年，頭埋在他的胸口，哽咽著說：「你，你終於出現了！」

「深雨，你別這樣啊。我沒事。好奇怪，之前我明明在紅月鎮，不知道怎麼就到了這裏了。你又怎麼會在這兒？」

深雨抹著眼淚說：「不是的！你現在不是在執行血字。是我，我要完成這個血字，然後帶你離開這裏！」

「這是什麼意思？」星辰茫然地問道。

彌天也走了出來，他看著深雨與星辰相擁，卻陷入了迷惘。深雨說的話，他完全不能理解。「蒲小姐！」彌天過去拉住深雨，「這是魔王血字的心魔啊！你知道的，這個人不是你愛的那個人啊！這個世界裏的一切都是假的！」

「不！」深雨抽出被彌天抓住的手臂，「只要我帶他回到現實世界，他就是真正的星辰！對，就是這樣的！我想讓星辰活下來，所以星辰就出現了。」

「你怎麼可能帶他回去？」

「是可以的。」深雨慘笑道，「我感覺到了。這個世界裏的一切都是真實的，是可以帶到現實去的。我要帶著他回去，我再也不會失去他了。沒有什麼可以分開我和星辰，沒有！」

彌天此時，忽然想到了什麼，立即回過頭去。他的身後，站著的是李隱和彌真。

「姐姐，你也是這樣想的？」彌天忽然明白過來，「你是想把這個世界裏的李隱帶回到現實中去嗎？」

彌真沒有回答。彌天開始意識到這個陷阱有多麼可怕。現實世界中，有一些再強烈也無法達成的願望，而在這個世界裏，只要完成了魔王級血字，就可以實現。越是這樣，這個世界就會出現越多讓魔王侵入的縫隙，當心防完全打開後，住戶就會陷入萬劫不復的深淵。

「不可以！」彌天紅著眼睛大吼道，「姐姐，你清醒一點啊！蒲小姐，你也是！我不允許你們這麼做，就算你們可以把他們帶入現實中，他們也絕對不是你們所愛的人，不過是容貌、記憶完全相同罷了，就像複製人一樣，是絕對不可能替代原來的他們的！」

彌天話還沒說完，只聽到玻璃破碎，有東西從走廊的窗戶裏被扔了進來。

那是嚴琅和千汐月的頭顱！兩顆頭顱被一根長長的鐵棍從耳朵插入，串在了一起！鮮血從鐵棍上「滴答」「滴答」地落到地上。

大家嚇呆了好幾秒！

「逃……」最快反應過來的是李隱，他後退一步，緊緊抓住彌真，喊道：「大家快逃！」

所有人都沒有猶豫，立刻朝後逃去！根本不敢再逗留在這裏！

從宿舍樓裏衝出來後，李隱冷靜地指揮道：「大家分開逃！至少三個人一組，絕對不可以讓女生落單！彌天，你和我，還有你姐姐一起！我們要繼續尋找對外求救的途徑！」

李隱此時認定，這是一場黑社會勢力針對這個學校的血腥屠殺，敵人現在應該潛藏在校園各處。他現在一心考慮的，只有保護好彌真！

這個世界裏的李隱，在進入大學後，隨著和彌天，彌真的交往，漸漸愛上了彌真，二人很快確定了戀愛關係。他帶著彌真見過了父母，母親尤其喜歡彌真。在這個世界裏，彌真和彌天也並不是公寓的住戶。對他們來說，沒有比這兒更理想的世界了。

「彌真，不要怕。」李隱表情堅毅，緊握住彌真的手，絲毫沒有退縮的樣子：「我一定會保護好你的！」為了所愛的人而有了莫大的勇氣，這就是李隱。

彌天眼睜睜地看著深雨跟著星辰消失在夜幕中。他回過頭，跟上了姐姐和李隱。

「我們分散開的話，也就能將敵人分散開。」李隱冷靜地分析著，「我們在地上多撿些石頭，還有，我認為只有一個辦法發出信號了，點火！」

彌天頓時明白過來。

「一旦著了火，很多人都能看到，肯定會有人跑著來救火的。當然，我們必須控制住火勢。」

「不行。」彌真反駁道，「那樣太危險了，弄不好我們也會被牽扯進去。」

「那……」

「對方不是人類，怎麼做都沒有用的。」

李隱的腳步忽然停住了。眼前是一棟教學樓，有一個身影開始從黑暗中浮現出來。

「那是……那是……」彌天頓時瞪大了眼睛。

那是一個拿著破舊燈籠的男人，男人竟然和李隱長得一模一樣！

「兩個李隱？」彌天驚駭不已。

「李隱！」彌真驚喜地喊道。

那個男人平靜地說：「彌真，不要待在這個地方。我帶你離開！」

「你，你是誰？」李隱看著對方，不敢置信地後退一步：「你到底是什麼人？」

「姐姐，李隱為什麼會在這兒？」彌天也是焦急萬分。

「彌真！」李隱緊握住彌真的手，「你別過去！這個傢伙肯定不是好人！你別被騙了，我才是真正的李隱啊，彌真！」說著，他拉著彌真向後面跑去！

然而，彌真卻把手抽了出來。她慘然一笑道：「想不到，最後還是變成了這個樣子。」

「你……」李隱驚愕地看向她，「彌真，你為什麼不相信我？」

「你愛我嗎？」

「當然！難道這還用懷疑嗎？」

「但是，這不是我要的。即使記憶、身體完全一樣，但你不是真正的李隱。對我來說，李隱只能有一個。」

彌真向那個拿著燈籠的李隱走過去：「帶我走吧。」她輕輕地說道。這是一個最理想美好的世界，她的夢想在這裏可以完全達成。但是，她不要這樣的幸福。李隱只有一個，沒有那個真正的李隱所在的世界，就是地獄。

即使真正的李隱愛的是子夜，而不是她，但那個人，才是她真正愛過的人。愛情就是如此純粹地愛著一個人，無論他是在什麼狀態下，僅此而已。彌真之前動搖過，但是，當她看到真正的李隱的一瞬間，立刻明白了自己要選擇什麼。

當然，就算如此，彌真還是無法度過魔王級血字的。只要還承擔著詛咒，總有一天會再度墮入更可怕的空間中去。但是，至少現在可以延緩一下。

「彌天，跟我走吧。」彌真向弟弟伸出手去，「我一定會想辦法，讓我們都活下來的。」

「姐姐……」彌天輕聲說道，「我要留在這兒，因為，深雨還在這裏。」

「嗯，這樣？好吧，隨便你，反正只要我還活著，你們就不會死。」

「姐姐，你小心一點。」

「沒事的。」彌真輕鬆地微笑道，「都已經熬到現在了，我還可以繼續撐下去的。還有……」

她的話還沒說完，卻忽然看見教學樓一樓的窗簾被一陣大風吹起，窗簾後面露出了一個臉部腐爛的惡鬼！

「不，彌天……」

窗簾落下、又再度被風卷起時，已經看不到那個惡鬼了。原本站在彌真面前的彌天，消失得無影無蹤！

「彌天！」彌真不顧一切地向教學樓衝過去！她一定要救回彌天！

彌真跑進教學樓後，第一眼看到的，就是一具屍體！

無數根長長的鐵釘，密密麻麻地將一個男子釘在一面牆壁上，他就像一隻刺蝟一樣！這個人正是班長韓真！

一個比一個更恐怖的死法，有些刺激到了彌真。而最重要的是，那個雕像，在彌天的手上！這是能直接威脅到他們三個人性命的根本之物！一旦雕像被破壞、詛咒失衡，彌真、彌天和深雨都會瞬間死去！

彌真注意到，韓真的左手食指豎直釘住，直指著——樓梯的方向！

「好……」彌真咬緊牙關，拔腿就衝上了樓梯！上到三樓時，她又看到了一具屍體！這是白秀敏，她倒在地上，身體被開膛破肚，內臟全都不見了！她的右手也指著向上的樓梯！

彌真繼續跑了上去！每到一層樓，她都會看到一具屍體，而每一具屍體的手指，都指向上面的樓層！

到達五樓時，一具倒臥在地的屍體，指向的是前面的走廊。彌真在走廊上急急地把教室的門一扇扇推開。

「彌天，彌天！」彌真忽然聽到身後傳來腳步聲。她猛然回過頭去，卻見有兩個李隱站在身後！

「彌真……」提著燈籠的李隱說道，「還是找不到嗎？」

「彌天一定在這裏的！」彌真心急如焚，被鬼帶進這個大樓這麼久了，彌天的狀況非常不樂觀！

「我幫你找！」兩個李隱異口同聲道。

彌真和兩個李隱在空蕩蕩的教室裏搜尋著，她儘量保持著鎮定，做好心理準備，隨時會出現可怕之物。

整個樓層都找遍了，他們卻一無所獲。回到樓梯口，彌真看著那具屍體，手指的確是指向走廊的。

「怎麼回事？那個鬼和彌天呢？」

這個世界的李隱不解地問道：「為什麼說是鬼？彌真，這是殺人狂犯下的罪行，不是什麼鬼啊！」

彌真突然想到，她忽略了一個最明顯的地方！

那具倒在五樓走廊上的屍體，此時猛然抬起頭，一把將彌真的腳抓住了！這個面孔腐爛的屍體，正是之前彌真看到的鬼！

「找到了！」

終於在黑暗中將火種一把抓到，公孫剡鬆了一口氣，立刻點燃了引路燈！可是，他已經浪費了相當長的時間！

引著這個鬼，公孫剡立即衝出了展廳。時間不等人！

然而，他的面前突然出現了一個人。這個人也拿著引路燈。

公孫剡的脖子立即被這個人的手死死掐住了！他手上的引路燈掉落在地。眼前這個人的臉部不斷扭曲、拉長，雙眼凹陷進去、變成了兩個黑洞，皮膚開始迅速腐爛，頭髮瘋長起來。

「你……怎麼會……你……」公孫剡昏迷了過去。

那隻已經冰冷陰寒的手鬆開了，公孫剡的身體倒在了地上。然後，那隻手將公孫剡的引路燈拿了起來！

第九個火種在某一樓層的一個角落裏。一個黑影拿著兩個引路燈，走到第九個火種面前，彎下腰輕輕拿了起來。

公孫剡雖然昏迷了，身體卻猶如傀儡一般行動著，他接過了那個黑影遞過來的引路燈。

這個血字即將迎來完結的時刻。

公孫烮手裏拿著點燃的引路燈，火焰是黑色的！

「我已經決定了，你不用再勸我！」銀夜堅定地對羅十三說，「我要消除血字，把銀羽救回來！」

「好吧。」羅十三沒有再堅持，「那邊的情況確實是不樂觀了。不過，你最好考慮清楚……」

「我知道。我只能救她這一次。」銀夜走出羅十三的房間。

羅十三繼續看著地面上的紅色圖案。

「果然還是不行嗎？心戀，你再忍耐一下，我無論如何也要……」他心裏越來越不安了，「伊清水那個女人，實在太可怕了！她是怎麼做到的？懂得蠱和詛咒，甚至能夠做到那一步。幸好她已經死了，否則的話……」

羅十三縱然是一個非常冷靜的人，現在也動搖了起來。蠱是非常可怕的咒，能掌握好的人屈指可數，他學到的也只是皮毛罷了。對他人進行詛咒，自己也要付出代價的。在公寓內部進行蠱的實驗，是下下策。到了這一步，該怎麼做才好？

這時，房門又打開了。銀夜走了進來，他的臉色很差，說道：「銀羽堅決拒絕了，還說，如果我敢這麼做，她寧可自殺。」

羅十三卻是一副意料之中的表情，什麼也沒有說。

「伊清水……」銀夜指著血紅圖案說，「她真的能夠做到如此完美？」

「是的。這也是紅袍連環殺人案的起因。我能查到的就是這些，她的最終目的還不清楚。我只知道，那個蠱下到一半的時候被打斷了，所以才造成了目前這個局面。心戀成了直接受害者。不過，我有信心可以扭轉這一切。」

「你也要小心一點。」銀夜沉吟道，「這太危險了。」

「危險也必須做，這是唯一可以救心戀的辦法，不然，她會成為這個蠱的犧牲品。而且，現在員警對她的監視更嚴密了，這樣下去很麻煩。」

「紅袍連環殺人案的轟動程度，已經大過年初的斷頭魔殺人案了。」

「其實，我也不知道該怎麼辦。我很害怕心戀死去。除非她成為這個公寓的住戶，否則絕對沒有安全。但是，我又怎麼能這麼做呢？」

「進入這個公寓，或許還不如死在蠱的詛咒中。」銀夜搖頭道，「你要考慮清楚，千萬別做出不理智的決定。」

「我知道！」

「還有，林善這個人，我總感覺不牢靠。我已經有點後悔讓他知道這件事情了。如果他這次安全回來，你務必對他小心提防。」

公孫剡夢遊一般提著引路燈，向某個展廳走去。而距離他五十多米的地方，另外一個人也拿著引路燈，引路燈裏的火焰也是黑色的。

兩個引路燈正在逐漸接近！

這時，林善突然出現在公孫剡身後！他一個箭步衝到公孫剡面前，一把搶過了引路燈！

林善這麼做是為了自保，持有引路燈，才能保證不被鬼殺，他並沒有注意到公孫剡呆滯的表情。他心中還有幾分沾沾自喜，沿著樓梯匆匆向下逃去。

林善跑到三樓的一個唐代文物展廳裏，才鬆了一口氣。他在展廳裏穿行，一直注意著引路燈。不過，火種已經要用完了，血字卻還有那麼長時間，局面已經越來越嚴峻了。

一旦沒有火種，後果不堪設想！雖然確定了鬼會同時休息一段時間，但他們能撐到血字結束嗎？

林善的身後，此時正站著一個人。

那個人的手中，也拿著一個引路燈。

而林善手中的引路燈，終於熄滅了……

公孫剡恢復了神智。他捧著腦袋晃了晃，略微清醒了一些。

回憶起剛才那一幕，公孫剡還有些恐懼。聯想到倉庫道具名稱的內容，他頓時明白了！

「難道……那個人，打開了有鬼的抽屜，然後被鬼附體了？不，不可能！鬼是進不了公寓的，絕對不可能！」然而，他現在心亂如麻，開始無法確定了。真的是如此嗎？真的絕對沒有問題嗎？

周圍很安靜。公孫剡在博物館裏走動著，卻沒有找到其他住戶，打電話過去，沒有一個人接。

難道他們全都死了？難道只有自己還活著？

公孫剡更加恐懼了。但是，就算只剩下自己一個人，他也一定要搏一搏！

如果不是因為調查而得罪了李雍，他也不會被追殺而進入公寓了。他從沒有後悔過，但是，也許到死都無法知道事情的真相了。

公孫剡從口袋裏拿出了他和未婚妻申娜的照片，未婚妻甜蜜的笑臉讓他心中湧動著一陣暖流。

「我……回不去了吧？」他慘然一笑，靠著牆壁，垂下頭來。

忽然，他看到前面走廊的拐角處的垃圾箱裏，似乎有一些光芒。他走過去一看，裏面竟然有三個火種！

「怎麼會……有三個？」

公孫剡並不知道，那個從倉庫侵入的惡鬼一直在這個博物館裏，而且放置了不少假火種。假火種放在比真火種更容易找到的地方，假火種是不會警示假住戶的存在的。而如果是真火種，假住戶在旁邊時也會變成黑色的。

假住戶就是這樣誤導了他們。而如果他們把假住戶當做鬼來引開的話，就無法同時引開真的鬼了。時間一長，兩個鬼總要相遇的。

公孫剡因為精神極度緊張，一直沒有去看手錶。事實上，現在血字已經快要結束了。

就在這時，公孫剡看到，在走廊的另外一頭，柯銀羽一手拿著引路燈，一手拖著昏迷的神谷小夜子走了過來！

從一開始，博物館裏就有三個鬼存在。然而，第三個鬼的介入，是公寓掌控之外的因素。

在某個展廳裏，有兩扇門同時被打開了，接著又關上了。

一股怨毒的恐怖在這個展廳裏蔓延，並在一瞬間席捲了整個博物館。

終於……相遇了。

一瞬間，死亡席捲了整個博物館。

公寓內，兩個身影在一樓大廳浮現而出，是柯銀羽和昏迷的神谷小夜子！而柯銀羽原本拿在手中的引路燈，已經不見了。

「總算……回來了。」柯銀羽癱倒在地上。眾多住戶立刻圍了過去，柯銀夜是衝在最前面的。

「銀羽，你沒事吧？」柯銀夜焦急地一把扶起柯銀羽。

顯然，這一次血字只有柯銀羽和神谷小夜子生還了。作為神谷盟首腦的神谷小夜子能活下來，對公寓住戶來說是再好不過了，真是不幸中的大幸。

而公孫剡，他已經知道了侵入公寓的鬼偽裝成了哪一個住戶。但是，他無法將這一真相說出來了。他懷著滿腔未實現的抱負和對未婚妻的愛戀不捨，含恨而終。

洛亦水和洛亦楓號啕大哭著，她們失去了相依為命的大姐，只能面對這樣殘酷的結局了。

羅十三靠著牆，默默地看著這一幕。

神谷小夜子醒過來後，已經沒有了昏迷以前的記憶，也不知道自己為什麼會昏迷。而柯銀羽則說，發現小夜子的時候，就看到她手裏拿著引路燈。

正天醫院的院長辦公室裏，李雍正在接聽電話。

「還沒有找到公孫剡嗎？」他的手指有節奏地敲著桌面，表情非常平淡，但是熟悉他的人都知道，這正是他內心陰冷的表現。

「很抱歉，李院長，不過，他很可能已經死了。」

「省裏的人在調查他失蹤的情況了，你的動作務必要快！」

「我知道。省裏下來的大人物，我們不會輕易動手的。我們最近很低調，但因此損失很大啊。」

「損失我會彌補的！記住，我們是一榮俱榮，一損俱損。找到他之後，立即殺了他！」

「明白了！李院長，我一定辦妥！」

掛斷電話後，李雍靠在椅子上，向後仰躺著。八月酷暑的陽光，從他身後窗簾的縫隙裏射進來，卻一絲熱度都感覺不到。

李雍的雙眼微眯著，十指指尖對在一起呈尖塔狀，思緒慢慢飄回了過去。

年輕時的他，非常渴望獲得權力。而獲得權力之後，又想要更多，貪欲永無止境。為了獲得權勢金錢而犧牲的愛情，李雍渴望重新擁有。他決定犧牲一切去換取一段他最嚮往的愛情。

但是，這個世界上，有金錢換不來的東西，也有權勢動搖不了的東西。

李雍在贏青璃死後，一直用冰冷而絕望的眼光看著這個世界。他的手無法再接觸到心愛女人的身體，他的愛再也沒有可以付出的對象。

人人都羨慕他擁有的一切，他卻對自己擁有的一切都膩了。現在，是他唯一的機會了。

「青璃，我現在只想得到她……」他一直拚命擴張人脈，他要操控一切，然後毀掉一切。

這就是正天醫院院長李雍的真面目。一個真正的惡魔。

李隱站在蒲連生房間的陽臺上，眺望著遠方。

這兒可以看到公寓周邊的大多數建築。公寓附近依舊是無人區。

「五十年了，唉……」蒲連生手上拿著一罐可樂，「我學會上網後，瞭解到了很多事情。這個時代，我無法理解。」

「我明白。」李隱點頭道。

「五十年後，世界變成了這個樣子。」蒲連生捏緊了手裏的易開罐，「而離厭他到現在也沒有找到家人。他對他的妻子很深情的，現在卻連最後的願望都實現不了。」

把手裏的可樂罐捏扁後，蒲連生看向李隱，他的眼睛在陽光下熠熠生輝。但是，陽光曬到身上，沒有絲毫暖意。

天色很快暗了下來。李隱繼續在無人區裏踱步。他已經開始習慣公寓周邊的寂靜，並且意識到，也許這就是他的最終歸宿。

李隱再也不想回家了。母親不在了，他已經失去了回那個家的理由。

現在公寓裏人心惶惶，又有住戶失蹤了。「公寓鬧鬼」的說法，也越傳越廣了。

一個聲音忽然在李隱身後響起：「我有話要和你說。」

李隱回過頭。

一陣狂風掃過，吹起一地沙塵，旁邊樹木的樹葉也搖擺起來。

子夜一身素白，頭髮被風吹揚而起，表情依舊冰冷。她冷冷地說：「是關於你父親的事情。」

李隱搖頭道：「他和你母親的事情，我沒有興趣知道。」

子夜從口袋裏取出一份資料。「他殺了人。」子夜一字一頓地說，「這是有人整理公孫剡遺物時發現的，交給了我。公孫剡生前一直在調查你父親的事情，這是他的初步調查結果，還有不少證據可以證明。而他所殺的人，很多都和我母親有關係，其中包括我的家人。」

李隱忽然感到身體冰冷起來。大風就像尖銳的刀子一樣割過來，風沙似乎把他的眼睛迷住了。他衝過去，抓住了那疊紙。

「這是一些人的供述。你父親一直和地下黑幫有來往。」子夜的聲音顫抖起來，「公孫剡就是因為掌握了這些證據，才會被追殺而進入公寓的。他發現這些向他提供了情報的人，後來都被滅口了。他正在試圖找到更多的證據揭發你父親。」

「他……殺了誰？」李隱感覺腦子嗡嗡作響，身體不禁開始顫抖。

「很多人。那些人幾乎都是我母親生前認識的人。阿妍的丈夫阿山，我父親好友的兒子，父親以前的學生，還有盧教授的女兒。在我父母去世後，盧教授一直對我視如己出，非常照顧我，我和他女兒關係也很好。」

李隱什麼話也說不出來，他受到的衝擊實在太大了。

「盧教授對我恩重如山，他退休後，我也經常去看望他。他女兒的死對他的打擊太大了，他一直都沒有從悲痛中走出來，現在他整個人都廢了。」

「我要知道原因。」子夜直視著李隱，「在我死去之前，我必須知道全部事實。你父親和我母親的糾葛，以及他殺害這些人的原因。我今天在盧教授面前發誓，無論如何都要找出殺害他女兒的真凶，不惜一切代價！」

李隱大致看完了這份資料的內容，是整理得非常詳細的筆錄，而這只是一部分。

「我會親自揭發你父親的。」子夜顫抖著說，「所以，我……」

李隱的腦子完全亂了，他胡亂說道：「我，我不知道……不可能的，他怎麼……怎麼會這麼做？他沒有理由這麼做的！」

父親的陰暗面，遠遠超過了李隱的想像。而這一切都是為了什麼?!

子夜轉過身，背對著李隱說：「對不起，我只能這麼做了。我要回報盧教授的恩情，還有阿山、阿妍……有些東西，比我的生命更重要。你，不需要原諒我。」說完，她堅定地向前走開了。

李隱呆呆地站在原地，過了許久，都無法從混亂中恢復過來……

紅色星期五
PART TWO
第二幕
地獄公寓

4 紅袍狂魔

她的手像觸電一樣痙攣了一下。她的額頭上滿是汗水，雙眼慢慢地睜開，眨了幾下。

黑暗的豪華房間裏，一張雙人床上，這個穿著絲質睡衣、頭髮凌亂的女子，茫然地看著天花板。她的手緊握著，感覺喉嚨渴得像火燒一樣。

她掙扎著要站起身，卻感覺頭一陣陣暈眩，視線也模糊了。她側耳傾聽，外面下起著大雨。

雨水用力地敲打在窗戶上，大風把窗戶吹得乒乓作響，彷彿外面有什麼東西要破窗而入一般。雨水從窗戶的縫隙裏飄進來，窗簾已經濕了，地板上也有水漬。室裏變得陰冷了許多。

今年的夏天很奇怪。八月剛進入下旬，酷暑就開始消散了。天氣反覆無常，似乎預示著什麼不祥。

她很想去喝水，身體也感覺越來越冷。室內的溫度下降了很多，可是她根本就沒有開空調。屋裏有一種詭異的氣氛，實在是太壓抑了。

她走到窗前，把窗戶關緊了。風停下了，飄動的窗簾也垂下不動了。

她走出了房間。要走過長長的走廊，才能到達廚房。

在靜謐的走廊上走動時，她感覺在這個偌大的別墅裏，似乎並不是只有她一個人在。

終於走進廚房後，她拿出了一個玻璃杯，端起熱水瓶。

然而，不知道為什麼，她的手抖得特別厲害，玻璃杯一下掉到了地上，摔碎了。

她的腳被玻璃碎片劃過，滲出了血來。她的身體抖了一下，差一點跌倒在地。腳上的疼痛讓她皺緊了眉頭，她扶著桌子，撿起地上的碎片，拿來毛巾捂住出血部位。

大雨完全沒有停下的趨勢，反而越下越大。將最後一塊玻璃碎片拿起，準備放進垃圾箱的時候，她忽然看到，在玻璃碎片上清晰映照出，廚房門口有一個紅色身影閃過！

她一怔，手裏的碎片頓時又落在地上，碎得更小了。腳上的傷口又疼了，室內的寒冷也讓她身體發抖。她猛然回過頭去，身後沒人。

她瞪大了眼睛走出廚房，看看走廊。外面當然是空無一人，如果真的有人跑過也應該會有聲音。

紅色……紅色……她的腦海中有一大團紅色蔓延開來，她的手上還拿著沾了血的毛巾，那塊殷紅和腦海中的紅色似乎融合在了一起。她立即扔掉了那塊毛巾！

她想快點去找到那個紅色身影，索性甩掉拖鞋，赤著腳在走廊上走動。來到走廊另一頭，轉過去就是去一樓的樓梯了。

她捂著狂跳的胸口，忍耐著腳上的疼痛，喉嚨還是很乾渴，但是她已經不再考慮喝水的事情了。外面的風雨聲加上偶爾的雷鳴，讓她更加緊張煩亂了。

走到樓下的時候，她看了一眼牆壁上掛著的貓頭鷹大鐘，已經是凌晨兩點多了。

樓下是餐廳，旁邊有一排落地窗。窗子鎖得好好的，因為雨水不斷衝刷而下，根本看不清楚外面的情景。

她的目光搜尋著餐廳，猛然瞪大了眼睛，身體急速後退，撞到了一張沙發。被雨水打得模糊的落地窗外，有一個紅色身影！還有兩隻手按在玻璃窗上！

她立刻抓起一把椅子，高舉過頭頂，身體繼續向後退。她想張口呼喊，卻緊張得發不出聲音來！腦海裏的那團紅色，席捲了整個頭部，她的身體顫慄著，感覺到那團紅色開始吞噬自己。她忽然感到有一股液體沿著大腿內側向下流。她穿著真絲睡裙，只看見一道血線流到了腳踝，那些血看起來很妖異。

她抬起頭，再度看向落地窗，那個紅色身影已經不見了。她總算鬆了一口氣。

然而，現在她感到了身體的疼痛，她靠著牆壁，緩緩地倒下了。那些血流到地上，流了一大灘，她疼痛得緊咬牙關，低下頭看去，只見一個滿臉是血的女性頭顱，從睡裙下面慢慢地露了出來！

她像觸了電一樣僵住了，又猛然站起身，衝到餐桌前，撞翻了一張椅子，摔倒在地。

那顆頭顱已經不見了。她驚恐地把睡裙脫下，在自己的身體上找，卻只看到了血流不止。疼痛和恐懼抽走了她所有的力氣。

要打電話給十三……這是她腦海中殘存的最後一個意識。她艱難地爬著，手機不在身上，矮櫃上有一個電話機。

一步步好不容易爬到那兒，她抓起話筒，手卻顫抖不止，話筒一下掉在地上。她開始撥打號碼，卻因為手抖得太厲害，無法撥出正確的號碼，還把電話線扯脫了。

她感到身體越來越虛弱了。現在，她該怎麼辦？

傾盆的雨，同樣在公寓上空降下。

羅十三此時沒有絲毫睡意。他在擔心心戀，但是，又不能給她打電話。進入公寓以來，羅十三覺得自己是一事無成。只能讓心戀一個人待在那個別墅裏，他卻無法救她。

伊清水雖然死了，可是，她留下的問題卻一個都沒有解決。而他因為伊清水這個魔女，不得不對所有人撒謊，隨時隨地都在演戲，更是時刻在擔憂恐懼著。但願是自己想多了，但願，一切不會那麼快就變得很糟糕。

最終，他還是從床頭拿起手機，給心戀打去了電話。可是，電話響了很久，她都沒有來接。

這更讓他擔心了。最近心戀告訴他，她經常失眠，半夜經常驚醒。現在是真的出了什麼事情嗎？

羅十三不安地站了起來，開始換起衣服，拿上車鑰匙匆匆出門。他開著一輛悍馬，向別墅疾駛而去。

雨勢很大，路面已經有了積水，影響了速度。他知道警方很可能在監視著心戀，但是現在管不了那麼多了。無論如何，他都必須去確認她是否出事了。

羅十三趕到別墅區後，撐著傘直衝向大門，取出鑰匙開門又立刻關上。他此時已經變了裝。他剛要去開燈，忽然感到走廊裏吹來一股穿堂風。

他不禁向前方看去。走廊盡頭有一扇門，此時是虛掩的，隨著風的吹動，不時搖擺著。

羅十三立刻衝了過去，走到那扇門面前，對面的一扇窗戶大開著，風不斷吹進來。

「這扇門不是一直上鎖的嗎？」他有了恐怖的預感，立刻衝進門去！

這是一個地下室，而且相當大，有不少房間。到了地下室後，他立刻向某個房間跑去。而那個房間，此時房門也大開著。

羅十三希望是自己想錯了。他用手機發出的光芒照了過去。

紅色。眼前是一大片紅色。

十幾具穿著紅袍、死相淒慘的屍體，橫陳在房間裏的解剖臺上，這等恐怖景象，讓人睚眥俱裂。

有一具女屍的頭部被剖開了，露出了大腦；有一具男屍的胸口被打開了，露出了內臟；有一具屍體的一半被剝去了皮膚，露出了筋肉；還有一具屍體，被無數針線將臉部和兩隻腳的膝蓋部分縫合在一起……

二〇一一年六月三日，這一天是星期五。

「這款婚紗是國外的最新設計，也很能襯托新娘的身材。」

白嚴區延金路的一家婚紗店裏，一名女店員笑容可掬地向一對青年介紹著新款婚紗。

「只要你們滿意，我們店還會幫你們拍攝婚紗照。」

「我覺得很不錯。」準新郎容貌清秀，聲音很有磁性，他翻看著婚紗目錄，臉上露出輕鬆甜蜜的笑容：「怎麼樣，心戀？」

坐在他旁邊的，是一個頭髮微卷、有一對深酒窩的女子。女子最多二十歲出頭，她笑起來很溫柔。

「嗯，不錯，就試這件婚紗吧。」

看著女子喜悅閃亮的目光，男子滿意地笑著。

十三，是一個不祥的名字。按理說，哪兒會有父母給兒子起這麼不倫不類的名字的？

「十三，你記住，我們只會給別人帶來不祥，是無法讓人幸福的。從讓你學下蠱的那一刻，你就要記住，你這一生都必須去詛咒別人。」

詛咒他人，仇恨他人，是父母最後留給他的話。而羅十三從很小的時候，就憎恨著這樣的父母。尤其憎恨他的父親。但是，即使他可以逃離家庭，卻逃不掉血緣。十三為了清除父親的一切影響，發誓絕對不會去碰「蠱」。

蠱，是一種神秘的巫術。能夠很好掌握這種巫術的人，是極少數，確切地說，這是一種人類無法完全操控的邪異詛咒。

羅十三很想融入正常的社會生活，卻開始害怕自己。他擔心有一天，會因為憎恨他人而給對方下蠱。

這個世界上有很多人，之所以不作惡，與其說是善良，不如說是沒有作惡的能力。但是，如果擁有了將不祥帶給他人的能力呢？

羅十三發誓要將關於蠱的記憶塵封，逃脫血緣強加給他的束縛。而始終在他身邊支持、幫助他的人，就是知道了他的身世、卻依舊對他不離不棄的金心戀。

金心戀深愛著她的父母。在心戀的家庭裏，羅十三感受到了正常人的親情和關懷。羅十三和心戀認識了十年，原來在陰暗世界的他，得到了心戀帶給他的溫暖陽光。他比任何人都珍視心戀，心戀是他生命中最重要的人。

現在，他和心戀終於要踏入婚姻的殿堂了，二人定在七月結婚。羅十三在三天前，收到了父母寄來的信，給他送上了祝福。

羅十三的父母長年居無定所，每月都會匯款給他，但是從來不提及他們做的事情。對於父母，羅十三知之甚少，他也從未見過祖父、祖母和外祖父、外祖母，更不知道他們是死是活了。

看到這封信，羅十三突然完全釋懷了。他發現，血緣終究是無法斷開的。家人永遠是家人，無論世人如何看待父母，父母都是他無法替代的家人。這就足夠了。

金心戀的父母，都是很普通的人，父親是音樂學院的鋼琴老師，母親是家庭主婦。普通的三口之家，普通的生活，卻洋溢著溫暖的親情。羅十三的心在這個家裏被觸動了，被治癒了。他發現自己也開始想念父母了。他們在哪裏，過得好不好呢？

羅十三收到信後，給父母打去了電話：「一定要來我的婚禮，你們一定要來。」他放下了多年來對父親的憎恨，這是和父親第一次交心。

父親很內斂，只說了幾個字：「嗯。我們會去的。」

「爸爸沒有給你施加壓力吧？」金心戀打斷了羅十三的思緒，「他昨天和你單獨談了很久。」

「沒有，都是叮囑我關於你的事情。」羅十三笑道，「你父親真的很疼愛你，對我雖然放心，還是說了很多。」

「當然了，是我父親嘛。」心戀露出甜甜的笑容，「我媽媽和我看男人的眼光一樣好。」

羅十三也笑了，他覺得自己真是太幸福了。他把心戀送到她家附近，說道：「今天忙了一整天了，回去早點休息吧。」羅十三緊握住金心戀的手，「我們一定會很幸福、很幸福的！」

金心戀的臉一紅，甜甜地笑了，在羅十三的臉頰上輕輕一吻，就下了車：「明天見。」

羅十三的心中洋溢著幸福。研究生畢業後，他很順利獲得了升遷，雖然婚房還需要操心，但是為了建立幸福的家庭，他會盡一切努力。他打開了車上的收音機。

「紅袍連環殺人案的偵查工作，至今沒有任何進展。警方提醒市民，儘量不要在星期五的夜晚獨自出行，尤其是二十歲以下的青年。」

羅十三聽到這裏，忽然想起，今天就是星期五！

紅袍連環殺人案是震驚全國的案件，被害者已經達到十六人。被害者都是在星期五的晚上被殺害，次日被拋屍。受害者全都不到二十歲，死去時都穿著長至膝蓋的大紅袍子。每具屍體的死相都極為淒慘，不是被割開胸膛，就是剝掉皮膚，乃至肢解分屍，更有一具女屍的臉部和膝蓋甚至縫合在了一起！

所有的紅袍都查不到生產廠家，似乎是兇手自己做的衣服，而且每一件都非常合身。由此可見，兇手是有計劃地針對死者進行殺戮的。而十六名被害者至今都找不到絲毫共同點，其中男性七人，女性九人。

今天又是星期五了。從第一個案件開始，每個星期五的晚上必定會死一個人，從無例外。

羅十三停下車子，放下車窗，向後面看去：「心戀不會有事吧？」

金心戀所住的公寓位於市中心，治安很好，她剛才下車的地方離公寓也只有一條街。現在七點剛過，路上有不少行人。

羅十三想了想，拋開了腦海中這個擔憂，踩下了油門。而這成為他後來極度悔恨的一個決定。

金心戀回憶著剛才與戀人吻別的情景，面孔還是緋紅的。即將走進公寓社區的時候，她忽然覺察到有一個影子在身後一閃，隨即一塊手帕捂住了她的嘴巴，她的意識立刻模糊了……

不知道過去了多久，金心戀才醒了過來。她發現自己的身體竟然被鐵鏈緊緊纏住，躺在一張冰冷的解剖臺上，而且換上了一身血一般的紅色長袍！這是一個光線比較暗的房間，雖然很寬敞，卻沒有窗戶。

「應該很合身。」一個悅耳的女聲說道，「這件衣服是我為你定做的。你喜歡嗎？」

「你……你要做什麼？」金心戀感覺渾身冰冷，身體卻動不了。

一張面孔出現在她的眼前。這是一張極美的臉，美到難以用語言形容，但是，卻極為冰冷。

「你，求，求求你，不要殺我，求你別殺我！」

「你的身材真是很好啊，這件衣服很襯你的身材，你應該感激我。不用擔心，我不會一下子就殺了你，我要好好欣賞你死亡之前的恐懼表現。」

那張面孔漸漸透出一股魔性，讓金心戀無法挪開視線。

在這個幽暗的牢籠裏，這個極美的女人低下頭，用手輕輕撫摸著金心戀的臉頰，慢慢移動到了她的喉嚨。

「你很美。」女人猶如在欣賞藝術品一般，「真的很美。」

所有被殺害的青年，其實還是有一個共通點的，那就是，他們的外貌都相當出眾。而金心戀和死去的九個女子比，也算是佼佼者了。

「求，求你，求你放了我！」金心戀的聲音充滿恐懼，「我，我根本不認識你，你為什麼要……」

「你當然不認識我。」女人的冷笑中帶著殘忍，按在金心戀喉嚨上的纖纖玉指慢慢離開了。

「求你放了我吧……你要什麼，我都可以給你……」

金心戀此時正要步入人生最幸福的時刻，她無論如何都要活下去，要和羅十三一起過幸福的生活。

她絕對不能讓自己的人生在這裏停止！

「求你……求你……」她的眼中泛起淚花，此時，只要可以讓自己獲救，她可以付出任何代價。

但是，這些話絲毫打動不了這個女人。

「我在考慮，讓你怎樣死去呢？嗯，我設想過很多情景，無論如何都不能一次就殺死你，那樣就太沒有樂趣了。」

「放過我吧！求求你！為什麼，為什麼要找到我？」金心戀歇斯底里地喊起來，「不要殺我啊！只要你不殺我，什麼事情我都答應你，真的，什麼都可以！我不能死在這裏，我不能死在這裏啊！」

「你很幸福吧？穿著婚紗的時候？」這個女人話鋒一轉，「即將成為新娘，而且，你的未婚夫也很英俊啊。」

「你，你要做什麼……你不要傷害他！」

女人沒有繼續說話，她的聲音很美，明明說的是很殘忍的話，卻讓人對她恨不起來。

「決定了。就這樣吧。」女人忽然走到一邊，拿起一個盤子，上面有兩顆骰子。她說道：「我們玩一個遊戲吧。你來下注，我來擲骰子，你來猜骰子的點數相加是奇數還是偶數。如果猜錯一次，我就在你身上刺一刀。你放心，我會避開動脈的，不會讓你因為流血過多而死的，如果你承受不住，我會給你注射興奮劑，讓你不會暈過去。如果你能夠連續猜對五次的話，我就放了你。而如果連續猜錯五次，我就直接殺了你。怎麼樣？很有趣吧？」

金心戀意識到，這是自己唯一的生機。

「當然，你沒有選擇。」女人將盤子放下，抓起兩個骰子說道：「那麼，先猜第一次，是奇數，還是偶數？」

金心戀看著她的手，咽了一口口水，說道：「你會遵守約定嗎？如果我真的連續猜對五次？」

「當然。」

「好，那麼，這次是……奇數。」

女人擲下了骰子。一個是三，一個是四。

猜對了。金心戀鬆了一口氣，緊繃的心弦暫時鬆開了一些。

「不錯嘛，如果接下來四次都猜對，你就可以離開了。」女人重新抓起骰子，問道：「那麼，接下來是奇數還是偶數？」

這個遊戲其實根本不公平。猜錯的次數多了，被刺很多下，也會很痛苦，而且也不知道遊戲何時能結束。更重要的是，對方是否遵守諾言，根本就沒有保證。

但是，金心戀知道，現在只能拚死去賭了。

「偶數。」她艱難地說。

「考慮了很長時間呢。」女人冷笑道，「不行啊，這樣不行。得立一個新規定，思考的時間不可以超過十秒，否則我也要刺你一刀。」

接著她擲下兩隻骰子，而這一次……一個點數是二，一個點數是三。

猜錯了。

金心戀剛看清骰子的點數，大腿上就傳來一陣劇痛！匕首狠狠插入大腿後迅速拔出，女人殘忍地看著尖叫的金心戀，說道：「這裏的隔音效果很好，你怎麼喊都不會有人聽到的。放心，我避開了動脈，流血速度會放慢的。」

金心戀緊咬牙關，忍住劇痛，雙拳攥緊道：「快，繼續，下一個……」

「是什麼？十，九，八，七……」

「偶，偶數……」金心戀幾乎把嘴唇咬破，心臟狂跳著，看向盤子。

六，一。奇數。

下一刀刺在了手臂上。金心戀又是一聲慘號，淚水和汗水都流出來了。

「求你，別玩這個遊戲了……」金心戀拚命搖頭道，「不要玩了……」

「再猜錯三次，我就割斷你的喉嚨哦。」女人露出嫵媚的笑容，再次抓起兩個骰子說：「十，九，八，七……」

金心戀完全沒有選擇。

「奇數，奇數……」她大叫起來，「你快扔啊！」

女人將骰子甩在盤子上，金心戀睜大眼睛看過去。

二，三。奇數，這一次終於猜對了。

連續四次都是奇數，金心戀不禁悔恨起來，如果她一直猜奇數，那麼還有一次就可以成功了，雖然她不確定對方是不是會遵守約定。但總歸是一個希望！

「下一個……」

「奇……奇數。」

骰子再次落下……

羅十三回到了家。他坐在沙發上，解開領帶，忽然想到什麼，拿起電話撥了金心戀家的號碼。

「喂，伯父。」電話接通後，羅十三笑容可掬地說：「請問心戀在嗎？」

「什麼？」金心戀的父親顯然很吃驚，「心戀她不在你身邊嗎？我還以為你們還在外面……」

「你說什麼？心戀還沒有回家？」

羅十三正好把電視機打開了，正在播放夜間新聞。

「備受關注的紅袍連環殺人案，至今仍未告破。今天又是一個星期五，警方已經在市內加強巡邏，以防止第十七位受害者出現。」

羅十三臉上的血色剎那間褪去，手上的話筒也落了下來。

星期五……今天是星期五……不，不可能的，不會這樣的……

但是，他很瞭解心戀。如果她有事情，一定會打電話給家裏的，不會那麼晚還不回去，何況現在外面如此危險……

他又抓起話筒，詳細問了一些問題。但是，反而讓心戀的父母也著急起來，他們也聯想到了紅袍連環殺人案。心戀正是符合變態殺人魔條件的美少女啊！

對二老安慰一番後，掛斷電話的羅十三青筋暴起，只感覺血液一下子湧上了頭部。

「蠱……」他立刻衝進臥室，從床底下拖出一個箱子。

這是一個十年沒有開啟過的箱子。現在沒有別的辦法了。只有這樣，才有可能找到心戀！

他一直不敢輕易動用這種力量。但是，現在他已經沒有選擇了。他不希望到了明天，心戀成為第十七具屍體！

羅十三從盒子裏取出一個青黑色罐子，在裏面灑滿朱砂，又取出了一支筆，父母說這支筆是用死者的頭髮製作成的。

他將那支筆輕輕點在朱砂上，然後摘下了自己的訂婚戒指。心戀觸摸過這只戒指，有她的生氣依附在上面。他將戒指緩緩地放在罐子裏的朱砂上，將筆點在戒指上方，閉上雙眼，開始對此時心戀身邊所在的人下蠱！

蠱是很可怕的力量，一旦使用，自己也會受到詛咒。而那個詛咒，不是輕易可以化解的。但是，為了心戀，羅十三已經什麼也顧不上了。

誤傷他人的可能性，他也考慮過，所以，他會先感知心戀此時的生氣有沒有減弱，以及她身邊的人是否存在惡意和殺氣。一旦有，他會毫不猶豫地下蠱！

無論受到詛咒的代價是什麼，他都決定去做！

終於，他感受到了，遙遠之處，心戀的生氣正在不斷衰弱！

羅十三的手差點顫抖起來。下蠱並不一定會成功，這種對他人施加詛咒的邪術有巨大的風險。而現在，他終於要動用他一直都忌諱和憎惡的蠱術了。

他閉上眼睛，不斷地通過生氣感應心戀，並感應到，她的周圍有一個充滿惡意的陰影。那個惡意的可怕，竟然讓他手一抖，差點沒有拿住筆。彷彿那不是人，而是某種妖魔鬼怪。

羅十三取出一把匕首，在手指上猛然一劃！一滴血珠滲出，然後滴下，並和朱砂混合在了一起，蘸在筆上。鮮血，已經奉獻出來，循著惡意的源頭，開始施加詛咒！

金心戀的身上已經有了十多處刀傷，她此時感到渾身冰冷。那個女人笑了，絕美的臉上，那個殘忍的笑容顯得愈發猙獰。

「奇數，還是偶數？」女人又問道。

「是……」

「考慮清楚哦，你已經答錯四次了。」

「求，求你……放過我，只要你放了我，我一定報答你……」

「十，九，八，七，六，五，四……」

金心戀的眼前，魔女的面容開始模糊起來。

「偶數！偶數！」在「一」字出口的同時，金心戀下了賭注。

生與死，只看這一瞬間。

一，四。奇數。

女人將盤子丟在地上，頓時摔碎成好幾塊，兩個骰子也在地上滾起來。匕首高高舉起了。

「抱歉，又猜錯了呢。」女人抿著嘴唇笑著，匕首猛然劃過金心戀的咽喉！

這一刀劃得非常深，直接將喉管切斷了！鮮血頓時噴湧而出，金心戀的雙眼瞪得大大的，張著嘴卻什麼也說不出來！

就在女人下殺手的同時，她的身體也是一滯，雙目頓時佈滿血絲，臉上的血管開始一根根浮現而出。接著，她的雙眼變成一片血紅，身上出現千溝萬壑的血線。她的頭猛然昂起，嘴巴大大張開，猶如九幽厲鬼！

女人的身體倒在了金心戀身上。而金心戀也完全斷了氣，死不瞑目。

下蠱完成後，羅十三立刻感覺到，心戀的生氣居然在瞬間消散，無法察覺到了！這只有一個解釋，那就是，心戀已經死了！

「不……不！」他不惜下蠱進行詛咒，居然還是沒有救回心戀的性命？他如何能接受？

「一定還有救的！哪裏，她在哪裏！」

他必須感知到心戀所在的位置，可是，生氣已經斷絕，感知自然也就消失了。更何況，就算他趕到，只怕也只能帶回心戀的屍體！

不知道過去多久，羅十三才意識到，他必須做點什麼。

他只能寄希望於，對心戀的感應出了問題。他抱著這個微小的希望，撥通了一一〇。

在地下室裏，兩具屍體依舊橫陳著。那個女人屍體上的血線漸漸褪去，雙目的血紅也開始消散，最後，化為了烏黑的瞳孔。

一個小時過去了……兩個小時過去了……三個小時過去了……

忽然，她的一個手指顫動了一下，緊接著，整個身體都開始動了起來。最後，她重新站起身來。

羅十三還在公安局裏的時候，忽然接到了一個陌生電話。他聽到一個陌生女人的聲音：「喂，十三……是十三嗎？」

「你是誰？」羅十三皺起眉頭，他對這個聲音毫無印象。

「是我，我是心戀啊！總之，你到我說的地址來！還有，暫時別告訴其他人，包括我的父母！」

羅十三感到很奇怪，這個聲音聽上去完全不像是心戀。但是，他也顧不上許多了，馬上衝出公安局，開車疾馳而去。

心戀說的地址，是一座人工湖旁的二層獨棟別墅。下車後，他匆匆趕到門口，卻看見一個完全陌生、容貌絕美的女人站在面前。

「小姐，你是誰？」羅十三朝她身後看了看，然而什麼都沒有看到。

在月光下，他忽然看到女人的胸口有斑斑血跡！

「你……」羅十三愕然不已，對方卻開口說道：「我就是心戀啊，十三！」

金心戀死了。但是，她的靈魂卻在這具殺死她的女人的屍體中重生了。

進入別墅的客廳時，女子還是捂著胸口，滿臉都是驚惶和恐懼：「我，我，我感覺我要瘋了。我死了，我被殺死了，我的屍體就在地下室，可是，我還活著，這個身體，是殺了我的那個女人！我，我該怎麼辦？」

羅十三目瞪口呆。他雖然覺得這一切太荒誕，可是對方的神態、語氣和口吻，的確和心戀如出一轍！

難道，是下蠱的作用嗎？他對要殺心戀的變態殺人魔女施加的詛咒，是通過心戀這個媒介的，恐怕正因如此，死去的心戀的靈魂，在死去的殺人魔女屍體上獲得重生！

聽心戀說完了來龍去脈之後，羅十三立刻問道：「我們第一次見面是在什麼地方？」

「聖花音樂學院！就是我父親執教的學院啊！」

「我們第一次去看的電影是？」

「《阿凡達》！」

「我只告訴過你一個人的秘密是什麼？」

「是你的家族會使用蠱術。」

反覆詢問了許多問題，羅十三終於相信，眼前的人的確是心戀，而這是下蠱的副作用！如此一來，就可以說明，為什麼他沒有因為下蠱而受到傷害，因為傷害完全作用在了心戀身上，而心戀附體到了紅袍連環殺人案的兇手體內！

「帶我……去……」羅十三感覺很彆扭地問道，「在哪裏？你的，屍體？」

「嗯，我帶你去。」

金心戀和羅十三進入了地下室，血腥的氣息在空氣中瀰漫著。心戀的屍體在解剖臺上，渾身都是血。

羅十三感覺頭像被重重一擊。現在，心戀能算是活著嗎？他的蠱術造成了這種始料未及的後果。二人搜查了這個別墅後，找到了這個女人的身分證，確定了她的名字——伊清水，年齡二十四歲，從家裏的書籍來看，似乎是一名外科醫生。

今後，心戀只能作為伊清水活下去。下蠱這種事，沒有人會相信的。心戀死了，卻成為了殺死自己的兇手。

羅十三很快做出了決定：「心戀，我會把你的屍體放在某個地方，讓人發現。然後我會不惜一切代價掩蓋伊清水犯下的罪行！」

「你說什麼？怎麼掩蓋呢？」

「目前沒有任何線索指向你，也沒有目擊證人。你先在這兒住一段時間，我必須扮演失去未婚妻而極度痛苦的男人，以後我會想辦法製造一個合適的機會和你相識，然後想辦法將這個別墅、包括地下室全部燒毀，那樣一切證據就完全消失了！」

不過，羅十三要在當天拋屍是不可能的。警方知道星期六是拋屍時間，必定會嚴格排查，加強巡邏。伊清水到底是怎麼做到犯下那麼大的案子，卻能夠逍遙法外呢？她每一次將死者綁架、殺死、再拋屍，從未留下任何蛛絲馬跡，也沒有任何目擊者，而且拋屍的地點遍佈市內各處。伊清水是否有共犯呢？

金心戀對這個別墅很排斥：「伊清水在這裏殺死了那麼多人，我怎麼可能在這裏待得下去啊？」

「最好還是待在這裏。」羅十三堅持道，「我們不知道目前警方掌握了什麼線索，如果你貿然離開住所，一定會引起懷疑，萬一員警來搜查這座別墅，一切就完了。不會有人相信你是金心戀，而伊清水犯下的罪行，絕對是死罪。無論如何，我必須保護好你。」

他又說道：「接下來我會詳細調查和伊清水有關的事情，你首先要做的就是辭職。伊清水是外科醫生，你根本不懂醫學，不可能在工作上假扮她。最重要的是，為什麼伊清水會犯下這一系列殺人案，作案動機關係到伊清水自身的問題，你現在變成了伊清水，這就是你的問題了。」

金心戀點頭答應，隨即面露憂色道：「但是，我的父母……」

「你認為他們可能相信嗎？如果你貿然出現，說你是金心戀，警方就會把視線集中到你的身上，然後他們會調查你，很快就會發現證據的。伊清水殺了十六個人啊，我就不信她真的能做到天衣無縫。所以，目前必須小心、小心、再小心。而你的……遺體，我也要儘快安葬，不能看著遺體不斷腐爛下去。」

「我的父母知道我死了，該會多痛苦……」

「至少現在不能告訴他們，等到這些案件的風頭過去，我會安排你們見面，到時候你再說出真相。現在這些案件太受關注，我們的一言一行，哪怕一步走錯，都會萬劫不復！」

羅十三說會另外準備一部手機讓她用，絕對不能用別墅的電話和他聯繫，昨天那個電話是第一個也是最後一個。分別的時候，他萬分不捨，但是，現在只能如此了。

而且，看著金心戀現在的樣子，羅十三感覺很混亂。

他所愛的人還活著，可是，她卻有一張完全陌生的面孔，一張殺人兇手的面孔。

雖然伊清水絕對是萬裏挑一的美女，和她相比，心戀的樣貌只能算是中上而已。但是，羅十三發現，他內心的感覺已經不一樣了。

他把心戀代入眼前伊清水的身體，並沒有想像中那麼順利。當一具身體裏只有自己愛的靈魂，他能夠坦然接受這具身體嗎？

他還能像愛心戀一樣，去愛眼前這個人嗎？

他發現，如果用這種代入的感情去看著伊清水的臉，他就會被伊清水的容貌吸引。而且，隨著時間推移，這種感覺越來越強烈。

靈魂和身體是完全不同的兩個人，羅十三甚至有些害怕，怕有朝一日，他會真的愛上伊清水的身體，甚至超出原來對心戀的愛。

這是他無法接受的，也是他最矛盾糾結的地方。如果有一天，他淡忘了心戀的容貌，那就像失去了心戀一樣。

三天過去了，羅十三和心戀一直沒有見面，只是通過聊天軟體來交談，他們都新註冊了帳號，羅十三的昵稱是「五加八」。羅十三還要求，下線時必須刪除掉聊天記錄，聊天的時候必須用昵稱，不能提及真名和地名。

羅十三則在眾人面前扮演著焦慮而痛苦的男人，完全沒有表演經驗的他，必須在同事、朋友、心戀的父母和員警面前都表演得毫無破綻，否則就會葬送自己和心戀的未來。

他事先考慮好各種情況下自己該如何應答，並熟記下來。他最擔心的是警方調查到他的手機接到的從伊清水家裏打來的電話，他無論如何都不能讓伊清水成為員警調查的目標。

羅十三秘密調查伊清水後發現，這個女人不是醫生，她並沒有工作。伊清水的父親是一名極其富有的企業家，伊清水的父母定居國外，她在國內沒有其他親人，一直過著深居簡出的生活。所以，伊清水接觸過的人非常少，這也大大降低了心戀暴露的危險性。

當然，心戀的父母現在極度痛苦，女兒的屍體一直沒有找到，生死不明。羅十三知道，屍體必須要處理，不然無法保證不被發現。

第四天，羅十三依舊和心戀在網上聊天。心戀打字道：「我一個人待在這麼大的別墅裏，真的好害怕。還好別墅裏的食物儲備豐富，我都不敢出門。」

「地下室的你怎麼樣了？」羅十三不想用「屍體」這個詞。

「我不敢去看。」

「別怕，不會有事的。」

過了幾分鐘，心戀都沒有再打字。

羅十三問道：「怎麼了？不在了嗎？」

「還在。」很快有回覆了。

「剛才怎麼了？」

「我剛才好像聽到有人在敲門，可是外面沒有人。可能是我聽錯了。」

羅十三打字道：「是嗎？那就好。睡覺以前一定要檢查窗戶有沒有關好，尤其是一樓的落地窗。」

「嗯，我知道了。啊！」

「怎麼了？」

「我又聽到敲門聲了！」

羅十三也眉頭緊皺了。難道是小偷？還是，伊清水的共犯？

「稍等一下。」接下來，心戀一直沒有再打字。

羅十三焦躁起來，他很不安。如果真的有事情發生，他必須趕去那裏！但是，萬一來不及呢？

他又想到了用蠱。他想試試看，心戀周圍是否有其他生氣。考慮再三，他再次取出了那個青黑色罐子……

房間裏的電話響了起來。羅十三眉頭一皺，站起身去接了電話。

剛才，他沒有感應到心戀周圍有其他生氣，所以暫時放心了一些，而電話裏卻傳來一個意料之外的聲音。

「十三嗎？」居然是父親打來的。

羅十三之前已經聯絡過父親，告知他心戀身上發生的事情，只有父母會相信他的話。

「你上次問我的問題……」

「你有讓心戀的靈魂回到原來身體的方法嗎？」

「沒有那種辦法。」父親陰冷的聲音讓人很不舒服，「不過，我可以提供給你一個地址。不過，那個地方非常危險，不到萬不得已，你不要去。」

「那是什麼地方？」

「嗯，是一座公寓。除非在生死攸關的時刻，否則千萬不要進入那個公寓。」

金心戀打開書房的門，看著長長的走廊。空蕩蕩的，一個人也沒有。可是，剛才響起的敲門聲，她的確聽得清清楚楚。

她走了出去，感覺空氣中似乎飄散著一股血腥味。她走到樓梯口時，忽然覺得精神有些恍惚。伊清水似乎很喜歡紅色。這個別墅的牆壁、瓷磚、窗簾、樓梯等很多地方都是紅色的，讓她有點不安。

金心戀緩緩走到樓下餐廳，雙手按在餐桌的玻璃台桌上，看著上面映照出的伊清水的臉。

「是我神經過敏了吧？」金心戀搖了搖頭，重新走上樓梯。

走了幾步，她忽然又回過了頭去。

她看到了自己！金心戀的屍體正坐在餐桌旁的一張椅子上，頭歪著，雙眼睜得大大的，瞪視著站在樓梯上的自己！

金心戀腳一軟，幾乎從樓梯上摔下來。

自己的屍體早就僵硬了，可是現在那具屍體的姿勢卻和死去時完全不同，而且，那雙眼睛本該是被十三給合上了，此刻居然再度睜開了！就這樣瞪視著她！

「不……不！」

這個別墅裏潛進了什麼人嗎？把自己的屍體給搬了出來？可是，看著自己的屍體，感覺是那麼毛骨悚然！

她慌亂地奔逃上樓，衝進書房，立刻將門反鎖，然後飛快地打字，不時看著身後的門。

羅十三看到她的資訊，更是驚駭不已，回覆道：「你待在那兒，我馬上過去！」

報警當然是不可能的，羅十三只有自己趕過去了。他拿了幾把刀藏在身上，也帶上了下蠱用具，像著了火一樣趕去別墅。

他明明確認過，心戀周圍是沒有生氣的，而現在的情況說明了什麼？難道是因為下蠱失誤，導致了什麼可怕的後果嗎？還是什麼自己無法理解的靈異現象？

他拿鑰匙打開門，握著刀子，很警惕地衝向二樓，喊道：「心戀，是我，你出來吧！」

書房的門立刻打開了，心戀衝出來，一下撲到羅十三懷中。

「十三……我好怕，你帶我走吧！我絕對不能再住在這裏了！」

「你先帶我去看看……你的屍體……」羅十三說得很彆扭，「有我在，你不用擔心。」

羅十三和心戀再回到餐廳時，餐桌旁的那具屍體已經無影無蹤了。

「這……怎麼可能？」心戀不敢置信地說，「我剛才明明看見了……」

羅十三自然不會認為心戀在撒謊。二人又立刻去了地下室，那具屍體還在那兒。屍體依舊是僵硬的，雙目合上了，和上次看到時一樣。

但是，羅十三此時卻感覺，這具屍體似乎隨時都會醒來。

雖然這具屍體是他心愛的女人，他卻開始恐懼起來。這種超越常識的事情一再發生，他也無法壓抑心底逐漸湧出的無力和恐懼。

羅十三平生第一次後悔沒有好好向父母學習蠱的知識。此刻他唯一能夠求助的對象，只有父母了。

他給父親打去電話，這次接電話的卻是母親。

「十三，你父親現在不太方便接電話，有事情就和我說吧，我大致知道你的情況了。」

「心戀的靈魂已經附到了伊清水身上，既然如此，為什麼還會產生屍變？」羅十三此時聯想到的是僵屍。

他的母親沉默了一會兒，陰沉地說：「不，不是僵屍。這樣的情況，我也從來沒有遇到過，完全不合常理。」

就連母親也只能這樣回答，羅十三的心頓時一沉：「那麼，讓心戀離開這座別墅吧，儘快地處理掉她的屍體……」

「不，她必須待在那兒。如果你的話是真的，也有可能是觸動了陰陽之間的某種東西。那座別墅雖然是凶地，卻也是鎮壓的最佳地點。如果現在讓她離開，不知道還會發生什麼情況。這樣吧，你把她的生辰八字告訴我，我寄給你們一個東西。」

「謝謝你，媽！」

羅十三第一次從母親看似陰冷的話語中感受到了一絲溫暖。在這方面，他不懂的東西太多了，此時，他長期以來對父母的成見完全化解了。也許父母在世人眼中是很神秘的蠱師，但是對羅十三而言，就是無可替代的家人。

羅十三對心戀說：「今天我就把屍體帶走。我要開車去郊區，無論如何，今天一定要……」他心跳得很厲害，萬一失手，後果不堪設想，他會被當成殺人犯，而且他說的話不會有任何人相信。

「十三……」金心戀急忙握住他的手，「你不要緊吧？」

「沒事的。」羅十三強自鎮定道，「而且，我還有最後一張底牌。」

「什麼底牌？」

「我父親告訴我，在天南市裏有一座靈異公寓。如果所有希望都斷絕了，陷入絕境了，那個地方可以成為最後的避難所。但是，如果進入那座公寓，會受到更可怕的詛咒。」其實羅十三對父親的話還是有點半信半疑。那麼冷漠的父親，在提及這個公寓的時候也諱莫如深。他只能祈禱，事態不會發展到那個地步了。

今天，羅十三特意開了一輛在黑市買的贓車，用的是假牌照。他戴著手套，車子裏絕對沒有留下指紋。而且，買黑車用的是現金，做完這件事就會處理掉。他把心戀的屍體裝進蛇皮袋，然後搬入後車廂。他戴上鴨舌帽和墨鏡，換上剛買的衣服，開車出了別墅。

天色漸暗，不祥的陰雲漸漸籠罩了這個城市。

羅十三開到郊區時，已經是晚上八點了。他下了車，點起一根煙來穩定心神。周圍是一片荒蕪的樹林，他打開手電筒仔細觀察附近，確定是沒有人的。這裏臨近郊區的幾個小鎮，人口比較多，等屍體被發現時，應該會被認為這是上週五就拋了屍，只是現在才發現而已。

他這才打開後車廂，看著蛇皮袋，手還在顫抖。把蛇皮袋拖出來時，羅十三感覺有些內疚。為了保護心戀，卻要去掩蓋伊清水一系列的罪行，他心裏實在太矛盾了。可是，現在沒有辦法讓心戀的靈魂回歸她的身體，她以後也只能作為伊清水活下去。

羅十三把蛇皮袋慢慢拉開，將心戀僵硬冰冷的屍體拖了出來。他看著屍體身上的紅袍，很是感慨。心戀是紅袍連環殺人案最後一名死者，之後不會再出現新的被害者了。這也會讓員警對心戀進行更細緻的偵查，但是，心戀的死就不會太過顯眼了。

至於這身紅袍，就不清楚伊清水是怎麼製作的了。在伊清水的別墅裏並沒有找到縫紉機，而這身衣服也不像是純手工製作的。當然，伊清水出錢讓人專門縫製也是有可能的，但是，如果那個管道出現了疏漏，警方就有可能鎖定伊清水是兇手。那麼，對於現在的心戀而言就是滅頂之災。

羅十三決定，要搶在員警以前查出紅袍的製作途徑，還要知道伊清水是如何知道死者的三圍尺寸的。警方曾經懷疑過兇手是裁縫，但是十六名死者都不是在同一個地方買衣服的，也只有少數幾個人去裁縫店訂製過衣服。

而最重要的問題，就是伊清水的殺人動機。十七名死者沒有任何一個人認識伊清水。而因為不瞭解伊清水如何殺害十七個人的，這些過程中是否有疏漏存在，羅十三完全沒有把握。不搶在警方之前查出來並破壞掉線索的話，很有可能會讓心戀萬劫不復。這麼殘忍的殺人魔，有可能是有妄想症，必須給死者穿上很合身的衣服就是個有力的證據。

羅十三知道不能久留，他看著地上心戀的屍體，心如刀割。心戀那扭曲的面部表情甚至有幾分猙獰，羅十三從未在她美麗的面龐上見過如此恐怖的表情。羅十三毅然回過頭，抓起蛇皮袋，跑回到車上。

發動車子時，他一直盯著後照鏡上的紅袍屍體，那團火紅愈發顯得妖異。為什麼伊清水要在屍體身上穿上紅袍呢？這究竟有什麼用意？當從後照鏡上終於看不見那個紅色身影，他才鬆了一口氣，一直避開公路，在荒蕪偏僻的地方不斷改變行車方向。

最後，他迷路了。這輛黑車上沒有GPS，天色也越來越暗了。

羅十三估計這裏距離東明鎮比較近，只要等到有人來，就可以問路了。他又開了一小段路，總算看到前面有兩個人。

他把頭探出車窗，故意讓聲音顯得有些沙啞，問道：「請問，這裏是東明鎮附近嗎？」

其中一個人說：「嗯，是啊。再過去幾里路就到了。你是要去東明鎮嗎？」

「不是，請問到青嶺坡怎麼走？」青嶺坡是距離市區最近的地方，羅十三才這麼問。他還是有些擔心，雖然這裏距離拋屍的地點已經很遠了，他說話時特意裝出方言口音。這樣，以後即使查到自己曾經問路，也會認為是外來人口。

「哦，那得繞點路了……」那個人耐心地說明了路線。

羅十三連忙道謝：「好，謝謝了啊！」

羅十三的車開遠了，那個人忽然問旁邊的人：「大哥，我感覺有點邪門啊。」

「怎麼？」另一個人問道。

「你說，剛才那個男人的車上，坐在車後座那個穿著大紅衣服的女人，怎麼臉白得跟死人似的？而且，臉上好像還有血？」

5 蠱師之家

羅十三猛踩油門，希望儘快趕回市區。他一直抄小路，繞了很遠的路。他不敢不小心，心戀已經死了一次，他絕不能讓她再死第二次！

這時，他悚然發現，車燈壞了！前方一片漆黑！他立即踩下剎車，狠狠捶了一下方向盤。沒有燈光，這麼危險複雜的山路，他該怎麼出去？

現在他很後悔沒有帶指南針在身上，現在周圍沒有人可以問路了。不過，估計已經離青嶺坡不遠了。他深呼吸了一下，踩下油門，慢慢地朝前開。

他轉過一個彎，看見前面的路還算平坦，就踩下油門，準備加速。然而就在這一剎那，他感到有些不對勁，車子竟然猛地朝左邊傾斜過去！

他立即將一旁車門打開！當他從車門衝出去的一瞬間，隱約感覺到，車內似乎有一隻手碰到了他的腳後跟！他拚命掙扎著逃出去，沒有讓那隻手抓住自己的腳！隨後，只聽轟隆一聲！

身後居然是一處斷壁懸崖！那輛車子從懸崖上摔了下去，轟然砸在山下！沒過多久，就發生了大爆炸！

好險！羅十三大口喘著氣。車子怎麼會開到了懸崖邊？而且車裏還有一隻冰冷的手？聯想到心戀說的屍體自己跑了出來的事，他越來越覺得這一切恐怕沒有那麼簡單。

這一切都是因為他擅自下蠱造成的嗎？此刻，他只有求助於父母了。

他心有餘悸地給父母打電話，可是，聽到的卻是「您所撥打的號碼不存在」。難道父母將號碼註銷了？可是他們為什麼要那麼做？

他唯一能聯繫到父母的方式，就是他們的手機號碼了。現在，他該怎麼辦？

羅十三想到了父親提起的那座神秘靈異公寓。現在，只有走一步算一步了。

他步行著回市區，一直走到凌晨一點才到家。他把門鎖好，又仔細檢查了窗戶，才躺上了床。但是，他的心裏還是忐忑不安。

這一劫自己僥倖躲過了，下一劫呢？他總不可能一直這樣躲下去。

羅十三根本睡不著，腦海裏不時出現心戀屍體的那張恐懼而扭曲的臉。他又想起了父親。父親是一個極為神秘的人，他似乎根本沒有感情，記憶裏從未見過父親笑過一次。而且，父親在羅十三很小的時候，就讓他瞭解蠱，鮮血淋漓的東西充斥著他的整個童年。

羅十三一直畏懼父親。而父親究竟來自何方，為什麼會下蠱，母親為什麼明知這一點還會嫁給他並也成為蠱師，始終是個謎。後來，他們看到羅十三不想學下蠱，就沒有勉強他，一直在外漂泊，很久才和他見一面。

在羅十三的印象裏，母親對父親極為順從，凡是父親要求她做的事情，她從來都不會提出反對意見。母親似乎根本沒有自主意志，時時處處依附著父親，跟隨父親在外面，也似乎根本不想念羅十三，電話也很少打。羅十三有時候想，即使父親讓母親去死，恐怕她都不會拒絕。莫非，這是一種對未知的盲從嗎？是因為父親擁有詭異莫測的能力，母親根本不想也不敢反抗他吧？

這時，羅十三忽然想起，母親說過會寄給他一樣東西。那會不會是解決目前困境的辦法呢？床頭的電話忽然急促地響了起來。他心裏一驚，連忙接起電話，傳來了心戀的聲音！

「心戀！」羅十三連忙說道，「我不是說了不可以打我家的電話嗎？」

「我有重要的事情啊，你又沒有上網，你現在快上網吧！」她說完就掛斷了。

羅十三連忙下床，將電腦打開。心戀發生了什麼事情？

心戀已經打了幾行字：「我在書房下面的抽屜裏，發現了幾本奇怪的筆記本，記錄的都是和蠱有關的內容！伊清水要殺這十七個人，是為了下一個蠱！」

羅十三當場怔住了。為了下一個蠱？伊清水竟然也是一個蠱師?!

「筆記本上怎麼說？」羅十三快速地打字。

「殺這些人的目的，是為了進行一個詛咒。讓他們穿上紅袍而死，死後就會化為最兇殘的厲鬼。伊清水似乎是想用她自己的身體來養蠱，去施加詛咒。」

用身體養蠱？這種事情羅十三聞所未聞！父親也從來沒有教過他。聯想到這一系列怪事，難道並不是因為自己下蠱，而是因為伊清水下蠱的緣故？

「你把筆記本的內容掃描後發給我，我要知道詳情。」羅十三打字道，「還有，屍體我已經處理好了，請你放心。」

羅十三知道，心戀絕對不會好受的。當她的父母知道女兒的屍體被發現時，所有希望就會破滅，陷入絕望，那時候自己也只能繼續在他們面前演戲了。

就在這時，門鈴聲又忽然響起。羅十三放下滑鼠，不禁皺起眉頭來。凌晨時分，誰會過來？

他輕手輕腳地站起來，走到門口，將眼睛貼在貓眼上。

然而，外面一個人也沒有。

更恐怖的是，就在這時，門鈴聲再度響了起來！

羅十三只覺得後背一片冰冷，渾身寒毛根根豎起！

他對下蠱有所瞭解，反而因此對鬼魂靈異之類的東西更加忌憚。他立刻退回房間，不知道該怎麼辦才好。

沒過多久，門鈴聲再次響起，而且間隔縮短了。

羅十三不由得看向桌子上的那個盒子。他只能再一次下蠱了嗎？

他記得母親提過，下蠱有很多種方式，他所用的是最簡單的方法，而有些極為邪惡的下蠱方式，完全是泯滅人性、極端殘忍的。伊清水下的蠱就是屬於此類嗎？這個女人究竟是何方神聖？

如果說，伊清水殺死心戀就是在養蠱，那麼在這個過程中，自己介入對一個養蠱的身體下蠱……那會造成什麼樣的後果？他感到不寒而慄。

門鈴聲再度急促響起！

羅十三意識到，也許自己在無意中，做了一件無可挽回的事情。心戀現在所待的這個肉體要面對的問題，遠遠超出自己的想像！

現在在門外的，是個什麼……東西？

羅十三將那個青黑色罐子放在地上，他用刀子割破手指，讓血珠滲入朱砂裏。他閉上眼睛，漸漸進入冥想狀態，去感應門外面是什麼東西。

他的眼睛猛然睜開，瞳孔緊縮，他丟掉了手裏的毛筆，身體不斷後退。他看見那枝毛筆前端的毛根根脫落。這是一場死劫！

而面臨這一問題的，只怕也不僅是自己，心戀將面對比自己更可怕的劫難！伊清水這個惡魔用自己的身體養蠱，那麼這具身體，現在也必將受到了詛咒。被她殺死的那些人，難道會化為厲鬼，成為蠱的一部分？

羅十三越想越恐懼，不能再猶豫了！他決定動用最後的底牌，去父親提及的那個公寓！現在只有那個公寓可以成為自己的避難所了！

他住在公寓的二樓，樓下是草坪，只要小心一些，應該可以輕易逃掉。他走進臥室，鎖上門，不去管外面的門鈴聲，將窗戶打開。

凌晨時分的社區裏一片寂靜。他踩到窗臺上，抓住外牆上的排水管，另外一隻腳也蹬了出去，慢慢地向下滑去。

他很順利地著地了，趕緊向社區門口直衝過去！

就在羅十三經過社區的保安室時，忽然聽到一個聲音：「羅先生？你是三號樓二〇四室的羅先生吧？」

羅十三連忙轉過身去，保安室的窗戶打開了，一個保安說：「你有一個包裹，但是你不在家，就放到這裏了。」

「快給我！」

保安將一個包裹遞出來，羅十三立即迅速地拆開。包裹裏放的是……一個製作非常精巧的少女人偶和一把短小的劍，加上一封寫著「十三親啟」的信。

羅十三連忙把信拆開。保安忽然說道：「羅先生，你回家去看吧，我先去上個廁所。」

保安關了值班室的燈，走了出來。但是羅十三哪裏等得了，他把信紙展開，取出手機照明，立刻讀起信來。

十三：

其實我也不清楚你遇到的是什麼情況。你遭遇的一切事情，我都無法理解，你父親也一樣。

不過，你可以先把這個人偶交給心戀。那把劍你要隨身帶著，還有那個我們留給你的盒子，也一定要帶在身邊。用這把劍，可以重新進行蠱咒，雖然我認為你現在還不能做到。

十三，儘量不要去碰蠱。這些年來，我已經害怕了，也許這是人類不應該觸碰的東西。但是，你父親還不願意停下來。

希望你保重。

讀完信後，羅十三有些不解。為什麼母親話鋒一轉，就勸他不要用蠱？他是第一次知道母親有這樣的想法。母親產生了恐懼，但是父親不願意停止……

在羅十三心目中一直極為神秘的父親，到底一直都在做些什麼？為什麼這麼多年來他一直將自己留在天南市，卻不和自己聯繫？

一陣大風忽然吹來，羅十三手中的信紙竟然一下飛到了空中。他連忙站起身，可是信紙已經飛遠了。

羅十三這才注意到，周圍一個人都沒有，保安值班室裏一片黑暗。社區的大門外，觸目所及也是一個人都沒有。有風吹過，他感到一陣詭異。

羅十三抓起那個精巧的少女人偶和那把小劍，將劍拔出鞘。這竟然是一把血紅的劍！

這一劍血紅讓他感到一陣暈眩。紅色……他回憶起那些死者身上的紅袍。那些紅袍讓人感到彷彿置身一片血泊之中。

他將劍鞘收攏，又看著人偶，這是要交給心戀的。而那個盒子，現在還在家裏！

羅十三不知道該怎麼辦才好，難道要賭一賭，回去拿那個盒子？

不，那樣做太危險了！他一咬牙，衝出了社區大門，朝自己的車跑去，一坐進去就立即發動車子。

凌晨時分，街道上行人和車輛都很少。羅十三根據父親指的路，不斷加速開去，心裏卻一直在打鼓。

直到他進入公寓之後，也不確定當時自己的選擇是不是最好的。進入公寓確實讓他得到了一段緩衝時間，但是也付出了必須執行十次血字才能離開的巨大代價。十次血字絲毫不比他要面對的情況好多少，甚至更加可怕。對於指引他來到公寓的父親，他的心中其實也有一絲恨意。而為什麼父親會知道這個公寓，又是一個謎。

羅十三終於來到了那個公寓區。他確認了地址，就打開車門衝了出去，很快找到了那條深巷。

進去，還是不進去？

一旦成為住戶，就再也無法回頭。羅十三有些猶豫了。然而，就在這時，他忽然感到，隨身所帶的那把血劍有些微微發燙。

一股不祥的預感在他心裏升起。紅色……紅色……

羅十三一咬牙，衝進了巷子！

他進入巷子之後，感覺那把血劍越來越熱了。此時，有一片月光灑下，他的影子出現了。然後，他發現，那個影子開始脫離他的腳下，向前面迅速漂移！這一幕和父親說的一模一樣！

影子開始移動，也就意味著這個詛咒啟動了，他此刻已經是那個公寓的住戶了。無論他願意與否，都無法改變了。

他攥緊拳頭，緊咬牙關。也許，自己未來是逃不過這一劫了。縱然如此，他也要不惜一切代價找到救心戀的辦法！

羅十三加快了腳步。他很快穿過幾條小巷，在一條小巷前方，突兀地出現了一座公寓！

夜色之下，這座公寓並沒有他想像的那般可怕，而且看起來還相當不錯。他向公寓飛奔而去！只要能夠順利進入，他就沒有性命之憂了！

影子移動的速度遠比他要快，已經飄入了公寓的旋轉門。

終於，他跑到了旋轉門前，剛鬆了一口氣，然而，他卻瞪大了眼睛！只見旋轉門的玻璃上，竟然映照出他身後有一個穿著紅衣的身影！

因為旋轉門不是鏡子只是玻璃，所以紅衣身影的面容看不太清楚，但是這已經讓羅十三倒吸了一口冷氣！

然而，當他的身體已經進入了旋轉門的一個轉角裏，卻發現推不動旋轉門了！此時，他身體的一部分在公寓裏，一部分在公寓外，被死死卡住了，進退不得！

而且，他在公寓裏的部分還比較小，他現在只能後退而無法前進了，但是，後退離開公寓，豈不是死路一條！

羅十三只好用身體去撞擊旋轉門，但是，厚厚的玻璃門哪裏能那麼容易撞碎！現在，他看清楚了，旋轉門是被那個紅色身影的一隻手緊緊抓住了，而一隻手正朝他的後背伸過來……

羅十三絕望了。突然，一個男人出現在他面前，男人抓起大廳裏的茶几，狠狠砸向旋轉門！

玻璃門一瞬間碎裂了，許多碎片也灑到羅十三身上，他的身上有多處割傷，但是他也終於能衝進公寓裏了！他安全了！

「你沒事吧？」

男人將羅十三一把拉起，說道：「你受傷挺重的，走吧，我帶你去找這兒的醫生！」

「你，你是……」

「我叫柯銀夜，」男人從容地說，「你是因為影子發生異變而進入公寓的吧？不要擔心，現在已經沒事了。」

柯銀夜取出手機打了一個電話：「許醫生嗎？嗯，是我，剛才有一個新住戶加入，他受傷了。」

這個時候，許熊醫生還活著，他很快就要去執行新血字了。

進入電梯後，柯銀夜看羅十三一副很忍耐的樣子，一點兒也沒有表現出痛苦，倒是有幾分佩服：「你現在肯定很混亂，我理解。我會解答你的所有問題，你不用怕，我在這個公寓裏是個有能力的人。」

「好的，柯先生，多謝……」羅十三露出有些勉強的笑容，「麻煩你了。」

「不用謝，小事一樁。」

電梯門開時，許熊已經在外面等著了，他身後站著皇甫壑和戰天麟。

「他沒事吧？」皇甫壑關切地問道。

「許醫生，麻煩你了。」

「我們正在討論接下來的血字呢。」戰天麟露出不滿的表情，「這是我第一次執行血字……」

「救人要緊。」許熊倒是很有醫者風範，「我先給這位先生處理一下，你們繼續討論血字吧。」

血字……羅十三聽到這個詞，心裏才確定了父親所說的情況，果然是千真萬確的。

第二天清晨，羅十三醒過來了。

「這裏是……」他身上不少地方都包紮起來了，房間裏空無一人，床頭放著一張紙條：

「我在你身上找到了鑰匙，這是你今後住在這個公寓的房間。等會兒來一四〇四室找我，我會向你詳細說明情況。」

羅十三立刻下了床，手裏緊緊抓著那張紙，隨後發現床下整齊地放著一雙拖鞋。

他忽然產生了一個念頭。莫非……父親和母親是這個公寓的住戶嗎？這絕非沒有可能！父母一直居無定所，可能就是因為一直住在這個公寓裏的緣故？否則，他怎麼會對公寓的事情瞭若指掌呢？

走出房間時，羅十三看到有一個男人經過。

「嗯？是你。」那個男人看到羅十三就點了點頭，「你好，我叫夏沉旭，是住二三〇三室的。你叫……」

「羅十三。」

「羅……」男人一愣，以為自己聽錯了，又問：「數字的那個十三？」

「名字很奇怪吧。我就是叫這個名字。」

「好，以後大家就是要互相幫助的鄰居了，以後有事情就來找我。住在這個公寓裏，沒有人說說話，真是會讓人發瘋的。」

羅十三來到十四樓，看到一四〇四室的門開著，裏面傳出一聲大喊：「李隱現在到底是什麼意思！他母親去世了，他很難過，這一點我理解，但是他難道就這麼徹底廢了？」

「別這麼說，林善，李隱現在的心情非常糟糕啊！」

羅十三走到門口，看見客廳裏有五六個人。柯銀夜看到門口的羅十三，馬上說道：「你好，新住戶，進來認識一下吧！」

羅十三走進去，柯銀夜身邊的一個青年打量著他，說道：「他是這周的第六個新住戶了。」聽聲音，應該是那個叫「林善」的男人。

「好了。」柯銀夜搖頭道，「今天皇甫壑他們就要去執行血字了，中午召開血字研討會，如果李隱還是不出席，就由我來主持吧。」

「只好這樣了。」林善長歎一口氣，就走到門口打算離開，還推了羅十三一下：「閃開，別擋道！」

房間裏還有四個人。

「你好，」一個穿著休閒裝、頭髮有些亂的男人走上來自我介紹道：「我叫卞星辰，你的名字是？」

「羅十三，數字的十三。」

卞星辰也愣了一下，說道：「本來新住戶是統一要去裴青衣那裏進行登記管理的，但是她今天要去執行血字，所以我們來代為解釋吧。嗯，剛才的話你應該聽不懂，這個公寓是……」

「我知道。」羅十三卻從容地回答，「執行十次血字才能離開的靈異公寓，對吧？我不可以離開這個公寓超過四十八個小時，我都知道。」

所有人都露出愕然之色。除了星辰之外，其他三個人是柯銀夜、柯銀羽和深雨。深雨馬上走過來問道：「怎麼回事？你怎麼會知道公寓的事情？」

柯銀夜也問道：「這些事情是有人告訴你的嗎？」

「請問……這個公寓的住戶裏，有沒有一個叫羅休的中年男人？」

「羅休？沒有這個人。」

羅休是羅十三的父親。這麼說，父親並不是這個公寓的住戶。

「而且這個公寓的住戶最大的也就是三十多歲。」柯銀夜用意味深長的目光打量著羅十三，「你……是誰？」

這個時候，三大聯盟還沒有完全形成，只是有了同盟的雛形，大家開始建立自己的小圈子，吸納有一定才能的新住戶加入。

「是我父親告訴我，這個公寓的存在。」

深雨收回了目光，喃喃道：「原來不是蒲靡靈……」

「請告訴我，」羅十三目光堅定、滿懷希望地說，「你們有關於鬼魂和詛咒的資料和資訊嗎？我和我的戀人現在遭受一個詛咒，這個公寓有辦法可以化解詛咒嗎？」

柯銀夜仔細地看著他，開口說道：「銀羽，麻煩你關一下門。羅先生，請進裏面詳談。」

羅十三的情況和後來進入公寓的洛家三姐妹很相似，但是，他沒有三姐妹幸運。而這也就是後來成為柯銀夜心腹的羅十三和那些恐怖靈異現象接觸的開始。

五個人一起進入書房，柯銀夜神色凝重地說：「請和我們詳細說說吧。」

「好吧。」羅十三雖然不清楚眼前這個男人的底細，但是，進入了公寓，他也只有如實告知。他說完後，其他人一臉悚然。柯銀夜摸著下巴沉思不語，柯銀羽則緊咬下唇，面露憂慮之色。過了好一會兒，柯銀夜才說：「這些事情，我們知道就可以了。你不要再告訴其他住戶，否則他們會把你轟出公寓去的。經歷了那麼多血字，沒有誰願意和你這樣特殊的住戶相處。」

「不要緊嗎？」深雨戒備地看著羅十三，「這個男人，也許會給公寓住戶帶來災難的。」

「但是也可能是機遇。」柯銀夜神情從容地說，「無論是十次血字還是魔王血字，本來都是九死一生的局面，現在的血字難到變態的程度了。所以，羅十三，你的蠱，我很感興趣。我會協助你解開這個詛咒，救助你心愛的女人。作為交換條件，你要將和蠱有關的知識，還有你父母的下落告訴我們。這是對我們雙方都有利的交易。你看怎麼樣？」

柯銀夜並沒有避諱「交易」這個詞，倒是讓羅十三沒有惡感。生死攸關之際，性命是第一位的，誰還會去計較其他。羅十三有幾分慶幸，一進公寓，就遇到了柯銀夜這樣能夠開誠佈公的人。

「銀夜他很有本事的。」銀羽也在一旁勸說道，「而且你放心，只要你答應和我們合作，將來我們會把你的事情當做我們自己的事情來看待。」

「好吧。」羅十三爽快地說，「成交。柯先生，從今天起，我們就是合作夥伴了。」

接下來，羅十三就開始全面瞭解這個公寓，研究解析血字，和住戶中有名氣的人物都一一結識了。而其中讓他印象最深刻的，自然是李隱。

羅十三也開始對那把血劍進行研究。母親的信很短，根本無法瞭解更多資訊。但是，她提到的那個盒子讓羅十三很在意。難道那個盒子也是養蠱的器具嗎？

現在，盒子還在他家裏，而他目前根本不敢外出。公寓外面實在是太不安全了，他至少要將蠱研究出一些門道來，有了自保能力，才能走出公寓。

而那個人偶，莫非是巫毒娃娃？母親向他問過心戀的生辰八字，就是為了製作這個吧。

但是，現在要讓誰去拿那個盒子呢？一旦去了，會不會被鬼殺死？

如何取回那個盒子，成了一個令人頭疼的問題。如果慕容蜃還活著，想來他會很樂意接受這個任務的。但是，現在的住戶都是正常人，斷然不可能接下這個任務，更何況，蠱的事情是絕密。在夜羽盟成立後，也只有柯銀夜、柯銀羽、卞星辰、深雨和林善知道這件事。

當晚，皇甫壑等人去執行血字了，結局是團滅。接下來，子夜和小夜子等人接到了遊戲血字。這一天，柯銀夜和羅十三進行了一次密談。

「關於那個盒子的事情，我有一個計畫。」柯銀夜聲音清冷地說，「反覆考慮之後，只有一個辦法。目前，離開公寓的住戶還沒有人被鬼魂襲擊過，所以……」

「難道你要去拿盒子？」

「不錯，我拿到盒子後，你就進行下蠱的研究，一旦研究成功，也許就可以破解血字，成為我們自己創造出來的生路！」

羅十三是很佩服柯銀夜的。對這個和自己一樣癡情的男人，羅十三頗有惺惺相惜的感覺。雖然，讓柯銀夜去取盒子，他心裏多少有些負擔，可是，柯銀夜的生命和心戀比起來，終究還是心戀更重要。人總是自私的，羅十三也不是聖人。

忐忑不安等待結果的羅十三，沒有想到柯銀夜非常順利地拿到了盒子，鬼魂顯然沒有為難他。

這讓羅十三產生了一個猜想。他立即對盒子進行研究。那把血劍，已經確定比用死人頭髮製作的毛筆還要可怕得多。利用那把血劍來養蠱的話，能夠保證他離開公寓時也能安全。

後來的事實證明，他可以攜帶著盒子離開公寓！

心戀的屍體被發現了。

第二個星期五也來臨了。

這一天，羅十三在房間裏看電視機，記者正在對最新發現的女屍進行報導。

「上周被殺的紅袍死者名叫金心戀，女性，年齡……」

羅十三感覺身上一陣陣寒意襲來。電視畫面裏出現了心戀的父母，心戀的父親金伯辰泣不成聲，心戀的母親幾近暈倒。羅十三抓著遙控器的手顫抖起來。

他做錯了嗎？他是不是根本不應該讓心戀的屍體出現？拋屍的確是有他的私心，因為他不願意傷害心戀的屍體，哪怕她的靈魂已經轉移。

「伯父，伯母，對不起！」他跪在電視機面前，頭重重磕在地板上。

但是，心戀的父母只能承受著這一切。而他卻無法告訴他們，心戀還活著！如果他說了，他們會把自己當做瘋子，甚至懷疑他是兇手！

羅十三已經把母親做的那個人偶用快遞寄給了心戀。而在那之後，心戀再也沒說過有異常現象發生，這讓羅十三放心了不少。但是，父母的悲痛，讓心戀總是不忍，要不是羅十三再三相勸，她很可能會去和父母見面，將一切和盤托出。

夜羽盟建立後，銀夜立即宣佈，羅十三為夜羽盟除了他和銀羽之外的第三把手，一旦他和銀羽不在，羅十三就是夜羽盟的負責人！

這時，羅十三一直擔心的事情發生了。

就在安雪麗等人執行化裝舞會血字的那天晚上，警方找到了紅袍殺人案的目擊者，說看到伊清水和第十二名死者趙雪接觸過！

趙雪是一名中專學生，和伊清水半點關係也沒有。二人一起出現是在趙雪被殺前的一個月，目擊者說二人看起來非常熟稔，不像是萍水相逢的人。

警方立即重點鎖定伊清水為嫌疑人！因為在趙雪的葬禮上，伊清水並沒有出現，而趙雪的所有親朋好友也沒有聽說過她。警方也在繼續調查伊清水和其他死者的聯繫。

這讓羅十三很驚慌，一旦警方找到了伊清水和其他人接觸過的證據，又發現伊清水在十七人被殺的時候沒有不在場證明，後果就不堪設想了！

但是，這還不是最可怕的。羅十三最擔憂的，是那個始終隱藏在暗處的紅袍幽靈。他確信，被伊清水殺死的那些人，已經化為厲鬼，要向伊清水索取性命！

回憶到此結束了。羅十三腦海中一片空白。他忽然發現，地下室的那些屍體，竟然消失得無影無蹤了！

雨越下越大了。

「心戀，心戀！你醒一醒啊！」

心戀的眼睛微微開了一條縫，她看清了眼前的人，喃喃道：「十……三？」

羅十三抱著她，焦急地問道：「你怎麼了？沒事吧？」

「我……我這是怎麼了……」心戀的腦子還迷糊著，一下子想不起之前發生了什麼事。但是，她的腦海很快被一片紅色充斥了。

紅色……紅色的身影……身體流血了……那個從身下出現的頭顱……詛咒……

「鬼！有鬼！」她立即抓住羅十三的手臂，「十三，快帶我走，我不能繼續住下去了，我看到了……穿著紅色衣服的鬼！」

「好，我帶你走！」羅十三此時也顧不上許多了，就算警方在監視這裏，也必須帶她走了。但是，能帶她去哪裏？

除了公寓，其他任何地方都不安全。母親給的巫毒娃娃不是已經起作用了嗎？為什麼現在還是鬧鬼了？

羅十三給心戀穿上禦寒的衣服，攙扶著她，打著傘，扶著她向自己的車子走去。他把心戀扶進車，繫上安全帶，就立刻發動了車子。

「那個人偶，你帶在身上吧？」

「嗯，拿著。」心戀拚命點著頭，「我好怕……我真的好怕，十三……」

「有我在，現在你什麼也不用怕了。」羅十三緊咬牙關，他必須保護自己心愛的女人！無論如何都不能讓她受到傷害！

羅十三給柯銀夜打了電話。柯銀夜馬上就接電話了，似乎他根本沒有入睡。

「喂，銀夜嗎？很抱歉，但是，還是要麻煩你了。」羅十三一邊握著方向盤一邊說，「心戀她住的別墅裏又出現了……」

「又出現了靈異現象？」

「對。我該怎麼辦？我絕對不能帶她進公寓！求你告訴我，還有什麼辦法！」

「巫毒娃娃沒有起作用嗎？」

「不知道，也許我的想法不對。現在蠱的實驗還沒有進展，我不能讓她繼續住在老地方了，那裏太危險了！」

「這又不是血字，我不可能解出生路來的。」

「我知道……可是，真的沒有辦法了嗎？」

「那你就把那個血劍和盒子先給她吧，你這段時間不是一直沒有再遇到任何異常情況了嗎？你在接到第一次血字以前，暫時先一直待在公寓裏吧。」

「好吧，我知道了。那麼，心戀……」

「暫時住到我家去吧，反正一直空著。鑰匙放在門口的盆栽下面。」

「好的，謝謝你！」

就這樣，羅十三將心戀暫時安置到了柯銀夜家裏。公寓的住戶，是絕不會被司法機構追究罪行的，這一點，他們都很放心。

柯銀夜家裏相當寬敞，他的父親柯景臣是非常有實力的企業家，已經定居國外，所以對銀夜和銀羽的事情一無所知，不知道他們已經成為了戀人。

進入房間後，羅十三安撫著驚魂未定的心戀，從懷裏取出了血劍和盒子，說道：「心戀，聽好，拿著這個，我現在必須回公寓了，而且暫時不能再離開了。你就好好待在這兒。」

心戀連忙抓緊十三的手，驚慌地問道：「你不會有事吧？」

「怎麼會，我好歹也是蠱師的兒子啊。」羅十三勉強擠出一個笑容，「你先好好休息，現在你安全了，放心吧，不會有事的。」

「嗯，十三，你也要小心。」

羅十三撫摸著心戀……不，是伊清水的一頭秀髮，凝視著伊清水的絕美容貌。伊清水真的很美。他已經無法挪開視線，完全沉醉於其中了。

最近，他越來越被伊清水的身體所吸引，不知不覺中已經愛上了伊清水。他甚至覺得，如果心戀再回到她原來的身體，他也許都無法接受了。

他現在愛的，究竟是金心戀，還是伊清水？

羅十三只能強迫自己不去思考這些。畢竟這是無法得出答案的。他轉過身，把門關上時，最後看了心戀一眼，隨即邁開步子朝樓下衝去。

他根本不敢坐電梯，迅速衝下樓，一打開車門，就立即發動車子，將油門一踩到底！沒有了血劍和盒子，他不知道自己還能不能活著支撐回到公寓！

車子飛速開上公路，兩邊的景物飛速倒退著！羅十三聽到了自己急促的呼吸聲。

「快……快，再快一點！」

此時，銀夜和銀羽已經等候在公寓一樓大廳裏了，他們臉上都是萬分焦急的神色。

「十三他不會有事吧？」銀羽不時地張望著外面，「如果他死了的話……」

「他必須活下來。」銀夜忽然拉住銀羽說，「你記住，就算我出了什麼事，你也別離開公寓，一步都不要踏出去！現在只有公寓是安全的……」

「公寓現在真的是安全的嗎？」一個聲音突然響起。銀夜和銀羽迅速回過頭去，只見不遠處正站著李隱！

李隱不疾不緩地踱步走來，此時的他，已經完全沒有了昔日的頹廢，雙目炯炯有神，又是以前那個自信滿滿、運籌帷幄的公寓樓長了！

「銀夜。」李隱在距離他們五米多遠的地方停住腳步，微微一笑道：「上次和你談過的事情，你還記得吧？」

「當然。」銀夜把銀羽拉到身後，「公寓也許發生了什麼異變。」

「昨天又有住戶莫名失蹤了。公寓已經陷入了非常混亂的狀態，好在有上官眠坐鎮，才不至於進一步混亂。無論如何，她的存在對公寓而言是很重要的。」

這就是當初夜羽盟和神谷盟放棄殺上官眠的原因所在。至於聖日派的徐饕，李隱曾經和他單獨談過，但是他明確拒絕了。徐饕是個危險人物，李隱對這個男人萬分警惕。

「所以，你也該開誠佈公地告訴我一些事情了。」李隱說到這裏，又注意了一下柯銀夜的表情，說道：「你好像有點慌亂？」

「雖然我不知道是誰和你說了些什麼，但是我沒有什麼想和你說的。」柯銀夜斬釘截鐵地答道，「還有，你打算和其他聯盟合作，還是想做其他什麼事情，都與我無關。」

李隱臉上的笑容漸漸斂起，取而代之的是凝重肅穆的神情。他說道：「柯銀夜，覆巢之下無完卵，你不會不懂這句話的意思吧？現在是我們內鬥的時候嗎？地獄契約已經不重要了，如果還不能解決目前公寓異變的問題，我們也不用去執行血字了，不如集體自殺更乾脆！包括你想保護的身後這個人，也不例外！」

「不錯，我也是那麼想的。」又一個聲音響起。

柯銀夜朝另外一個方向看去，只見徐饕信步走來，他的目光中滿是詭異的凶機，雙手背在身後，投向銀夜的目光很是不善。

「你把和羅十三有關的事情說出來吧，我們聖日派早就查出了不少事情。」

柯銀夜冷冷地注視著李隱和徐饕，說道：「李隱，你已經和聖日派聯手了？」

「別誤會。」徐饕卻陰冷地一笑，「我和這位樓長沒有任何關係。現在公寓的變化大家都很清楚，就算是自殺也應該有屍體吧？這段日子不少人因為發生暴動而被上官眠殺死。雖然有不少人逃出了公寓，但是四十八小時一到，大家都要回來。公寓肯定發生了什麼變化，而羅十三，也許就是能解決問題的人。」

「原來如此。」柯銀夜笑了起來，「但是，你們要清楚，這件事情，一旦你們介入，就要面臨和血字類似的恐怖，而且是沒有生路的。你們有心理準備嗎？」

這句話一出，李隱和徐饕都沒有絲毫表情變化。

「好吧。」柯銀夜終於鬆口了，「既然你們有這個覺悟，那我就告訴你們吧。這一次不是執行血字，沒有人會強迫你們去做任何事情，也不會有影子詛咒，所以也可以回公寓避難。但是，也沒有生路，也許會死在血字以外的詛咒中，就算是這樣，你們也不介意嗎？」

李隱輕聲一笑道：「我們沒有選擇了，不是嗎？現在的情況下，不需要等到血字，這個公寓就會把我們所有人殺死了。」

此時，在公寓十六層的一個房間裏，三個男人正將一名女性住戶綁住，為首的男人猙獰地說：「媽的，再這樣下去老子遲早要死在這個公寓裏！已經有那麼多住戶失蹤了，誰知道下一個是不是輪到我們！就是死，我也要嘗一次女人的味道再死！」

他過去撕扯女人的衣服。女人的嘴巴被膠帶黏著，她拚命掙扎著，但是如何反抗得了三個男人？

就在這時，他的脖子上忽然出現了一條血線，接著頭顱猛然從脖子上滾下，砸到了這個女住戶的身上！鮮血噴湧而出，將天花板染紅了！

上官眠猶如幽靈一般出現在這個男人身後，另外兩個人都大驚失色。在公寓裏，男住戶強姦女住戶，甚至殺害住戶，已經越來越頻繁了。只因為有上官眠在，公寓才能暫時維持穩定。

上官眠的身上也被血染紅了，她連看都不看旁邊的人，刀子猛然揮舞而過。一個男人的頭部被斷成兩半！另一個男人嚇得魂飛魄散，急忙想逃走，然而，下一刻，他的身體就被切成左右兩半！

上官眠手裏的刀繼續飛舞，不斷切割著這個男人的身體！最後，渾身是血的她，將男人只剩下一半的頭顱提起，走出了房間。

被上官眠用這種血腥手段殺死的人很多。她只說過一句話：「在公寓裏殺人、強姦的人，只要被我發現，一律是死！」

這幾個男人已經是一心求死了，只是沒想到是被上官眠如此殘忍地殺死。

而至今，還沒有任何人知道，從倉庫裏被釋放出來混入住戶的惡靈，究竟是誰……

暴雨傾瀉而下，地面已經積水了，天空中不時傳來隆隆雷聲，令人不禁感到一陣陣心悸。

李隱、徐饕、銀夜和銀羽，圍坐在公寓大廳的沙發上，此時，聯盟的對立已經不存在了，在這個公寓面前，大家都是脆弱的人類。

「蠱？靈魂附體？」李隱將原委聽完後，也不禁動容了：「既然如此，羅十三的父母也許可以幫我們。」

「我詳細調查過他父親羅休。」柯銀夜不時朝旋轉門張望著，說道：「情況出乎我意料，根本查不到他的情報，他似乎一直在各地遊歷，從來不會定居。羅十三的母親韓瑾也是一樣。至今為止，我連他們的長相都不知道。」

如果黎焚還活著，他們或許還能夠獲得一些情報，可惜他死得太早了。而羅十三的父母也實在太神秘了，竟然連一張照片都沒有留下。而這兩個人，現在卻是全體住戶的唯一希望了。

「好吧。」徐饕握緊雙拳，抬起頭來說：「我提出一個建議。在解決公寓的異變情況以前，三大聯盟要聯手去尋找羅十三的父母！不僅如此，還要調查清楚伊清水這個女人的所有情況！這三個人，都瞭解和下蠱有關的事情，必定有辦法解決我們目前的困境！」

能用身體來養蠱，製造出厲鬼來，那麼，能否通過同樣的辦法，反過來詛咒鬼魂呢？伊清水殺人如果是為了一個詛咒，那個詛咒會有多厲害，如果施加在侵入公寓的惡靈之上呢？以毒攻毒！

羅十三辦不到，不代表他的父母辦不到！

柯銀夜沉吟片刻後說道：「好吧。三大聯盟原本是為了取得地獄契約而建立的，現在我們要面對的主要問題已經改變了，那麼三大聯盟合作就是理所當然的了。當然，還有神谷小夜子，不過，想來為了大局，她是會答應的。」

這時，羅十三的車已經開到了公寓所在社區。此時的他，猶如回到了當初剛進入公寓時的境地。伊清水究竟在做些什麼？她用自己的身體養蠱造成的詛咒，會不會傷害現在的心戀呢？他找不到答案。

羅十三把車門打開，衝入大雨之中，朝公寓跑去。公寓周圍完全變成無人區後，他也漸漸感到了詭異。這究竟意味著什麼？以後又會發生什麼？

他跑得太快了，腳底一滑，整個人摔入水中。一股腥味撲鼻而來。他抬起頭來，發現地面的積水竟然是紅色的！

紅色……紅色！這裏竟然變成了一個鮮血池！一直延伸到視線盡頭！

濃烈的血腥味讓他猶如置身修羅地獄。他掙扎著站起身來，卻發現水面不斷上升，很快就到了他的膝蓋！

他離進入公寓的那條小巷還有一段路！在瓢潑大雨中，周圍沒有一個人。血水繼續上漲，把他的半個身體都淹沒了！

羅十三前進的速度很慢，如果走得太快，很容易就會跌入血水中！他全身都被血水浸透了，變成了一個血人！

羅十三對著滿眼的紅色越來越恐懼，不禁發出了尖叫：「啊！啊！啊啊啊啊——」

手機被血水泡壞了，他無法聯繫公寓裏的人。

他終於來到了那條小巷的巷口！公寓……他必須回到公寓啊！

他衝進小巷的一瞬間，水位已經上升到了腰部！

羅十三不會游泳。這樣下去，他被血水徹底淹沒了該怎麼辦？

「血，對蠱是很重要的。對他人下咒，自己也要付出代價……」羅十三想起了讓自己忌憚和憎惡的回憶。

終於，血水沒過了羅十三的頭頂。

陰森，恐懼，黑暗。羅十三的一生像倒帶一樣快速地在腦海裏掠過，他的意識開始模糊，很快昏死了過去。

羅十三睜開眼睛時，發現有一大群人圍在他身邊，全部都是公寓的住戶。

「你醒了？」李隱坐在他的床邊，看著他蒼白的面孔，說道：「你昏倒在離公寓不遠的地方，幸好被我們發現了。」

「我……昏倒了？」羅十三不知道這是怎麼回事，他本以為自己死定了。不過，能夠脫離那片血海真是太好了。

「你要做好準備。」柯銀夜面色凝重地說，「接下來我們要去找你的父親了。如果順利的話，我們就會擁有對抗這個公寓的重要武器。」

神谷小夜子也點頭道：「三大聯盟現在已經聯合了，以我們幾個人為首，目標是要將目前潛藏在公寓的危機徹底解決！」

雖然說是「異變」、「危機」，其實，住戶們都知道，就是公寓已經鬧鬼了。只是，誰也不敢把這句話說出口。

這種時候，三大聯盟哪裏還敢繼續內鬥，只有聯合才有可能解決這個威脅到所有住戶性命的問題。地獄契約讓他們分裂，而生死危機又讓他們再度聚攏。大家都知道，和公寓的決戰不遠了！

今天是八月的最後一天。還可以殺的住戶，只有兩個了。當然，住戶們對此一無所知。

三大聯盟聯合後，首次召開了全體會議。

此時是凌晨四點多，外面的雨小了一些，沒有一個人有倦意。

會議集中了聯盟的所有高層人物，李隱、嬴子夜、柯銀夜、柯銀羽、神谷小夜子、徐饕，還有蒲連生等三人，都參加了會議。

「你們決定推舉我為領導？」李隱掃視著會議室裏的眾人。

上官眠在一個角落坐著，她並沒有提出異議。所有人都盡可能地坐得離她遠一些。

住戶們摒棄了昔日的成見，沒有人再去考慮爭權奪利，領導者當然要讓最有能力的人擔當，而除了執行了九次血字的李隱，還有誰能勝任？這個成績，已經平了彌真和彌天以前的紀錄了！

「請你不要推辭。」柯銀夜堅定地說，「我認為你是最合適的人選。子夜，你說呢？」

子夜深深地看著李隱，迎著他那雙充滿自信的眼睛，點頭道：「李隱當之無愧。」

「我負責訂機票，」柯銀羽取出筆記本說，「首先去肖山市，羅十三的父母最後的落腳點是那裏。具體去多少人，等會兒我們再討論。」

李隱說道：「我們能夠離開公寓的時間有限，而目前還沒有任何線索，所以先去少數人最妥當。」

有很多住戶踴躍報名，經過篩選，最終確定了第一批去肖山市的名單：李隱、嬴子夜、柯銀夜、上官眠、孫青竹、夏沉旭、韓荃和莫水瞳八人，他們是住戶中的佼佼者。當天下午三點，就會坐飛機前往肖山市。

柯銀羽、徐饕、神谷小夜子等人則留在公寓，隨時做好第二批趕赴肖山市的準備。柯銀羽和神谷小夜子負責調查紅袍連環殺人案，以及查清伊清水的一切情況。

大家怕羅十三一出公寓就會被殺死，而他的存在至關重要，所以就把他留在公寓裏。

李隱還指示，住戶們要分好組，輪班在公寓周圍巡邏，手機二十四小時開機。一旦有住戶失蹤，就能確定是哪些樓層可能有問題。李隱的佈置滴水不漏，讓人感到昔日樓長之風再現！

天亮了，會議結束了。蒲連生心事重重地走出來。因為公寓本身都有問題，住戶們都開始走樓梯了。而蒲連生住在二十九樓，所以，走到後來，樓梯上就只有他一個人了。

他並沒有發現，有一個身影緊跟在他的身後。在陰暗的樓道中，這個身影露出了一張慘白扭曲的面孔……

現在的公寓幾乎都空了，大家只有在快到四十八小時的時限了，才不得不回公寓一次。現在，大家就要在外出的這段時間裏，儘快破解這個血字。如果李隱的猜測正確，這的確是一個很特殊的血字的話。

這一天中午，負責偵破紅袍連環殺人案的專案組正在匯總案情。

「死者金心戀的未婚夫羅十三，在金心戀死後，和伊清水有過接觸。」專案組組長金峰說道，「我已經申請了搜查令，要徹底搜查伊清水的家！」

警方查了那麼久，終於找到了突破口。雖然羅十三一直非常小心，但是，他畢竟和伊清水見面多次，警方鎖定他和伊清水的嫌疑，只是遲早的事。

目前伊清水搬到了柯銀夜家裏，那裏已經被警方嚴密監控了，但是警方不會去調查這個家庭的成員。這自然是公寓起的作用。羅十三是住戶，但金心戀卻不是。所以警方不會去找羅十三，對心戀卻肯定不會放過。

這時，忽然聽到一聲巨響，員警身後的窗戶轟然碎裂，一個身手矯健的女子衝進會議室！女子一把抓住金峰，隨即身影倏地一下衝出窗外，竟然已經到了臨近樓房的房頂上！其他員警根本沒有反應過來，甚至都沒有看清女子的容貌！

當金峰從昏迷中醒來，發現自己被牢牢地捆在一張椅子上，身上的槍被收走了。他身處在一個陰暗潮濕的房間裏，眼前有幾個戴著稀奇古怪面具的人。

「我就開門見山地說了。」劫持他的女子用一把槍頂住金峰的額頭，「紅袍連環殺人案的所有情況，你要全部告訴我。」

「你，你是什麼人！」金峰怒不可遏地說，「你休想威脅我！」

「我不是說過，把卷宗拿回來就行了嗎？」旁邊一名戴面具的人故意改變聲線說道，「你居然把專案組組長都抓來了？」

這名女子就是上官眠，她冷冷地說：「我要的是完整的調查資料。」她取出一個針筒，「本來我有很多辦法可以讓他開口的，不過時間緊迫，用藥物比較快。」

「這樣不會對他的身體產生什麼影響吧？」身後一個戴面具的人說道。

上官眠卻抬起腳，狠狠踢向那個人的胸口，他頓時整個人倒飛出去，撞在了牆上！

「你給我住口。」上官眠冷冰冰地說，「下次就殺了你。」

那個戴面具的人慘叫著，吐了好幾口血。這是一名新住戶，知道上官眠手段的老住戶是絕對不敢對她有異議的。

「把他按住。」上官眠看著身邊的其他住戶，「動作快！」

其他人立刻將金峰的手腳緊緊抓住。上官眠慢慢地推注射器，將一管液體完全注入金峰體內後，就扔掉了針筒，耐心地等待藥效發作。金峰一開始還能謾罵，隨即身體劇烈地掙扎起來，臉上滿是痛苦之色！

五分鐘過去了，上官眠對這個大汗淋漓、雙目血紅的男人問道：「還不說嗎？」

「我……」金峰猛然抬起頭來，「求你……求你救我……我說，我說……」

「紅袍連環殺人案，關於伊清水，你們都查到了什麼？還有，十幾名死者的詳細情況，一個字不漏地全部告訴我！」

公寓住戶獲得了第一手的資料。伊清水的父母都在美國，父親名叫伊明樹，母親叫唐藍青，都是非常有實力的華人企業家。伊清水從十六歲開始就一個人住在國內，一直住在父親為其購置的豪宅中，在今年年初，她忽然辭退了豪宅中的所有傭人。

目前，如果下達了搜查令，後果不堪設想，金心戀馬上就會被捕。但是，要阻止這一點是不可能的，而且上官眠對金心戀的生死漠不關心。

而接下來，就是對所有死者資料進行的分析。死去的十七個人唯一的共通點就是，都是美少年和美少女。所有被殺的少女都沒有被性侵，所以，員警早就有兇手是女性的猜測。

而確定和伊清水接觸過的趙雪，是一名大二學生，因為容貌靚麗被稱為該校校花。不過，趙雪性格內向冷漠，朋友不是很多。現在還沒有查出趙雪是如何與伊清水接觸的。

這些情報讓李隱和柯銀夜產生了很多猜想，莫非伊清水和所有死者都進行過接觸嗎？但是，金心戀本人證實，她根本沒有見過伊清水。那麼，是趙雪比較特殊嗎？伊清水殺死他們是為了養蠱，但是，選定他們的理由，筆記本上並沒有寫明。

李隱重新進行了部署，去肖山市的人比原計劃多了，有一部分人繼續調查伊清水以及所有死者的資料，還有一路人馬要去查出公寓發生異變的原因，對倉庫出現到消失的血字進行詳細勘察。

羅十三決定帶著心戀，和李隱等人一起去肖山市。反正無論在公寓內外，都逃不掉了，那索性賭一賭，看看能否絕處逢生！

去肖山市的人增加到了十七個。但是，其他住戶都不願意和金心戀同坐一班飛機，到了肖山市也不願意和她待在一起，他們都擔心會被纏上金心戀的鬼魂所殺。最後，羅十三和金心戀決定坐火車前往肖山市。

被放回去的金峰，被上官眠下達了命令：如果想要解藥，就必須想辦法停止對金心戀的監控。

「我們走吧。」羅十三挽起心戀的胳膊說道，「心戀，我一定會救你的，一定！」

雖然血劍和盒子都帶在身邊，羅十三還是感到很忐忑。坐火車應該是最安全的了，如果坐飛機，在高空中逃都沒有辦法逃。

火車慢慢開動了，羅十三和心戀默默祈禱著，千萬不要出事。

與此同時，李隱等其他住戶都已經登機了。李隱和子夜坐在一起，其他人分坐在機艙各處，方便觀察整個飛機的情況。

起飛的一瞬間，每個人的心都懸到了半空中。李隱看著下面漸漸變小的天南市，雙拳緊攥。他現在已經是孤注一擲了。

其實，如果真的有危險，無論是坐火車還是坐飛機都沒有區別。現在必須用最短的時間到達肖山市，否則四十八個小時一過，所有人都要面臨絕望！

飛機升空穩定後，住戶們放鬆了一些，開始說笑起來，空姐推著食品車慢慢地走了過來。

柯銀夜坐在一對母子倆旁邊，他正在閱讀目前獲得的紅袍連環殺人案的詳細資料。空姐經過他身邊時問道：「先生，需要什麼飲料？」

「不用了，謝謝。」柯銀夜頭都沒抬起來。旁邊的男孩子大喊起來：「我要可樂！給我可樂！」

「你這孩子。」他的母親忙說道，「別喊那麼大聲。」

「媽媽，剛才你在看書的時候，有個紅衣服的姐姐在飛機窗戶外面盯著我看呢！她也是空姐嗎？」

6 尋找亡靈

趙雪的父母已經不知所蹤了，似乎是因為痛失愛女，而搬離了這個傷心地。趙雪作為被殺害的人中唯一一個和伊清水在死之前接觸過的人，必定有其特殊性存在。因此，柯銀羽和神谷小夜子現在來到了趙雪的家調查。

這裏是在一個待拆遷的住宅區，房屋已經很舊了。她們穿過一條條巷子，終於找到了那個門牌號。四處無人，一片寂靜，而眼前這座屋子的屋簷下結了不少蜘蛛網。雖然這裏已經沒有人了，她們還是必須設法找出蛛絲馬跡來。

就在這時，一陣風吹來，眼前這扇破舊的門，竟然被吹開了。門居然沒有上鎖？眼前的狀況非常詭異。但是，不入虎穴，焉得虎子，反正現在的情況已經糟到不能更糟了。

因為倉庫血字，沒有人能通過第十次血字離開公寓，也無法執行魔王血字，住戶現在面臨的是一個死局。這正是這個特殊血字的兇險之處，既像第一次血字那麼簡單——只要不使用道具就什麼事情也不會有，又像第十次血字那樣九死一生——鬼魂一旦被釋放，住戶全部死亡將不可避免。

公寓住戶當前的危局，可以用十死無生來形容。當鮮血流盡，二〇一二年將啟動新的輪迴。

「我想，蒲靡靈當年是把一部分道具留給了愛德華，目的就是為了通過未來的上官眠，來讓住戶察覺到道具隱藏的兇險。」神谷小夜子忽然說出一番推論，「當上官眠告訴我們這一切的時候，我才意識到，這個男人真的就像惡魔一樣玩弄我們，讓我們置身死局，卻又不斷用一些希望來誘惑我們。」

「我們走吧。」柯銀羽臉上沒有懼色，她昂起頭來，打開手電筒，跨進了這扇門。神谷小夜子也跟著走了進去。

房子很破舊，看來趙雪的家境實在很差。房間很小，傢俱幾乎全部搬走了，地面上有不少垃圾和灰塵。

「我們先分開。」柯銀羽舉著手電筒說，「你到那邊去看一下，如果有事就馬上喊我。」

這兩個人身為原來聯盟的首領人物，本來可以指派其他住戶來探查的，但是在這個關鍵時刻，沒有人願意衝到第一線當炮灰。如果她們不身先士卒，就沒有威信了，所以，她們必須親身涉險了。

「不行。」神谷小夜子斷然拒絕道，「要找大家一起找。我的視線，一刻也不會離開你的。」

「你不相信我？」

「生死關頭，還是相信自己比較好。而且，說得直接一點，我對你是不是真正的柯銀羽，還有很大的疑問。」

話說到這個地步，大家都不必遮掩了。公寓都鬧鬼了，住戶中就算混入了鬼魂，也是很有可能的。無法分辨人和鬼，實在是個大問題。只有懷疑所有人，才有可能自保。

「你說得也對，我同樣不能確定你就是真正的神谷小夜子。根據我們得到的情報，已經知道了你和日本桐生財閥的關係，而你的表妹桐生步未，不久前下落不明。」

「不錯的情報網。」神谷小夜子一直很冷漠的臉上略微露出一絲贊許之色，「不過現在不是抬杠的時候，目前大家都在同一陣營，那就是人類。」

「是的，大家都是人類。」柯銀羽喃喃地重複著這句話，開始在屋子裏搜索起線索來。

警方還沒查到趙雪的父母搬到了什麼地方。警方的調查主要集中在第一名死者葉浮的身上，畢竟，第一名死者很有可能有明確的殺人動機。

當然，住戶們也沒有忽略這條線索，葉浮是一名年輕的調酒師。他被殺後，頭顱被剖開了，死相很悲慘。

兩個人開始搜查另一個房間。房間裏一片狼藉，地面上有不少玻璃碎片。從窗戶看出去，天色竟然完全暗下來了。陰雲籠罩著天空，似乎又一場暴雨要來臨。最近，這個城市的天氣變化無常，而且有愈演愈烈的趨勢。

此時，住戶們乘坐的飛機周圍，也漸漸變得陰暗了。飛機在陰雲中穿行，不少乘客都有些不安起來。

柯銀夜站起身，舉起手，伸出四根手指。其他住戶看到後，馬上做出同樣的手勢回應。這是住戶們約定的暗號，意思是，這架飛機已經成為兇險之地！

這一幕引起了乘客小小的騷動。坐在李隱後面的一名男子好奇地問道：「你們這是在做什麼？」

李隱沒有理會他，立即將手上的筆記本合上，子夜臉色凝重地說：「現在，我們……」

「看來情況比我預想的還要嚴重。」李隱的表情還能保持不變，「做好心理準備吧，子夜。也許，我們沒有多少時間了。」

「我沒有遺憾。」子夜緊握住李隱的手，她臉上綻放出一個淒美的笑顏：「我願生死相隨。」

子夜的智商已經完全恢復了，如今她再度成為了公寓中的智者。

飛機上的住房中，莫水瞳是五十年前的住戶，有她在這裏，也許可以幫得上忙。而夏沉旭、韓荃等人，也是新住戶中有些能力的人物。尤其值得稱道的，是凡清秀、孫青竹和林儲三個人。他們剛進入公寓的時候，李隱曾經給他們進行了一個考試，就是交給他們以前經歷過的血字案例，讓他們解出生路。這是後來判斷新住戶資質的一個有效辦法。這三個人的分數是很高的，孫青竹更是得了一百分，甚至還解出過多重生路，被譽為公寓的新智者，後來更成為神谷盟高層人物。

可以說，這十七名住戶中有公寓半數以上的精英。要不是公寓的情況已經惡化到這個地步，李隱不會冒險讓他們在一起行動。李隱為求穩妥，把蒲連生這個五十年前的樓長留在了公寓裏。

孫青竹就坐在李隱旁邊，他戴著一副眼鏡，此時也看向李隱，說道：「李樓長，我們現在……」

「還用問嗎？」李隱卻將目光投向柯銀夜的方向，「只有搏一搏了。我敢選擇飛機這個交通工具，當然也是做了一些準備的。」

只見柯銀夜迅速打開了包，取出了一個青黑色的罐子和一支毛筆！

柯銀夜用毛筆點在朱砂裏，咬破了手指，把血灑在朱砂上，然後閉上了雙眼。

飛機上忽然靜了下來，所有住戶的目光都集中在柯銀夜身上。坐得離銀夜最近的，是新住戶沈冰，一個女孩子。

就在這時，李隱忽然覺察到一件事。他回過頭去，後面是一個空座。

可是，他記得剛才後面明明坐了一個男子，在看到他們打手勢後，還問「你們這是在做什麼」。

現在，他忽然想起來了，那個男子長得和第一名被害者葉浮一模一樣！

其他住戶也在緊張地展開調查行動。時間太緊迫了！十七名死者，除了金心戀，其他人都需要進行全面調查。公寓住戶兵分幾路，四處奔走調查。他們要去調查警方注意不到的方向——與靈異有關的情況。幸好住戶的調查行動肯定不會引起警方的注意，這多虧了公寓的掩護。

天已經完全黑了。

紅袍連環殺人案第六名被害者金海心就讀的鷹真大學裏，此時有四個人正在匆匆地奔向一棟教學樓。

那四個人分別是一個穿黑衣的高個青年，一個光頭壯漢，一個身材較為矮小的男子和一個身材苗條、長髮披肩的少女。

為首的高個青年是聖日派裏取代了羅謐梓位置的副手，是徐饕現在最得力的助手左林。對左林頗為恭敬的光頭壯漢看著前方的教學樓，說道：「這裏就是嬴子夜進入公寓前執教的學院吧？」

「現在是說這些的時候嗎？」左林頗為不耐煩地說。

「對……對不起。」光頭壯漢連忙低下頭去，繼續加快腳步。

左林是聖日派中少有的和徐饕屬於合作關係的人。徐饕賞識他的才華，數次遊說後將他收入麾下，並且故意抬出羅謐梓，好讓另外兩大聯盟忽視他的能力。但是如今聯盟聯合，必須要讓他走上前臺了。

當然，左林也算不上智者，在公寓的新住戶中，目前新人中有七個智者，雖然和李隱、柯銀夜等人差得很遠，但是跟一般人比也不是等閒之輩了。他們分別是蒲連生、孫青竹、林儲、凡清秀、袁印、白文卿和林煥之，其中三人跟李隱去了肖山市，留下來的四個人中，只有林煥之是聖日派的智者。這七個新人，全部都是在公寓周圍變成無人區後新加入的。似乎公寓開始刻意選擇擁有更高智慧的住戶，是為了達到一種難度制衡嗎？

左林選擇來對金海心進行調查，多少存有一點私心。金海心的年齡和他的女友相仿，容貌也有幾分相像。在進入公寓後不久，左林就和女友分手了。當他在報紙上看到金海心的照片，他就決定來調查金海心了。她的死狀極為悲慘，身上的皮膚全部被剝下了。

左林雖然時刻面臨著死亡，內心也極端憎恨伊清水這個殺人魔。將那麼年輕美麗的女大學生活活剝皮，真是罪無可恕！而且，金海心的拋屍地點離鷹真大學並不遠。

當知道兇手伊清水本人也是個美豔無雙的女人時，左林很是錯愕。他沒有見過伊清水本人，但是他無法想像，一個人究竟要殘忍到怎樣地步，才能做得出這樣泯滅人性的行為？

李隱說，這是一個特殊血字，而羅十三是公寓安排的生路。這個說法雖然多數住戶很難相信，但是現在唯有死馬當成活馬醫，去賭一賭了！好在現在剩下的住戶，心理素質還算不錯。自暴自棄的人，都已經在騷亂中被上官眠屠戮乾淨了。

金海心就讀於該校的水利工程系，父母都已過世，她是一個人到天南市來上大學的，成績優異。

教學樓裏空無一人，周圍極為寂靜。左林在前面邁開大步，其他三人緊隨其後。

「你們三個給我聽好。」左林踏上樓梯，一字一頓地說：「也許我們會有危險，不過畢竟不是在執行血字，我想鬼應該不至於衝著我們來，所以也不要太害怕而自亂陣腳。否則的話，我們只會死得更快！明白了就緊跟著我，不要掉隊！」

三個人都連連點頭，其實左林此時也非常緊張。水利工程系在五樓，此時他們來到了三樓，還是一個人都沒有看到。

「金海心是在校大學生，一直都是住校，就算是週末也都一直待在校內，鷹真大學的安保也比較嚴格。而紅袍連環殺人案當時已經出現了五名死者，都是在星期五當天失蹤，第二天被拋屍。」左林不由得回過頭來說，「這不是很奇怪嗎？發生了那麼恐怖的殺人案，她一個年輕貌美的女大學生，在星期五那麼危險的日子裏，怎麼可能外出？根據警方確認的失蹤時間，她是在晚上五點到七點失蹤的，那段時間她為什麼會跑到學校外面呢？」

「對，對哦……」

「伊清水是潛入校內帶走了金海心嗎？還是她在學校裏有內應？」左林說出了他的疑慮，「或者，她能利用蠱來輕易殺死金海心？」

目前比較合理的解釋是，伊清水將金海心迷暈，放到車裏離開校園。伊清水很有可能進入過學校，必須想辦法找到人詢問，看看是否有人見過伊清水，以及伊清水是否接觸過金海心。這樣的工作雖然警方肯定已經做過，但是校園裏人太多了，難免有所遺漏。左林相信，只要伊清水在這裏出現過，就應該會留下一些痕跡。只是，他們四個人，是否能夠活著回去？

上到五樓後，四個人看著空無一人的長長走廊。最近，不管走到什麼地方，好像都是無人區，總是看不到人影。

四個人放輕腳步，警惕地注意著周圍，都準備好隨時拚死一搏。就算知道沒有勝算，也要拚一拚！

「現在我們一起出生入死，告訴我你們的名字吧。」左林說道。

「李波。」

「趙勇。」

沒有第三個聲音響起。

左林扭過頭一看，那個長髮少女不見了！

他心裏頓時一驚，拔出刀來！這裏果然有鬼嗎？其他兩個人也很緊張，他們都沒有發現少女是什麼時候消失的！

「那個女的叫什麼名字？」

「嗯，我不知道。」

「我也不知道啊，出酒店的時候她就跟著我們了，我還以為你們認識她呢？」

左林恍然大悟，難怪剛才覺得那個女的有些面熟……新住戶太多，他記不得所有住戶的臉，所以也沒有去深究。

剛才那個少女……就是，金海心！

羅十三和金心戀坐的火車已經離開了天南市。

「要到晚上十點才能到達肖山市。」羅十三從包裏取出一些食物，「你先吃點東西吧，必須補足體力。」

此時，火車前方出現了一條隧道。進入隧道時，他們立刻陷入一片黑暗！

羅十三感覺到，身邊的心戀的身體猛然一抖，馬上緊緊地抓住他的手！

羅十三把手機按亮，稍微有了一點光亮。他看到周圍的人有不少在睡覺，要不就是在看手機，沒有多少人受到影響。

不過，車廂裏的燈很黯淡，而且是越來越暗。羅十三隱隱有些不妙的感覺，他也緊緊抓住了心戀的手，說道：「別擔心，我不會讓你有事的……」

話雖然這麼說，但是羅十三也沒有足夠的自信可以讓自己沒事。他和心戀隨時隨地都有巨大的危險。

而這些危險，竟然來自於伊清水殺死的人的鬼魂。這真是一個莫大的諷刺！他們本來是被害者，現在卻反過來變成了加害者。對鬼魂講道理，能行得通嗎？

飛機上，李隱等人依舊正襟危坐。時間過了許久，都沒有任何事情發生。不過，沒有人敢有絲毫懈怠。

為什麼這些亡魂會來尋找公寓的住戶？按理說，就算找，也應該是去找附體於伊清水身上的金心戀才對啊！

李隱眉頭緊皺，不時看向旁邊的公寓新住戶孫青竹。孫青竹雖然是新住戶中的智者，此時也沒了主意。只能希望柯銀夜手裏的罐子，可以緩衝一下危險的降臨。

可是，這真的能救得了他們嗎？在飛機上，根本無處可逃啊！

「你是不是有什麼想法？」孫青竹艱難地開口道，「李樓長，你選擇飛機作為交通工具，有你的考慮吧？否則，就算真的多用一些時間，也不至於選擇飛機啊。」

這句話一出，其他住戶也都看了過來。現在飛機裏很安靜，大家時刻關注著任何動靜，而李隱是他們的主心骨。

「沒有。」李隱卻否定道，「我沒有任何想法。」

這句話雖然說得斬釘截鐵，可是孫青竹哪裏肯信！

李隱如此老謀深算的一個人，怎麼會選擇這麼危險萬分的路？他必須有特別的考慮！他選擇飛機的理由到底是什麼？

「我們現在就是在執行血字。」子夜忽然開口了，「在血字裏，住戶的死亡是有時間間隔的。孫青竹，你不要忘記這一點。」

孫青竹恍然大悟！如果倉庫的出現是一個血字，那麼現在他們都在血字執行中！從之前住戶失蹤的情況判斷，住戶的死亡是有時間間隔的，否則的話公寓住戶早就全部被鬼殺死了。

而既然是在執行血字的過程中，血字就會排斥其他鬼魂的介入！所以，現在最重要的，就是壓縮時間！飛機是最快的交通工具，可以保證這段時間內沒有住戶死亡，也不會因為其他鬼魂的介入而死亡！

「高明！」孫青竹向李隱投去無比崇拜的目光，「現在，用最快的交通工具，能為我們爭取到更多的生機！如果選擇火車和巴士等交通工具，時間拉長了，我們反而會死得更快！」

「孫青竹。」李隱卻皺緊眉頭道，「聰明人是不需要把結論說出來的。你有時候反而會聰明反被聰明誤。」

「這是什麼意思？」

「算了。」李隱沒有再多說，轉頭對子夜說道：「我的心思，果然瞞不了你。」

子夜微微一抿唇，輕聲說道：「我是不是多嘴了？你應該會想得更深的……」

「沒關係。」李隱卻很淡然，「我選擇飛機的理由還有一個，那就是，因為住戶沒有可以逃的地方，所以更容易判斷出……『哪一個』有問題！」

子夜臉色一變，說道：「你果然也已經看出來了？你這樣說出來，不會有危險嗎？」這句話的聲音壓得更低。

「沒關係，你也看出來了吧？現在不是只有我一個人這麼想。」李隱表情從容地說，「住戶不是傻瓜，大家只是嘴上不說而已，實際上每個人都有這個猜測。倉庫如果有問題的話，倉庫內部十有八九潛藏著鬼魂。而住戶們取得倉庫通行證後，每個人都進去過了。那麼，我只能認為，問題在倉庫櫃子的抽屜裏。打開過抽屜又還活著的住戶，只剩六個了。我，你，銀夜，銀羽，神谷和上官眠。除了銀羽和神谷之外，現在都在這個飛機上。」

此時，李隱的面色已經陰沉了下來。他繼續說道：「鬼可能會放過打開了抽屜的住戶嗎？肯定是當場殺死那個住戶。蒲連生目擊了鬼殺死兩名住戶，事後沒有被消除記憶，證明這個鬼沒有記憶消除的能力。換言之，鬼要不就是殺死了這個住戶，然後替代這個住戶住在公寓裏，要不就是附體在這個住戶身上走出倉庫。無論是哪一種情況，都意味著……」

李隱頓了一頓，繼續低聲說道：「從現在起，你連我也不要相信，明白嗎？我也有可能是鬼，從倉庫中走出來的鬼！」

子夜握緊著李隱的手，看著他的眼睛說道：「我剛才不是說過了嗎？無論發生什麼事情，我定會生死相隨！」

飛機上的住戶們都陷入了沉默。出乎意料的是，飛機居然順利地降落在肖山市機場，住戶們都平安無事。這正說明了李隱的判斷和決定是正確的。

但是，每個住戶都還是心事重重的。倉庫中的鬼已經侵入了公寓這一點，被李隱明確地說出來了。下飛機的時候，每個人的後背都濕透了。但是，無論如何，他們總算爭取到了時間。

住戶們不可能推理得出公寓惡靈每個月只能殺十個人的規律。就算是李隱，也不可能知道，紅月鎮血字中，封煜顯和林雪倩是死在倉庫惡靈的手裏。由於這個因素的擾亂，導致他們無法看出死亡人數的規律，而且由於剛開始是在一天內殺死數人，後來變成了一個月內分幾次殺害，就更加迷惑了他們。否則，他們就能推算出，在九月到來之前，住戶是安全的，根本不需要坐飛機來冒險。

而倉庫惡靈，究竟是誰？新住戶林儲緊張地思索著這個問題。表面上看來，鬼連公寓都可以進入，似乎無法可解了。但是，只要是血字，就必定有辦法！那個化裝舞會的血字，不是看出鬼的身分就可以活下來嗎？這個血字也必定如此！

如果鬼是附體在住戶身上的話，恐怕一點兒辦法都沒有。但如果是殺死了開抽屜的住戶而變身為假住戶的話……林儲的腦子忽然一炸！

有了！其實是有辦法知道誰是倉庫惡靈的！

那就是用羅十三的蠱！

智者千慮必有一失！一直以來，無法分辨人鬼，是住戶認定的絕對真理。可是，現在他們有了羅十三！下蠱時，能感覺到活人的生氣，而鬼則感應不到生氣啊！雖然羅十三離這裏很遠，但是他手上拿著所有住戶都傳看過的血字解析表，可以用來感應大家的生氣！

想到這裏，林儲對旁邊的人說：「我先去一下洗手間。」

林儲匆匆地離開了大家。現在，他還不能告訴其他住戶這件事情，他們中有四個人都有可能是倉庫惡靈！

羅十三是倉庫關閉後才進入公寓的，是絕對可以相信的。除非那個鬼後來又殺了羅十三變成了他的樣子，但是，如果鬼一直這樣變身就太離譜了，公寓不可能一點兒都不限制吧。

此時，羅十三和金心巒坐的火車還沒有出隧道。

「十三。」金心戀說道，「我沒事的，我會堅強，不會害怕的。你不用為我擔心。」

「說是不害怕，可是你現在不還是緊握著我的手嗎？」

「嗯？我的兩隻手都在拿吃的東西啊，哪裏握著你了？」

蒲連生此刻正開著車，要去金心戀的家。他身邊坐著白離厭，身後是三個新住戶。對於五十年前的住戶，大家都抱著很強的好奇心，不過，一路上車裏都沒有人說話。

「連生。」白離厭終於開口說，「倉庫裏如果真的藏著鬼的話……那麼，五十年前，會不會也有人釋放過……」

「不，不會的。」蒲連生立即連連搖頭，「既然有五十年前的『道具』留到現在，就說明五十年前我們使用的倉庫並沒有關閉。」

「那麼……告訴我。」白離厭又問道，「蒲靡靈，他那時候說的那句話，是什麼意思？」

白離厭這句話是用方言說的，他的家鄉並不是天南市。而蒲連生也會說這種方言。

蒲連生永遠不會忘記，妻子在臨死前央求他，一定要帶蒲靡靈離開。而他和白離厭、莫水瞳最終也同意了。因為，蒲靡靈真的和他長得太像了。

回到現實世界後，蒲靡靈卻變成了很普通的人。在異空間裏，他是不死的，可是在現實中，他受了傷也無法立刻痊癒。他在現實世界中，似乎已經變成了真正的「人」。

即便如此，蒲連生還是提防著他，對他一直有著強烈的惡意。不過，蒲靡靈一直很平靜。

有一件事情，蒲連生沒有告訴住戶。他的妻子葉寒執行魔王級血字的地點，就是在如今的飛雲區六號林區！當時那裏還不是林區，只是人跡罕至的森林。

而蒲靡靈就是在六號林區自殺的。他究竟在想什麼？難道是為了死後重新回歸自己誕生的地方嗎？

蒲連生回憶起，那一天……

新血字發佈了。當時是八月末，已經有三個人去挑戰魔王級血字，而且都失敗了。而地獄契約已經發佈了四張。

新血字的內容是：

「一九六一年九月七日，在天南市金楓區葉山路二十三號的一座老屋子裏，有一個滿是鐘錶的房間，必須全天待在裏面。」

要執行血字的住戶有四個，是蒲連生和另外三名老住戶，其中兩個人就是莫水瞳和白離厭。

蒲連生在執行血字的前一天去見了蒲靡靈。

面對這個「兒子」，他有著複雜的感情。而這個孩子平時總是喜歡戴著一個奇怪的面具。不過，在現實世界裏，蒲靡靈只是一個極為普通的孩子，所以蒲連生對這一點也沒在意。

「這次的血字，你畫出來吧。」

蒲靡靈聽到蒲連生的話以後，卻無聲地冷笑了一下。

雖然隔著面具看不到表情，蒲連生也知道他在冷笑。這個孩子，是惡魔……蒲連生更加確定地這麼想著。他承認，自己一直忌憚這個孩子。

「知道了，我會畫的。」

蒲連生並不擔心蒲靡靈會欺騙自己。但是，那個孩子的冷笑，至今仍然讓蒲連生顫慄不已。

就在執行血字的當天晚上，蒲連生拿到了蒲靡靈的全部畫作，一共二十四幅。畫到手後，他安心了不少。

他和另外三名住戶進入了滿是鐘錶的房間。那個房間的時間被扭曲了。他們也因此來到了五十年後的世界。

但是，在執行血字過程中，蒲連生發現了一件事情。在最後一幅畫的後面，下面有一行小字，不仔細看是發現不了的。

「你把我帶出來了，那我就給你一個提示吧。你完全沒有發現嗎？其實……多了一個。如果你能看明白這句話，你就很可能活著離開公寓。」

多了一個……這幾天，蒲連生一直在思索這個問題。這句話究竟是什麼意思？在他們執行血字之後，公寓裏又發生了什麼事情？

如果蒲靡靈真的可以預知一切的話，為什麼公寓會讓他活下去？又為什麼允許他給自己提示呢？難不成……這是公寓的生路提示？

「多了一個。」白離厭臉色蒼白地問，「你要不要告訴李隱他們？」

「不……現在不能相信任何人了。」蒲連生拚命搖頭，「無論是李隱還是柯銀夜，我都不能相信了。你告誡過水瞳，不能把這事說出去吧？」

「嗯，說過了。」

「那就好。從我得知倉庫封閉的事情，就開始警惕了。果然我不是杞人憂天。如果能明白『多了一個』是什麼意思，就可以離開公寓的話……那麼我一定要解開這個謎！」

在一片虛無混沌之中，一個女子的意識飄盪著，最終醒了過來。

「彌真？」

女子睜開眼睛，站在自己面前的人，是千汐月。

「醒過來就好了。」千汐月微笑著說，「我剛才看你表情很痛苦的樣子，是做噩夢了嗎？」

「我的頭……很暈……」彌真從床上坐了起來，打量著四周，這裏是大學的宿舍。

過了許久，她才想起來，昨天晚上，她和李隱一起去看流星，一起憧憬著他們的未來。他對自己說，一畢業就結婚。

「你昨天回來得很晚呢。」千汐月坐到彌真床上，問道：「你和李隱去看流星也不用看那麼晚吧？」

彌真揉了揉眼睛，看了一眼窗戶外面，問道：「現在幾點了？」

「嗯，七點左右。準備好就去上課吧，下一節課是財務管理學。」

「哦，好。」

彌真坐起身來，穿好衣服，又準備了課本。她注意到手機裏有一條新簡訊，是母親發來的，說最近天氣變化很大，一定要注意身體。

她回了一條簡訊過去，關照母親也要保重身體。

彌真忽然想起了什麼，問道：「對了，汐月，你和彌天……」

汐月的臉頓時一紅，心想怎麼彌天嘴那麼快，什麼都說出去了，連忙說道：「不，不是……我……」

「好了，別不好意思了。」彌真笑瞇瞇地說，「別看彌天有點內向，其實他對人很體貼的。」

真好啊……這裏的生活真是太美好、太平靜了。她回想起剛才那個噩夢。在夢裏，她的父母死於列車事故，她和彌天則進入了一個無比恐怖的公寓，那個公寓會發佈一種血字指示，詛咒他人去鬧鬼的地方歷險，只有完成十次血字指示才可以離開公寓。而她心愛的李隱，也在後來進入了公寓，她更是一直背負著第十次血字的詛咒，到處尋找著彌天……好詭異的夢啊。

彌天一直說要當恐怖小說作家，莫非自己是受到了影響，也整天胡思亂想起來了？真是糟糕。

彌真進入教室後，馬上看到了坐在倒數第三排的李隱，就走過去坐在他身邊。

「看你。」李隱輕笑道，「都有黑眼圈了呢。」

「我到底不是夜貓子啊。」彌真又打了個呵欠，看著不遠處坐在一起的彌天和千汐月，說道：「他們兩個進展得也蠻快的啊。」

她也注意到，離二人不遠的嚴琅正在看遊戲雜誌，卻不時抬起頭用手機偷拍千汐月。彌真早就知道，嚴琅也很喜歡千汐月。

「啊，上課好無聊。」身後傳來林心湖的歎息聲，她抓著彌真的雙肩說：「你們真是幸福啊，都不理我。而且你弟弟還把一朵校花摘走了啊……」

彌真噗哧一笑，此時，她感到人生無比幸福，幾乎沒有不滿了，再也沒有更多的期待了。

可是……她總感覺有點兒不對勁。這一切，好像很不真實，似乎隨時都會消失，猶如泡沫一般。

魔王級血字指示，會有兩種結果。一種是唐蘭炫那樣，對心魔執著而導致魔王侵入，另一種，就是楚彌真這樣，可以坦然面對心魔，甚至沒有心魔的，那麼，就會徹底被這個空間同化。直到……魔王完全侵入為止！

火車穿出了隧道。羅十三眼睛睜得大大的，看向自己被握過的那隻手，有一個鮮紅的手印在上面！

然而，他的身邊卻沒有其他人。只有這個鮮紅的手印可以證明，剛才在黑暗中，他被某個不明生物接觸過！

羅十三大口喘著氣，汗水不斷冒出來，心戀也擔憂地看過來，說道：「十三……難道……」

眼前這張絕美的面容，讓羅十三感到一陣陣恐怖。「伊清水……」他看著這個女人，腦海裏想像出她是如何將那些死者殘忍殺害、穿上紅袍、獰笑著拋屍的過程。她是一個蠱師……像父母一樣的蠱師……

羅十三一把抓起心戀的手，說道：「下一站，我們下車！不能繼續待在這裏了！」

好在下一站是臨近肖山市的一個鎮。站在月臺上，看著火車慢慢遠去，看著已經完全黑下來的天空，羅十三忽然咆哮起來：「我說過了！她不是殺了你們的人，她不是伊清水！不是伊清水！她是我的未婚妻，她不是蠱師！」

就像已經失去了理智，羅十三不斷歇斯底里地喊著。心戀在身後一把抱住他，說道：「別喊了……十三，你對抗不了他們的……」

羅十三什麼也說不出來。拚命想要改變、卻什麼也無法改變的無力感，充斥在他的心頭。

葉浮，金海心，趙雪……這些被殺害、被伊清水用來養蠱的冤魂，現在死死纏上了心戀。再這樣下去，那些鬼會殺死心戀嗎？他難道只能眼睜睜地失去心戀了嗎？

心戀還活著。他想對身邊的每一個人說，她還活著！當自己跪在心戀的靈堂前，看著她的「遺像」，看著痛不欲生的心戀父母，他就無時無刻都想說出這句話來。

然而，他不能。總在附近監視著的便衣員警，時刻提醒著他。他不可以再次失去心戀了。誰也不可以殺心戀，哪怕是那些他根本無力抗衡的厲鬼惡靈！

就在這時候，手機鈴聲打破了夜的寂靜。羅十三迅速地把手機取出來，來電人是林儲。羅十三跟他還是比較熟的，知道他是公寓新的智者，但缺點是做事急於求成，不懂得隱忍，不顧大局。

林儲焦急的聲音傳來：「終於打通了，剛才怎麼回事？」

「剛才火車在隧道裏……」

「我想到了一件事！你說過，下蠱之前，可以感應到人的生氣。那麼，你能不能試著感受一下，我們這些住戶中，有誰的生氣是無法感應到的？」

「不可能的。」

「啊？什麼意思？」

「你是不是認為，住戶中有人是鬼假扮的？」

「對啊，所以我才……」

「我已經沒有能力做到這一點了。」羅十三苦笑著說，「自從成為公寓住戶後，不知道是什麼原因，我已經不能下蠱了，也無法感受到人的生氣了。對不起，但是我的確幫不上忙了。」

林儲沉默了一會兒，又說道：「你再試一下吧，我求你了……」

「我幾乎每天都在繼續嘗試，但是，都沒有成功過。我只能認為，公寓會剝奪住戶擁有的特異能力，我現在和一個普通人毫無區別。其實你也不想想，如果還有這個能力，我早就去找我父母了，用得著等到現在？」

這實在是很大的打擊，林儲只得悻悻說：「那……就沒辦法了。你自己小心一點，到了肖山市和我們聯繫。但是，我們不會告訴你我們在哪裏的，你也不要找到我們這裏來。」

「明白了。」

林儲掛斷電話，歎了一口氣，沮喪地回到候機大廳，住戶們都在等著他。他歉然地說：「久等了，我們走吧。」

李隱站起身來，打開手機上的肖山市地圖。之前羅十三的母親郵寄東西用的地址，是一個公寓，而早在兩個月前，他們就已經退房了。現在，住戶們要先去找到羅十三父母租住公寓的房東和鄰居，詢問具體情況，再做定奪。

「這樣是大海撈針啊。」林儲臉色蒼白地說，「時間一到，我們還要趕回公寓去。」

「最壞的情況下，就去執行魔王級血字。」李隱冷靜得不可思議地說，「反正一樣是死，當然要博取最後一線生機。」

「開什麼玩笑。」一個叫凡清秀的住戶臉色一變，「李隱，地獄契約還沒有湊齊啊！這個情況下，我們去執行血字……」

「魔王級血字也是血字。總不能不嘗試就放棄了吧？」

一行人出了機場，上了計程車。此時天已經全黑了，現在要分秒必爭，不是恐懼的時候了。這是公寓住戶在和死神賽跑！

他們來到了市中心的那座公寓。羅休和韓瑾，曾經住在公寓的第十七層，而房東住在十六樓的一六〇一室。

李隱等人來到房間門口，按下門鈴。沒過多久，門就開了。開門的是一個中年男子，大概四十多歲，看起來穩重儒雅。

中年男子看著那麼多人站在門口，問道：「你是之前打電話來的李先生吧？」

「對。」李隱點點頭說，「我就是。」

中年男子有些驚訝地看著李隱。李隱看起來只有二十多歲，卻有很多白髮。

「那個……我沒有想到你會帶那麼多人來……」

「這件事情對我們很重要。」李隱朝身後的上官眠使了個眼色，如果這個中年男子不肯配合，那麼上官眠就要出手了。

上官眠眼中露出一絲凶芒，手微微抬起。有她在，住戶們心裏很篤定，這個世界上連上官眠都無法制服的人，屈指可數！

「這……」房東越來越猶豫，畢竟，這麼晚的時間，眼前都是陌生人。

但是，李隱很清楚，他不可能一個人前來。畢竟，懷疑他是倉庫惡靈的人也不少，怎麼可能讓他單獨行動。住戶們互相配合，共用情報，是目前唯一可行的辦法。

「抱歉。」房東隔著防盜門說，「今天太晚了，還是等到明天再……」

上官眠還沒等他說完，手就迅速伸出，旁邊的人還沒看清她的動作，她的手就砸在防盜門上，防盜門瞬間完全碎裂，中年男子也瞬間倒飛開去！

中年男子倒在地上的時候，只感覺喉頭一甜，還來不及吐出血來，一把槍已經頂在了他的額頭上。

住戶們蜂擁而入，又立刻把外面的門關上。看著地上碎裂的防盜門，住房們都心有餘悸。

「羅休和韓瑾在什麼地方？」上官眠打開了手槍保險，面目陰森地說：「我的耐心不多。」

「我……我不知道！」中年男子嚇得渾身發抖，「我真的不知道啊，他們兩個，兩個月前結清房租就走了，我也問過他們去哪裏，可是他們沒有告訴我啊！」

之前電話聯繫的時候，李隱就問過了這個問題。其實在大城市裏，房東不知道房客的事情，也是很正常的。

「完全沒有任何線索？我給你三十秒的時間回想，如果你的回答還是『不知道』，那我就馬上開槍！」

上官眠的表情非常冷酷，住戶們心中大驚，她不會真的殺人吧?!

「三十，二十九，二十八……」上官眠的讀秒極為準確，和秒針的走動分毫不差。

房東嚇得連連求饒：「我，我真的不知道啊，他們，他們真的沒有和我說過……」

沒有一個人敢上去勸上官眠。這段時間，上官眠殺的人太多了，她根本不會介意多殺一個。

「二十，十九，十八……」

「我，我想不起來啊，他們都沒有和我說過要去哪裏！」

「十七，十六……」

其他住戶的內心都很掙扎，他們知道房東多半真的會被殺，可是反而躲得更遠，大氣都不敢喘。

李隱也不例外。

「十，九，八，七……」

已經有人閉上了眼睛。而李隱則死死地盯著中年男子。中年男子臉上的汗水和淚水夾雜在一起，表情因為恐懼而扭曲起來，甚至已經失禁了。

「六，五，四，三……」上官眠的手指開始移動、彎曲起來。

「二，一……」

在「一」字剛出口的瞬間，中年男子終於脫口而出：「我想到了！別殺我，別殺我！我想到了！」

上官眠將手槍抬起，說道：「如果你想拖延時間，還是別做夢了。如果你說不出什麼情報來，我一樣會開槍。」

「在他們離開前幾天，我去過他們的房間，看到那個男的在網上和人聊天……」

「我是在問你，你知不知道他們去了什麼地方！」

上官眠冰冷的口氣，讓中年男子的心一沉，但他為了活命，一口氣繼續說了下去：「可是，他聊天的記錄應該還在電腦裏吧，他們走得很匆忙，什麼都沒帶走，如果查看聊天記錄，或許可以……」

「他說得有道理。」李隱終於開口了，「如果是離開前幾天和人聊天的話，也許就會說起自己準備去什麼地方。」

上官眠沉默了一會兒，忽然槍口舉起，狠狠砸向中年男子的太陽穴，他立刻昏了過去。她從身上一個盒子裏取出一個膠囊，塞進男子的嘴巴裏，把他的頭仰起，確認藥吞進去之後，說道：「他醒過來後，就會忘記剛才發生過的事情了。我們走吧。」

他們去了羅休和韓瑾住過的一七〇四室。上官眠走在最前面，進入臥室後，她立即將電腦打開。她不說話的時候，沒有人敢問她任何問題。

上官眠點開了聊天軟體，輕鬆地登錄了進去。登錄後發現，好友欄裏只有一個人，昵稱是「亡靈」。

這個昵稱讓住戶們心裏一緊，不免有些恐懼。他們現在感覺任何地方都會有鬼魂存在。

「查出對方的ＩＰ後我會告訴你們。」上官眠頭也不回地說，「你們是繼續待在這裏，還是馬上離開，都隨便。」

「亡靈」的頭像相當詭異，是一張慘白的女鬼面孔。上官眠點開了聊天記錄。

所有人的臉都不由得湊了過來，上官眠卻冷冷地說：「我過一會兒會列印出來，你們不要靠近我，否則我會下意識地殺人。」

這句話讓所有人都嚇得退後。沒多久，一旁的印表機就將十張聊天記錄全部列印了出來。

這似乎是羅休和韓瑾共用的聊天帳號，昵稱是「羅」，聊天記錄裏，羅休和韓瑾交替著和對方聊天。而聊天的內容，讓住戶們觸目驚心。

亡靈：這麼說，你打算到那個地方去？就算冒著生命危險？

羅：談不上生命危險。

亡靈：這不像你的風格啊，羅休。

羅：總之這一次需要你幫忙，準備工作做好了我們就動身。

亡靈：誰說不是呢？不過那麼多年過去了，危險程度也越來越大了。我說過，你和阿瑾的要求，我絕對不會拒絕。時間過得真快啊，那時候，我們一起下的那個邪蠱……

羅：你先確認一下，明天我再聯繫你。

第二天的內容是：

「羅：我是阿瑾。羅休他現在出去了。其實他有些事情沒有告訴你，上次，我做的巫毒娃娃，壞掉了。

亡靈：巫毒娃娃？

羅：拜託你幫忙了。這一次，我真的很擔心十三，但是我也知道，我們離開他，不聯繫他，斷絕和他的往來，不祥才不會降臨到他身上。

亡靈：那麼……

羅：不過，我早就預料到了這一點，所以，當時做了兩個巫毒娃娃。你不必擔心。

亡靈：還是注意一點兒吧。另外，我已經去看過了，邪蠱的降頭咒是隨時可以用的，當然，稍有不慎，我們的性命就會搭上去。畢竟那是我們花費多年養蠱所造的降頭。

羅：會很危險吧？但是，現在看來十三的狀況很不妙，還有他的未婚妻……

亡靈：能行的，加上我，可以分擔詛咒來進行降頭。只是，我們還需要等待時機。時機一到，我們就馬上開始。只要能做到，那些東西就不會再纏著十三了。我們需要時間。

降頭！

這個詞讓大家都感到很悚然。這個叫「亡靈」的，莫非就是降頭師？翻看到他們在離開之前三天的聊天內容，則是：

亡靈：三天後，我們在西城區永煥大樓下見面。

羅：不見不散。

李隱立即拿出肖山市的地圖來，想查看這個大樓的位置。

上官眠冷冷地說：「我會查出對方的ＩＰ地址，那就方便得多了。」

「這是……」李隱此時已經很激動了，「降頭，可以讓那些鬼魂不再糾纏我們……那麼不就同樣可以救我們了嗎？那個倉庫惡靈，也可以用這個辦法來驅走！」

其他住戶詳細地看完聊天記錄後，更多的卻是緊張和不安。畢竟已經過去一個多月了，至今十三依舊鬼魂纏身，這麼看來，羅休和韓瑾豈不是非常危險嗎？

沒過多久，上官眠從電腦前起身說：「走。我查到ＩＰ地址了。對方在……東臨市！」

大家都瞪大了眼睛！現在又要跑東臨市去？

「也不用所有人都去。」李隱建議道，「也有可能羅休和韓瑾還在肖山市。」

「我去東臨市。」上官眠斬釘截鐵地說，「你們有誰想跟我一起去的，隨便你們，但是，我不會等你們。」

降頭師……邪蠱……李隱思索著這些線索，心裏抱著一絲期待。如果這真的是公寓隱藏的生路，那麼羅十三的遭遇又是什麼？

就在這時，室內的燈瞬間暗了下來！李隱猛然一驚，立刻去摸身上的手電筒，可是，取出後卻無法按亮！

「快，快走！」

「你別擠啊，給我讓開！你給我滾！」

「你們讓一讓啊！」

房間那麼小，十七個人爭先恐後地往外衝，勢必造成混亂。在這種情況下，沒有人會不害怕。大家好不容易衝到了客廳，然而有不少人都撞到了傢俱上，還有人被踩踏了。每個人的神經都被恐懼緊繃著，此刻，是弦斷之時！每個人都只想著儘快逃生！逃生！

到了門口，他們卻發現推不開門了！

「不會吧，剛才沒有鎖門啊，李隱，鑰匙在你那兒吧？」

「快啊，李隱，快！」

李隱已經取出了鑰匙，可是，在黑暗中很難對準鎖孔。這時，他聽到了上官眠的聲音：「給我讓開。」

門對上官眠而言，自然是形同虛設。她一掌朝大門擊去！

然而，詭異的事情發生了。門竟然紋絲不動！

所有人都瞪圓了眼睛！這怎麼可能?!上官眠的一掌，別說這扇門了，就是銀行的金庫也應該被轟穿了啊！這意味著什麼，自然是不言而喻！

此時，他們沒有任何辦法照明。手機和手電筒都不亮了！雖然室內還不算伸手不見五指，可是看不清楚對方的臉。每個人都很害怕，無論是倉庫惡靈還是紅衣鬼魂，都會立刻致命的啊！

大家緊張地戒備著，不知道鬼會從什麼地方來。

上官眠卻說了一句話：「等一下！剛才……」她還沒有說完，就拔出槍來，對著門的方向射去！

接著，上官眠猛然衝到李隱和子夜的身邊，一手抓住一個，向臥室裏衝去，打開窗戶，竟然從十七樓直接跳了下去！

上官眠在半空中踢向牆壁，造成巨大衝擊力，牆壁瞬間塌陷，她在空中一閃，在下墜過程中又是凌空一腳！

在這一腳的反作用力下，上官眠朝一個人工湖的方向飛去！李隱被上官眠抓住右手，腦子裏一片空白，身體一下就浸入了人工湖裏！

這個湖並不深，三個人很快都浮出了水面，上官眠落水時將衝擊力抵消了不少，所以李隱和子夜完全沒有受傷。

上官眠上岸之後，說道：「我只能幫你們到這一步了。接下來你們自己逃吧。」

接著，她又對李隱說了一句話，然後猶如幻影一般，瞬間消失！

在那座公寓的十七樓上，住戶們跟著衝進臥室，看到了剛才的一幕，個個臉色慘白。他們沒有上官眠這種通天的本領，如果跳下去，必死無疑。

「不……不是吧？」孫青竹面色慘白地說，「我們也算智者吧？上官眠就這樣把我們拋棄了？」

柯銀夜皺緊著眉頭說：「那種情況下，帶兩個人已經是極限了……」

與此同時，李隱也呆呆地看向公寓樓的方向，銀夜他們還在那裏！

上官眠離開時對他說的話是：「我當時一掌轟擊在門上的時候，感覺出來了。那不是門，而是一個僵硬的身體！那個鬼，就在門口！」

7 變臉嬌妻

夜色茫茫，社區裏的許多路燈，都在剛才那巨大的空氣衝擊力下折斷了，社區陷入了一片黑暗。

李隱很清楚，雖然柯銀夜對公寓來說很重要，但是自己根本沒有能力去救他。連上官眠這樣堪稱武神一般的人物，都如此忌憚，他哪裏有命可以去搏？而現在，也不是血字執行期間，否則，柯銀羽倒是可以抹除血字的執行次數救回柯銀夜的。

就在柯銀夜、孫青竹等人看著樓下時，一聲慘叫從身後傳來！那是新住戶韓荃的聲音！離門最近的林儲一下將門關上，這時正要衝進臥室的凡清秀被關在了門外，隨後林儲更是上了鎖，將一旁的沙發挪過來頂住門，大喊道：「柯銀夜，你快想想辦法！」

「你在做什麼？」莫水瞳跑過來焦急地說，「外面還有人啊！」

「你給我閉嘴！」林儲瞪大眼睛喊道，「現在開門，誰知道鬼會不會跟進來！媽的，我們該怎麼辦！柯銀夜，你有沒有辦法？」

眼下的狀況，怎麼看都是絕境了。柯銀夜攥緊雙拳，雙目充血，他忽然注意到電腦旁邊的一個背包。

這是上官眠的背包！剛才上官眠逃走時，沒來得及拿走這個包。他立刻把背包打開，裏面有匕首、手槍、彈夾以及繩索！

以前很多住戶在執行血字期間都會攜帶繩索，但是這段日子，住戶們把執行血字的希望更多地放在智慧上。

而上官眠的這些繩索是用合金製作的，比大橋的鋼索還要堅韌，最重要的是，繩子前段還有一個吸盤！

「有救了！」柯銀夜驚喜地說，「以前執行六號林區的血字時，就是用這個脫險的！」

他取出一把沙漠之鷹和一個彈夾，收進口袋。然後，他探身出窗戶，把吸盤固定在牆壁上，而繩子另一端連接著一根腰帶。這個吸盤能夠自由伸縮繩子，柯銀夜一扯，就把繩子扯出來了。

「喂，讓我先走！」林儲激動地衝過來，剛要搶奪，一個冷冰冰的槍口就對準了林儲。柯銀夜的目光很冰冷，他把上官眠的背包一下從窗戶扔了出去，他手上的槍就變成了唯一的一把！

屋外再度傳來新住戶武智明和華元飛的慘叫聲，還有沈冰、凡清秀等人慘叫哭喊的聲音。林儲被嚇得還來不及開口，柯銀夜就已經打開了槍的保險。

「你……」

「給我退後到門口，你們所有人都是！我下去後會把這個繩子放上來，這繩子會自動收縮回上面來！立刻！別以為我不會開槍！」

如今槍在柯銀夜手上，其他人自然不敢說什麼，只好後退。此時又傳來了新住戶姚影的號叫聲！每個人都嚇得魂飛魄散！

柯銀夜看他們退後了，立刻縱身踩到桌子上，飛身向窗外跳去，在這個過程中，手依舊高舉著槍。

這時，就算有人把頭伸出窗戶要把吸盤拆下來，難保不會被子彈射穿腦袋！而且吸盤很牢固，也不是那麼容易能拆下來的。

沒過多久，銀夜就到了地面。他迅速解下腰帶，將其放回上去，隨即從地上撿起上官眠的背包，向住宅區門口飛奔！

腰帶飛上來時，林儲滿心歡喜地接住了。此時臥室裏還有孫青竹、莫水瞳以及韓國住戶洪相佑。然而，孫青竹也衝過來搶奪，吼叫道：「讓我先下去！」

在生死面前，他已經失去了理智，只考慮著自己先獲救。殊不知，越是如此，反而越容易死！

與此同時，在天南市裏，蒲連生、白離猒、柯銀羽、神谷小夜子和三個新加入公寓的住戶正在金心戀家中。

「你們是十三和心戀的朋友，謝謝你們過來弔唁。」金心戀的父親金伯辰老淚縱橫，強壓著悲痛，給每個人倒了一杯茶，說道：「十三給我打過電話了，他說臨時有事到外地去，你們是他和心戀的好朋友，剛從外地回來，才知道心戀的事。」

「請您節哀。」蒲連生對眼前這位和他同時代的老人，倒是有幾分親切感，說道：「事實上，關於心戀的事，我們都……太突然了，很難接受啊。」

神谷小夜子也說道：「抱歉，我這麼問可能有些直接，心戀的死究竟是怎麼回事呢？真的是死在了那個紅衣殺人魔的手上？」

金伯辰的手在顫抖，他拚命壓抑的悲傷更加湧起，雙眼中含著強烈的憤怒。

「我金伯辰這一生問心無愧，我女兒也是個很善良的人，怎麼會如此慘死！她還那麼年輕，還快結婚了，居然讓我白髮人送黑髮人！」

金伯辰又抽泣起來，他此時已經是心力交瘁，骨瘦如柴，他的太太則早就病倒了，直到現在都不能接受這個事實。

「抱歉。」神谷小夜子繼續追問道，「我知道您很悲痛，但是我們真的想知道，為什麼心戀會死呢？有沒有什麼線索？」

「我怎麼會知道！」金伯辰泣不成聲地說，「我怎麼會知道……那孩子，為什麼就會……」

李隱和子夜衝出住宅區後，馬上攔下一輛計程車。李隱又給上官眠打電話，很快對方就接通了。

「你在哪裏？機場嗎？」

「不能去機場了。現在我們被紅衣鬼追殺，不能再上飛機了！」

「你怎麼知道是紅衣鬼？」

「那個房間的門，原本就是朱紅色的，鬼魂的身體和門幾乎融在一起，我們才沒有看出來！」

「東臨市是大城市，就坐火車去吧，班次很多。我幫你們買兩張票，但我最多等到十一點，過時不候！」

「好，好的，謝謝你，上官眠！」

掛斷電話後，李隱對計程車司機說：「快！去火車站！」

此時的李隱猶如驚弓之鳥，不時警惕地看著周圍。子夜也同樣不時注意著車外的情況，她突然說道：「柯銀夜在後面！」

李隱馬上回過頭去，只見柯銀夜正在車後飛奔而來！

「司機，停車！」

李隱馬上將車門打開，喊道：「快上車！」

柯銀夜居然能夠死裏逃生，這讓李隱很欣喜。無論如何，柯銀夜作為一個智者，對公寓而言是損失不起的人。剛才自己顧不上他逃走了，也是被情勢所逼，絕非他的本意。

就在柯銀夜距離計程車只有兩三米遠時，李隱無意中瞥了一眼後照鏡，赫然看到向著計程車奔來的，竟然是一個披頭散髮、看不清面孔的紅衣女鬼！

這個人不是柯銀夜！

李隱立刻將車門一把關上，咆哮道：「開車！快開車！」

司機一愣，馬上踩下了油門。李隱也立刻將車窗搖了上去！車子終於開動了！

好險！李隱鬆了一口氣，剛才他差一點釀成大禍！

事實上，柯銀夜此時還沒有跑出那個社區！

此時，馬路上一輛車都沒有。現在還不到午夜，而且這裏是市中心，周圍所有的大樓都沒有燈光。這哪裏像是現代化都市？肖山市好歹也是一線大城市啊！

這樣的詭異如果發生在執行血字過程中，可以理解為是公寓在作怪。可是，現在這個情況……子夜疑惑地看著李隱，問道：「你為什麼不讓銀夜上車？」

「是鬼！」李隱指著車子的後照鏡說，「剛才我從那裏看見了，那不是銀夜，是個紅衣鬼！」正在專心開車的計程車司機一怔，問道：「小姐，你男朋友是不是腦子有問題？不好意思，他的話實在是……」

「他在開玩笑呢。」子夜從容地答道，「因為他們有點矛盾，所以才這麼說。」計程車拐過前面一個街口，路面一下子廣闊了許多，光線也充足起來。李隱看著前方道路，忽然身子一震！

只見車前鏡中映照出來，在司機旁的副駕駛座上，赫然坐著一個頭顱裂開兩半的紅衣鬼！

「停車！」一大喊一聲後，李隱立刻伸出手去打開車門，然而，車門上鎖了，無法打開！

李隱頓時睚眥俱裂。時間不等人啊！就在這一瞬間，他感覺到，視線的餘光裏，有一抹紅色漸漸蔓延開來！

這時，子夜也過來幫忙了，可是，車子卻沒有停下！

在駕駛座上，司機的頭低著，鮮血不斷地從他的眼睛和口鼻中湧出。而車子自然是失控了，現在朝面前一家已經打烊的商店撞過去！

李隱這時終於把車門打開了，隨即和子夜一起跳出車外，重重地砸在地上！而計程車已經撞上了商店，發出轟隆隆的巨響！

李隱身上多處受傷，肩膀特別疼。現在不是執行血字，所受的肉體傷害回歸公寓也得不到恢復。子夜的情況稍稍好一些，但是臉上有嚴重擦傷，左臉頰上有一道明顯的傷痕。

李隱和子夜好不容易才站起身來，幸好腦部沒有受到撞擊，否則就是當場昏厥了。李隱一動身體，肩膀和腳部就傳來劇痛，膝蓋上的血已經把褲子染紅了。

他走了幾步，就倒了下去，子夜連忙扶起他，朝後面看了看，說道：「我們要快點走！剛才我也在車前鏡裏看到了！」

羅十三和金心戀終於來到了肖山市。從火車站裏悻悻走出，羅十三終於鬆了一口氣。天色已經晚了，而他現在還沒有收到李隱等人的聯絡。

他打算先給李隱打個電話。手機打過去了，對方卻不接。李隱現在逃命都來不及，哪裏有時間接手機。

「怎麼會……難道李隱也出事了？」羅十三皺起眉頭，同時將心戀的手抓得更緊。現在半分大意也不能有，如今唯一的希望，就是他的父母了！

他正打算給子夜打電話，手機卻突然顯示有來電，是柯銀夜！他馬上接通手機，不等對方開口就問：「銀夜，出什麼事了？」

他和柯銀夜的關係更密切一些，接到電話多少有些心安。

「十三！」柯銀夜的聲音隨即傳來，「我們已經查到了一些線索。你們馬上到東臨市去！立刻！」

柯銀夜把所有情況都說了之後，羅十三的臉瞬間沒了血色！

「你……你是說……降頭？」

羅十三雖然經歷了那麼多生死恐懼，但是，他對「降頭」二字，恐懼更甚！父母從小就告誡他，降頭是邪蠱之術，就連他父親羅休，都流露出忌憚之色。羅十三只有兩次從父親身上感覺到他有忌憚和恐懼，第一次是提及「降頭」，第二次就是告訴他公寓的存在！

能讓神秘莫測的父親都如此諱莫如深，降頭的危險程度自然不必多說。不過，羅十三也看得出，父母真的是為了自己，才想要去使用降頭，來解救自己的危難。他的心頭湧起一股暖意，他暗暗發誓，如果能夠活下來，下半生必定好好孝順父母。

掛斷電話後，羅十三立刻帶著金心戀又進了火車站，在售票處得知，零點有開往東臨市的火車。現在，只有等著了。買好了票，在火車站的大廳裏坐下，羅十三取出一瓶礦泉水遞給心戀，說道：「先喝點水吧，你也累了。再忍耐一下，現在，必須要通過降頭來救我們了。」

「真的，可以嗎？」心戀接過水瓶，手卻不停地顫抖。

「我也不清楚，但是我父母既然認為可以，就一定可以。不過，那個『亡靈』又是誰？這麼多年來，父母在什麼地方做些什麼事情，我都不知道……」

父母為自己取了代表不祥的名字，羅十三一直認為父母根本不愛他。他沒有想到，父母一直在為他付出。為了兒女，父母可以犧牲一切。他的父母，也是這樣。

「你的父母，也是一直關愛著你的。」心戀很理解羅十三的心情，「父母都是一樣的……我的父母也是，他們至今都不知道，我還活著……」她的眼神黯淡了下去。

「父親的心裏，除了音樂，就是母親和我。當年母親就是因為傾慕父親的音樂才華，才會和他在一起。他後來轉去教書培養人才時，很多人都感到惋惜。但是，對父親而言，執教也是很大的樂趣，他太熱愛音樂了。所以，當我對他說，我喜歡音樂時，他真的很高興……」

羅十三心中一陣絞痛。他當初之所以愛上心戀，也是因為被她彈琴時的美麗身姿深深打動，再也無法忘懷。心戀本來打算在結婚後繼續深造，甚至去國外演出。羅十三一直很支持她，而如今……她還能夠活下去，繼續彈鋼琴嗎？

羅十三說：「那一天我看到你在書房寫樂譜。我對音樂一竅不通，但是你彈鋼琴我最愛聽，就是因為這樣，我才愛上了你。」

心戀微微一笑，說道：「如果能活下去，我一定再彈那首曲子給你聽。」

「只要是你彈的曲子，對我而言是最好的安慰。」羅十三欣然一笑。

「嗯，我們約好了，活下去，我把自己寫的曲子彈給你聽。」

活下去……這三個沉甸甸的字，壓在羅十三的心口上。為了求生，他有了一切手段，如今在這九死一生的境地，要博取一線希望。他唯有抬起頭，向冥冥中或許存在的神明祈禱著。但願自己的希望不要落空，讓自己和心戀能活下去吧。只要可以活下去，只要可以活下去……

李隱和子夜終於到了火車站前，他們選擇的交通工具是三輪車。二人一進入火車站大廳，就看到了上官眠。李隱露出欣慰的表情，肩膀的傷似乎也不那麼痛了。這一路下來，一直危機重重，現在總算暫時鬆了一口氣。

只是，那個叫「亡靈」的人，現在究竟是死是活呢？這個人和羅十三的父母，後來發生了什麼事情？

無論如何，一定要想辦法利用那個邪蠱來獲取生機！無論是紅衣鬼魂，還是倉庫惡靈，應該都可以一併消滅掉了！至於能否用到未來的血字，李隱根本不抱希望。現在，至少要讓公寓回歸到以前的狀態。現在有了神谷小夜子的預知畫這個王牌，靠十次血字活到最後，也不是沒有可能的。

走到上官眠面前，李隱強笑著說：「總算趕上了。現在……」

「受傷了？」上官眠掃了二人一眼，「找個位子坐下來，上火車之前做一下處理。」

她的手忽然伸到李隱的肩膀處，問道：「你一直捂著肩膀，是怎麼回事？」

「應該是脫臼了。也不要緊的，現在……」

上官眠猛然抓住李隱的手臂，只聽見清脆的響聲，李隱頓時感到一陣劇痛，但他咬著牙沒出聲。

「幫你復位了。」上官眠面不改色地說，「其他人呢？都沒有逃出來？」

「銀夜聯繫了我一次，說他給羅十三打過電話了，其他聯繫過我的還有莫水瞳、孫青竹、洪相佑三人。其他人都死了。」

十七名住戶一下就死了十個人！

「紅衣鬼魂盯上我們，或許也是好事。」李隱雙目露出一絲精芒，「這意味著我們或許真的有能力對抗這些鬼，所以才會對我們下手。鬼要對付金心戀還說得過去，因為鬼把她當成了殺害他們的伊清水。可是，我們就不一樣了，和鬼無冤無仇，也就是說……」

「但願如此。」上官眠並沒有激動，只淡淡地說了一句。

火車進站了。巧的是，兩邊都是零點左右的火車，不過兩個火車站在不同城區。柯銀夜也和孫青竹等人會合了，也要在之後一趟火車出發。三方人都會輪流守夜，現在必須養足精神，否則的話，以後無法補充體力。

他們能否在東臨市找到新的希望呢？

午夜零點的這一刻，終於進入了九月。換言之，倉庫惡靈又可以獲得十個殺死住戶的名額！

上官眠通過ＩＰ追蹤查到的地址，已經發給了所有住戶。還有一些留在天南市的住戶也紛紛動身，準備前往東臨市。現在，大家都將希望放在了「降頭」上。

徐饕也決定去東臨市了。接到李隱的電話時，他正在自己家裏。

「知道了，我會去東臨市的。」掛斷電話後，他的眼中凝著濃濃的殺意。

「怎麼了？阿饕？」徐饕的姐姐正坐在他的對面，驚訝地看著他的神色。

「對不起，姐，我馬上要走了。」徐饕站起身來，「你好好照顧爸媽。」

「阿饕……你要去哪裏？」

「我會回來的，姐姐。」徐饕露出一絲暖暖的笑容，眼中的殺意漸漸退散。他笑著說：「你保重，姐姐。我一定會回來的！」

「小心點，阿饕。」姐姐拿著信封，抬起頭看著弟弟，說道：「不要有事。」

離開家之後，徐饕的內心已經被沸騰的殺意填滿。自從進入公寓，他就一直在佈置自己的計畫。他絕對不能在計畫還沒有完成前就死去！

「還有六個人……不，應該說至少還有六個人。沒有找出他們以前，我不可以死！」

徐饕聯繫了聖日派裏的幾個心腹人物，在火車站集合了。目前，已經證明紅衣鬼魂也會殺人，自然沒有人會去坐飛機了。

紅衣鬼魂可以殺人，因為這根本不是血字，還是因為這是個特殊血字，所以沒有限制？或者是……紅衣鬼魂本身就是血字的一部分？

徐饕有過很多種設想，但是都沒有能夠證實。在趕往火車站的途中，他的內心只有一個念頭，就是活下去！

凌晨三點，首先到達東臨市的，是羅十三和金心戀。他們要第一時間趕到上官眠提供的地址那裏！

「亡靈」是誰？羅十三的記憶中，父母沒有任何親人和朋友。就算問他們，也從沒有正面回答過自己。他根本就不知道父母還有這麼一個看起來是生死之交的朋友。他非常想見一見這個人。

但是，「亡靈」和父母相約一個月前見面，他們現在怎麼樣了？會不會，他們都已經……想到那之後父母就再也沒有聯繫自己，他就感到心裏一陣抽搐。從小他就非常敵視父母，此刻他卻很悔恨。

現在是淩晨時分，街道上看不到計程車。從火車站要步行去那裏最起碼要兩個小時，何況還不知道路，只能看著地圖。最後，二人總算等找到了一輛計程車，匆匆上車。

沒過多久，他們來到了東臨市市中心的海金區。一路上，羅十三和金心戀都很警惕，一直看著車前鏡和後照鏡，不過，沒有發生任何事情。

當他們經過一段路時，竟然傳來了打樁的聲音。這是一個在路面施工的工程隊，他們無法繼續向前開了。

「算了，繞遠路時間會更長，反正快到了，我們走過去。」羅十三說道。

二人沿著僻靜的道路朝目的地——睿深街三十四號走去。這是一條極為僻靜的街道，附近的店面都打烊了，兩旁的路燈都很暗。路上偶爾有一些綠化，一些牆壁上有亂七八糟的塗鴉。

他們越走，周圍就越陰暗狹窄。羅十三此時很緊張，額頭都沁出汗來，但是，他不能慌亂，他要機智地保護心戀！無論如何一定要保護好她！

「跟緊我，心戀。」羅十三壓抑著內心的恐懼，「只要我還活著，就一定會保護你的！」雖然說這句話時，他自己也很心虛，但是，他不能在自己心愛的女人面前露出膽怯的一面。

目的地終於到了。眼前就是「亡靈」的家。這是一座有些破落的房屋，一共有兩層樓。羅十三走到近前，用手機照了照門牌號，確認是三十四號。

他伸手敲了敲門，然而，門卻自動開了。

他有些意外，隨即進去了，只見裏面是一個很雜亂的客廳。他摸索著電燈開關，卻沒能打開燈。

他只好取出手電筒，和心戀繼續走進去。不知道是不是有其他住戶捷足先登，不過目前沒有收到其他人的聯絡，他們應該是最先進來的。

「有人嗎？」羅十三高喊著，「請問有人在嗎？我是來找……找『亡靈』先生的，我是羅休和韓瑾的兒子！」

羅十三喊了半天，都沒有人應答。他向裏面的房間走去。如果這裏已經是一座空屋，那麼線索就會又斷了。好不容易才有了一線希望啊！

房門一個個打開，全都空無一人。羅十三的內心越來越絕望了。

他們上了二樓。如果在樓上依舊一無所獲的話，就什麼辦法也沒有了。羅十三直奔距離樓梯最近的一個房間。

打開房門的一瞬間，羅十三不禁一陣駭然！

房間的中央有一張圓桌，在圓桌兩旁坐著兩具骷髏！從那兩具骷髏的衣服來判斷，應該是一男一女。兩具骷髏的手握在一起，頭骨碰在一起。房間裏有無數絲線，將那兩具骷髏固定住了，才沒有散開摔在地上。

羅十三半天說不出話來，心戀也是臉色慘白！

不過，現在不是害怕的時候。羅十三一咬牙，向那兩具骷髏走了過去。他這才看清，那兩具骷髏緊握的手裏，竟然抓著一把血劍！

和母親寄給他的血劍一模一樣！

「難道……」

這兩具骷髏是父親和母親？但是羅十三很快搖頭。這不可能，父母不可能在一個月內就變成骷髏。這絕對不是他們。

雖然他也知道自己所遭遇的事情是無法用常理來忖度的，但他還是希望向好的方向考慮。

那把血劍，羅十三最初以為是下蠱的用具。但是，他獲得血劍後，從來沒有成功下蠱過。而在他攜帶血劍後，就一直沒有被鬼襲擊過。在火車上，他也只是手被鬼抓住了，並沒有受到實質傷害。

「難道……這兩把血劍的血，都是同一來源嗎？」

他回憶起伊清水留下的日記。用厲鬼來養蠱，那麼，這血劍是沾染了邪蠱所養厲鬼的血，所以才能保護他不受到傷害嗎？和眼前的骷髏一樣？

可是這兩具骷髏又是怎麼回事？

血劍是直接扎在桌子上的。羅十三的手不禁伸了過去，就在他的手碰到骷髏的手指骨的一瞬間，他的腦海裏閃現出恐怖的一幕來！

一個陰森的山洞裏，無數被絲線纏繞住的屍體吊在高空中，排成了一個圓。絲線連接著屍體和這個圓圈中心的一個頭骨。那些絲線不斷滲出血紅來！

從這個畫面中抽離後，羅十三的神情極為驚悚。

難道……伊清水，她殺死那麼多人，也是為了同樣的目的嗎？她殺死那些少年少女，把他們變成厲鬼來養蠱，就是為了降頭術嗎？

父母做的是和伊清水同樣的事情嗎？但是他們為什麼要那麼做？為什麼要做出那麼殘忍的事情？

他的目光漸漸從血劍上移開，卻聽到了心戀的一聲慘叫！

緊接著，他便看到，兩具骷髏的頭骨，竟然都筆直地看向他！

羅十三馬上抓起心戀的手，衝出房間！在向樓下跑去的時候，他又想起了那個洞穴裏的可怕場景。他忽然明白了，這兩具骷髏，是連接著那個蠱的媒介，是這個邪蠱的一部分！

他對身邊的心戀說道：「我知道了！那個洞穴在什麼地方！在肖山市！」

「肖山市？肖山市的什麼地方？」心戀露出驚喜的神色，追問道：「洞穴是什麼意思？」

「我去過那個洞穴……我全部都想起來了……」

羅十三想起了十歲那年的一次經歷。因為他太想知道父母究竟在做什麼，所以就跟蹤著他們，去了一個地方。那個邪蠱的所在地如果是那個地方的話……也許，還來得及！

羅十三從小就對行事神秘的父母抱著相當強烈的好奇心。所以，那一天，他躲在父母的後車廂裏，去到了那個地方。

那是在天南市和東臨市的交界地帶，極其荒僻的葉言山。他當時完全想不明白，為什麼他們要去那裏。現在，他終於明白了。

不過，當時只有父母二人，那個叫「亡靈」的究竟是誰，還是個謎。

「葉言山！那個洞穴是葉言山上的洞穴！」

終於得到了這麼一個重要線索，羅十三激動萬分。雖然現在還沒有找到父母和那個叫「亡靈」的人，不過，卻有了希望了。

「我們該怎麼做？」心戀忽然想到一個問題，「沒有你的父母，和那個叫『亡靈』的，我們該怎麼才能把一直跟著我們的鬼魂……」

「紅衣……」羅十三冷靜地說，「那些伊清水給死者穿上的紅衣！那些紅衣是用來養蠱的，依附著死者的怨咒！對那些紅衣施加降頭術，就可以讓那些鬼魂墮入黃泉！」

也就是說，需要所有紅衣！而那些紅衣，作為證據都被保管在公安局裏。不過，有上官眠在，一定有辦法可以拿到。

但是，上官眠現在也正趕往東臨市！必須讓她儘快回天南市去，拿回那些紅衣！對那些紅衣下降頭，是現在唯一的生機！羅十三立刻給上官眠打電話。

此時，上官眠和李隱、子夜正在火車上。上官眠正在閉目養神，手機鈴聲一響，她幾乎一瞬間就睜開眼睛，接通了手機。

「喂，上官眠，我們到了東臨市！你能不能到天南市去，幫我……」

當羅十三把前因後果都說出來後，上官眠冷冷地說：「你確定，這樣做行得通？」

「絕對可以！」

「為什麼？你不是對降頭也不瞭解嗎？」

「我還是知道一些事情的。那些紅衣是關鍵！只有通過紅衣來下降頭，我們才能有救！我的父母應該也是這個意圖……但是，他們似乎失敗了。」

「我知道了，那我就去取回來。但是，如果你欺騙我，後果就不用說了吧。」上官眠的聲音冷到了極點，「還有，目前公寓的情況，有辦法解決嗎？」

「降頭是需要對特定物品進行的蠱咒。所以……」

上官眠不再多說什麼，掛斷了電話，一把將火車的門打開，說道：「我回天南市去。你們不需要來，來了也幫不了忙。」說完，她立刻從火車上一躍而下，身體化為一道殘影，朝反方向衝去！

「天南市……」李隱剛才也把羅十三的話聽得一清二楚，拿到紅衣，就馬上可以反過來下降頭術嗎？

「我們會成功的。」子夜看著車窗外，「這一次，是該我們反擊了！」

這個好消息很快在住戶中擴散開了，不少住戶也開始趕往葉言山。不過，最重要的是目前保管在公安局裏的紅衣！

凌晨時分，公安廳外響起一個巨大的爆炸聲，將停車場的車輛炸飛起來，隨即又是三聲爆炸聲。值班員警衝出大樓，不敢置信地看著眼前的情景。竟然有人用炸彈襲擊公安廳？

在一片混亂中，上官眠直接衝向證據保管室。這裏安保非常嚴格，要進行指紋驗證和有一定許可權。上一次有人入侵劫走金峰隊長，這裏的警戒已經提到最高級別了。

上官眠猶如幻影一般穿梭在走廊上，她來到證據保管室所在的五層，樓梯口出現了三名員警，他們已經拔出槍來，可是還來不及扣動扳機，就都失去了知覺！

上官眠繼續接近證據保管室，來到大門前，一拳轟出，整扇門都倒飛了進去！警報聲立刻大作，又被上官眠一腳踢碎。她旁若無人地走了進去。

沒有費多少工夫，上官眠就找到了被塑膠套套住的那些紅袍。她抓起一件件紅袍，塞進帶來的一個包裹。然後，她大步流星地走了出去，來到窗戶前，一腳踏在上面，隨後就出現在了另外一座大樓的樓頂上。

一切非常順利。接下來，就是要把紅袍送到葉言山上去了。

葉言山比以前公寓住戶執行血字的任何一座山都更荒涼。凌晨四點半，第一個到達葉言山的，卻是徐饕。

徐饕在這座荒山的山腳下停了車。他收到了羅十三群發的簡訊，立刻調轉車頭，趕到此處。雖然他是一個人來，卻沒有絲毫恐懼，立刻打開車門走下來。這時，他看到後面又有一輛車開來了。

三個男人聚在了一起。

「你們也來得很快啊。」徐饕點燃了一根香煙，「也好，大家在一起有個照應。這一次，是生是死，只有看羅十三的了。」

袁印沉默著。白文卿問道：「你認為，羅十三的父母和那個『亡靈』，是怎麼樣了呢？」

「我怎麼知道。」徐饕吞吸著煙霧，「只能認為……」

「或許死了吧。」袁印卻開口了。

這一句話讓三個人陷入了沉默。如果羅休、韓瑾和「亡靈」真的死了。那他們不也有同樣的危險嗎？

什麼七大新人智者，白文卿很清楚，那不過是住戶們陷入絕境，所以才希望身邊每個人都是救世主。實際上，這些新人是遠遠比不上李隱等人的。

其實，如果每個人都能冷靜下來，群策群力，他們未必沒有希望的。可惜的是，大家都沒有意識到這一點，他們已經習慣於依賴智者來解開血字了。這一劫，如果能逃過，還有活著離開公寓的希望。而如果失敗，就真的是萬劫不復了。

然而，徐饕的想法卻完全不一樣。他根本就不在意自己能不能活著離開公寓，對他而言，或許不能活著離開更好。

還有六個人……但是，要殺的人，不止六個。徐饕的內心，有著極為強烈的憎恨和惡意。他暗想，我並不怕死，死就死吧。只是，現在，我不可以死。在把所有該殺的人殺死以前，我絕對不可以死。為此目的，犧牲任何人都無所謂，犧牲自己的生命也無所謂……我要吞噬所有人……就算連我自己也一起吞噬，我也不會停止……

此刻，羅十三和金心戀也在馬不停蹄地趕往葉言山。

在坐上了長途汽車後，金心戀才有時間提問：「詳細告訴我吧，十三，你小時候究竟看到了什麼？」

羅十三雙拳緊緊握，他深吸了一口氣，說道：「嗯，我就詳細地告訴你吧。」

雖然是發生在十幾年前的事情，羅十三卻歷歷在目，那也是他後來非常憎恨父親的原因。只不過，直到現在他才知道，當時他所看到的，是降頭。

他記得，那一天，父母的臉色都很蒼白，尤其是父親羅休，從來都是泰山崩於前也不變色的他，卻出了不少冷汗。而母親更是一路上都靠父親攙扶著，路都走不穩。

葉言山上滿是亂石，雜草叢生，可以躲藏的地方很多。可以說，如果有人死在這座山上，就算過去好幾年，都未必會被人發現。如果要在山上進行什麼非法交易，是最合適不過的。羅十三的心裏又擔憂又很好奇，父母究竟要在葉言山上做些什麼！

羅十三就躲在半人多高的草叢中，他的腳步輕，所以跟蹤非常順利。他也聽到了父母的對話。

「必須要那麼做嗎？」母親說道，「可是這麼做，一個不小心，我們就會受到詛咒……也許我們的性命就……」

「我怎麼會不知道！」父親眼中閃過一絲獰色，「但是，必須這麼做。今天，是最後一天了。只要能成功，一切就都結束了。」

「我，我真的好怕……」母親露出了非常恐懼的神情，「我們活下來的機率，還不到三成啊。」

「必須這麼做。我們沒有選擇了。走吧。」

不過，現在的羅十三還是不明白，父親所說的「沒有選擇」是什麼意思。

羅十三一路跟蹤到了葉言山接近山頂的一個洞穴前。登山花了三個小時，羅十三也累得氣喘吁吁了。此時，天色已經完全暗了下來，跟蹤變得困難了。而在濃重的夜色下，要不是父母就在前面，羅十三會很害怕。即便能看到他們的背景，他還是感到心裏發毛。

前面是一個狹窄的洞口。父母打開手電筒走了進去。因為擔心被父母發現，羅十三過了兩分鐘才進去。

進去之後，羅十三才發現，洞穴裏開闊起來。但是，羅十三事先沒有準備手電筒，在一片黑暗中，很快就迷路了。

完全迷失方向後，羅十三很害怕，他正想大喊起來，讓父母把自己帶出去，突然聽到了一聲慘叫！

那是淒厲之極的慘叫聲！接著又是一聲慘叫，是另一個不同的聲音。接著，又是新的慘叫聲響起，還夾雜著哭喊哀號聲。這麼多聲音響徹洞穴，這猶如從地獄發出的聲音，讓羅十三陷入了巨大的恐懼中！

而且，那些慘叫聲，無論逃到洞穴的什麼地方，他都能夠聽到！他在逃跑過程中，不曾撞到任何一個人，但是，那些慘叫聲，感覺至少有十幾乃至幾十個人！這個洞穴裏似乎到處都是慘叫的人！

慘叫聲不絕於耳，十歲的羅十三已經被嚇得魂不附體，最後，他暈了過去。

當他醒來時，已經是第二天中午了，是母親在照顧著他。顯然，是父母在洞穴中找到了他，把他帶了回來。而父母對這件事情卻絕口不提，就算他問了，父母也不回答他。但是，他心裏清楚，這件事絕對和父母的蠱術有密切關係。

葉言山上的那個洞穴，現在，將成為他和心戀的最後生機！

羅十三本以為，路上會再遇到紅衣鬼，可是，一路卻很順利。他們在東臨市邊界下車後，就一路步行，來到了葉言山附近。他們已經聯繫上了徐饕等三位已經到達的住戶。

現在，就等上官眠了！上官眠一到，就萬事俱備了！

不過，依舊不能保證一定成功。那個恐怖的洞穴，進去之後還有沒有命出來，還是未知數。但是，到了這個地步，也沒有別的選擇。不這麼做，也會被紅衣鬼魂或者倉庫惡靈殺死！

「這是我人生最後一次豪賭了！」羅十三慨歎著，神情決絕。金心戀從背後抱住了他，輕聲道：「我會一直陪著你的，到最後，解決這一切。」

忽然，眼前一道身影出現，正是上官眠！羅十三還來不及反應，她就將一個黑色大包交到他的手上。

「所有紅色衣服都在這裏面。不過，你到底要怎麼做？你不是已經不能下蠱了？」

「沒關係。」羅十三的眼中卻露出精光來，「我可以做到。因為，那是一個現成的降頭蠱！」

羅十三不打算和其他住戶一起走，因為，他信不過他們。那些住戶隨時都可以犧牲掉自己和心戀，只能靠自己了。

「我就不和你們一起上去了。反正我也不懂蠱的事情。」上官眠說道，「那個包裹，我放了一些武器。」

「我明白了。」羅十三點頭道，「上官小姐，心戀就交給你了。我自己上去。心戀沒必要和我一起去冒這個險。」

「什麼？十三，你……」心戀露出震愕的表情，「我怎麼可以……」

「好，我答應了。」上官眠很爽快地點頭，「這段時間，我會盡力保護她的。但是，如果你最後失敗了，我第一個就會殺了她！」

聽到這話，羅十三身體一震，他知道，和上官眠討價還價是不可能的。不過，如果真的失敗了，就算沒有上官眠，心戀的生命也走到盡頭了。

羅十三重重地點了點頭，隨即朝葉言山的方向大步流星地走去！

「十三！」金心戀想追上去，卻被上官眠一把拉住了手臂。有她在，金心戀是不可能和羅十三一起上山了。

羅十三上山時，一直警惕著四周。上官眠給他的武器，有槍械彈藥，還有遙控炸彈。他取出手槍，檢查了子彈，便冷靜了下來。雖然手槍不能對付鬼魂，不過，這一次畢竟不是血字的鬼，或許會有一點兒作用。

上山的過程卻一直很順利，羅十三什麼也沒有遭遇到。但是，他很清楚，自己的好運絕對不可能一直持續下去。

終於，羅十三登上了葉言山山頂，來到了當年的那個洞穴！

「我們只能帶給他人不祥，所以，我們為你取名為『十三』。在世人眼中，十三是不祥的數字，是被人忌憚和厭惡的數字。」

星空下，站在這個熟悉而恐怖的洞穴前，羅十三回憶起以前父母說的話。

父母為什麼成為了蠱師？為什麼要在這個洞穴裏下降頭蠱？這一些和伊清水的行為有什麼聯繫？

他要在這裏找到答案。

羅十三打開手電筒，走進洞穴。他打開了手槍保險，也將那把血劍取出來了。

厲鬼之血所沾染的劍，這把劍，將是他的最大武器！他沒有將血劍留給心戀，是因為，只有他成功了，心戀才能活下去，而他也才能夠活下去。

有了光，他多少有了幾分勇氣，也看清了當年一片黑暗的洞穴內部。兩旁的岩壁附有一些植物，也有不少開裂的地方，地面有一些散亂的石塊，相當不平。這是一個自然形成的洞穴，沒有人工的痕跡。

他隨時注意照著四周。深入之後，洞穴果然開闊起來了，不過沒有出現岔道。但是，他確定，當年一定是因為有岔道，他才沒有遇到父母。那麼，岔道必定可以通向那個關鍵之處。

又走了兩分鐘，前方終於出現一個岔道，岩壁上也已經沒有綠色了。岔道上望不到頭，裏面還有很多岔道口。

羅十三朝一條岔道走去，每走過十米，他就在岩壁上用血劍刻下一道痕跡。這是為了防止迷路，雖然會多花一點時間，不過是穩妥的辦法。

洞穴裏很寂靜。此時，羅十三倒是希望慘叫聲再度傳出，那麼他就可以循著聲音去尋找了。

他走了很久，才走到了盡頭。他歎了一口氣，隨即轉身，忽然發現了一件事情。

他低下頭來，看到了恐怖的一幕。

裝紅衣的大包，拉鏈居然被拉開了！他明明把拉鏈拉好了的！他立刻放下大包，翻動起來，最終，確定了一件事情。

紅袍少了一件！

羅十三的心顫抖起來，他知道，這些紅袍缺一件，就什麼也做不了了！紅衣惡靈們，果然是憑藉著這些衣服的力量的！當然，用物理手段毀掉衣服也是毫無用處的，那樣做怨咒只會更加強大。

現在，羅十三必須把丟掉的這一件紅衣找回來！

他飛奔著，沿著岩壁上的劍痕記號，跑回了原來的岔道口，卻什麼也沒有發現。他前後看了看，一咬牙，又向洞穴深處跑去！

他進入了另一條岔道，這條岔道狹窄得多，只能勉強讓一個人的身體橫著擠過去。不過，擠過去後，就寬敞一些了。他向前看去，雙眼頓時放出光來！

紅衣！那件紅衣就在這條岔道的盡頭，大約距離這裏三十多米的另一個岔道口！

然而，他剛要擠過去，卻看見，那件紅衣像被什麼拖著，慢慢移動到了另外一個岔道上！

羅十三顧不上害怕了，奮然擠過身去，隨即直衝而去！他的嘴裏叼著手電筒，一手拿著槍，一手拿著血劍，健步如飛！

他的身體貼著岩壁，剛到岔道口，就扣動了扳機！

裝了消音器的手槍並沒有發出太大聲響，倒是手槍的後坐力讓羅十三差點翻倒。而他的眼前，卻空無一物。

因為剛才一震，嘴裏的手電筒都掉在了地上！羅十三連忙蹲下身子，拿起了手電筒，然而，他卻發現，一旁的大包拉鏈再度被拉開了！

那麼，是又少了一件紅衣？

他已經不想再去數紅衣的數量了。如果紅衣一件件變少的話……後果不堪設想！

他抓起大包，將手電筒照向前方，依舊是空空的。他用手槍指著前方。

「誰都別想奪走我和心戀的生命！」羅十三顫抖著站起來，「不祥嗎？就讓我帶來不祥吧，把你們都送進地獄去！」

這些死者是被伊清水殺害的受害者。但是，他和心戀是無辜的！他不會同情這些鬼魂！

他朝前跑去，速度更加快了。當然，跑的過程中也不忘刻下劍痕。

跑，跑，跑！這個洞穴比他想像的更深。這個洞穴到底會通向哪裏？難道，是地獄嗎？

跑了很長時間，前方再度出現了兩條岔道。羅十三忽然感覺到了什麼，猛然回過頭去！只見一件紅衣就在自己身後！

羅十三大喜過望，立刻走到紅衣前，面露一絲決絕，提起血劍，狠狠地朝紅衣扎了上去！

劍尖刺在紅衣領口上，頓時一道血柱飆射而出，灑向羅十三的臉龐和胸口！他不斷地搗著血劍，血柱不斷噴湧著，將他身上都染紅了！

「我管你是蟲還是什麼東西，給我去死，去死！我都說了，伊清水已經死了，死了！」

不知道過了多久，血終於不再噴出來了。這一劍刺出的血量，已經相當於一個成年人全部的血了！

已經變成血人的羅十三抓起那件紅衣，塞進包裏，又拉上了拉鏈！

他看向後方的兩條岔道，不知道該如何選擇，但是，他必須選。

「走！」羅十三扛著背包，選了左邊的路。只有相信直覺了。

鮮血還從他的身上淌下來，濃重的血腥味讓他的鼻子感到很受刺激。此刻，他釋放出一股強烈的殺意，因為長期被恐怖壓抑、面臨死亡威脅而產生的殺意！

他還是很警惕，無論對方從任何地方過來，他都絕對不會放過！他一定要搏一搏再死！

羅十三又走了不少路，洞穴變得狹窄了起來，岩壁上開裂的部分也越來越多，似乎隨時會坍塌一樣，他要微微低下頭才能繼續前進了。

他一直注視著手上的包，拉鏈沒有再次被拉開。

突然，他的面前出現了一條河流，水流很急，看上去很深。讓羅十三驚喜的是，河流旁有一件紅衣！

他立刻提起血劍，衝了上去，正要刺下去，卻感到背後被一雙手猛然一推，他整個人跌進了河裏！不過，他在跌下去的一瞬間，一把抓住了岸上的紅衣！

羅十三被湍急的水流衝走了，他在水流中拚命掙扎著。然而身上背著有彈藥和紅衣的背包，他無法暢快地游動。他漸漸感到窒息。

過去了多久？十分鐘？二十分鐘？半個小時？

羅十三一直拚命把頭抬出水面換氣，才保住了性命。不過，血劍、手槍、手電筒都被水衝走了，眼前是一片黑暗。

終於，他抓住了岸邊一塊凸起的石頭，狠狠用力，總算把自己弄上了岸！他總算保住了紅衣！

他在黑暗中摸索著，終於碰到了岩壁。他緊緊抓著背包，靠著岩壁走動。

就在這時，眼前突然有了光線！

羅十三驚愕地看著眼前的一幕！

這是一個操場大小的空間，上空中有無數絲線將一具具屍體捆縛住，所有絲線都連接著地面上的一個頭骨！

就是這裏！

發出光線的，赫然是圍繞著這些屍體的一種幽白色火光，形成了一個圓環，籠罩著這個場。

羅十三終於進入了洞穴的最深處！

羅十三看著空中一具具屍體，許多屍體腐爛得很厲害，卻沒有化為骸骨。如果進入這個白色火光的環內，他也會陷入危險！父母當初說存活率不到三成，當然不是危言聳聽的。

他走到白色火光外。這種火陰慘慘的，沒有一絲溫度，猶如是隔絕著陽間和這個與陰間聯繫密切的場的分界線。

羅十三深吸了一口氣，他必須賭一賭了。

對這種降頭蠱，他大致知道的是，必須要將這些紅衣完全封入降頭蠱中，讓這些鬼魂從此再也無法來傷害他和心戀！

空中的屍體數量不下二十個。而那個頭骨……是誰？降頭術也分不少類別。詛咒都要付出代價的，和一般的下蠱比，降頭需要付出的代價更大，因為其詛咒的不但是肉體，更是詛咒靈魂。而這些屍體，是為了給降頭術提供咒，還是代替施咒者受到詛咒？

羅十三拉開了背包拉鏈，將所有紅衣取出來數數。

一共十六件紅袍。數目沒有錯。

葉浮，金海心，趙雪……十六個被殘忍殺害的少年少女，他們的亡靈被伊清水用來養蠱，依附於這些紅袍中化為厲鬼，纏繞在這個人形蠱的周圍。現在，這一切該結束了。

羅十三把這些紅衣疊好，毅然走進了陰慘火光籠罩的光環內！

進入的一瞬間，他並沒有什麼感覺。不過，羅十三很清楚，隨著時間推移，他的生命會越來越危險。

就在這時，火光驟然消失了，周圍陷入一片黑暗。緊接著，一聲聲慘叫和哀號響徹耳際！那些被捆縛在這裏的惡靈們，似乎在掙扎著！而羅十三進入了這裏，也就意味著這些惡靈可以隨時奪取他的生命嗎？他快步走向印象中頭骨的位置！

腐臭的氣息撲面而來，羅十三終於一腳踏到了頭骨上！他將那疊紅衣蓋在頭骨上方，狠狠地一咬住自己的手指頭，灑下了鮮血！

以血為媒，他要對這些惡靈下降頭！

然而，他的脖子立刻被一雙冰冷的手掐住了！所有的慘叫聲還迴盪在耳邊，他的雙手、雙腳都被鬼手牢牢抓住了！

濃烈的血腥味撲鼻而來，他想起了那次回公寓時，全身被浸透在血雨中的感覺！

這些惡靈在垂死掙扎！

血劍沒有了，羅十三無法再保護自己了。而且，這個詛咒的代價，他也要承受下去。他咬緊牙關，拚命地堅持著！

結束吧！就讓一切都結束吧！

他感到無數隻手抓住他的身體，幽冥的氣息無法再阻擋，他的性命，恐怕就會在此徹底終結了！

突然，慘叫聲停止了，火光再度亮起！

羅十三看到，那些被捆縛的屍體消失得無影無蹤。原本頭骨所在之處，出現了一大片黑色斑痕，那些紅衣也都消失了。

羅十三大口喘著氣，這一下總算安心了。這裏所有的厲鬼和紅衣依附的惡靈，作為降頭的施加者和接受者，同歸於盡了。

慘白的火光漸漸黯淡，很快就將徹底熄滅了。這原本就不屬於陽間的火，自然不可能繼續存在下去。

羅十三很確定清楚，他，活下來了。他取出手機，這個防水手機還沒壞，還能夠發光。沿著湍急的河流，他靠著之前留下的劍痕，成功地離開了洞穴。

走到半山腰時，羅十三看到了上官眠、心戀和李隱、子夜、徐饕等人。他此時很狼狽，但是臉上是欣慰的笑容，做出了一個勝利的手勢。

「成功了。我施加了降頭術，把那些鬼，全部送入陰間去了。」他看著心戀露出欣喜若狂的表情後，說道：「約好的哦，你要彈曲子給我聽。」然後，羅十三眼前一黑，昏死了過去。

當羅十三醒過來的時候，發現自己在柯銀夜家裏。

紅衣鬼的詛咒已經消除了，不過，降頭蠱也徹底消失了。羅休、韓瑾和那個「亡靈」的下落依然成謎。很多住戶認為，他們不是被紅衣鬼殺死了，就是在降頭蠱中喪生了。而沒有他們，倉庫惡靈的問題還是沒有得到解決。

有些不死心的住戶，沿著羅十三留下的劍痕，重新回到那個洞穴，最後都灰頭土臉地出來了。住戶們又開始陷入絕望。接下來該怎麼辦？

金心戀和羅十三暫時住在銀夜家，到了今天晚上，羅十三又必須再回公寓去了。時鐘已經敲過了午夜零點，羅十三要和心戀道別，馬上回公寓去。

也許，這是最後的訣別了。不過，至少心戀的危險解除了。羅十三還是很欣慰的。

「能彈給我聽嗎？」羅十三說，「我想聽你的曲子。銀夜家正好有鋼琴。」

「十三……」心戀似乎在克制著很大的悲傷，她點了點頭。

二人來到琴房，心戀坐在琴凳上，手指在琴鍵上輕快地跳躍起來。

羅十三坐在一旁，靜靜地傾聽著。

雖然眼前是伊清水的面容，但是，他愛的就是心戀。這首曲子很動聽，然而，太哀傷了。這也是心戀現在心情的寫照吧？

「十三。」彈奏完後，金心戀合上了琴蓋，回過頭說：「謝謝你。」

「沒什麼，這一切，是我心甘情願為你做的。」羅十三深呼吸了一下，站起身準備離開了。

金心戀突然露出了一個極為猙獰的笑容，雙眼中釋放出一股讓人不寒而慄的嗜血凶光！然後，她的瞳孔一白，整個人頓時倒在地上！

公安廳裏，員警們還在緊張地調查爆炸案。負責紅袍連環殺人案的刑偵大隊裏，來了一位不速之客。

「金峰隊長，你好。」一位戴著眼鏡的儒雅男子說道，「我是伊清水小姐的辯護律師。伊清水小姐的父親委託我前來，之前跟你們聯繫過了。我要提出的是——伊清水小姐有很確定的不在場證明，她絕對不是紅袍殺人案的兇手。十七名死者之一的女大學生金海心被殺害的時候，伊清水小姐根本不在國內，而是在歐洲參加一個派對，可以作證的人有數十位！」

伊清水並不是紅袍連環殺人案的兇手。

十六名死者的死和伊清水沒有半點關係。會蠱術的人罕見至極，哪裏有可能那麼巧合，在同一個城市，正好羅十三的未婚妻被一個同樣會蠱術的人綁架殺害？伊清水家裏找出的那本筆記本，其實是真凶偽造的。

伊清水和趙雪是同父異母的姐妹。當年她父親一夜風流生下了趙雪，她是由養父母撫養長大的。伊清水後來無意中知道自己有這個妹妹，就執意留在國內，決定好好照顧妹妹。她承諾父親，不會將此事告訴其他人，所以沒有人知道伊清水和趙雪的這層關係。

伊清水並不是殺人惡魔，她是個心地極為善良的女子，她對同父異母的妹妹極為愛護，甚至比父親更加珍惜這個妹妹。

長久以來一人生活在國內，身邊沒有其他親人，妹妹對伊清水而言，遠比那個整天忙於生意而忽略她的父親重要。而趙雪一直都想成為醫生，所以，伊清水購買了很多醫學方面的書籍，就是為了能和妹妹共同學習。

當妹妹死於紅袍連環殺人案後，伊清水幾乎精神崩潰了。她請了私家偵探專門調查此案，甚至不惜與黑社會接觸，通過層層情報滲透，終於鎖定了真凶！

真凶是曾經很有聲名的鋼琴家金伯辰的女兒，金心戀！而在伊清水查清這些案子的時候，第十六人已經被殺害了。她獲知了金心戀在黑市購買面料，通過一些秘密管道查探死者三圍，以及購買作案工具的黑市。

伊清水有了足夠證據，但是她很清楚，她通過黑社會獲取的證據，是無法呈送法庭的。父親為了保全自己的名聲，也不會承認私生女，更不會為其申冤！所以，伊清水決定親手為妹妹報仇！用同樣的方法殺害金心戀！但是，她還沒有查出金心戀的殺人動機。

而金心戀的殺人動機，追根溯源，是因為羅十三。

真正用屍體來養蠱的人，是金心戀！金心戀是一個真正的降頭師。這一點，她的父母根本不知道，這是她一出生就擁有的邪惡天賦。她是一個殘忍嗜血的瘋狂魔女，並且一直都想通過降頭術來讓自己不死不滅。

金心戀在任何人面前，都表現出完美的善良、熱愛音樂的假面。她從一開始，就是故意接近羅十三的，因為她知道羅十三父母的身分。繼承了蠱師血脈的羅十三，對於降頭師的她來說，是最合適作為人形蠱的。

人形蠱，就是用人的身體來養蠱，但是合適的人形蠱很難找。金心戀和羅十三交往，最終和他結婚，都是為了獲得這個人形蠱。而真正享用這個人形蠱的時刻，就是她和羅十三結婚同房的那一刻。

金心戀和羅十三戀愛多年，也培養了多年人形蠱，在最終時刻來臨以前，為了將這個人形蠱培育到最佳狀態，她就開始通過殺害年輕男女來養蠱。她每個星期五殺人，是因為隔一個星期殺一次，能達到養蠱的最好效果！她精心挑選出了一批青年男女，為他們製作了合身的紅袍。

然後，金心戀就在每個星期五，通過對那些受害者下降頭，讓他們主動來到她在市郊秘密購買的一棟房子裏，為他們穿上紅袍，然後殺害。這也正是警方無論如果發出警告都無濟於事的原因，因為兇手會讓死者自行來到兇手面前。

李隱其實對金心戀的話產生過懷疑。連續綁架殺害十幾個人，哪裏有人會把犯罪地點選在自己公開的住所，而且還是在鬧市中心？而兇手一直選定星期五的固定日子下手，難道都是送入自己別墅的地下室殺害再拋屍？星期五到星期六的這段時間裏，警方的交通封鎖和排查都非常嚴，羅十三也是因此隔了很久才能拋屍。但是，因為後來涉及下蠱，李隱以為也許有某種特殊的辦法可以做到，所以沒有深入考慮。

那些紅袍，金心戀事先都把羅十三的血滴在上面了。取得血液的途徑也很簡單，羅十三和她一起進行婚前體檢時被抽了血，她趁醫生不注意，用其他的血換掉了羅十三的血。所以，那些死者的怨念都會通過金心戀下的降頭，施加到羅十三身上，甚至身上有過羅十三氣息的人也會受到影響。這就是羅十三和李隱等人都會被紅衣鬼追殺的原因！

按照計畫，在和羅十三結婚同房以前，金心戀還要再殺兩個人。然而，這時她卻被憤怒的伊清水殺死了。即使是降頭師，在身邊沒有任何工具的情況下，她也和普通人沒有區別。伊清水將其綁架後，帶進了自己別墅的地下室，讓她也穿上紅袍，承受和妹妹一樣的痛苦，然後親自將她的喉嚨割斷，為妹妹報了仇！

在投骰子時，伊清水曾經質問過金心戀，為什麼要殺害自己的妹妹。然而，她卻被羅十三下蠱身亡。事實上，在殺死金心戀的全過程中，伊清水一次都沒有說過，她是紅袍連環殺人案的兇手。

雖然是惡有惡報，被伊清水殺死，但是，金心戀臨死的時候，也抱著強烈的對不死的執念，因而化為了厲鬼，附體在了剛剛死去的伊清水的屍體上！而羅十三一直誤認為，這是他下蠱要付出的代價。

羅十三的母親韓瑾和「亡靈」提過，自己製作的巫毒娃娃壞掉了，這就是韓瑾用來代替羅十三承受代價的物品。也就是說，十三在下蠱後沒有承受代價的原因是因為有巫毒娃娃代替其承受了，和心戀的靈魂附體毫無關係。韓瑾做了兩個巫毒娃娃，羅十三回公寓浸入血雨而未死，就是因為另外一個巫毒娃娃代替其承受了詛咒。否則，他早就沒有命在了。

然而，被無辜殺害的鬼魂要找金心戀復仇，所以才會一直纏在金心戀身邊，卻因為韓瑾寄來的血劍而讓這些紅衣鬼無法對其造成傷害！

在葉言山洞穴裏，將羅十三推入河流裏的，正是金心戀！她就是要讓羅十三能夠用那個降頭蠱，將那些一直要向自己復仇的冤魂徹底送入陰間！那些鬼魂復仇的對象並非伊清水，而是附體於伊清水之上的金心戀的鬼魂！羅十三一直只想著鎮封那些鬼魂來救金心戀，殊不知，在他鎮封那些紅衣惡靈後，也就再也沒有任何力量可以將金心戀的鬼魂殺死了。

今天是九月二日，也是星期五。

羅十三急忙上前搖動伊清水冰冷的身體時，驚恐地發現，這是一具已經沒有了生命氣息、死去多時的屍體！

這時，羅十三忽然在他身旁的一面鏡子上看到，在伊清水的屍體前，正站著一個滿臉鮮血，猙獰蒼白，脖子處有著一道不斷湧出鮮血的傷口的女人！

鏡子裏，那個女人極為熟悉卻又無比陌生的恐怖面容，正緩緩低下來，看著羅十三，向他伸出了雙手！

蠟像之死

PART THREE

第三幕

時間：2011年9月25日19:30 ～ 21:30

地點：龍潭市、黃昏之丘、死誕之館

人物：洛亦楓、洛希、凱特、洪相佑
白文卿、林煥之、孫青竹

規則：在規定時段裏，待在死誕之館內。

地獄公寓

8 冤魂之家

和煦的陽光下，李隱和彌真正走在熙熙攘攘的商業街上漫步。今天下午沒有課，二人樂得出來共度浪漫時光。想起剛才李隱在餐廳裏津津有味地喝著龍蝦湯的樣子，彌真不禁打算學習一下做這道菜了。

「這個週末，我爸想請你來家裏。」彌真忽然說道，「他們都很掛念你呢。」

「啊，是嗎？」李隱很興奮，「我一定準時去！」

彌真看到手機上發來一條簡訊：「姐，你見過汐月嗎？我聯繫不上她。」

此時的彌天，正在一棵大樹下發著簡訊，他和汐月約定好今天要出去，可是等了很久她都沒有來。難道自己被放鴿子了？彌天心中有幾分不快。

回信發來很快：「不知道啊。她沒有聯繫過我，手機打不通嗎？」

彌天心裏更加不爽，正要發回信，忽然聽到前方傳來一個聲音：「星辰？」

彌天抬起頭來，只見對面有個十八九歲的女子，正向自己走來。他剛一錯愕，女子已經走過他的身邊。他回過頭去，只見女子走向一個年輕男子，男子的左眼似乎是義眼。

「深雨，你來得很早嘛。」男子微笑著站在女子面前，「哥對我說你肯定不會遲到的。」

「星炎那麼說的？」女子明顯露出了喜色，「好了，我們走吧，去哪裏？」

彌天愣住了。那個女子，竟然有一種似曾相識的感覺。可是，他怎麼也想不起來在什麼地方見過她。

就在二人轉身即將離開的時候，彌天忽然走上前去，大聲道：「那個，不好意思，你們兩位……」

星辰和深雨雙雙回過頭來，深雨露出狐疑的表情問道：「你是哪位？是叫我們嗎？」

二人都是一副不解的表情，彌天此時盯著深雨，越發感覺自己見過她。可是，對方完全是一副不認識自己的樣子。是自己記錯了嗎？

彌天只能悻悻地回答：「對不起，我可能是認錯人了。」彌天回過身，心裏很不是滋味。這究竟是怎麼回事？

彌真和李隱此時進了一家電影院，正在看剛上映的一部懸疑恐怖電影。電影的劇情推進很快，彌真卻嚼著爆米花，很有些不滿地說：「和影評說的完全不一樣啊，這部電影太過追求劇情而忽略了邏輯。」

「這種電影，用眼睛看就行了。」李隱也在朝嘴巴裏塞進爆米花，「腦子留在家裏就行了。」

「好失望啊……」

隨著劇情推進，電影逐漸進入高潮，彌真也不再說評論的話了。這時，螢幕上出現了一個渾身有著無數刀傷，脖子都已經被切斷了一半的男人！這個男人不斷朝螢幕方向走來，後來，整個身體都貼在了鏡頭上，最後化為一團黑暗。螢幕再度亮起的時候，已經沒有人影了。

彌真拿著爆米花的手在空中僵住，顯然也被嚇了一跳。這時，她忽然聞到了一股血腥味，而且血腥味是從旁邊傳來的。她連忙轉過頭去看，只見旁邊坐著的，竟然就是剛才螢幕上渾身刀傷的男人！

這個男人的脖子似乎要斷掉了，一團巨大的黑色裂縫浮現出來，接著，彌真發現，整個電影院裏所有的觀眾都消失了！偌大的電影院，只剩下了自己和這個男人！

黑色裂縫開始朝彌真的方向蔓延，她連忙站起身來往後跑，眼前卻再度出現了同樣的裂縫，她感覺撞碎了什麼東西，一下摔倒在地！

從地上爬起來的時候，彌真卻發現電影院又恢復了原狀，李隱還是坐在原來的位子上吃爆米花。他疑惑地問道：「你怎麼坐到地上去了？」

彌真驚疑不定地看著李隱，剛才的一切，似乎根本沒有發生過。她不知道，剛才要是她再晚一步後退，就會被魔王從這個空間拉出去，進入到剛才那個無人電影院的重疊空間中去！

這就是為什麼執行魔王血字會進入多重疊異空間的原因，無論是十次血字的空間，還是其他重疊空間，都是用來限制魔王對住戶的定位而存在的障礙。而這個空間外層，還有十幾層和這個空間接近的重疊空間，雖然看起來完全一樣，但是就像剛才一樣，沒有人存在。

不過，那個刀疤男子並不是魔王，而是魔王在層層重疊空間的滲透中，侵入這個空間誕生的惡靈。這樣存在於空間夾層的惡靈非常之多。

當初唐醫生進入的那個異空間，就是通過那些塑膠模特兒作為空間夾層的惡靈而連接的。也是魔王侵入、定位住戶位置的最重要媒介。這樣的媒介數不勝數，而且，毀掉一個，還可以繼續創造，有些則無法毀掉。

桐生步未在唐醫生執行血字的視頻中看到的，就是在欣欣商場一樓，某個塑膠模特兒逐步被黑色裂縫覆蓋，而面部化為一個猙獰惡鬼的恐怖畫面。可惜，她沒有能夠將這件事情告訴住戶們。

這一次侵入失敗，下一次繼續定位就不會那麼快了。但是，定位需要的時間並不多，只要完全定位，魔王就會完全侵入空間，將彌真殺死！

最重要的是，儘管這次定位失敗了，卻也縮小了搜索範圍。彌真所在空間附近的重疊空間，將會成為下一次搜索定位的重點範圍！

彌真已經沒有了看電影的心情，拉著李隱說：「走……我們走！」

與此同時，深雨和星辰也在電影院裏。

「嗯，這部電影怎樣？」星辰很興奮地指著排片表，「這個月有不少外國大片呢。」

「隨便啦，我看哪一部都可以。」深雨嫣然一笑，一副很柔順的樣子。

這時，彌真和李隱從放映廳裏走出來，因為走路太急，彌真一下撞到了深雨身上。二人都跌倒在地，彌真連忙站起身，扶起深雨來，說道：「對，對不起，對不起……」

「嗯，沒什麼……」深雨很快也站了起來。一旁的星辰有些生氣：「你這個人是怎麼回事！走路也不看路的嗎？這裏的路那麼寬，你怎麼就撞上來了？」星辰還要說些什麼，卻忽然愣住了。因為，彌真和彌天長得實在太像了。

「對不起。」彌真此時心中只有惶恐不安，又道歉了一聲，便又朝前走去。

然而，彌真又停下了腳步。她的目光再次看向深雨。剛才沒有仔細看，可是現在……她感覺，自己見過這個女子。這樣的感覺很強烈，而且應該是最近見過的。

「你……」她湊近了深雨，問道：「我們，是不是在什麼地方見過？」

聽到這句話，星辰和深雨都極為愕然。星辰反應過來，問道：「你……你是怎麼回事？深雨，你是不是真的見過他們？」

「他們？」

這時，李隱也走了過來，開口道：「不好意思，剛才我女朋友撞到你……」

彌真湊近深雨的臉，這種熟悉感讓她越發確定，絕對見過眼前這個女子。可是，在什麼地方見過呢？

「對了……」她忽然脫口而出，「是公寓，那個發佈血字詛咒的公寓……」

這句話一出口，星辰和深雨的反應更大，深雨一把抓住彌真的手，問道：「你說什麼？什麼血字和公寓？」

「深雨，你怎麼了？」星辰連忙說道，「你之前一直念叨著說那個逼真的噩夢，說是成為了什麼鬧鬼公寓的住戶，然後還親自去那個公寓所在的地方確認，可是，不是沒有嗎？這個世界上怎麼可能會有那種公寓？明明都是你的夢啊！」

「你也是？」彌真露出更加難以置信的表情，「你也夢見過那個公寓？那麼，血字指示……」

「十次血字指示，是不是？」深雨接著說道，「你也是這樣嗎？」

「對，沒錯……」

許多住戶提心吊膽地重回公寓，又再度走出去。今天沒有人再死去。然而，這並沒有讓任何人放鬆警惕。

因為……羅十三不知所蹤了，而且，金心戀也不見了。

「是紅衣鬼的詛咒還沒有解除嗎？還是倉庫的惡靈……」不少人都抱著這樣的想法。

在這種惴惴不安中，一個星期過去了。羅十三之後，再也沒有人死去。大家暫時放下心來，可是，羅休和韓瑾的蹤跡，再也沒有絲毫線索。一切又回歸了絕望。

於是，有一些住戶做出了選擇，要去執行魔王級血字指示！

洛家三姐妹此時都聚集在家中。公寓是只隔四十八小時才回去一次了，沒有人敢在那裏長住。現在是九月中旬了。

「筱葉睡了嗎？」洛亦水看著剛從臥室裏走出來的洛亦心，問道：「她最近很想念我吧？」

「是啊。」洛亦心輕輕坐下，說道：「還是找不到羅十三的父母？」

「線索完全斷了。」洛亦水感到非常揪心。

亦晨死於古屍血字的時候，她就撕心裂肺地絕望了。一直扶持妹妹們的大姐，卻在第一次血字就死去了。

「古屍的那個血字究竟是怎麼回事？」洛亦心掃視著亦水和亦楓，歎了一口氣說：「最後連生路也不知道嗎？」

「當時執行血字的神谷小夜子和柯銀羽也是因為時限到了，才能回歸公寓的。根據我們後來的分析，當時古屍應該已經相遇了，所以這兩個人如果晚走一刻，那次血字就無人生還了。那個血字的生路是什麼，完全是個謎。大姐是怎麼死的，也根本不知道。」

「是嗎？」洛亦心說，「倉庫惡靈的假設真是可怕。很多住戶都那麼想嗎？」

「目前也有說法是公寓內部的異變。」洛亦楓說道。

這時，她們聽到廚房傳來一聲巨響，一個頭髮亂蓬蓬的青年跑了出來，晃著腦袋說：「姐姐，燙，麵條燙到了……」

洛亦心回過頭來，說道：「別的也就算了，還給我帶回一個人來，亦水，亦楓，你們現在有時間同情別人嗎？」

「總不能把他丟在外面吧？」洛亦楓看著這個智障青年，「他這樣的人進入公寓，一次血字都過不了啊。因為沒有自理能力，總得找個人看著他，每隔四十八小時帶他回公寓一次啊。」

洛亦心搖了搖頭，說道：「這樣做有什麼意義？他就算接到了血字，都沒有辦法知道，只會感覺心臟很痛，接下來呢？」

「總得要盡力啊。」洛亦水說道，「我也贊成亦楓，畢竟是一條生命，如果做不到就算了，反正也是舉手之勞，我們不能坐視不管。我們不也是從很早以前，就一直掙扎求生到現在嗎？」

洛亦心沒有再說什麼。四姐妹裏，她是最理性冷靜的一個，甚至可以說有點冷酷。洛亦晨已經死了，現在她變成了洛家長女。這兩個妹妹的生死，就是她的責任。好不容易解除了洛家世代繼承的詛咒，獲取了一線生機，她絕不能坐視再有妹妹死去。然而，她除了幫亦水照顧筱葉，什麼也做不了。

洛亦心的內心並沒有放棄希望，這也是她當初支持亦水生下筱葉的原因。她沒有進入公寓，但是，她絕不希望只有自己一個人成為倖存者。亦楓，亦水也一定要活下去。

「二姐？」洛亦楓湊近洛亦心的臉，問道：「你怎麼了？」

「沒什麼。」洛亦心搖搖頭，「總之，現在第一要考慮的，是應付接下來的血字。羅休這個人，我不惜一切代價都要找到的！」這是洛亦心對兩個妹妹的承諾！

夜深了。洛亦心一個人站在陽臺上，這座房子是父親死後留給她們的唯一紀念了。父親沒有留下多少照片，為了替她們解除詛咒，父親一直奔波著，最後死去時，臉上還掛著淚水。

「睡不著吧？」亦楓走進陽臺，「亦水抱著筱葉睡得還好。他也睡得還好，他白天很吵吧？」

「亦楓。」洛亦心忽然問道，「筱葉的父親，現在已經去國外了吧？」

「嗯，結婚後定居日本。」洛亦楓的聲音有些酸楚，「亦水這些年來獨自撫養筱葉，那個混蛋，現在倒是過得很舒坦啊！」

「亦水還是不打算告訴他筱葉的事情吧？」

「根本說不出口啊。不過，可憐的是筱葉，至今都不知道她的生父是誰。這樣下去，也許她的心理會留下傷痛……」洛亦楓感到有些淒涼，「二姐，請你一定好好照顧筱葉，這孩子是我們最重要的侄女，也是亦水生命的延續和希望。如果我和亦水有個萬一，你一定要帶筱葉去找她父親。就算他結婚了，筱葉也是他的女兒，他一樣是有義務的。」洛亦楓已經泣不成聲了。

「我們一起撫養筱葉。」洛亦心斬釘截鐵地說，「筱葉除了她媽媽，最喜歡的就是你了，只有你做的菜她才不會挑食。我們活下去，一起看到筱葉長大成人。到時候，你們自己去……」洛亦心忽然停住了，她看到，亦楓忽然用手按住心口，露出極為痛苦的表情！

新的血字發佈了。

「二〇一一年九月二十五日晚七點半到九點半，前往龍潭市黃昏之丘，死誕之館。」

與此同時，在另外一個房間，正在睡覺的智障青年忽然睜開眼睛，捂著心臟大喊道：「好燙，好燙，燙死人了！」

公寓裏，還有好幾名住戶都有了這樣的灼燒痛感。他們是脫衣舞女凱特，韓國住戶洪相佑，新住戶白文卿、林煥之和孫青竹。一共有七個住戶執行本次血字！

洛亦楓衝進房間內，立刻打開電腦。她登錄進入了全體公寓住戶的聊天群，看到群裏已經沸騰起來了。

「新血字發佈了！」

「啊，黃昏之丘，那個自殺聖地啊！」

「哪幾個住戶？有李隱嗎？有沒有地獄契約碎片發佈？」

洛亦楓立刻飛快地打字：「我是洛亦楓，我和那個智障青年是本次血字執行者！」

「那個傻子！」

「洛亦楓，是你啊？」

「李隱呢？李隱不是很久沒有執行血字了嗎？李隱上線了沒？」

大家對洛亦楓直接無視，畢竟她連智者都算不上。而當孫青竹上線後，大家終於又沸騰了！

「是七大新人智者孫青竹啊！」

確認了有七名住戶執行血字後，大家很快開始調查死誕之館的情報！

這時，洛亦水也醒過來了，跟著洛亦楓一起看著群裏的聊天內容。而她們都沒有注意到，筱葉在自己的臥室裏，透過門縫，聽到了母親和姨媽的所有對話。

天空中黑雲密佈，幾乎沒有一絲光芒。公寓周邊依舊是空蕩蕩的無人區，冷清得連一隻蟲子都看不到。

夜色下，有四個人結伴而行，他們都渾身瑟瑟發抖。為首的是一個身材挺拔的青年，不過他此時畏畏縮縮的，每走一步路，都要東張西望一番。而他身後的三個人全部是女性，年齡都是二十幾歲，長相比較普通。此刻三個女子緊緊地挨在一起。而他們的手中，都有一把槍！

「我……我說，真的要去嗎？」一個穿黃衣服的女人發抖地說，「要，要不還是，還是算了吧？」

「你想走就走吧，我不攔著你！」正中間的紅衣女人說道，「孫青竹、洛亦楓他們都接到血字了，居然還沒有發佈新的地獄契約碎片！再這樣下去，我們遲早都是死，還不如搏一搏，去執行魔王級血字！」

「可是……」第三個女子也發抖地說，「這段日子去執行魔王血字的人，大多都……」

「那又怎麼樣？」紅衣女子咬牙切齒，話幾乎是從牙縫裏擠出來的：「無非就是心魔嘛，身正不怕影子斜，我沒有殺過人也沒有犯過事，有什麼心魔會出現？」嘴上是這麼說，但是她心裏也在打鼓。目前執行魔王血字的住戶，沒有一個人生存下來。魔王血字神秘莫測，太恐怖了。可是，這是短期內脫離公寓的唯一辦法了，她心裏清楚，自己是根本不可能在一次次血字中熬過去的。

這四個人，全都是抱著去執行魔王血字來求生的想法，總好過什麼事情也不做地等死。而要執行魔王血字，就必須回到公寓裏自己的房間，用血寫下一個「祭」字。如果順利，這會是最後一次回公寓去。

他們手中的槍，是上官眠給的。當然，他們都清楚，上官眠不是好心才這麼做的，給他們槍械防身，也是讓他們做探路的卒子。公寓現在發生異變，一旦進入太長時間，誰也不知道會是什麼結果。

為首的青年名叫嚴彬，原本是夜羽盟的人，但現在三大聯盟已經不復存在，連李隱、柯銀夜都尚且難以自保，他的情況就更加悲慘了，魔王級血字成為了絕境下的唯一選擇。如果失敗了，索性也一了百了。他身後的紅衣女叫唐娟，黃衣女叫宋敏，第三個女子叫江海燕。她們和嚴彬一樣，都是公寓中最普通的住戶。這些新住戶，往往第一次血字就會死去。

距離越來越近了。雖然四個人都害怕進入公寓會是九死一生，但是手上有槍，也是稍稍壯了壯膽氣。最重要的是，上官眠對他們做出了一個承諾，一旦有危險，她就會來救他們。大家都很清楚，上官眠需要活下來的人獲取情報。他們這幾個探路的人，當然是活下來的更加有價值。

「打起精神來！」嚴彬深呼吸了一下，「就算輸了，大不了一死，我們也可以就此解脫了！」

大家的腳步不再那麼瑟縮了。他們終於進入了社區。

公寓所在的社區當中一條發出腐臭味的排水溝橫穿而過，嚴彬不禁朝水溝看去，上面漂浮著大量垃圾。這個社區幾乎是無人區了，哪裏會有這麼多垃圾？本來他們是想白天來的，可是上官眠卻特意要求他們晚上來，否則不配給槍支，也不會救他們。嚴彬猜測，是上官眠怕白天鬼不出來。

走向旋轉門時，四個人都非常忐忑，他們都打開了手槍保險，分別警惕地對準四方。進入旋轉門後，大家都不敢坐電梯，先向宋敏所在的五樓走去。

在樓梯上，大家緊握著槍，額頭上沁出不少汗水，氣氛非常壓抑。公寓裏現在應該只有他們四個人在。

「上官眠，應該就在附近吧？」江海燕很不放心地說，「她說遇到危險會來救我們，是真的還是假的？」

「她應該不至於騙我們吧？」唐娟只能如此安慰自己。

宋敏快步朝自己的房間走去，取出鑰匙開門。在推開門的一瞬間，她就將槍對準了房間！

還好，裏面空無一人。

宋敏大大鬆了一口氣，走了進去，用刀刺破手指，在牆壁上寫下了「祭」字。

很快，血字浮現了出來，指明時間是在十月二日，地點是市中心白嚴區的一條商業街。

「好。」宋敏記下內容後說道，「那我先走了。」

「好，那你走好。」嚴彬點點頭，繼而和其他兩個人繼續上樓去。

過程比想像中要順利得多，嚴彬懸著的心漸漸放下了。然而，唐娟依舊緊鎖眉頭。

下一個是十樓的江海燕，她也寫下了「祭」字後，也看到了血字就出去了。

只剩下了嚴彬和唐娟了，他們都在二十六層，可以同時離開。二人心情放鬆了一些，畢竟那麼長時間過去，還沒有發生異常的事情。或許，真的能就全身而退呢。

公寓的走廊上有聲控燈，樓道內卻沒有。因此，樓梯上光線很昏暗，更添了幾分恐怖。

二十六層終於到了。二人分別向自己的房間跑去。嚴彬進入客廳，剛要刺破手指，卻駭然不已地看到——客廳的餐桌下面，伸出了一雙腳！

他毫不猶豫地對著桌子開槍，繼而一腳橫掃過去，將桌子踢翻！然而，桌子下面的，卻是……江海燕！

江海燕的臉猶如灑了麵粉一樣白，顯然已經斷氣多時！緊接著，她身體下方的地板漸漸變成了黑洞，她的身體猶如陷入沼澤一般沉了下去！

嚴彬哪裏還敢停留，立刻衝出房間，而這時唐娟也逃了出來，她聽到了剛才的槍聲！二人都心照不宣，腦子裏只有一個字：逃！

唐娟還算冷靜，她邊跑邊取出手機，打給上官眠。逃到樓梯口時，上官眠就接通了電話。

「上官小姐，我們……」唐娟的話堵在了喉嚨裏。因為，她看到，宋敏的屍體竟然就橫陳在樓梯上！

很快，樓梯也開始化為黑洞，將宋敏的屍體吞吸下去！

「快救救我們，上官小姐！」

他們衝出樓梯間，還是沒膽量去坐電梯。上官眠聽完他們的說明，指示道：「你們到天臺上，我立刻去公寓，直接跳到天臺，把你們帶下去！」

上一次上官眠從十七層高樓把李隱和嬴子夜帶下去的事情，嚴彬和唐娟也是知道的，此時哪裏還會猶豫，立刻朝天臺跑去！

二人迅速來到天臺門前，嚴彬擰動把手，門竟然上鎖了！他用槍對準鎖，扣動扳機！鎖被打壞後，他一腳踹開門，和唐娟一起衝了出去！

然而……兩個人的身體猶如觸電般麻痹了。

嚴彬和唐娟的雙眼悚然睜大，嘴巴張得合不攏。

「怎麼可能……你……」

這是嚴彬死之前的最後一句話。

這些住戶的死亡，根本無人知曉。公寓的普通住戶，也根本無人關心他們的生死。洛亦楓帶著那個傻子，和即將一起執行血字的幾名住戶會面。洪相佑和凱特都是外國人，孫青竹會說英語，而洪相佑的中文水準實在是沒有辦法做到交談，只能勉強說一點英語。大家也沒把他當一回事，反正他也不是智者。洪相佑是第二次執行血字的住戶，其他人都是第一次執行。而白文卿、林煥之和孫青竹，都受到了大家的重視，尤其是孫青竹。

住戶們對於沒有地獄契約碎片發佈的血字都不太關心了，這七個人就算全部死掉，損失也不大。

尤其是這裏面還有個只能是累贅的傻子，大家都認為，他在血字中絕對是第一個會死的。

和一般的血字不同，黃昏之丘，就算不調查也知道這是個什麼地方。黃昏之丘之所以有名，是因為這裏是自殺聖地，龍潭市每年超過五分之一的自殺者，都是在這裏自殺的。這個地方因此被視為不祥之地，雖然不算偏僻，也漸漸變得人跡罕至。如果有人單獨在黃昏之丘被人看到，恐怕都會被誤認為是意欲自殺者。

而死誕之館，是在黃昏之丘的一座大別墅，是北歐風格建築，其產權不明，現在是無主之屋。

九月廿五日到了。九月即將結束，住戶們也終於發現有不少人莫名失蹤了。這讓住戶們更恐慌了，很多人都不敢進入自己的房間去寫「祭」字了。他們感覺真正的末日要來臨了，相信徐饕的人也越來越少了。

有些人甚至開始準備自己的身後事了。有的人給兒女托孤，將資產變現，有的簽了死後遺體捐贈協議，也有人買了墓地，立了遺囑。住戶絕大多數都是八〇後和九〇後獨生子女，父母大多健在，都知道如果自己死了，父母必定孤苦無依，所以，很多人都為自己買了保險，將受益人定為父母。

李隱當然不需要那麼做，而柯銀夜和柯銀羽倒也都去買了雙份保險，雖然他們的父母很富裕，但這是他們能為父母做的最後一件事了。洛亦楓也有所觸動，她和亦水都買了保險，受益人是二姐亦心。這樣，即使她們遭遇不測，亦心和筱葉未來的生活也不用發愁了。

要去執行血字那一天，洛亦楓回到家裏，和亦心告別。她把保單裝在信封內，交給筱葉，說道：

「聽好哦，筱葉，三姨把這個給你，你自己收好哦，不要給二姨看。」

一旦她和亦水都死了，亦心將獲得一千萬的高額保險金。臨別時，亦楓沒有多說什麼。她知道，這可能是最後的道別了，但是，她能說些什麼呢？

洛家的悲劇，從亦心和筱葉開始，終於終結了。亦楓的心中，只有對亦心的祝福，並沒有對她的倖存嫉妒。姐妹的幸福，就是自己的幸福。

「活下去！」在大門即將關上時，亦心說道：「我要你們和我一起活下去。你們也要從這個悲劇中解脫出來！」亦心悲愴的話語，讓亦楓心裏一陣緊縮。可是，以什麼為資本活下來呢？就算活過了這次血字，也不能保證那個倉庫惡靈不對她下手。

洛亦楓是帶著傻子一起走的。她想，他如果是正常人，形象其實還是挺不錯的。而且，他如果沒有智商問題，也許也不會進入公寓了。她覺得總是用傻子稱呼他也不合適，決定給他起一個名字。希望……洛家能夠迎來希望……

「希望。就叫你洛希吧！」洛亦楓對傻子說道：「聽好哦，你以後有名字了。」

傻子抓著頭髮，傻乎乎地看著亦楓笑道：「好，亦楓姐姐給我起名字了，洛希，我叫洛希……」

洛亦楓輕笑一聲，她竟然有幾分羡慕洛希了。他就算到了死的那一刻，也不會有任何恐懼吧？

大家在火車站會合了。洛亦楓對所有人說：「你們以後不要叫他傻子了，他是我們洛家的人，叫洛希。」

「隨便你。」孫青竹完全不在意地說。

坐上火車後，洛亦楓依舊惴惴不安。洛希坐在她旁邊，對面是孫青竹和洪相佑。洪相佑不會說中文，孫青竹也沉默寡言，洛希反而是最活潑的一個。

「亦楓姐姐，亦水姐姐呢？」

「姐姐，你不要怕哦，你說會有鬼出來，但是，我很強的，我一定會保護姐姐的！」

孫青竹看著一臉天真樣的洛希，問道：「洛小姐，你倒是很有心情，還給他起名字？」

「如果能活下來，我會幫他治療的。」洛亦楓撫摸著洛希的頭，「他和我侄女很投緣呢，他們一起玩得很開心。」

「是啊是啊。」洛希傻呵呵地笑著，「筱葉好可愛的，我下次還要和筱葉玩！」

孫青竹的神情變得凝重起來，說道：「我們不是慈善團體，對他的幫助是有限的。你也知道，他在血字中，很可能拖我們的後腿。萬一他做出了影響到我們全體生存的行為，那我會立即拋棄他的。你明白嗎？」

「我知道。」洛亦楓毫不猶豫地說，「一旦發生那樣的事情，你就那麼做吧。我可以理解。」

「那就好。」孫青竹鬆了一口氣，總算洛亦楓還知道分寸。他閉上了眼睛，打算睡一會兒養足精神。自從他買了保險，安排了後事，已經放下心來了。

夜幕降臨後，呼嘯的陰風席捲過黃昏之丘的樹蔭深處，透出毛骨悚然的氣息。黃昏之丘迎來了七位訪客，只不過他們並非自殺者，而是為了求生。

洛亦楓緊緊地拉著洛希，其他人看向洛希的眼神中，總帶著幾分厭惡。

白文卿說道：「大家都要小心一點，千萬別大意，雖然還沒有到達死誕之館，但是已經進入黃昏之丘了……」

「知道。」林煥之說道，「這點事情，我們都很清楚。」林煥之是新住戶中的智者，以前是聖日派的人，如今是公寓智囊團的中流砥柱。和孫青竹、白文卿等人不同，林煥之即使絕境，也絲毫沒有安排後事的打算。而且，他是一個很鎮定、很隱忍的人。

穿過一片叢林後，眾人面前出現了死誕之館。這座大別墅有三層樓，大概有三十米高，在大門附近的牆壁上，有許多怪異的塗鴉。鐵柵欄大門隨風輕晃著，似乎隨時會摔下來。

「姐姐，姐姐，那裏面，好可怕，好可怕……」洛希抓住洛亦楓的手，臉上露出了恐懼的表情。洛亦楓安慰著洛希，看著死誕之館倒沒有多大反應。

凱特瑟瑟發抖，不斷在胸口劃著十字祈禱。洪相佑用韓語喃喃自語。孫青竹和白文卿緊皺眉頭，默默不語，林煥之眼中蒙上了一層陰鬱。

七個人來到別墅古舊的門前，一擰動把手，門就開了。

大家都打開了手電筒。走在最前面的是孫青竹，他對這次血字已經有了最壞的打算。

這座別墅的確很大，所有的房間都很寬敞。所有房間裏都有一應俱全的傢俱，雖然古舊了一點。每個樓層都有十米左右，並且因為太大，一不小心就會迷路，就連樓梯也是好不容易才找到的。

最後，大家在一樓的一個房間裏暫時待著，點燃了幾根蠟燭來照明。七個人圍坐成一圈，他們已經設計好了逃跑的路線。這個房間的優點是，兩邊都有逃出去的門。所以，只要不是出現兩個鬼，應該可以進退自如的。

「接下來，該怎麼做？」凱特心急火燎地說，「我們不能總是待在這兒啊……」

孫青竹冷靜地說：「這次血字，是大多數人第一次執行血字，度過這一次，也許下次就能發佈地獄契約碎片了，我們……」

「就算如此，我們至今也找不到夜幽谷。」白文卿歎了一口氣，「已經有不少人去執行魔王級血字了，卻一個存活的例子都沒有。」

「夠了。」林煥之沉穩地說道，推了推眼鏡：「我認為不能總待在同一個地方。生路提示肯定在這個別墅裏，所以，我們要四處搜尋才行，如果看不到生路提示的話，只有等死了。」

洛亦楓說道：「我贊成林先生的看法，我們出去找一下線索吧。」

話雖然是這麼說，大家還是惴惴不安。洛希進入屋子後，總是好奇地東張西望，倒是沒有說什麼。住戶們已經做好了一旦他大聲喧嘩，輕則封嘴、重則殺死的打算。

孫青竹提醒洛亦楓道：「管好這個傻……洛希，不要讓他做多餘的行為。你在火車上承諾過，一旦他拖累我們，我對他做什麼，你不會阻止。」

洛亦楓點點頭，再次表示確認。一路上，她反覆對洛希說，進入死誕之館後，絕對不要大聲說話，也不能亂跑，必須一直跟著她。好在他到目前為止還算聽話。

他們把搜索範圍先定在一樓，畢竟別墅面積很大。大家拐過走廊，卻赫然看到……

「不……不可能！」孫青竹驚駭地張大嘴巴，其他人紛紛看過來。

只見走廊前方十多米處，一個人被吊在空中，吊住這個人的繩子和走廊上方的燈繫在一起。這個人的臉色慘白，看起來已經死了很久。最恐怖的是，這個人，怎麼看都是洪相佑！

眾人的目光頓時看向韓國人，立刻遠遠地躲開了他。洪相佑本人是最震驚的，他結結巴巴地說：

「不，不會的……怎麼可能！」

林煥之快步走到被吊著的洪相佑身體前，竟然去接觸那個身體！

而洛希看著那具屍體，就要大叫起來了，洛亦楓馬上把他的嘴巴緊緊捂住。

「這不是真人。」林煥之回過頭來淡淡地說：「似乎是人偶。」

「人偶？這，這怎麼看都是真人啊……」孫青竹也走了過去，仔細打量。

最後，大家將這個人放了下來，仔細檢查後發現，這是一具逼真的蠟像！在昏暗的環境下，會錯認為真人也是理所當然的了。

林煥之仔細端詳著蠟像，說道：「這是……詛咒嗎？」

「難道……」白文卿說道：「你認為，洪相佑本人會……」

「詛咒」的中文，洪相佑是聽得懂的，畢竟這是公寓住戶使用頻率最高的中文辭彙。情急之下，他立即用韓語詢問起來，大家沒有聽懂他的話，但是可以猜到他的想法。

這時，林煥之忽然說出一句標準的韓語：「這個蠟像可能是對你的詛咒。」

大家一時間面面相覷，孫青竹問題：「你，你會說韓語？之前問大家會不會韓語的時候，你為什麼不說你會？」

「我也沒說過我不會。」林煥之抓起了蠟像的手臂。蠟像的衣服和洪相佑現在身上穿的一模一樣，連手錶都是一樣的。

「這是怎麼回事？」白文卿說道，「剛才，我們經過了這個走廊，當時根本沒有蠟像！」

「這有什麼可奇怪的。」孫青竹不以為意道。

林煥之說道：「這個手錶顯示的時間是七點五十分，離現在還有十分鐘。」

「別自亂陣腳！」孫青竹掩飾著內心的恐慌不安，「這也許只是隨便弄出來嚇唬我們的東西！不能這樣就相信……」

「必須注意所有不自然的地方。」林煥之的目光盯在洪相佑身上，說道：「接下來，我們必須注意，十分鐘就可以確定結果了。」

洪相佑此時嚇得渾身發抖。

「冷靜。」洛亦楓連忙安慰他，雖然她不會說韓語，可是她的語氣也能讓人稍稍安心一些：「還不能確定，要有人死，總會有生路提示吧？」

接下來，大家已經不急於去尋找生路提示了，很快就能知道結果了。他們找了一個更加寬敞的房間，距離蠟像被懸吊的走廊比較遠。在正中間的地毯上，六個人圍坐著，讓洪相佑坐在中間。每個人的眼睛都死死盯著他，一刻也不敢放鬆。

「我，我該做什麼？」洪相佑把求救的目光投向林煥之，「那個蠟像真的會……」

「目前只是猜測罷了。」林煥之用韓語回答，「你先安下心來。」

一直非常低調、表現得很普通的林煥之，引起了孫青竹和白文卿的重視。這個人是否還隱藏著更多秘密？不過，目前是執行同一血字，同伴自然是越厲害越好。

「四十秒，三十九秒……」林煥之看著手上的高精度錶，讀著秒。

洪相佑是最緊張恐懼的，他都不敢去看時間。就在即將到時限的瞬間，洪相佑忽然大叫一聲，整個人從原地跳起來，喊道：「你們，你們把我當成小白鼠了嗎？不行，我不能坐著等死，我要逃，逃到上面的樓層去！」他就猛然踹向洛希的胸口，從缺口衝了出去！洛希倒在地上，好半天才爬起來。

這一切發生得太突然了，大家連忙跑了出去，然而，外面空無一人！他們又向剛才發現蠟像的走廊趕去。很快，六個人都看到，洪相佑本人，被吊死在剛才那個蠟像所在的地方！

吊著的樣子一模一樣！此時正好是七點五十分！

看著洪相佑那慘白的面孔，大家都駭然不已。居然這麼快就出現了第一個死者？那麼，那具蠟像上就有生路提示嗎？

蠟像可以預示住戶的死相。在這個死誕之館裏，難道還會有六具蠟像嗎？

「大家分散開。」林煥之決斷道，「在這裏搜尋蠟像！下一個死者的蠟像，肯定也會出現！」

「可是，一個人行動，太可怕了，至少分成三組吧，搜索三個樓層。」孫青竹提議道。

「隨便你們。」林煥之沒有反對，「分為哪三組？」

孫青竹馬上說道：「我和你一組吧，我們負責一樓。」

林煥之點點頭，馬上就行動了，根本不去多看一眼洪相佑的屍體。孫青竹趕緊跟了上去。

「那我跟你吧。」白文卿指著凱特說，「我是英語最好的，所以和凱特一起行動方便，我們負責二樓。洛小姐，你就和……洛希負責三樓吧。」

凱特忙不迭點頭，跟著白文卿走了。

「這……他們，也太淡定了吧？」洛亦楓感覺實在很可怕，剛確認洪相佑的死，就馬上開始部署計畫了，公寓的住戶對於同伴的死亡，已經看得這麼淡了？她對洛希說：「你和姐姐到三樓去，我們要找蠟像……嗯，就是和我們長得一樣的塑像，明白了嗎？」

「哦……好的。」洛希看著洪相佑的屍體說，「可是，這個人好像死了啊。剛才他就吊在那裏的，怎麼現在又吊上去了呢？姐姐，我們把他放下來吧？這樣子，他應該會很難受吧？」

到最後，真正同情洪相佑的，卻是一個傻子！其他人連眼睛都不眨一下。

洛亦楓拉著洛希，說道：「我們去三樓吧，要找到和我們長得一樣的，但是不會說話也不會動的人，找出他們來，我們就能夠活，洛希，你明白了嗎？」

「哦，好的，姐姐。」

說實話，這時候還帶著洛希這樣的人，確實是個累贅。但是，洛亦楓從小經歷詛咒，讓她比一般人更加悲天憫人，所以不願意輕易放棄一條生命。

第二具蠟像，比預想的更早出現了。找到的人，是凱特和白文卿。

而第二個蠟像是……凱特！

蠟像在二樓一個房間浴室的浴池裏。在浴池裏，表情扭曲的凱特脖子完全撕裂了，頭部幾乎要掉落下來。撕裂部位的骨頭和血肉極為逼真。這副景象，堪比地獄！

當凱特親眼看到自己的蠟像，立即衝過去看手錶！這一次的時間是……八點二十分！

現在是八點零五分，還有十五分鐘，凱特就將面臨滅頂之災！

凱特頓時大聲哭喊著，抓住白文卿的手臂，哭著說：「我，我什麼都可以為你做，求你，救我，白先生，救我啊……」

白文卿看向凱特的目光，卻露出了一絲獰色。他想到，既然十五分鐘後是凱特的死期，那麼如果……提前殺死她呢？那能不能夠打破蠟像的詛咒？

白文卿不知道，凱特也抱著同樣的想法。她看過一部有名的恐怖片「絕命終結站」，裏面被詛咒的人會按照固定順序死去。既然她會是第二個死，那麼眼前這個男人，自然是死在她的後面……

公寓住戶僅存的良知已經被消磨殆盡了。還有多少人，能在這種時候還保留人性呢？這樣的想法，在腦海中醞釀而出，並且瘋狂地膨脹。

白文卿一把抓起凱特，雙手死死掐住了她的脖子！然而，凱特也在此時揮出一把匕首，刺中了白文卿的肩膀！

白文卿驚怒不已，手自然一鬆。凱特狠狠地踢到白文卿的肚子上，她擺開了架勢，有信心可以對付受傷的白文卿！

「六個人，終於找齊了。」徐饕非常激動。他謀劃了那麼長時間，終於可以啟動這個計畫了。他在公寓房間裏，手中捧著一本剪報，是一些兇殺案的報導。徐饕此時的目光中燃燒著嗜血的瘋狂。

「最後六個人了……」徐饕深呼吸了一口氣，站起身來，看向身後的三個人，他們是聖日派裏對徐饕最忠誠的人。

「你等會受我庇佑，定可度過死劫。」徐饕心情暢快地對他們說，「放心吧，一切都在我計算之中，很快，一切就會結束了。」

徐饕匆匆出門，決定先回家去。來到家門口，他深呼吸了一番，這個好消息，無論如何都要馬上告訴姐姐。他敲了敲門，開門的是母親。

「啊，你回來了。」母親很高興，徐饕也笑著說：「媽，我回來了。」父親從書房裏走了出來，他看起來更憔悴了。姐姐也從廚房裏興奮地跑出來，說道：「阿饕，你回來了，太好了……」

「嗯，我回來了。」

「姐姐。」吃晚飯時，徐饕興高采烈地說：「最後六個人，我已經找齊了。」

「你說什麼？」徐瀾的身體一顫，她立刻放下碗，還來不及開口詢問，徐饕已經遞上了厚厚的檔案袋。

「資料全部在裏面。姐姐，其實我有一件事情，一直瞞著你。最後的六個人中，就有那位元兇。我希望最後才讓他死，所以現在才說。我總算完成了，這個檔案袋，我就交給你了。」

以前，徐饕交給徐瀾的厚厚的信封，也同樣是情報檔案。

「阿饕，」徐饕的父親看向他說，「那……你呢？你該怎麼辦？」

「是啊。」母親眼中盈滿淚水地說，「你又會怎樣呢？你的幸福呢？你的人生呢？」

「我對這個世界早就絕望了。」徐饕放下碗筷，哈哈大笑起來：「什麼幸福，什麼人生，對我來說，早就沒有意義了。那個公寓的人，都以為公寓是地獄，他們根本不知道，這個世界本來就是地獄，只不過他們是換了一個比較差的囚室。就算沒有那個公寓，我也是活在地獄中。」

「阿饕……」徐瀾拿過檔案袋，看向弟弟，她的聲音漸漸模糊起來。徐饕想仔細傾聽，卻聽不到了。

「姐姐……你說什麼？姐姐？爸？媽？」

徐饕面前空無一人。飯桌上只有幾個發黴的碗。房間裏是破損的傢俱和破碎的窗戶。而在房間一角，還有三幅黑白遺照，赫然正是徐饕的父母和姐姐！

徐饕仰頭狂笑起來，他站起身，一腳踢開桌子，說道：「姐姐，爸，媽，我很快會去找你們了。在我親眼看到最後的六個人死了之後，包括那個元兇……那個元兇……李雍！！！！！！！」

這從內心中爆發出來的最強的詛咒和咆哮，讓徐饕的面容越來越扭曲。一直以來，在家中和他見面的，都是一家三口的亡魂。害死他們的兇手，就是李雍！李隱的親生父親！

這就是徐饕總會對李隱露出殺機的原因。

這時，徐饕聽到身後開門的聲音。他回過頭去，看到門口站著李隱和嬴子夜。他陰冷地說：「你們好，進來吧，我給你們講個故事。」

「你……」李隱看著一片狼藉的屋子，驚駭地問道：「這是怎麼回事？我剛才，聽到你喊我父親的名字……」

「不錯。」徐饕關上門，看了看錶：「你們倒是很準時嘛。我給你打電話後，你馬上就趕過來了。」

「回答我。」李隱冷冷地說，「這和我父親有什麼關係？」

子夜對李隱說：「我們要小心，這個人不簡單。」

「先坐下吧。你們怕什麼？我又不是鬼，打架也不行。何況你們過來肯定有準備，我不可能對你們做什麼。」徐饕把倒在地上的椅子拿起來，說道：「你們調查過我吧，應該知道，我的姐姐、父親、母親，在我進入公寓之前的半個月，都死了。」

「嗯，我知道。」李隱忽然想到了公孫剡調查出的父親的罪行。「難道說……」

「沒錯。」徐饕用充滿殺機的目光盯著李隱和子夜，蹺起二郎腿，雙手合掌抵在下巴上，說道：「是你父親，正天醫院院長，天南市下任市長熱門候選人李雍，他，為了復活你身邊的嬴子夜的母親，必須要殺死十六個人，來進行一個詛咒！」

李隱和子夜的臉色剎那間變得蒼白。

「十六個人……而我們家就占了三個名額！嬴子夜，你的母親嬴青璃去世以前，曾經和我姐姐接觸過。你的姨媽嬴青柳是婦產科醫生，我母親生我的時候，就是你姨媽負責手術的，所以我們一家都非常感謝嬴醫師，在她去世後，還經常去來看望你母親。我母親曾經見過小時候的你呢，不過你應該不記得了。」

子夜的表情越來越驚愕，說道：「我想起來了。是有一位姨媽的病人，在姨媽去世後經常來我們家……」

「我們家本來只是想感恩，希望能夠報答在你母親身上。在你母親去世的幾個小時前，她曾經到我家來。據說你母親一直在調查你姨媽死亡的真相，我父母也一直在協助她，所以那時候她來我家說了一些調查的情況。雖然我父母很難相信她提及的預知畫的詭異內容……我是唯一倖存的人，因為我當時在叔叔家，否則我也會死了。啊，你聽不懂我的話吧？李隱，你父親想要進行的詛咒，大概是類似於羅十三的降頭術，必須要殺死死者死前二十四小時內見面超過一個小時的人。而這，是公寓以前的一個血字。我父母和姐姐，他們坐的車子墜入山澗，汽車爆炸了，他們成了焦屍。警方認定是自殺，草草結案了。李隱，你知道你父親的權勢有多大嗎？父母死後，我根本無法接受家人自殺的結論，決定拜託朋友進行調查，就在調查開始有些眉目的時候，我接到恐嚇電話，我的工作單位突然辭退了我，每次回家都會有人跟蹤我。我失去了所有家人。我們家原本是很幸福的，直到這一切被你的父親，李隱，被你的父親徹底毀了！

「我發誓，我一定要找出害死我家人的元兇，以及參與了這個計畫，傷害過他們的所有人！我要他們全部都死，一個都不會放過！我之所以能知道你父親就是幕後主使者，是因為一個叫冷馨的女人找到了我，她當時身上中了好幾刀，在臨死前，要我為她復仇！她還告訴了我那個公寓的存在。我起初是根本不相信的，就到那個公寓去了一次，結果，我成了住戶。這證明冷馨的話是真的。於是我在公寓裏組建聖日派，創建情報網，根據冷馨提供的線索去調查。不久之後，我就發現，我在家裏可以看到我父母和姐姐的亡靈。我非常高興，但是，我也知道，他們不可能一直待在我身邊。所以，我就把查出來的人交給我姐姐和父母。然後，那些人就真的一個接著一個死了……」

徐饕露出猙獰的冷笑，說道：「剛才我已經把包括你父親在內的最後幾個人的資料交給他們了。之前死掉的那些人，都不止是自己死了，他們的所有家人也都死了！這正是我的願望，我也要毀掉你們！李隱，你死定了，在你被公寓的血字殺死之前，你就會被我的家人的亡魂殺死！」

這時，李隱忽然感覺心臟像被火焰灼燒一般！

新的血字發佈了！而這個血字，執行者只有一個人，就是李隱！

「二〇一一年十月開始，一個月內不許進入公寓。本次血字的緣起是……」

只有李隱一個人的血字，也是最致命的血字！

徐饕看到李隱的表情，冷笑起來：「血字？這個時候？算了，一樣的。你快回公寓去看看吧，可不要先死在倉庫惡靈的手上了。這是你的第十次血字吧？如果沒有抹掉過血字，這會是你最後一次血字了。」

李隱捂住胸口，身體慢慢倒下。「你以為我很高興嗎？」李隱抓住胸口說，「我從小就知道他是怎麼樣的一個人，我知道他根本沒有人性。所以我一直想躲開他，我不想成為和他一樣的人。在媽媽死後，我甚至已經和他徹底斷絕了關係，我永遠都不想承認，那個人是我父親……」

「那又如何？」徐饕忽然衝過來，一把抓起李隱的衣領，怒不可遏地說：「一句不想承認就完了？你的父親毀掉了我的全部！他高高在上地草菅人命，有沒有想過會有今天？你進入公寓，這不就是上天對他的報應？」

子夜緊緊地抓住徐饕的手，說道：「我知道你的痛苦，站在我們的立場上，無法指責你。但是，李隱是我最愛的人，我絕不容許他受到任何傷害！」

徐饕把手放開，冷冷地看著二人，說道：「你們走吧。我要看看，這次李隱要怎麼逃過一死！還有，你們想怎麼對付我都無所謂，想殺我就殺吧。但是，就算殺了我，你們也無法阻止了！」

凱特刺傷了白文卿。白文卿沒有想到，這個女人的反應速度居然這麼快。他不等凱特再次出手，就又衝上前來，一把匕首取出，朝她刺了過去！

扭打了一陣之後，白文卿感覺這個女人比他想像中更厲害。「Stop！」白文卿擔心再打下去自己會死在她的手上，只好說道：「盧比恩小姐，請你住手，再這樣下去，我們會兩敗俱傷的，不如我們休戰如何？我們討論一下……」

凱特哪裏聽得進去白文卿的話，號叫著又衝了上來。此時她雙眼一片血紅，只想著怎麼儘快殺了眼前這個男人！

白文卿見說不通，只有應戰了。他一刀就要刺中凱特的胸口時，凱特身體俯下躲過，一腳鉤住白文卿，將他一下壓倒在地，一刀就要刺下來！白文卿絕望了，自己今天躲不過一死了！就在這時，一隻手抓住了凱特的手臂，她抬頭一看，是林煥之。她還來不及反應，林煥之一掌狠狠劈在凱特的手上，一下將掉落的刀子踢到了一邊，他看向劫後餘生的白文卿，說道：「給你十秒鐘，說清楚發生了什麼。」

白文卿慶幸道：「我們發現了凱特的蠟像，就在那邊……」

「我早就看到了。為什麼你們會打起來！」

「因為……因為……」

「因為你認為能夠在蠟像預定的死亡時間前殺人對嗎？」林煥之一語道破，然後對白文卿的慌亂視若無睹，繼續說道：「看來我沒有說錯，好了，你起來吧。」

孫青竹氣喘吁吁地跑了進來，看到白文卿的肩頭正在流血，驚愕地問道：「怎麼回事？」林煥之已經跳進浴池，檢查那具蠟像，頭也不抬地說：「先給他處理一下傷口，第二個蠟像的時間是八點二十分。還有十二分鐘。」

「不會吧？」孫青竹也跑過去確認了時間，駭然道：「這時間也太緊了吧？我們該怎麼辦？」

林煥之看向此時已被白文卿制服的凱特，說道：「先看看情況再說吧。遠離這個樓層，到一樓去！這一次絕對不能讓這個女人離開我們的視線！」

孫青竹沉默不語。他猜到了，白文卿和凱特絕對是互相殘殺了。這個做法太過殘忍了，必定是要犧牲一名住戶才能完成血字。但是，蠟像只怕會一個接著一個出現，到時候，就再也沒有機會決定了。現在，必須要痛下決心才行。

白文卿的身體重重地壓住凱特，她心急如焚，大叫起來：「放過我，白文卿，只要你放過我，我什麼都答應你！」她不斷用飽滿的胸部去蹭白文卿的手臂，她當然不指望這能說服對方，只是身為脫衣舞女的她，現在也只能想到利用自己的本錢來麻痹對方，尋找機會了。

白文卿在這種絕境下，哪裏有半點心情，反而更緊地壓住凱特的身體，他現在清楚這個金髮女郎絕對是練家子，絕對不能有半點放鬆。只是他現在必須用雙手來制住她，沒有辦法去拿刀。

「林煥之！」白文卿終於求助了，「這個外國女人很快就會死了，索性我們一起殺了她！也許還可以獲取生路啊！」

林煥之還在檢查著蠟像，根本沒看白文卿，搖頭說：「我很難想像這會是生路，不過，如果你們打算試試，我不反對。你可以問孫青竹。」

白文卿的目光立即挪向孫青竹。雖然凱特聽不懂中文，但是也猜得出是怎麼回事了，頓時拚命掙扎咒罵起來。

「這……」孫青竹猶豫道，「雖然蠟像呈現的死狀如此，但是我們不能斷定她就一定是因為脖子裂開而死的，也可能是死後脖子被撕裂。」

林煥之卻說道：「如果是死後脖子被撕裂，蠟像的身體上不會有那麼多的血。所以，這應該是直接死因。」

孫青竹越發動心了。他咬了咬牙，心想，一旦自己的蠟像出現，後果就不堪設想了。於是，他撿起地上的匕首，朝著她慢慢走了過去。

「I'm sorry.」孫青竹用英語說道，「but I must……」「kill」出口的一瞬間，他高舉起匕首朝凱特刺下去，凱特卻趁此機會狠狠撞到白文卿的鼻子上，又怒吼一拳狠狠砸在孫青竹的胸口上！

這一拳凱特幾乎用了全力，孫青竹整個人向後倒下去，感到喉頭一甜。他還來不及起身，就看到凱特逃了出去！

「追……追！」孫青竹怒火中燒，既然下定了決心，當然要做到最後！反正凱特也要死，就算自己不殺她，她難道就活得了？這麼一想，他內心的罪惡感減少了很多，他扶著牆壁，勉強站起來，和白文卿一起追了出去。

林煥之從浴池裏走了出來，看向身後的蠟像，喃喃道：「我一定看漏了什麼……」

凱特一路奪命飛奔，不斷看著手錶。之前洪相佑的慘死之相讓她恐懼至極，知道這樣漫無目的地亂跑，必定會步上他的後塵。所以，必須要殺一個人！

她的腦中很快就有了一個人選。那個傻子！要說殺誰最沒有難度，當然是那個傻子了！其次就是洛亦楓！而這兩個人，還都在一起！那麼，只要提前殺掉這兩個人中的一個，也許就可以解開詛咒！

她必須趕在八點二十分以前，殺掉那兩個人中的一個！她考慮過洛亦楓可能會阻攔，但是自認為對方絕對沒有辦法阻止她。而且，如果可以選擇，白文卿等人第一優先選擇要殺的對象，也必定是那個傻子！

還有十分鐘！時間很緊！凱特掏出手機，撥打了洛亦楓的號碼，希望儘快找到她。經過一個走廊拐角，她看到了上三樓的樓梯，立刻一個箭步衝了過去！而此時，一無所知的洛亦楓和洛希還在三樓尋找著下樓的路！

9 多了一個

凱特來到三樓後，手機已經接通了。「喂，洛亦楓嗎？」凱特興奮不已地說，「我現在剛到三樓，你快點過來吧！」這是很簡單的英語，洛亦楓可以聽得懂。

「可是……我也不知道自己在哪裏……」

「這樣嗎？」凱特苦惱起來，連她自己都不知道在什麼地方？在這個鬼屋裏，所有住戶的手機都調成了震動的，無法靠鈴聲來找出位置，也不可能要求對方大喊來確定位置。

凱特隨即想到了一個辦法，說道：「那個傻子在你旁邊吧？把手機給他，我有話和他說！快一點！」

「啊？可是他什麼也不懂啊？」

「我有辦法，快一點。」

洛亦楓沒有多想，把手機遞給了洛希。洛希把手機貼在耳朵旁邊，搖頭晃腦地說：「喂喂，誰啊？」

凱特完全不指望這個傻子能聽懂英語，於是，用很有限的中文辭彙說道：「你姐姐……危險，我來救你們，所以……你叫，大叫，不停大叫。」

洛希馬上問道：「真的？真的嗎？」

凱特笑道：「真的，快叫，快叫吧！」話音剛落，她就聽到身後傳來了「哇哇哇哇哇哇」的號叫，難聽至極，她卻無比興奮！幸好有這個傻子！她立即調轉方向，循著聲音穿過走廊。沒多久，她的面前就出現了洛亦楓和洛希！雙方距離不到十米！只剩七分鐘了！她三步並作兩步，直奔二人而去！

凱特手上的匕首，讓洛亦楓的心一抖，並且凱特是滿臉殺氣！洛亦楓馬上拉著洛希，朝反方向逃去！

然而，凱特的速度太快了，洛亦楓的反應又慢了一拍，凱特從後面一把揪住了洛希的衣領，把他狠狠拉了過來，推倒在地，繼而一腳狠狠踢下，又舉起匕首狠狠刺下！

洛亦楓從身後死死抱住凱特，用並不流利的英語說道：「住……住手！凱特小姐，為什麼你要這麼做！」

凱特用腳狠狠朝後一踹，踢中洛亦楓的腹部，把她一下踢翻在地！又一腳踩在洛希胸口上，刀子筆直朝下刺去！

凱特此時激動萬分。雖然她沒有殺過人，但是這種血腥的事情也不是沒有見過。她為了生存，什麼事情都做過，現在自然不會對殺一個傻子有任何猶豫！

一刀下去，凱特卻愣住了。刀並沒有刺入洛希的胸口，而是穿過了洛希橫擋在胸口的亦楓的手機。刀尖從手機穿過，刀刺不下去了！

「你……你騙人！你說會來救姐姐的！你居然打姐姐，還要刺我！」洛希大叫起來，對凱特大吼大叫著。

凱特恨恨地罵了一句「Fuck」，她的時間不多了，必須馬上殺掉這個傻子！

這一耽擱，洛亦楓重新撲了過來，她高高舉起一個從背包裏拿出的藥箱，砸在凱特頭上！凱特一下被砸得頭昏眼花，洛希則抬起腳狠狠踢在凱特身上！接著，洛亦楓就拉起洛希，一起逃遠了。

凱特倒在地上，好半天才回過神來，可是二人已經跑遠了，在迷宮一樣的別墅裏根本沒有辦法追到了。她氣得幾乎要吐血！這二人現在有了警惕，很難再找到了。

凱特抬起手錶一看，頓時臉都白了！三分都不到了！那麼短的時間……必須殺一個人啊！殺誰呢？難道下樓去殺林煥之和白文卿？那兩個人只怕做好了萬全準備，又是兩個大男人，凱特再厲害，也不能在這麼短時間內殺掉那兩個人。

恐懼不已的凱特繼續朝前面追去，希望自己運氣好，能夠碰到洛亦楓和傻子。否則，死神將會降臨！她幾乎絕望了。

「不，不要啊！」凱特恐懼得面部都扭曲起來，她舉著匕首，不斷搜尋著，依舊一無所獲。她忽然想到，如果把手錶毀掉呢？蠟像上的手錶說明了死亡時間，如果把手錶毀掉，或者把時間調一下，都可以試試啊！

凱特說幹就幹，她立刻停下腳步，舉起匕首朝錶盤刺了下去！然而，這塊手錶品質太好了，一刺之下竟然半點傷痕也沒有，凱特反而身體一個趔趄，腳一扭，倒了下去，頭撞在了牆壁上！

倒在地上後，她的意識開始模糊，想動一動手腕，忽然感覺周圍特別安靜。

一分二十秒……一分十秒……她感覺前方似乎有什麼東西在接近。她的意識越來越模糊了，不行……不可以昏迷……周圍愈發安靜，原本就昏暗的走廊變得更加陰森可怖。

二樓的那個大浴池裏，凱特的屍體出現在原先蠟像所在的位置上。沒有人去移動過蠟像，但是，住戶真正死亡後，原本的蠟像就不知道在什麼地方了。

洛亦楓和洛希繼續在三樓搜尋著。洛亦楓打開一個房間，搖搖頭，剛把門關上，洛希卻忽然說：

「姐姐，幹嗎關門啊，我再看一看。」

他重新把門打開，洛亦楓頓時瞪大了眼睛！

剛才明明空無一人的房間，此時居然出現了一具蠟像！是白文卿！他的面部幾乎三分之二的臉皮被撕去了，沒有了嘴唇，只是露出森森的牙齒，簡直就是喪屍。這具蠟像身體斜躺著，靠著牆壁，身上滿是鮮血。

洛亦楓馬上進入房間內，確認了時間。

與此同時，白文卿、孫青竹和林煥之也在二樓發現了新的蠟像。他們居然一口氣發現了三具蠟像！他們明顯感覺到，是公寓故意讓他們這麼快發現蠟像的。被發現的蠟像分別是孫青竹，林煥之和洛亦楓！只有那個傻子的蠟像還沒有找到。

洛亦楓聯繫了其他三個人，一起確認了四具蠟像的死亡時間。

孫青竹，將死於八點四十五分。白文卿，將死於八點五十五分。林煥之，將死於九點二十五分。

洛亦楓，將死於九點半。

林煥之發給洛亦楓一條彩信，彩信裏，她的蠟像從喉嚨到腹部被生生切開，裏面的內臟幾乎都沒有了，變成了一個血人。

九點半是血字結束的時間，而洛亦楓會是最後一個死的，那麼，所有人都會來殺她，因為他們都認為，一旦最後一個死的第三個死去，就有可能打破詛咒！洛亦楓已經成為眾矢之的！而白文卿和孫青竹同時升起一個念頭來。殺死對方，是否就是一個好辦法？

而這個時候，三個人已經分散開了，誰也找不到誰。

林煥之正在二樓的一個房間裏，他把手錶摘下，打開窗戶，狠狠地扔了出去！

蠟像被發現後，彩信已經發到每個人的手機裏，也拍到了蠟像手上的手錶，是做不得假的。林煥之還做得更狠，他把左手放到桌子上，狠狠地在上面劃出一道傷痕來！而他的蠟像在彩信中是沒有傷痕的。那麼，到了時限，一來自己身上沒有了手錶，二來這傷口不可能在短時間內癒合，就有了雙重保險。

但是，林煥之心思縝密，做事滴水不漏，絕對不會留下破綻。所以，他還是打算去找洛亦楓。只要能提前把她殺死，就可以上第三重保險。這不一定是生路，但是哪怕能增加一點兒存活率，他都會去做。他做事追求的是效率，倒並不是戰天麟那樣嗜殺之人。

簡單包紮了一下傷口，林煥之就把匕首揣進口袋，走了出去。他也同時提防著白文卿和孫青竹。他們三個人，都有殺死對方的理由。而且，他們也知道，不殺對方，對方也會殺自己。不過，洛亦楓身為女性，自然成為他們心目中的軟柿子了。

唯一沒有考慮這一點的，便是洛希了。他現在走在亦楓的前面，還說他會保護好亦楓。洛亦楓的手機已經被毀，她只能借用洛希的手機接收彩信。她不敢再去看自己屍體的蠟像了，唯一的好消息是，她是最後一個死的，但是，她也意識到，這對她而言未必有利！洛亦楓也開始考慮，殺死別人，真的能夠讓自己活下去嗎？

還有一件事情讓他們相當恐懼，那就是，所有蠟像和實際的屍體，在臨死的時候全部都露出了極端恐懼的表情，整個面部猶如布條一般扭曲在一起，眼角都幾乎要裂開了。是什麼東西，能把他們嚇到這樣的程度？

雖然距離九點半還有很多時間，可是洛亦楓已經連路都走不動了，洛希將她癱軟的身體扶住了。

「不……不……不要，不要，不要……」到底自己會看到什麼？是什麼將自己如此殘忍地殺死？讓自己恐懼到這般地步？

同樣的問題，也在折磨著白文卿、孫青竹和林煥之三人。林煥之雖然心理素質最高，但是承受著這麼大的壓力，終於也加入了殺戮大軍。現在，只要有兩名住戶相遇，必定會拚死相搏。

終於，在八點三十分，有兩名住戶相遇了。是孫青竹和林煥之！

兩個人筆直朝對方衝過去，一句廢話都沒有！大家都是聰明人，既然都有取對方性命的意圖，當然要做絕。現在最急的人是孫青竹，再過十五分鐘，他就要面臨死亡。孫青竹此刻已經快發瘋了！

當然，雙方都是成年男子，身材差不多，手中都有刀子，而且都抱著必殺對方之心。這個局面，絕對是不死不休！

孫青竹即將靠近林煥之的一瞬間，身體微微俯下，一刀直刺其腹部！林煥之立即朝右一晃，左手馬上伸出，一把抓住孫青竹握刀的右手，就在他要發動反攻時，孫青竹卻猛然低下頭，狠狠一口咬在林煥之的手臂上！林煥之的刀子立刻直逼過去，一下就刺中了孫青竹的胸膛！

孫青竹頓時感到一陣劇痛，然後臉上又被狠狠打了一拳！這一拳打中了右眼，竟然流出血來！林煥之絲毫不手軟，又撲了上來，刀子高高舉起，又是一刀刺中孫青竹的胸口，但是沒有正中心臟。他正準備拔出刀子時，孫青竹狠狠抓緊林煥之的手臂，昂起頭，竟然要去咬住林煥之的脖子！

在這千鈞一髮之際，白文卿突然從孫青竹身後出現，一把壓倒林煥之，雙手死死掐住了他的脖子！

三個人陷入了混戰！為了給自己爭取多一點生機，所有住戶都已經極度瘋狂了！

正天醫院的院長室裏。

「羅院長。」李雍輕笑一聲，對一個大腹便便的中年男子說道：「上次為您開的藥，還合適嗎？」

「那是自然。」中年男子輕笑一聲說，「李院長妙手回春，自然不同凡響。正天醫院似乎最近一直致力於新藥的開發和臨床研究吧？分院已經竣工了嗎？」

「托您的福啊。」寒暄完畢，李雍進入了正題：「對了，盧翊藍的父親？」

「您放心吧，法院是絕對不會接受他的訴訟的。」這名中年男子是法院院長。

「羅院長，很多事情都要麻煩你了。」李雍輕輕喝了口茶，「一旦我當上市長，一定會也給你提供方便的。」

羅院長頓時大喜，立即點頭道：「放心，我一定會處理好這件事！」

「那我就放心了。公孫剡雖然出了意外，但是，我希望這樣的意外不會再有第二次。」

「那是，那是……」羅院長忽然露出一絲畏懼的神色，「可是，李院長，這段時間，死去的那些人……你知道的，李晨律師的死……」

「你不是已經在家裏裝了最新的安保系統嗎？」

「可是他們都死得太詭異了。我還是有些擔心啊。」

「放心吧。我也在找這個人，一旦找到了，會好好處理的。」

「那就最好了……」

羅院長走後，李雍思索著這段時間的所有佈置。殺十六個人也不是小事，為此他不知道花了多少力氣打通關節。

可是，前不久，和這些事情有關聯的人，一個個都異常死亡了。第一個死的，就是負責幫他殺人的黑幫頭目嚴羅。而且，他們的死都很詭異，沒有任何外傷，死去的時候身體僵硬冰冷，彷彿死去多時。

「冷馨……那個女人莫非還沒有死嗎？」李雍此時最懷疑的，就是那個最先被他滅口的女人。那個女人性格太怪異，留著她是個禍患，所以他決定除掉她。但是，她的屍體卻到現在都沒有找到。

那個女人知道公寓的事情，或許她會使用某種自己不知道的詛咒。不過，李雍也不怕什麼。他就不信，對方還真能弄死自己。否則，自己早就死了，怎麼能活到現在？也有可能是那些死者的家屬查到了真相，從而展開了報復行動。他派了不少人前去調查，可是至今沒有消息。但是，李雍絲毫沒有懷疑徐饕。因為，他似乎瘋了，總是回到已經空無一人的家中，對著空氣說話。何況一些人被殺的時候，他也有不在場證明。所以，李雍早就排除掉了徐饕的嫌疑，不再監視他了。

羅院長從院長室走出來，卻是腹誹不已，很多參與此事的人都死了，他不知道還有多少人牽連其中。但是，他不敢反抗李雍。走進電梯後，羅院長歎了口氣。

然而，電梯到了一樓後，居然還是在下降！羅院長大驚，立即去按電梯按鈕，卻毫無作用。很快，他到了地下三層。

電梯門打開了，外面是一片黑暗的地下停車場。還來不及動作，羅院長就感到有一雙手狠狠一推，他整個人跌了出去！

他嚇得魂不附體，剛才電梯裏明明就沒有人啊！他立即回過頭去，可是電梯門已經關上了。他忽然感到身後有些熱，連忙將衣服脫下一看，竟然有兩個焦黑的手印！

徐瀾和其父母，就是車子墜亡後被燒爛成焦屍的！羅院長渾身顫抖起來。

「不……不，不會的……」羅院長立即將衣服扔到一旁，飛奔起來！地下停車場裏燈光很暗，要辨明方向有些困難。他跑了很長時間，最後趴在一輛汽車的引擎蓋上喘著粗氣。在地下，手機已經沒有信號了。

「不可能的……怎麼可能有鬼……」但是，不管怎麼回憶，他都記得，剛才那個電梯裏根本沒有人啊！他身上不斷起著雞皮疙瘩。他是做了虧心事的，難道還真是亡魂回來索命不成？

這時，他忽然注意到，左邊的一輛車子，竟然是一輛幾乎被燒爛的破車！只有車牌看得清楚！竟然是……徐瀾和其父母死亡時乘坐的車子！

羅院長臉色大變，頓時撒腿飛奔！然而，他很快發現，周圍所有的車子都變成了那輛車的樣子，整齊地排列著！

「和……和我沒有關係，和我沒有關係啊！」羅院長害怕得大喊，「不是我，不是我殺死你們的！不是我！」他跑得太急，一下跌倒了。忽然，他感到有一隻手抓住了他的腳，朝後面不斷拖去！最終，他消失在地下停車場的黑暗中……

李雍對此自然是一無所知。十六個該殺的人，還有最後一個。只要殺了那個人，就可以讓嬴青璃復活了。二十年的漫長等待，終於讓他等到這一刻了。

「青璃，你可以回到我身邊了……和我在一起吧，永遠地和我在一起……」李雍盼望這一天，已經盼望了太久，太久。為什麼要掌握權勢？為什麼要不擇手段地做這一切？就是為了贏青璃，這個他愛了一生的女人。

院長室的大門突然被重重打開，李雍立刻回過頭一看，只見李隱正站在他的面前，他冷若冰霜，還有一頭白髮。

「你……」李雍驚愕地問道，「你的頭髮……是怎麼回事？」

李隱的頭髮已經白了一半，身體明顯消瘦了許多，臉上滿是憔悴之色。此刻，李隱的眼中充滿冰冷、憎恨，甚至是一絲怨毒。這是上次李隱奪走骨灰盒後，首次和父親見面。

「告訴我，你的頭髮是怎麼回事！」李雍不覺提高了聲音。

李隱不會質問父親，是不是殺死了徐饕的家人。公孫剡的調查記錄已經足夠了，再加上徐饕的證言，加上他對父親的瞭解，他終於明白，父親比他想像中更可怕。而這一切，竟然是為了子夜的母親！他最愛的人的母親！

李隱一步步朝著李雍走去。他冷笑著取出了一疊紙，那是公孫剡調查資料的影本。

「你仔細看看吧。」李隱遞給了李雍，「看完後，我建議你去自首。否則，我會將這份資料交給媒體，並且發佈到網上。」

李雍拿過影本，看了幾眼就臉色大變。這也正是當初李雍冒著巨大風險派人去殺公孫剡的原因。

「我沒有想到的是，表舅舅等人早就成為你的走狗了。」李隱臉色愈加陰沉，「如今的楊家財團，被你一手操控了。不過，我不明白，你既然一心只想著讓子夜的母親復活，又何必貪圖市長的職位？」

「權力沒有人會嫌多的。」李雍看完資料後說，「青璃復活後，我也需要足夠的力量保護她……」

「是保護你自己的位置吧？」

「看來冷馨的確沒死，她和你接觸後，告訴了你這一切吧？所以呢？你打算將我這個父親送上法庭？沒用的，我會壓制輿論的。但是，你以為我會讓你那麼做嗎？」李雍忽然一把抓住李隱的衣領，將他拉到自己近前，直視著他的眼睛說：「你不會天真地以為這世界有什麼公平吧？別以為你是我兒子，我就不敢對你做什麼！」

李隱心如刀割。對父親的最後一絲期待，徹底化為烏有。

「好吧，我懂了。」李隱掙脫父親的手，迅疾抽出一把匕首來！

「你要做什麼？」李雍依然很冷靜，「你難道想殺我？」

「殺你？怎麼會？你沒有人性，不代表我也沒有。畢竟你是我的父親，就算殺你，也不會是我來動手。」李隱深呼吸了一下，把手掌放到桌上，忽然一刀狠狠扎下去，穿透整個手掌！

「你……」李雍駭然不已，他怎麼也沒有想到李隱會自殘！

「這一刀，是還你的生養之恩。」李隱強忍劇痛沒有叫出聲來，面色慘然地說：「從今天起，我和你斷絕父子關係。我李隱，從今以後和你毫無關係！從此以後，你就是我的死敵！我發誓，我一定會讓你進監獄！」

李雍獰笑起來：「好吧。是你自己說的。既然我們不再是父子，我也不會手下留情了。」李雍抓著複印的材料，「你的手就在這個醫院治療吧。還有，你今天，不要想走出這個醫院了。」

「進來！」李雍一聲大吼，幾名保安立刻進來了。

「抓住他！」李雍指著李隱說，「我兒子突然發了瘋，立即帶他去包紮傷口和治療！他的狀態很不穩定！」

幾名保安馬上去按住李隱，小心地把他的手掌抬起，沒有貿然拔出刀子。李隱冷冷地說：「想把我變成瘋子，那樣我說的話就沒人信了？」

「送他下去！還有，把他隔離起來，鎖在病房裏，他有暴力行為！」李雍淡定地指揮著，「他現在神智不正常，說的話都是胡話，你們不要聽他亂說！」

如果一直被囚禁在這裏，四十八小時不回到公寓，李隱必死無疑！他立刻大喊起來：「這是影本！原件還有人拿著！我今天不回去，那個人就會把原件交給媒體！」

李雍將資料輕輕拿起，放進身旁的碎紙機，坐著閉目養神起來。他根本不怕李隱的威脅。就算真有媒體報導出來又如何？只要找個替死鬼就可以了。

「放開我！放開我！」李隱終究低估了李雍的心狠。他沒有想到父親能夠做到那麼絕。他作為公寓的第一智者，和父親比，還是差了一籌。

等所有人都離開後，李雍取出手機，撥打了一個號碼。「喂，林翔嗎？」他揉了揉太陽穴，「有些事情需要麻煩你。我的兒子給我添了一點麻煩，查一下他最近這兩天接觸過的人，速度要快。如果情況緊急，你可以自己做主，處理掉麻煩。對，就是這樣。」

孫青竹正在廁所裏給自己包紮傷口，不斷喘著粗氣。他太低估白文卿和林煥之了。

「不能死……我不能死……」

距離他的死亡時間，已經不到十分鐘了！

此時的孫青竹猶如一頭嗜血的野獸，已經無法再保持冷靜了。但是，他們真的什麼辦法都嘗試過了。比如凱特的蠟像，林煥之就用打火機點燃了，然而根本於事無補。

正確的時間他是用手機看的。他把手錶摘下來，狠狠摔碎，再把身上的衣服脫下，扔在地板上點燃，又下了狠心，在手上割出了好幾個傷口。最後決定，一定要殺洛亦楓！

孫青竹推開廁所的門，小心翼翼地張望一番，提著刀子準備到樓上去。他花了一些時間才找到樓梯，上了三樓。

此時，洛亦楓和洛希在三樓西面的一個走廊上。洛亦楓在想，這麼大的別墅，公寓這麼輕易讓住戶發現蠟像，會不會是陰謀？每個人真的只有一個蠟像嗎？或者，不去尋找蠟像，不看到蠟像，會不會詛咒就不會發動呢？她越思考越感到無力。她已經和柯銀夜通過電話，但是他也沒有合適的策略。

八點四十五分越來越近了。孫青竹還沒有找到任何人。他進入了一個很大的房間，取出所有武器，做好了拚死一搏的準備。他注視著手機上的時間，在心中默默祈禱著。

房間裏極為寂靜。孫青竹的心臟狂跳著，身體緊貼牆壁，防止來自背後的襲擊。他忽然想到，自己蠟像的額頭以上部位被扯斷了，攻擊會不會來自頭頂？他立即將頭抬起，將手機向上照。什麼也沒有。

孫青竹又把頭微微低下，他的眼睛一下瞪大了！

只見手上的傷口竟然以驚人的速度癒合起來！手錶重新出現在了手腕上，指標非常準確地指示著時間！脫掉的衣服也好好地穿在身上了！

還有二十秒！孫青竹立即要將手錶再摘下，可是，身體僵硬著動不了了！這時，手上的所有傷口已經完全癒合了，一丁點兒疤痕也沒有留下。被林煥之和白文卿弄傷的地方，也像根本沒有受過傷！

孫青竹想張口，嘴唇似乎被什麼固定住了，開不了口。他手中的刀子掉落在地，手機的光也滅了。緊接著，眼前的一片黑暗中，彷彿有什麼東西正在接近。他的身體不斷癱軟下來，整個人呈「大」字形倒在地上！這個姿勢，和他的蠟像完全一樣！

還有十秒！孫青竹的身體被什麼東西襲掠而過，忽然看到自己已經在那個蠟像被發現的房間裏了！躺倒的位置也分毫不差！

還有五秒！現在的孫青竹和蠟像已經沒有差別，除了頭部。在最後的瞬間，他只想知道，自己究竟會看到什麼，才會導致蠟像的面孔恐懼到那種程度？

下一刻，他的面部表情急劇變化，他駭然至極，面孔扭曲了起來！他終於看到了……

八點四十五分已過。其他人都清楚，孫青竹已經死了。白文卿傷得不輕，而十分鐘以後，下一個死的人就是他！

必須在那以前殺掉洛亦楓！白文卿直奔三樓，拚命地搜尋著。他也在身上劃出好幾道傷口，將錶扔出了別墅，鞋子都脫掉燒毀了。他還給家裏打了電話，想在最後聽一聽父母的聲音。

「洛希……」這是洛亦楓第一次和洛希認真談話：「我真的很希望可以活下去。如果悲劇到我們這一代就結束了，為什麼我還要犧牲呢？」

洛希眨著眼睛，看向洛亦楓眼中的淚花，頓時急了：「姐姐，你為什麼要哭啊，欺負我們的壞女人已經走掉了嘛。姐姐，不要哭……」

「我為什麼不能像二姐那樣活下去呢？我為什麼不能像筱葉那樣成為洛家擺脫詛咒的一代呢？

為什麼我就沒有希望呢？」洛亦楓淚如泉湧，「我本來已經接受我的宿命了，所以在活著的時候很珍惜，希望活得沒有遺憾。但是，我現在有了活下去的機會，反而開始恐懼了……我第一次真正恐懼，竟然是在獲得生機的時候。」這實在是太諷刺了。

「洛希。」洛亦楓慘笑著說，「我的命運走了一大圈，還是回到了終點。現在，我卻發現我非常想活下去。」

洛希似乎聽懂了，點頭傻笑道：「好啊，姐姐想活下去，我一定幫姐姐，我一定會讓姐姐活下去的！」

這時，一個冰冷的聲音在他們耳邊響起：「今天就說到這兒了，媽，再見。」

只見白文卿把手機掛斷，一臉冰冷地看著洛亦楓，一把匕首發出寒光，直衝上來！洛希一個箭步直迎上去，一拳朝白文卿打去！白文卿一刀揮來，就把洛希的手臂劃出一道傷口，怒吼道：「給我滾開！」

洛亦楓臉色發白，她才逃出幾步，白文卿就飛撲而來。眼看匕首就要刺到洛亦楓的後背，洛希從後面一把抱住了白文卿。洛希眼中燃燒著怒火，大喊道：「不准你傷害姐姐！我一定要保護姐姐！壞人，去死，去死！」他不斷用腳踢著白文卿，但是力道軟綿綿的。

白文卿心急如焚，他怎麼能夠被這個傻子拖延時間？「本來不想殺你的，這是你逼我的！」白文卿的頭狠狠朝後一撞，撞在洛希的鼻子上，手肘又對準他的胸口狠狠一撞！洛希頓時痛得放手，然而又馬上抱住了白文卿，死死不肯鬆手！

「姐姐，快逃啊！不許傷害姐姐！」

白文卿又急又怒，他發了狠，匕首狠狠刺去。洛希卻一手狠狠抓住了刀刃！鮮血頓時直淌，而洛希竟然不喊不叫，還是拚命阻攔白文卿。

白文卿簡直不敢相信洛希的抵抗這麼頑強。在他愣神的工夫，洛希大叫一聲，狠狠一口咬在白文卿拿匕首的手上！白文卿痛得手一抖，匕首掉在地上。他此刻明白了，要殺洛亦楓，必須要先殺了這個傻子！

白文卿拳頭攥緊，狠狠砸在洛希的脖頸上！洛希一聲慘叫，只能鬆口。白文卿又是一拳狠狠打在洛希的臉上，洛希頓時倒飛在地上，嘴中流血。

「你給我住手！」

白文卿聽到這句話，心裏一陣愕然。洛亦楓！他本以為，洛希攔住自己的這段時間，她早就跑遠了，難道是為了救這個傻子回來的？既然她回來，當然要動手了，自己絕不可能因為同情而放過她的。

洛亦楓看著被白文卿打出血來的洛希，心裏一陣憤怒。她也拿著一把刀子，臉上滿是決絕之色。對方先殺上門來，就不能怪自己了！洛希咬傷了白文卿的右手，實在是個好機會！

白文卿受傷的右手還在流血，現在只能用左手了，這大大削弱了他的力量。洛希反應很快，已經爬起來擋在亦楓面前了。他雙手張開，嘴角還在流血，卻不肯退讓：「我絕對不讓你傷害姐姐！我一定要讓姐姐活下去！」

洛亦楓心中湧起一陣感動，這個傻孩子，還不知道自己面臨的是何等絕境，他只關心善待過自己的亦楓姐姐。「洛希，你不用保護我了。」洛亦楓站到了洛希身前。

「白文卿，是你先動手的，那就別怪我！」洛亦楓胸中一團怒火！她不再廢話，握著匕首就衝向白文卿！洛希頓時急了，大叫道：「姐姐，我來幫你！」

就在這時，一個讓洛亦楓的心一沉的聲音響起：「終於找到了。」林煥之來到了她的身後！

「我幫你牽制住洛希。」林煥之的表情依舊很淡定，「白文卿，四分鐘內，你要殺了洛亦楓！」

白文卿大喜！現在萬無一失了！他大吼一聲，朝洛亦楓衝去！洛希馬上就要上去，林煥之迅速衝來，一把將洛希拉到自己身後，按住他的頭，狠狠地將他壓到地上！

「放手！壞蛋，放了我！我要救姐姐！」洛希拚命掙扎著，林煥之卻很輕鬆地制住他。「四分鐘……這個假設能驗證嗎？」林煥之喃喃道，按住洛希的手越來越加力。

洛亦楓的左手被劃傷了！白文卿一下將洛亦楓撲倒在地上，舉起匕首就朝她的咽喉刺去！洛亦楓抓住白文卿的手臂想要抵擋，匕首卻不斷向下。

「白文卿！快一點動手！」林煥之將整個身體壓上，把洛希的兩隻手臂緊緊箍在自己的腋下，雙腿叉住洛希的腳，才又壓制住了他。他一定要親眼看到，提前殺死住戶並改變其死亡方式，可否讓蠟像的詛咒失效！

白文卿的匕首越發逼近了洛亦楓的脖子。洛亦楓卻露出一絲冷笑，她的一隻手中忽然露出了一把小刀，一下插入白文卿的胸口！繼而狠狠一踢，就把白文卿的身體踢開了。

林煥之一下失神了，洛希趁機掙脫了他！洛希跑過去，抓住洛亦楓的手就逃跑！林煥之反應過來，直追而去！

然而，白文卿抱住了林煥之的腿！那把小刀雖然刺中了他的胸口，卻不足以馬上要他的命。可是，再過幾分鐘，他就真的會死了！必須要殺一個人！現在只有林煥之了！

「啊……你，你不能走……」

林煥之地冷冷看著白文卿，他蹲下身子說：「也對。我沒有必要走。」他忽然將那把小刀一下拔出，隨即狠狠劃過白文卿的喉管！然後立刻起身，飛快離開了。

白文卿是絕好的試驗品！白文卿的蠟像上，脖子部位是沒有傷口的！白文卿痛苦地掙扎著，離他的死亡時間還有兩分鐘。他用怨毒的目光看向林煥之，話也說不了。忽然，他脖子上的傷口詭異地癒合了。不單單是脖子，手上、身上的所有傷口都迅速自動癒合了。然而，他卻一動也不能動了。

手錶重新戴回了他的手上。沒過多久，他就出現在他的蠟像被發現的那個房間，以相同的姿勢躺著。

在他面前，竟然又出現了一個蠟像！既然是第七個蠟像，自然就是洛希的了。洛希究竟是怎麼死的？這個傻子在死前也會露出恐懼的表情嗎？

然而，當白文卿看清眼前最後一個蠟像時，腦中卻像一個霹靂閃過！

不可能！這絕不可能！他幾乎忘記了自己面臨的死亡，內心完全被驚駭充斥。

死亡時刻終於到了。眼前的黑暗中出現的是……

其他住戶根本不知道第七個蠟像的出現。洛亦楓受了重傷。現在是九點整，距離她的死期還有半個小時。

林煥之冒著風險，親自去確認了白文卿的屍體。還是和蠟像完全一樣的死相，林煥之所做的一切根本是徒勞。難道殺死住戶根本沒有用處嗎？那現在他該怎麼辦？

九點一刻時，林煥之已經打電話問了幾名公寓的智者，都一無所獲。而且，他都沒有找到洛希的蠟像，他不禁產生了懷疑：這個傻子……會不會在這個血字中有某種特殊性？

林煥之深吸了一口氣，打了洛希的手機。「林煥之，白文卿也死了。你還不放過我嗎？」電話那一頭，洛亦楓冰冷地說，也有幾分絕望。

林煥之開門見山地說：「我們都想殺死對方，碰面不是更好嗎？地點由你來定。你也該猜到了吧？洛希這個人很可能不簡單。唯獨缺他的蠟像了。」

洛亦楓沉默了，看了看身旁的洛希，他還是一副傻兮兮的樣子。可是，她無法忘記洛希拚死保護自己時的樣子。

「好吧，我們見面。」這是無奈之舉，什麼也不做，也只有等死。

二人約定在一樓某個大廳見面。五分鐘後，洛亦楓先趕到了那裏。她將身上帶的所有刀子都拿出來，給了洛希一把，把大廳裏所有椅子排在自己身前，正對著大門。

九點二十二分，林煥之衝了進來。一看到眼前的二人，他舉起刀子冷笑道：「現在離我的死期只有三分鐘了。速戰速決吧。誰活下來，誰就是勝利者。」

「哪裏有什麼勝利者，」亦楓抓起一把椅子，對洛希說：「你盯住他，別讓他靠近我，我會支援你！洛希，殺了他，我就帶你離開這裏。以後，我們洛家會收養你，照顧你的。」她還有一個想法，就是在剩下不多的時間裏觀察洛希，看看能否解開這個血字。

洛希對洛亦楓自然言聽計從，舉起一把椅子就朝林煥之扔過去！林煥之輕鬆躲過洛希砸過來的椅子，接著繞開他，直衝洛亦楓，同時取出一把刀子朝洛希扔去！

洛亦楓剛要再抓起一把椅子來，林煥之卻縱身一跳，直撲而來！他撲倒了洛亦楓，卻只是制住她的雙手。緊接著，猛然回身，一刀狠狠刺向撲過來的洛希！

直到此刻，洛亦楓才反應過來，他的目標從一開始就是洛希！

「你……」洛希驚駭地看著插入了心臟的匕首。林煥之卻絲毫沒有得意之色，很平靜地說：「他的蠟像到現在都沒有出現，如果在一個人的蠟像沒有出現的時候殺了他，會如何？值得嘗試一下。」

「姐姐……姐姐……」洛希倒在地上，臉色蒼白。

林煥之沒有絲毫放鬆，見到洛亦楓慌亂的神色，就知道自己搶佔了先機！他在洛亦楓只注意到洛希時，又是一刀揮出，對準她的細嫩脖頸快速劃下！然而洛亦楓反應很快，立即躲開了，隨即將一把椅子猛然推倒，讓林煥之一下站立不穩，她馬上將刀子插到他的身上！

刀子沒有刺中心臟，不過刀尖完全沒入，只有刀柄留在外面，也算重創了。洛亦楓跑到洛希身邊，查看他的傷勢。

洛亦楓犯了一個錯誤，她沒有拔出林煥之體內的刀子，否則，必定可以讓他迅速失血，現在刀子堵著傷口，林煥之暫時還不會死。

洛希昏迷不醒，洛亦楓心急火燎。即使血字安全結束，最近的醫院也在兩公里外，而現在他的傷勢已經很危險了。

「對不起……」洛亦楓心裏非常痛苦，洛希拚死保護自己，但是她還是得眼看著他死在自己的面前，束手無策。

她回過頭一看，發現林煥之的屍體不見了！

林煥之死了。但不是被自己殺死的，而是被詛咒死的！

洛亦楓不想再去做什麼了，決定坐等死亡的到來。一旁的洛希已經沒有了呼吸。他的死，會不會是生路？她不知道。

手錶的分針終於正對在「六」上面時，洛亦楓閉上了眼睛。然而，卻什麼都沒有發生。

她站起身來，看著完好無損的自己，簡直不敢相信。看著洛希的屍體，她輕聲說道：「是你嗎？是你救了我嗎？」

洛亦楓滿心失落地離開了死誕之館。

天空黑暗，一陣大風席捲著公寓周邊的無人區。蒲連生在無人區裏走著。

「風那麼大，你出來做什麼？」白離厭的聲音在蒲連生身後響起。

「該是結束的時候了。」蒲連生慢慢地說道：「我們和五十年後的公寓住戶們，一切都該結束了。」

「連生，這裏很危險。」

「不要緊。反正我的親人都不在了。但是，在我有生之年，一定要……」

「解開『多了一個』的謎團嗎？」白離厭很清楚連生的心病。

在另一個空間，陰風怒號，一座山丘下的小棚屋裏。

「怎麼樣？」彌真從櫃子裏翻出了幾件有些舊的衣服。

「米缸裏只有一點點米。」從另一個房間走出來的深雨說，「我們能撐多久呢？」

「先等一段時間吧。」李隱安慰道，「我們被鎖定的位置太多了，這裏是彌真和我好不容易計算出來的死角。」

「死角……」深雨喃喃道，打開手上的地圖，這裏是天南市近郊，地圖上有很多被打了紅叉的地方，這是彌真特別交代絕對不可以進入的地方。

「這裏還有一袋麵粉！」星辰興沖沖地跑進來，提著一個袋子說：「我們應該可以多撐一段時間了！」

彌真已經確定了，那個恐怖公寓絕非是一個夢，而是和現實有某種聯繫。這一個月裏，她和彌天、深雨身邊都陸續出現了可怕的現象，好幾次從空間裂縫中看到恐怖片中才會出現的惡鬼凶靈。昨天，她和李隱、彌天、深雨、星辰一路從市區逃到郊區，險些陷入那些裂縫。現在空間裂縫出現的頻率越來越高了，他們已經四面楚歌了。

彌真還不知道，她能活到今天，是因為和深雨共同分擔了詛咒，也相對增強了對魔王血字的限制。一個小時前，他們逃到這個棚屋，棚屋原來的主人則被空間裂縫吞吸了進去。

他們又搜尋了一番，又發現了一點青菜和鹹肉。此時已經是晚上七點多了，他們緊張地策劃著，只有先逃出天南市才能做其他打算。

「從這個方向突圍，出現空間裂縫的機率不高於百分之三十。」彌真說道，這已經是綜合所有因素推斷出來的最低機率了。

「好。」大家此時都對李隱和彌真很信服。雖然這個空間的李隱並非現實世界的李隱，但是智商和性格都沒有什麼區別，而且他也有自我意識，並不是一個傀儡。就像當初的蒲靡靈。

「那我們什麼時候動身？」星辰說道，「這裏的食物撐不了多久。而且這個死角也不會一直都是安全的。」

「先觀察三天。」彌真說道，「給我三天時間，我會再進行一次計算。我一定會讓大家都活下去的，請你們相信我和李隱。」

棚屋很小，大家只能擠在同一個房間裏。彌真和彌天來到棚屋外一百多米的地方，手持雙筒望遠鏡觀察遠方。

「兩個小時，裂縫出現過三次。」彌天說道，「南面靠近市區的地帶最危險。」

「東面還算安靜。」彌真放下望遠鏡，看了看指南針，冷靜地分析著：「這裏作為死角區域之一，已經算是比較大的了。南面的裂縫有沒有靠近的趨勢？」

「第二次比第一次近了大概十米。」

「這樣啊……繼續觀察。」彌真說道，「這個死角區域被侵入的可能性不大，但是也不能掉以輕心。」

「知道了。」彌天看向棚屋，「那個公寓果真存在嗎？」

「也許我們正走向萬劫不復。如果夢境是真實的，那麼只有我們和深雨是真正的人，李隱和星辰都是這個世界裏的虛假存在。」

彌真再度拿起雙筒望遠鏡，她立刻看到，遠處的一座山坡下，一個孔洞正在從虛無中產生，一隻陰白的手慢慢從孔洞中伸出！這個空間被徹底攻破，只是時間問題了。

「不……這是我計算出準備突圍的地帶啊！不應該出現裂縫的……」

孔洞很快開始扭曲，那隻陰白的手漸漸縮了回去，最後，孔洞消失了。當然，那隻手並非屬於魔王。執行血字的住戶，根本就沒有機會看到魔王。

彌天以為彌真已經束手無策了，但是，她的目光很堅定。「彌天，」彌真說道，「如果這個空間是一個封閉的箱子，對方就是要通過孔洞亂抓一氣，想把我們從這個空間拉出去。雖然確定了大致方位，但是那傢伙不知道我們到底在哪裏，只能到處搜尋。」她輕笑道，「別擔心，我會充分利用優勢，我們還有希望。」彌天頓時信心大振。

唐醫生當初之所以那麼快就被魔王從異空間拉出去，雖說是運氣差了一點，但是更大的原因是，不能像彌真這樣觀察入微、心思縝密。

彌天又想起了深雨。每次想到她，都會心痛。但是，她的眼中只有星辰一個人，縱然那並不真實的人也一樣。而姐姐不也是這樣嗎？

彌天再度舉起望遠鏡時，落寞的神情立刻駭然失色。他看到遠處空間裂縫打開過的地方，原本鬱鬱蔥蔥的樹木，竟然變得和裂縫內的枯死樹木一樣！這個空間，已經開始和外層的重疊空間出現了交點！並且範圍還會繼續擴大下去！

魔王所在的空間，和住戶進入的異空間，被第十次血字的空間以及其他的重疊空間隔開了，因此，就算住戶持有地獄契約，也沒有辦法封印魔王。而當住戶被拉入魔王所在空間後，哪裏還有反抗的機會。

從理論上說，在血字期間，不被魔王從異空間拉到魔王的空間中去，是有可能的，但是這機率太低了。因為住戶所在的異空間，是根據其靈魂投射出的心魔，那些「心魔」是真正的人，在空間崩潰以前，那些人都是真正地活著。而只要這個空間存在著，就能讓魔王真正侵入。而只要是活人，哪怕昏迷了或成植物人了，都會有心，所以，異空間一定會產生。心的執念和情感越強烈，異空間就會膨脹變化，逐步將周圍的重疊空間也吞噬了。最後，魔王和異空間之間的障礙越來越少。但是，和這個異空間的構成無關的住戶，即使身處在這個空間，也無法被魔王帶走，這正是魔王血字可以讓其他住戶觀看而不會有生命危險的原因。

「姐姐！你快看！」

「別慌！」彌真很鎮定。

「晚飯做好了。」深雨過來說，「你們先進來吃飯吧？」

「各位。」彌真看了看露出期待眼神的星辰和李隱，說道：「現在情況有些糟糕了。」李隱突然猛地站起身大喊：「彌真，快躲開！」他一個箭步衝過來，將彌真一把推開！

這個空間的李隱，一直深愛著彌真。他剛才看到，棚屋門口的地面瞬間變得寸草不生，立刻反應過來了！在推開彌真的一瞬間，這個李隱感到一片黑暗將他籠罩住了，一個很大的力量拽著他，魔王把他拉走了。

「李隱！」彌真還沒有反應過來，只見在原來的李隱消失的位置，又一個李隱緩緩浮現而出。這個新李隱一臉茫然，他繼承了原本李隱的記憶，對自己「死而復生」一無所知。

蒲靡靈就是如此，死去多少次都可以重生，只要在這個空間裏的住戶還活著，就可以無限地再造出心魔來。

這一幕讓彌真瞬間清醒了過來。她終於確定了，這個世界是絕對虛假的，這就是魔王級血字指示。她立即對彌天說：「我們分頭走！彌天，時間不多了！」

彌天和深雨看在眼裏，駭然至極。彌真，彌天和深雨是共同承擔詛咒的，一個人死就是三個人都要死！在這裏的彌天是本體，因為魔王血字遠遠強於第十次血字，他的本體已經從地下遺跡空間轉移到了這裏。

在彌真眼前，有褶皺憑空浮現，瞬間化為空氣中一道道黑色裂縫！她的周圍頓時變成了一片荒地，棚屋消失得無影無終，鋪天蓋地的黑暗漸漸湧來。她知道，自己即將被抓進魔王的空間中了！

那片黑暗即將湧到她面前時，她旁邊的空間猶如玻璃般粉碎了，有一隻手伸出，將她拉了進去！

彌真躲過了一劫。幾乎在同時，她原本站著的地方就被黑暗徹底吞沒了！

被拉入另一個空間後，她看到的是手提燈籠的李隱。她的記憶頓時復甦了。

「跟我走。」提著燈籠的李隱說完，就拉著彌真迅速走動。他繼續說道：「我帶你去找新火種。雕像在我這兒，你放心吧。這是另外一個重疊空間，魔王暫時不會侵入這裏。但是，也不知道能維持多久。」

「可是彌天……」

「我救不了他。你是因為進入了重疊空間，我才能把你拉進來的，但是，我維持不了多久。」

而原來那個空間裏，彌天帶著深雨，按照彌真原來安排的路線一路奔逃。他們和星辰以及新李隱分開了。情況太緊急，而彌天第一想到要帶走的人，是深雨。就算彌真暫時逃過了，但是，這兩個人只要死掉一個，彌真也同樣無法逃過一死。

「不行……星辰還在那裏！」深雨只看著背後星辰的方向，淒然地說：「我不能丟下他不管！」

彌天哪裏肯鬆手，反而抓得更緊。但是，彌天現在不是空間分身了，所以，他做不到破碎空間，只能夠繼續逃下去。彌天爆發出最快速度，跑得氣喘吁吁，但是周圍沒有再出現空間裂縫。

「星辰他，不會有事吧？」深雨神情黯然，她依舊不斷回頭看去，而非注意四面八方有沒有空間裂縫出現。彌天心如刀絞，他此刻才真正意識到，深雨對他有多重要，就算她心裏沒有自己，他也必須要保護她。

「他不會有事的，跟我走吧，深雨！」

忽然，他們面前撕開了一個巨大裂縫！裏面有一個吊在樹上、渾身發白的惡鬼！洶湧的黑暗將那個惡鬼吞沒後，從裂縫進入了這個空間！

彌天一瞬間腦子一片空白！他無計可施了！「不！」他的第一反應是帶著深雨回過頭飛速逃跑！然而，黑暗的速度遠遠超過他的力量，他們馬上就要陷入萬劫不復了！

就在這時，在那個裂縫的另外一邊，竟然又出現了一道大大的裂縫！這並非是魔王造成的，而是空間本身在分崩離析。因此，兩個裂縫互相抵消了。彌天和深雨終於躲過一劫！

此刻，在夜幽谷裏，依舊陰霾的天空忽然撕開了許多道大口子，夜幽谷在大量裂縫下徹底瓦解了！被石像詛咒的小鎮消失了。

當彌天回過神來時，發現自己站在一片黑暗中，周圍是大量空間碎片，發著一點微弱的亮光。他隨即看到，不遠處竟然站著李隱和彌真！

「姐……快逃啊！」彌天抱起倒在地上人事不省的深雨，朝著彌真的方向飛快跑去，聲嘶力竭地大喊著。

但是，空間碎片很快全部消失了，再也沒有光源了。這裏是絕對黑暗之地。

彌天終於絕望了。他依舊死死抱住深雨，絕不肯放開。

這時，洛亦楓已經坐上了火車。她木然地看著窗外的風景，內心一片淒然。血字的倖存者，只有她一個人。而她之所以可以活下來，都是因為洛希。

她在心裏發誓，一定要好好地活下去，不浪費洛希拚死守護才得以延續的生命。她要和亦水一起離開公寓！

她打算先給家裏人報個平安，剛才一路精神恍惚，忘記了最重要的事情。

接電話的人是亦心：「喂……是誰？」

聽到亦心的聲音明顯帶著焦慮和恐懼，亦楓疑惑地說：「是我啊，亦楓啊！」

「亦楓？不好了，亦水剛才不見了！是筱葉發現的，她在自己的房間裏不見了！」

「什麼時候的事情？」

「應該是九點半左右吧……」

「你說什麼?!」

此刻，在死誕之館裏，發現洛亦楓的蠟像的房間裏，一具屍體橫躺在原本蠟像所在的地方。而這具屍體，正是和洛亦楓擁有相同面容的洛亦水！她的肚子被剖開了，內臟全都沒有了！

洛亦水在九點半的時候，本來好好地待在自己的房間裏，卻忽然出現在了死誕之館。她到死都不明白，明明沒有去執行血字，她為什麼會被詛咒?!

從一開始，住戶所發現的「洛亦楓」的蠟像，其實是洛亦水的！她們是孿生姐妹，長得一模一樣，所以根本無法發現！

白文卿死之前看到的蠟像，是真正的洛亦楓的蠟像！所以他才會如此驚駭！

而洛希其實根本沒有什麼特殊，他的蠟像之所以找不到，是因為他發現了自己的蠟像。他的蠟像心臟上被插了一把刀子，正是在他死去的那個房間裏擺放著！洛希一看到蠟像，就把它從窗戶扔了出去，也沒有告訴其他人。他死亡的時間，也和蠟像上的手錶時間完全一樣。

洛亦楓的腦子裏一片空白。洛亦楓真正的死亡時間，是在十點零五分。

亦楓頓時從座位上站起來，她必須要想辦法快一點回公寓去！火車不夠快……要找個人解除自己的血字，讓她回去……

可是，誰會為她那麼做？亦水死了，而且就算她活著也辦不到這一點。她只能絕望地等待死亡到來！

這時，她忽然感覺身體下一空，然後，她倒在一個房間裏。她的眼前是白文卿的屍體，而她渾身動彈不得。

血字已經失控了。之後的血字雖然沒有明言會「超出掌控」，那是因為公寓不再留下這樣的訊息了。而這一切的根源，是連蒲靡靈也無法掌握的因素——魔王。現在出現的都是和蒲靡靈預言的原有內容不同的血字。蒲靡靈被魔王賦予了預言能力，自然也只有魔王才能打破這些預言。

蒲靡靈唯一無法預言和掌控的對象，就是魔王！蒲靡靈誕生於異空間中，所以，從一開始就是一個魔王創造出來的傀儡。

魔王級血字指示讓公寓發佈的十次血字難度劇增的同時，血字也逐步失衡，所以，和血字無關的洛亦水被捲入了這次血字中。

洛亦楓感到無比恐懼。時間一分一秒地流逝著，最後一刻，在洛亦楓面前，出現了……

這一次血字的所有執行者都死了。因為沒有生還者，所以，其他人無法知道，他們死前究竟看到了什麼，讓他們如此恐懼……

PART FOUR

第四幕

時間：2011年10月15日全天

地點：東臨市九頭島

人物：白離厭、袁印、唐無相、夢紫櫻、林信

規則：2011年10月1日，天南市中波1125千赫、調頻338兆赫的廣播電臺，午夜零點時會出現一段摩斯電碼。破譯那段電碼，找到血字執行地點，10月15日全天都要待在那裏。本次血字為2011年最後一個血字，從十一月開始，所有住户的血字進行總清算。

地獄公寓

10 最後一個血字

新血字發佈了。

「二〇一一年十月一日，天南市中波一一二五千赫、調頻三三八兆赫的廣播電臺，午夜零點時會出現一段摩斯電碼。破譯那段電碼，找到血字執行地點，十月十五日全天都要待在那裏。本次血字為二〇一一年最後一個血字，從十一月開始，所有住戶的血字進行總清算。」

執行這次血字的住戶是白離厭、袁印、唐無相、夢紫櫻和林信。

「總清算」指的是，倉庫血字將作為最後的血字，限制將徹底解除。十一月份，倉庫惡靈將沒有任何限制地殺人。在那之前沒有離開公寓的住戶，將面臨必死之局！

新血字發佈的時間是在十月一日，這也是李隱開始第十次血字的時間。

蒲連生、白離厭和莫水瞳不在公寓時，是住在一家旅館裏，費用都是柯銀夜出的，為此，他們對柯銀夜也非常感激。在被選中的住戶中，唐無相恰好掌握摩斯電碼，他是一個退役海軍軍官。

這是白離厭隔了五十年後再度執行血字。不久前，他終於找到了妻子。妻子已經是一個老態龍鍾的婦人了，兒子五十歲了，他連曾孫都有了。雖然當年他們結婚後日子清貧，但是他和妻子的感情很深，就在兒子剛出生的那一年，他進入了公寓。妻子後來改嫁給了一個姓何的男人，兒子改名叫何誠。那一天，他看見兒子攙扶著妻子，帶著孫子和曾孫，一家人在公園裏遊玩。他的心在這一刻，一下子蒼老了。他再也回不去了，在這個世界上，唯一還能夠和自己擁有共同命運的，只有連生和水瞳了。

白離厭對蒲連生說道：「我會活著回來的。連生，你和水瞳要等著我。我們當年就約好了，要一起離開公寓。」

當天晚上，在旅館房間裏，所有執行血字的住戶聚集在一起。唐無相相貌堂堂，身材挺拔，做事一絲不苟。林信是個頭髮蓬亂的男子，雙眼卻透出精明。夢紫櫻是個有點嬰兒肥的年輕女子。

收音機已經調好頻率了，正常的廣播突然中斷了，摩斯電碼出來了……

蒲連生陪他們獲得電碼後，回公寓了一次。當他推開旋轉門，看到大廳裏站著幾個生面孔。那幾個人裏，一個皮膚黝黑的中年男子最顯眼，公寓沒有進入過年紀這麼大的人，他身旁是一個風韻猶存的中年女子。

「這……這是，哪裏？」一個身穿和服的少女驚慌地看著周圍，說著日語。

那個中年人很鎮定，他仔細地看看四周，嘴角露出了一絲冷笑。

「各位……」蒲連生立刻快步走過去，他要為新住戶講解規則。雖然公寓大門上已經貼了一張紙，具體說明了公寓的規則，但是蒲連生還是希望能夠親自說明，也想安慰一下新住戶驚慌的心。

「各位，我來說明一下。」蒲連生還沒有說話，皮膚黝黑的中年男子卻搶先開口了。「我叫羅休。」他朝蒲連生迎過去，很平靜地說：「犬子前段日子承蒙你們照顧了。」

「羅……休？」這個名字，如今在公寓裏無人不知無人不曉！他是羅十三的父親，是一位蠱師！

蒲連生很不解。這個男人，明明對公寓的情況很清楚，把具體位置都告訴了羅十三，這樣的人，怎麼可能會誤入公寓？難不成他現在是主動進來的？

這時，羅休身邊的中年女子朝蒲連生鞠了一躬，說道：「十三受到你們照顧了。但是，最終我們還是救不了他……」不用問，這就是羅十三的母親韓瑾了。

「喂，這是怎麼回事？」又一個說日語的男人惶恐不安地看著蒲連生。

「我懂日語。」另外一位看起來三十多歲的女子用一口流利日語說，「你們想問的事情就告訴我吧，我來轉達。」

一下子進來了兩個日本人？莫非這個男人和那個穿和服的少女認識嗎？蒲連生還來不及繼續思考，羅休就打斷了他的思緒：「我必須告訴你，我們進入這裏的原因。」

「嗯，為什麼？」

「十三死了，我知道的。」

「您確定嗎？我們一直不知道他的真實情況。」

「我可以用染有他的血的蠱盆來判斷。儘管不知道他是怎麼死的，不過，想來和這個公寓脫不了關係。」

目前，多數住戶都認為，羅十三的死和倉庫惡靈有關。因為，沒有人知道金心戀的降頭師身分。

蒲連生慢慢地點了點頭，安慰道：「請您節哀……」

「既然如此，重新進入這裏更好。」羅休對身邊一個人說道：「骸，這裏和你以前給我看的照片完全一樣呢。」那個人是個頭髮略長、滿臉鬍鬚的男子，不修邊幅，叼著一根煙。

「新仇舊恨，一起了斷吧。」羅休平靜地說道，「既然成為了公寓住戶，骸，幫我一次吧。」

「我說過，只要是你和阿瑾的事情，我都會幫的。」

蒲連生立即明白過來，這個人，就是那個「亡靈」！

「公寓？難道說……」日本男子忽然擠出了幾句中文，「那，你認識，神谷小夜子嗎？」

他的中文說得很生澀，但是連生聽懂了。他點點頭，問：「對，你認識她嗎？」

「我，我不知道怎麼的……」日本男子後來只能說日文了，「我只看到地上出現一個黑色漩渦，就陷了進去，我就出現在了這裏……」

「我們也是！」

「我也是啊！」

日本男子正是神原雅臣。和服少女就是小夜子的妹妹桐生憐！還有一個是三十多歲的女人和一個少女，也報出了自己的名字。

「韓末若。」

「符靜婷。」

這些新進入的住戶，竟然全部都和公寓有著極深的淵源！是那個倉庫惡靈！倉庫惡靈將這些和住戶有關的人全都捲入了公寓！這麼做的目的究竟是什麼？

當蒲連生想到血字提及的「總清算」時，心中顫抖起來。

那個倉庫惡靈，是要將所有有關係的人都殺死嗎？不過，蒲連生內心也升起了一絲期待，羅休是住戶們的希望啊！

但是，他剛提起這件事，羅休的回答便讓他再度陷入絕望：「很抱歉，我的能力已經沒有了。當年，我和骸通過降頭術來提升自己下蠱的能力，但是那個降頭被毀掉後，我們已經和普通人沒有多少差別了。不過，這方面的知識我還是有的，對這個公寓，也有幾分瞭解。」

「你……為什麼會知道這個公寓的存在？」

「抱歉，這件事情，我們不能說。」回答的人卻是韓瑾，「不過，我們的兒子死在這個公寓手上，我們一定會為他復仇的！」韓瑾的目中噙著淚花，身體顫抖著。

那個滿臉鬍鬚的男人，名叫羅骸，是羅休的哥哥。然而，就連羅十三，也從來不知道自己有這麼一個伯伯。

神原雅臣和桐生憐早就知道公寓的存在，他們自然更清楚，這個公寓有多麼可怕！而就連上官眠，也根本保護不了母親韓未若啊！

與公寓的決戰不可避免了。地獄契約碎片還沒有湊齊，那麼，到了十一月，公寓裏的每一個住戶都將死去。在那以前，必須要找出倉庫惡靈來！

摩斯電碼破譯出來的內容是：

「救救我們！我在東臨市沿海海域的九頭島，到九頭島來救我們！」

這個「九頭島」，自然就是血字指示中必須去的地方。

一張詳細的東臨市沿海海圖掛在牆上，白離厭指著標出來的位置說：「九頭島是一座荒島，幾十年前還有一批漁民在那裏生活，不過因為缺乏資源，他們都離開了。沒有查到那裏有靈異傳聞。這個島距離東臨市比較近，租借漁船很快可以到達。」

烈日下，李隱一襲黑衣，正在一片樹林裏飛奔。他已經決定，要親自為父親贖罪！

他必須在鬼動手以前，不管付出什麼代價，讓父親去自首！李隱是不會去檢舉父親的。就算那是一個惡魔，也是自己的父親。他的決絕，只是為了不讓父親認為他會原諒並接受這些行為。他從一開始就是這樣打算的，只有讓父親自首，才有可能讓父親活下來。

包括子夜在內，李隱沒有告訴任何一個人他在哪裏。他決定一個人完成所有計劃。這樣，他就冒著很大的危險。不過，他覺得還有希望，即使知道了血字總清算的事情，他也並沒有認為，這就是末日了。

他緊緊抓住口袋裏的手機，那裏面存儲了神谷小夜子發給他的最後的預知畫。

「還差一點點。」李隱咬牙默想著，「還有最後一點時間，只要能夠實現……一定可以，為住戶開出一條生路！」

雖然他可能會失敗，但是，一旦成功的話，那麼住戶就能離開公寓！

十月十四日，一輛計程車在東臨市的港口停下了，白離厭等人從車裏走出來。

東臨市是臨海城市，漁業相當發達，沿海有大量船隻停靠。白離厭等人要雇一名有經驗的漁夫來為他們開船到九頭島去。九頭島比較小，那一帶暗礁又比較多，而且不知道為什麼，九頭島附近的魚很少，漁民們很少上島去。

此時天氣陰沉，海浪也不平靜。一艘白色漁船上，一個戴著斗笠的老漁夫正一邊抽著煙，一邊數著一疊鈔票。

「老余，」另外一名漁夫對正在數錢的老漁夫說，「明天就別出海了吧，聽說明天海上會有大風暴呢。」

姓余的老漁夫將錢塞進口袋，樂呵呵地說：「反正這幾天也捕了不少魚，賺了一筆錢了。明天一天倒是沒關係，不過風暴不知道要持續多久。」

這時，白離厭走上去問道：「老師傅，請問，我們想到九頭島上去。您可以帶我們過去嗎？」

「九頭島？」老漁夫一愣，疑惑地問道：「去那裏幹嗎？」

「錢的事情好商量。我們必須去那裏。實在不行，我們可以租你的漁船。」

這一次負責出資的人是林信。他靠父親的資助，自己開了一家公司，經營得不錯，已經上市了。

「拜託了，師傅！」夢紫櫻也上前懇求道，「我們有非常重要的事情，必須要在明天之前上九頭島，這件事情……人命關天啊！」

老漁夫看了看天，心想，反正暴風雨明天才來，今天再出海一次問題不大。於是，林信把錢付清後，五個人都上了漁船。

陰雲籠罩著海面，波濤洶湧，浪花不斷拍擊漁船，有時候掀起數米的大浪。身為前海軍軍官的唐無相，倒是見慣了這樣的場面，非常淡定。

本來應該是午夜零點到達島上的。但是他們怕真到了那個時候有暴風雨，航行就更危險，只能提前幾個小時到達那裏了。

半個小時後，九頭島終於出現在住戶面前。島上看起來很荒涼。距離島比較近時，風越刮越大了，船身都有些微微作響。

「哎呀，看來暴風雨是真的要來了。」老漁夫說道，他把船停靠到岸。

五名住戶下船後，老漁夫又問道：「你們都帶夠吃的了嗎？暴風雨會持續多久還不知道，明天我是不可能來接你們的。」

「沒關係，多謝你，老師傅。」

漁船走後，一行人便待在岸邊。「做好準備吧。我們要待一整天。」白離厭拍了拍背包，「我知道大家都很恐懼，但是，只有我們不放棄，才能有一線生機。只要活著，就不能退縮！」他眼神堅定地說道。

這是白離厭下的決心！他的一生都毀在了那個公寓手中。本來可以和妻兒一起度過的五十年歲月，就這樣被剝奪了。

海浪一波比一波高，隨著陣陣狂風席捲，他們不由自主地離開了岸邊。天色太暗，周圍環境看不清楚，只能夠看到一些排列古怪的石頭。

幾個人相互緊挨著，警惕地注意四周，過了很久，卻什麼都沒有發生，他們開始放鬆了下來，討論起那個「血字總清算」。

袁印說道：「必須考慮到李隱說的特殊血字的問題。如果倉庫的開啟也是血字，那麼這個血字……恐怕會在最後有一個決斷吧。」

「不會的！」夢紫櫻馬上反駁道，「當初倉庫的說明是，到二〇一一年年底才結束！十一月怎麼就是最後了？」

袁印思忖道：「只能認為是從那時候開始，公寓逐步解除了限制吧？二〇一一年最後一天，我認為，應該是這個血字結束，倉庫惡靈不再出現在公寓的時刻。」

午夜零點到來之時，浪濤已經衝上岸邊很高了，遠方的天空也隱約看到閃電的亮光，看來，暴風雨很快就會過來了。

五個人都穿上了雨衣，朝九頭島深處走去。現在，血字已經開始了，每分每秒都非常危險。大家都沒有開手電筒，那樣可能會把鬼引來。好在周圍還算開闊，這座島大多數地方都很平坦。

風開始越來越大了，逆風而行的住戶們步履艱難，呼吸都很急促。發出摩斯電碼的那個人，讓住戶們非常在意。這個人顯然知道這個島上隱藏著什麼，一旦找到了他，也許就可以獲得生路提示。

當然，這個人還活著的可能性很低，他求救時肯定是九死一生的危險境地，而現在已經過去半個月了，單單是食物供給不足，就已經足夠要命了，更不用說鬼魂的威脅。但是，至少也要找到他的屍體，也可以得到一些情報。

他們的眼前出現了一些建築物的輪廓。發出摩斯電碼的人，有可能就在那裏！大家興奮起來，快步走去。這時，雨終於下起來了，很快就成了傾盆暴雨。

沒一會兒，每個人的身上都濕了。他們走到了一座廢棄建築裏躲雨。這是一座三層樓房，外牆已經破損了大半，進去以後還有不少漏雨的地方。

五個人擠坐在樓梯臺階上，開始討論接下來該怎麼做。

「要不等雨下得小一點再走？」林信提議道。

「不行。」白離厭搖頭說，「暴風雨很可能持續一整天，我們沒有那麼多時間。先從這個樓開始搜吧，看能不能找到什麼線索。如果遇見鬼，千萬不要慌亂，鬼是在生路提示出現後一段時間才會殺人的。務必要鎮定，慌亂的話只會死得更快。」

大家不由自主地把白離厭當成了主心骨，畢竟他執行的血字次數最多，還是五十年前的住戶，經驗豐富。而且，他是最鎮定的人。

執行血字，心理素質甚至比智商更重要。唐無相作為退役軍官，也還算從容。但是林信和夢紫櫻就大大不如了，身體止不住地顫抖，已經被嚇得不輕了。

「好了，我們開始吧。」上樓的時候，白離厭朝著外面看去。能見度不高，但是，隱約可以看見，廢棄建築有很多。他深呼吸了一下。

到了二樓，房間的門都沒有了，就是一個空曠的樓層，地上有很厚的灰塵和一些垃圾。牆角有一把梯子和幾根的繩子。窗戶也沒有了，大雨不斷灑入室內，大風撲面而來。

白離厭是個膽大心細的人，他蹲下身子來查看垃圾，說道：「你們也觀察一下，如果垃圾裏有近十幾年的東西，馬上報告！」

「你是說一些現代品牌的東西吧？」袁印立即明白了白離厭的意思，也找了起來。

白離厭走過去看梯子和繩子，梯子朽爛了，輕輕一撥動就能拆下一塊木條來。繩子看起來也是很久沒有用過了。

他身後傳來了幾名住戶的聲音。

「沒有。」

「這裏也沒有。」

「白先生，真的沒有。」

白離厭帶著四個人走出了房間。他不打算上三樓，風險太大了。萬一鬼出現，並堵在樓梯口，那就沒有任何生機了。

走出這座樓房，他們看到外面已經有積水了。天色比剛才還要昏暗。在鋪天蓋地的雨中，都辨不明方向，每個人都冷得瑟瑟發抖。

五個人衝入了離這裏最近的另一棟建築。當他們進去後才發現，竟然是學校，一些房間裏還有黑板和桌椅。

從房間門口已經泛黃的班級牌子上，可以判定這是一所小學。在外面時，他們都看不清楚這棟樓有多高。

教學樓挺大，走到裏面，外面的雨聲聽起來就小一些了。他們搜索到了第十五間教室。空氣中忽然瀰漫著一股腐臭氣息。

「小心。」白離厭輕聲說道，從懷裏緩緩抽出刀子來。其他人自然照做了，他們在這個教室裏更是細細地搜尋起來。

白離厭感覺到，那股腐臭氣息越來越強烈了，他非常不安。好在這裏是一樓，窗戶就在旁邊，即使發生什麼事情，還是來得及逃的。

過了一會兒，白離厭下了決心，說道：「算了，我們走吧！這個地方……我覺得太危險了。」

其他四個人馬上點頭，完全沒有異議，他們就筆直朝門口走去。唐無相忽然停住腳步，一揮手臂，壓低聲音道：「等等！」

唐無相注意到，那股腐臭氣息，是從那扇門背後傳出來的！剛才外面風太大，稍稍吹散了味道，所以他們才沒有馬上發現氣味的來源。

唐無相緊盯著那扇門，不斷退後，其他人也立刻明白了，馬上朝窗戶的方向跑去！

就在他們翻越窗戶的一瞬間，聽到了身後大門被推開的聲音！他們駭然地衝入大雨中，飛奔而逃！

跑了很久，五個人才停下來，進入了另外一座建築。巧的是，這也是一個學校。

他們又躲進了一間教室，大家一起把窗簾全拉上了，才稍微鬆了一口氣。

夢紫櫻蜷縮在牆角，取出手機。她上島後，就一直在拍照。剛才逃跑的時候，她的手也無意中按到了。會不會拍下了什麼？

她顫抖著點開最後拍攝的照片。雖然照片很模糊，可是，還是能看得出來，從那扇門後面，走出了一個面目腐爛的人！

「你們……你們過來看！」

大家看到夢紫櫻拍攝的照片，臉色都變得很難看了。

「我們離那兒是不是還太近了？」

「這……這是……」

白離厭卻皺著眉頭說：「雖然看得不是很清楚，但是……你們有沒有感覺，在哪裏見過這個鬼？」

「開什麼玩笑。」夢紫櫻拚命搖頭說，「我如果見過的話，肯定會記得啊，我是第一次執行血字，以前又沒有真的見過鬼！」

袁印也點頭道：「聽白先生這麼一說，我也感覺，好像在哪裏見到過……」

兩個人的腦海裏同時出現了一個詞：倉庫惡靈！

這個鬼魂就是倉庫惡靈嗎？血字總清算就是這個意思？

「無論是不是，我們絕不能大意！」白離厭身體緊貼牆壁，將窗簾微微拉開一點，外面還是一片大雨，什麼也看不清。「快走！」

大家的動作都加快了很多。上到二樓，每個人都極其緊張，生怕一個不小心就引來鬼魂。

在走廊上，唐無相忽然停住了腳步。他身旁是一扇窗戶，可以看到對面的一棟建築。他的視力相當好，仔細一看，依稀看到對面有一個模糊的黑影，站在一個窗戶前面！

唐無相立刻說道：「快趴下！」

然而，他看到那個黑影一閃而逝。難道是發現了這裏有人，立刻過來了嗎？

「快走！那邊有鬼！」

其他人頓時面面相覷，愕然不已。隨即反應過來，立刻撒腿向樓下面逃去！

暴風雨中的九頭島，正朝著公寓這五十年輪迴的最後結局邁進。不知道多少個五十年中，有多少人慘死在這恐怖的輪迴中。

現在，整個公寓裏，唯有李隱一個人，握有可以開啟真正生路的鑰匙！唯有李隱，能夠讓住戶獲得一線生機！

而現在，沒有一個人，知道這件事情。

一切就看李隱能否成功了。如果他成功了，住戶就有生存下來的可能，而一旦他失敗，等待住戶的，唯有滅亡！

現在，李隱正在李雍的那棟別墅裏。他睜大雙眼，難以置信地看著眼前的一幕。

「怎麼？很驚訝嗎？」李雍冷笑道：「我不會死。亡靈也好，厲鬼也罷，都殺不了我的。這個世界上，沒有人可以制裁我。」

「你做了什麼？」李隱緊咬牙關道，「你到底都做了什麼?!」

「我早就考慮過，有這麼多敵人，我要如何保存自己的性命。所以，我從很早以前，就開始研究，如果被鬼魂殺害該怎麼辦。終於，我找到了辦法。」李雍獰笑道，用毒蛇一般的目光看著兒子，說道：「你知道我為什麼不可能死嗎？」

李隱忽然感覺到，他從來都沒有真正瞭解過自己的父親。他怎麼可以淪喪到這樣的地步？或者……他根本就不是人吧？

「只要能達到我的目的，我什麼都可以做。不要用那樣的眼神看著我，從你很小的時候我就告訴你了，這就是這個世界的法則。只要有了力量和權力，誰都會成為我這樣的惡魔。」李雍站起身，「我會讓青璃復活。殺死死者生前見過的人，用那些死去怨靈的強烈怨恨，在這個鬼屋裏，可以開啟陽間和陰間的壁壘。他們都是我奉獻的祭品，祭品是不能傷害我的，這是『規則』。」

五名住戶跑到樓下後，根據記憶去找出口。

「快，我記得從這裏穿過去，就能出去了！」白離厭此時也相當緊張。

忽然，唐無相伸手拉住白離厭，捂住了他的嘴巴，並對身後三個人做了噤聲的手勢，將聲音壓低說：「快後退！」

唐無相不只是視力好，聽力也遠超常人，縱然被大雨聲干擾，他還是捕捉到了前面走廊拐角的腳步聲！那個腳步聲雖然不急促，卻猶如催命符一般！幾個人朝另外一條走廊奔去！

五個人一起奔跑，再怎麼小心都會發出一點聲音來。唐無相也感覺到，身後的催命腳步在加速了！他們跑得更快了，爭先恐後的，走廊就顯得比較窄了，一時間爭搶得有些混亂。

速度最快的是白離厭和唐無相，跑在最後的是林信。他平時養尊處優，剛進公寓也沒鍛煉，一下子要跑得那麼快，哪裏吃得消？他哪裏會甘心，一把將夢紫櫻的衣服死死拉住，說道：「不要跑那麼快。等等我啊！」

夢紫櫻頓時嚇得花容失色，說道：「放手，你快放開我啊！」

林信哪裏肯放手，這樣下去，他和其他人的距離會越拉越大，只怕會是第一個死的！所以，他死也要拉上夢紫櫻一起死！

前方終於出現了另外一個出口！大家都面露喜色。林信聽到身後的腳步聲更接近了，更是死死地拉住夢紫櫻的衣服。夢紫櫻恨得怒吼道：「放手！你給我放手啊！」

不管夢紫櫻怎麼朝後面打去，林信都不鬆手，他喊道：「不行！我不能死在這兒！我不能死在這兒啊！」

白離厭等人在生死關頭，哪裏還能管得了他們兩個。白離厭和唐無相幾乎同時從大門衝了出去，袁印緊隨其後。

夢紫櫻也想跟上去，卻難以置信地看到，袁印出去時，竟然用腳狠狠一踢大門，將這個出口一下關上了！

夢紫櫻和林信幾乎要破口大罵！袁印顯然是想要把夢紫櫻和林信當做炮灰，阻擋一下身後的鬼魂，好讓他們逃走！

這扇門關上後，竟然一下子打不開了！夢紫櫻和林信驚惶不已。身後的腳步聲愈發接近，二人嚇得都不敢回過頭去看，只是拚命地撞著大門！

夢紫櫻此時恨透了林信和袁印，要不是林信拖累，她應該來得及跑出去的，而要不是袁印這個奸猾小人關上了門落井下石……

腳步聲越來越清晰，夢紫櫻還是忍不住回頭看了一眼。門關上後，光線很陰暗，只能隱約看到一個輪廓正在逼近，距離不足十米！

林信和夢紫櫻害怕得渾身發抖，可是門依舊打不開！他們又後退了幾步，用盡全身力氣狠狠撞過去，終於，門被撞開了！

林信大喜過望，跌跌撞撞地剛站起來，卻看到夢紫櫻狠狠地將他推了一把，然後效仿袁印，將門一把又關上了！

「去死吧！林信，你給我去死吧！」夢紫櫻冷笑道，健步如飛地去追趕白離厭等人了。她發誓，一定要殺了袁印那個混蛋！

很快，夢紫櫻身後的大門裏傳出極為淒慘的尖叫聲！她不禁渾身一顫！她更是拚命加速，要追上大部隊！然而，白離厭等人已經跑向了不同的方向，夢紫櫻暫時是追不上他們了。

白離厭三人逃出很遠後，終於暫時安全了，他們進了一個破落的屋子，先將窗門掩上。三人坐下喘了好一會兒氣，白離厭忽然面色一變，對袁印冷冷地說：「你最後為什麼把門關上了？夢紫櫻和林信……」

「我知道。」袁印很淡漠，臉上毫無愧疚。

「你是想利用那兩個人，拖延一點時間吧？」

「你知道就好。我這樣做，受益的也不只是我。那個鬼跟得那麼緊，不那麼做，現在多半已經追上我們了。」

袁印看了唐無相一眼。唐無相沒有說話，看起來是不想表態。

「你……」白離厭心裏雖然很厭惡袁印的做法，卻也知道他的話並沒有錯。雖然這麼做的確很殘忍，但是生死抉擇的時刻，也很難去苛求人情道義了。

「算了。」白離厭沒有力氣去爭辯，當前的情況，內訌絕對是弊大於利。他們現在必須團結一致。

「要不要給他們打個電話？」白離厭提議道，「也許他們還活著……」

「就算還活著，打電話過去，萬一接電話的是鬼怎麼辦？」袁印很謹慎地反駁，「我不同意。」

白離厭想，袁印這麼說，還有一部分原因，是怕那兩個人還活著的話，會和他拚命吧。但是，血字的時間還長著，的確也是再怎麼小心也不為過。白離厭懷念起昔日的同伴來，連生和水瞳當時救了許多人，對於已經錯過了全部人生的白離厭來說，還能和他背負共同命運、有共同回憶的，只有他們兩個了。

夢紫櫻找不到白離厭等人，一個人在大雨中徘徊著。她越來越害怕，想用手機聯繫他們，可是手機已經被雨水浸壞了。她完全迷失了方向，不知道該怎麼辦了。

巨浪不斷拍擊著海岸，九頭島上的廢棄建築在狂風中開始搖搖欲墜，地面的積水已經能沒到膝蓋。白離厭三人又躲在了另一座房屋裏。

「夢紫櫻和林信，應該是凶多吉少了。」唐無相微微拉開窗簾，朝外面看了看。室內也已經有些積水了，他們都把腳踏在桌椅上。天色陰暗，三個人幾乎連對方的臉都看不清楚。

「不能大意，還沒有過去一半時間呢。」白離厭鎮定下來，比今天更加危險的情況，他也經歷過了。

終於挨到了早上六點。烏雲依舊把天空遮得嚴嚴實實，透不過一絲陽光。夢紫櫻一個人瑟縮地躲在一座建築裏，聽著風聲雨聲，她越來越怕。她一直找不到其他人，又不敢喊出聲，在積水裏走路也不方便。這裏像是一座工廠，周圍非常空曠，沒有多少可以躲藏的地方。

就在這時，夢紫櫻忽然覺得鼻子一癢，無法壓抑地打了一個響亮的噴嚏。她自己都嚇了一大跳！萬一把鬼給引來了怎麼辦？她連喘息都不敢了，更不敢走路了。

過了好久，她只聽到了外面的風雨聲，這才鬆了一口氣。剛想重新開始走，卻赫然聽到……身後有一陣蹚水聲！有人在朝她走過來！

夢紫櫻的臉一下子煞白了。她還抱著最後一線希望，回身問道：「是白離厭嗎？唐無相？袁印？」

沒有任何回答。蹚水聲不斷逼近，離她不會超過十米！因為太暗了，她連輪廓都看不清，可是，她不敢耽擱，立刻急跑起來！地面的積水給了她很大阻力，許多水花濺起，動靜也很大，速度卻始終快不起來！

夢紫櫻太害怕了，卻無計可施！她好幾次回過頭去，卻還是什麼也看不到！她掙扎著跑了一段，終於前面出現了出口。一陣狂風刮來，她一下沒站穩，整個人跌進了水裏！

她立刻掙扎起來，然而迎面而來的大風讓她舉步維艱。身後的蹚水聲更近了，她想起了手機裏那張腐爛的惡靈面孔！

倉庫惡靈，究竟是哪個住戶變的？就算死，她也想知道自己到底是死在誰的手上！

這時，風小了一些，夢紫櫻大喜過望，立刻朝門口衝去！得救了……也許能活下來了！

衝出工廠後，她粗略判斷了一下方向，就朝另一條路跑去！

這時，夢紫櫻才發現，蹚水聲好像沒有了。她回頭看了一下，雖然依舊看不清，但還是安心了一些。忽然，她腳下踩到了什麼東西，整個人一下絆倒在積水裏！她感覺碰到了一個……硬梆梆的身體！

夢紫櫻還來不及思考，就感覺身體被兩隻手死死抓住，臉被什麼東西緊緊貼住了……

「這個鬼……應該就是倉庫惡靈吧……」唐無相說道。

「如果真是這樣的話，我們該怎麼辦？」袁印搖著頭說，「就算離開了九頭島，回到公寓我們不是一樣死嗎？」

「別自亂陣腳。」白離厭很冷靜地說，「是不是倉庫惡靈先不說，我們首先要考慮的，是在九頭島活下去。這是五十年來的最後一個血字，或許會有一些玄機。血字為什麼要讓我們破譯了摩斯電碼才得知這座島呢？為什麼不直接告訴我們要上九頭島？這是沒有先例的事情。所以，這難保不是最後一個血字留給我們的希望。如果我們能活過這次血字，也許……」白離厭這時才發現，儘管屬於他的時代已經過去了，幸福也不復存在了，他還是想拚上一切，要離開這個公寓。

「走吧！」白離厭下定了決心，「我們再去搜索一下，一定要想辦法找出發出摩斯電碼的那個人，就算是屍體也要找到！」

李隱此時昏倒在別墅的地板上。他的旁邊站著李雍和一個小平頭男人。

「找到她的行蹤了吧？」李雍晃了一下手中的紅酒杯，「找到了就動手吧。」

「是！」平頭男人點了點頭，「還有……李院長，這一次做完後，我想到國外去。你也知道，上次檢察官的事情，已經查得很緊了，而現在，又有那麼多人死了……」

「好了，林翔。」李雍露出一絲狠厲的眼神，「做完這件事情，馬上讓你出國。今天之內，一定要殺了嬴子夜！」

「明白！」林翔看了看昏迷的李隱，剛才正是他出手打昏李隱的。「你兒子……怎麼辦？」

李雍沉吟道：「我會看著辦的，你別管了。」

林翔點點頭，隨即匆匆離開了別墅。他發動車子的同時，就撥通了他手下的電話。

「喂，唐實，羅明，這次是最後一個人了，做得乾淨一點！」

「她在市中心，下手不是很方便……」電話裏的聲音說道。

「盯死她！只要一到僻靜的地方，就馬上動手！做完這一票，我們就出國！」林翔想起老大的慘死就心驚，但是已經上了這條賊船，自然只有一條路走到黑了。

市中心的一家咖啡廳裏，嬴子夜、柯銀夜、柯銀羽、神谷小夜子、上官眠和蒲連生聚在一起。

「李隱到現在都沒有聯繫上。」柯銀夜面露憂色，「這段時間，我們幾個重點嫌疑人儘量待在一起，不要分開。」

在座的幾個人都是倉庫惡靈的嫌疑人，一直待在一起，大家都安心一些。其實住戶們也知道，如果上官眠動手，可以殺死所有住戶，那樣也可以判斷出誰是倉庫惡靈。但是，判斷出來也沒有什麼意義，被發現的倉庫惡靈會先殺了上官眠。

讓大家聚在一起，倉庫惡靈就不會輕舉妄動，這是蒲連生出的主意。因為蒲連生是沒有嫌疑的，他的話大家反而能采信。

他們並不知道，在咖啡廳對面的一輛黑色汽車裏，四個男人正虎視眈眈地盯著他們。

「羅哥。」一個染金髮的男子不耐煩地說，「我們要等到什麼時候？」

「不要急。」一個略胖的男人沉穩地說，「光天化日的，不能輕舉妄動。」

「我看還是算了吧！」車後一個娃娃臉的男子說，「上一次，殺徐家一家三口的那幾個兄弟，和老大一起都死得不明不白啊！我們……」

「住口！」姓羅的微胖男人怒喝道，「怕什麼怕！怕我們還出來混做什麼？翔哥都已經打電話來催了！別急，總能找到機會殺了那女的！」

咖啡廳裏，上官眠忽然回過頭，看向汽車方向。

「好奇怪啊。」娃娃臉男子發現，那個看起來最年輕的少女，不時朝車子看來，似乎從一開始就知道他們在監視一樣。

「我有事情，你們談吧。」上官眠站起身，走到落地窗前，忽然身形一閃，玻璃窗瞬間碎裂。接著，車上的微胖男子只感覺一隻手抓住自己的頭顱，然後整個人就撞碎車窗被拉了出去，然後，他的頭顱飛到了空中！

「喂，她在做什麼？」柯銀夜等人駭然地看著上官眠的行動。

「我們快逃吧！」柯銀羽連忙拉住柯銀夜的手，從錢包裏取出鈔票放在桌上，說道：「大家都看到我們和她坐在一起的……」

幾秒鐘過去，汽車裏的四個人都死在上官眠的手下。路人看到這麼恐怖的一幕，紛紛逃跑。

這時，其他幾個住戶已經跑進了另外一個巷道，不時回過頭去上官眠追來沒有。不知道上官眠為什麼要殺人，她是不是無法承受死亡的恐懼，開始濫殺無辜了？

五個人跑了很遠，才敢停下來。然而，嬴子夜依然被盯著，因為這一帶是林翔的地盤。一個修鞋鋪裏，戴著眼鏡的男子注意到了嬴子夜，立即給林翔打電話：「翔哥！我看到要殺的那個女人了！」

「在你那兒？羅實他們呢？」

「奇怪，羅哥沒有聯繫我……」

「盯著她！通知附近的兄弟，一有機會馬上動手！」林翔此時也很緊張，李雍在黑白兩道都可以呼風喚雨，他可不敢得罪這樣的大人物。他趕緊開車往那裏趕，很快又接到新的來電。

「你說什麼？羅實他們被殺了？動手的人是誰？」

「翔哥，不知道啊。四個兄弟都死了！而且還被分屍，馬路上到處都是血啊！」

「難道……是殺了嚴羅大哥的那個兇手？」林翔萬分焦急，偏偏這時油不夠了，只好先去加油。

林翔把車開進附近的加油站，剛想招呼，卻發現加油站裏沒有人。

「喂！」林翔納悶了，走下車仔細看了看，確實沒有人。他有些不安，剛準備回車上，卻發現車子裏竟然橫陳著一具鮮血淋漓的女屍！

那正是他的一個情婦的屍體！而且，這個情婦已經懷了他的孩子，本來這次出國逃亡，林翔就打算帶著她一起走的！

林翔嚇得面如死灰，幾乎不敢相信自己的眼睛。忽然，女屍的胸口部位蠕動了起來，接著開始隆起，似乎有什麼東西要從裏面鑽出來！

林翔渾身一抖，立刻回身飛奔起來！

11 最熟悉的鬼魂

李隱依舊昏迷著，躺在別墅的一個房間裏。房間上了鎖。李雍則坐在客廳裏，很悠閒自得地品著紅酒，等待林翔的聯絡。

「咚！」

「咚！」

李隱睡的這個房間裏有一個衣櫃，一直是鎖著的。此時，門卻慢慢地被推開了。

「咚！」

「咚！」

黑暗中，一個東西慢慢從衣櫃裏爬了出來。衣櫃距離李隱睡的床有五六米，地上有地毯，所以沒有什麼聲音。一個人形的輪廓在地毯上爬行著，不斷向李隱接近……

在一個巷道裏，嬴子夜等五人被一群面目兇惡的人堵住了。這些人都拿出刀子來，向他們逼近。

「你們要做什麼！」柯銀夜立刻護住銀羽，說道：「要錢的話，可以給你們！不要傷害我們！」

「是這個女的！」一個小鬍子男人取出一張照片，和嬴子夜對比著看了一下，確認無誤了。

「動手！這幾個人一起幹掉！」

黑暗中，爬行的影子終於爬到了李隱的床邊！

如果李隱沒有抹掉血字救子夜的話，這將是他的第十次血字了。而現在，只能算是第七次血字，又回到了送信血字時的起點。這時，李隱睜開了雙眼，立刻下了床。

那個差不多爬到床上的黑影，在李隱起身後消失得無影無蹤。李隱來到門前，發現門是鎖住的。

嬴子夜等人被一群殺氣騰騰的人圍住，猶如待宰的羔羊。

柯銀夜面色陰沉，說道：「子夜，你認識這些人嗎？」

「不認識。」子夜搖了搖頭，她並沒有多少畏懼，忽然冰冷地說：「大家拚了吧，反正一樣是死。」一個光頭男子率先怪叫著衝過來，刀子就要刺下的時候，一隻有力的手忽然將光頭的手臂牢牢制住。只見蒲連生俊美的臉冷冰冰的，逼視著光頭男子，眼中充滿了殺機。

光頭男子惱羞成怒，大喊道：「兄弟們，殺了……」他的話只說了一半，蒲連生一拳朝光頭的肚子打去，隨後飛起一腳，狠狠踢在他的下巴上！光頭頓時一口血噴了出來，倒在地上，他的刀子已經到了蒲連生手上。

「你算什麼東西！」蒲連生抓住刀子，看著相繼撲來的幾個人，說道：「後面的你們對付，這幾個我來收拾。」

柯銀夜還來不及回答，蒲連生就飛奔過去，動作快到不可思議。只見刀光一閃，一個長髮男人的胸口被劃傷了，隨即小鬍子男人的鼻樑被踢了一腳。一個壯漢怒吼著撲過來，一把抓住蒲連生的肩膀，就是一拳狠狠打來，然而拳頭到了蒲連生面前，他就一下接住，隨即刀子迅速劃破了壯漢的喉嚨！蒲連生從小就開始學習武藝，眼前這些人算得了什麼？比起公寓中面對凶靈惡魔的九死一生，對眼前這些人，他連眼睛都不會眨一下！

壯漢倒下後，其他人都倒吸了一口冷氣。蒲連生又衝入後面的戰團，銀夜和子夜抵擋得相當勉強。有一個人衝到了子夜面前，準備要殺死她，子夜死死握住對方的手。蒲連生立即縱身撲來，抓住那個人的頭髮，狠狠朝旁邊的牆壁砸去！

蒲連生幾乎是以一人之力，力挽狂瀾！柯銀夜和子夜都受了傷，一個傷在肩膀，一個傷在左臂和雙手。

還能站起來的有三個人，不過他們已經不敢過來攻擊了。雖然他們是亡命之徒，但是蒲連生這樣的狠人也很少見到。不過，這是林翔下的命令，這個人也是狠辣，沒有辦好就回去，難保他不會殺了他們。

「要殺的就一個女人，我們一起動手……」為首一個青年豁出去了，剛要上前，他的身體就從額頭到下身……齊刷刷地分成了兩半！鮮血頓時噴灑出來！

只見上官眠冷冷地站在青年身後。其他兩個人還沒有反應過來，只見一個人的臉上，從右耳到左腮幫出現了一條血線，頭顱就被分為了兩半，倒在地上！

「等一下！」柯銀夜大喊道，「至少留下一個活口，要知道幕後主使者……」

他的話還沒有說完，上官眠已經把最後一個人從腰部切為兩半！那個人的下半身還不在抽搐著……

上官眠半點停頓都沒有，揮舞著手中的刀，說道：「柯銀夜，因為你是公寓的智者，你剛才的話我就不計較了。但是，下不為例。這個世界上，能指揮我的人寥寥無幾，絕對不包括你！」剛才，只要柯銀夜再多說一句話，他的性命就會交代在這裏了。

上官眠又看了嬴子夜一眼，快步上前，冷冷地說：「還有，我殺他們只是因為很煩有一群蒼蠅跟著我，他們要殺誰，和我半點關係也沒有。」

李雍接到了電話。「怎麼樣？」他慢慢地品著紅酒，問道：「嬴子夜死了吧？」

「這……抱歉……」一個聲音急促地說，「我，我的手下全都死了！李先生，有鬼啊，有鬼！錢我不要了，以後我們都沒有關係了……」

「林翔。」李雍將酒杯輕輕放在桌上，他並沒有對「有鬼」二字有什麼反應，他當然知道這個世界上有鬼，也知道徐家死去的鬼魂要找他復仇。他聲音平緩地說：「為了錢，什麼都肯做的人多得是，不缺你一個。既然你不肯做，我就不勉強了。」

「謝謝……謝謝李先生！」

「就這樣吧。」李雍掛斷了電話。他估計，林翔活不了多久了。在徐家夫婦的車子上動手腳，林翔也參與了。

李雍從身上取出一把左輪手槍，他檢查了一下子彈，又重新收好。然後，用手機打了一個電話。「喂？對，有些事情，要你們去處理，等一會兒我把資料發傳真給你。找到她，做了她。」掛斷手機後，李雍閉目養神起來，靜靜地欣賞客廳裏播放的音樂。

忽然，李雍睜開眼睛，說道：「嗯……你居然能進來。」李雍的脖子上正架著一把刀，他的身後站著面目陰森的徐饕！

「你今天，走不出這棟別墅了。」徐饕把刀子緊緊貼著李雍的脖子，緩緩地轉到他面前。刀刃已經把皮膚割破了，鮮血緩緩流出。

李雍卻很從容鎮定，絲毫沒有慌亂。他看著眼中充滿憎恨的徐饕，只說了一句話：「你應該知道的，我有讓死人復活的辦法。你還拿刀子對著我，是很不智的。」

「你休想活下去。」徐饕卻不為所動，「我太瞭解你了。我的刀子之所以還不刺進你的脖子，只是因為，我要你親眼看到你兒子的屍體再死。」

李雍的眼皮不禁一跳。

「你不會死，但你兒子會死。」徐饕湊近李雍的臉，目光裏充滿瘋狂和嗜血：「你毀了我的一切，所以，我也要把你的一切毀掉。」

對徐饕而言，他的人生從一夕之間，徹底發生了毀滅性的變化。父母因為家庭的貧寒，卻需要撫養兩個孩子，一直都極為辛苦。學歷不高的姐姐，則是早早外出工作，幫助父母減輕家庭的負擔。徐饕成為家人最大的希望，最大的精神寄托。

什麼是幸福？權勢、金錢，說到底也只是獲取幸福的途徑罷了。真正的幸福，是簡單的生活。是可以和家人共享天倫，能夠一起坐在一張桌子上吃團圓飯，可以身體健康平安地活著……對徐饕而言，幸福只是那麼簡單而已。

那一日，姐姐帶著父母坐車到郊外遊玩。當晚上徐饕接到來自警察局的電話時，他所有的幸福都被摧毀了。

深愛自己的家人，就這樣成為了面目全非的焦屍。父親、母親、姐姐……他一直下決心要保護的家人，要守護的幸福，就這樣，徹底從這個世界上消失了。

「你奪走了我最愛的家人。」徐饕握著刀的手發起抖來，「就算把你千刀萬剮，就算把你的兒子殺死，我也沒有辦法換回爸爸、媽媽和姐姐！」

李雍直視著徐饕，絲毫沒有流露出半點怯意，他的心中也沒有半分愧疚和悔恨。李雍從不後悔自己做過的事情，因為那樣毫無意義。他認為，這個世界上只有兩種人，一種是犧牲他人的人，一種是被他人犧牲的人。

「吱呀」一聲響，李雍身後的一扇房門被推開了。一隻滿是血的手從門裏伸出！

「你所看到的，就是我殺死了那些人換來的。」李雍嘴角微微一抿，「你父母和你姐姐也可以復活。而如果殺了我，你就無法讓他們復活了。這種奇蹟，你就親眼看看吧。」

門繼續推開。徐饕卻很鎮定，他早就知道會是如此。

「我已經完成了絕大部分。只要最後一個人死去，陰陽兩界的屏障就被徹底打破。她，就可以還陽。你父母和姐姐也同樣可以，只要……你願意做出犧牲。」

徐饕一家人死去前二十四小時，自然是和徐饕見面超過一小時了。所以，如果想讓他們復活，徐饕必須犧牲自己。

「那……不是人！」徐饕明顯看出不對勁了，「你想要的就是這個嗎？」

「那又怎樣？只要青璃可以重新回到我身邊就可以了。」

門被完全推開的一剎那，卻只能看到一段向下的臺階了。剛才那一幕，就像是幻覺。

「你父母可以這樣活過來的，你姐姐也一樣。」

「住口！」

「你能夠捨棄這樣的機會嗎？」

「你給我……給我住口……」

為了召喚一個死人回到這個世界，被當做祭品犧牲了的父母和姐姐，要換回他們，難道自己要去做和李雍一樣的行為嗎？

徐饕早就不抱著活下去的希望了。犧牲自己，他可以接受，但是，他可以去殺害其他人嗎？成為像李雍一樣的惡魔？製造出和自己一樣的受害者？換回來的，就是這樣人不人、鬼不鬼的東西嗎？

「不……」徐饕終於將視線重新收回到李雍身上，「我，不會成為你這種人，我不會……」

一個黑洞洞的槍口對準了徐饕。

李雍毫不猶豫扣動了扳機。子彈貫穿了徐饕的頭顱，鮮血一下噴出。徐饕的身體倒下了。

李雍從口袋裏拿出一塊手帕，按住了脖子上的傷口。這時，一首樂曲剛好放完。

徐饕成「大」字形倒在地上，額頭上的血洞下，是一雙死不瞑目、含著無限仇恨的眼睛。李雍就是要瞬間取他性命，否則他一掙扎，很可能會與李雍同歸於盡。

李隱終於撞開了房門，衝進客廳。他第一眼看到的，就是這一幕！

李雍走到徐饕的屍體面前，猛然抬起腳，狠狠踩在徐饕的臉上！並且不斷地碾壓！

「我活到今天，想殺我的人多得是！你算什麼東西，也配殺我？你這雜種！」畢竟是歷經了驚險，李雍狠狠地發洩著。

「住手……」李隱只感覺渾身冰冷。進入公寓至今，他見過太多太多的恐怖場景，但是，沒有一幕可以和眼前相比！

李隱剛要衝過去，李雍卻將槍口對準了他。

「給我回房間去。」李雍冷峻的目光裏沒有絲毫對兒子的憐惜，「我允許你出來了嗎？」

「你……你做了什麼？」李隱指著徐饕的屍體，歇斯底里地咆哮道：「你已經害死了他所有的家人，現在，連他的性命都不放過嗎？」

一發子彈就是李雍的回答。子彈從李隱面頰旁邊飛過，射入了他身後的牆壁。

「收拾屍體很費時間，我還要製造不在場證明，沒有時間管你。你給我回房間去，接下來的子彈，我不會打偏的。我是醫生，我知道子彈打在哪裏最痛苦。」

此刻，李隱對父親的最後一絲憐憫也沒有了。如果眼前這個男人不是他的父親，他會親自將其帶進公寓裏去！

「我是那座公寓的住戶。」李隱艱難地說道，「而我之所以會進入公寓，就是因為我知道你一直費盡心思地尋找某個地方，我去了你在地圖上劃下的區域，然後……我就進入了那座公寓。通過十次血字，才能獲得一絲生機的地獄公寓！這就是報應嗎?!」

李雍一下子愣住了。即使剛才被刀子頂住脖子，他都沒有這麼動容。

「我也許活不了多久了。但是，我會盡最後的努力拚一拚。這是我的第七次血字。徐家被你殺死的亡靈，會在接下來的半個月裏索取我的性命。你明白了嗎？我會死，我會因為你犯下的罪惡而死！」

「你總是說，權勢和金錢才是最重要的。你可以玩弄人心，你可以顛倒黑白。但是，你有沒有想過，有一天，你也會有同樣的下場？當你處在生死邊緣的時候，當你連活下去的希望都沒有的時候，你還能用金錢權勢來做什麼？你能救得了我嗎？你能救得了你自己嗎？」

李雍緩緩放下了手槍。他的腳從徐饕的臉上挪走了。

「如果你死了的話，我會讓你復活的。」李雍卻看向地下室的門，「我不會讓你死的，李隱。」

對李雍來說，他可以犧牲世界上的所有人來滿足他的欲望。對他而言，青璃是他人生中最重要的人。但是……

「我不會讓你死的……李隱……」

就在這時，李隱腳下的徐饕流出的鮮血裏，忽然伸出了六隻血淋淋的手，將李隱的雙腳死死抓住！不等李隱反應過來，那六隻手就將李隱整個人拉入了這片血泊之中！

「不——」李雍瘋狂地衝了過去，跪倒在這片血泊之中，不斷擦拭著那些鮮血，可是，李隱已經蹤跡全無。

兒子，就在自己面前，死去了。

「不……出來……出來啊！還給我，把我的兒子還給我！還給我！」李雍的拳頭重重砸在鮮血上，卻沒有任何回答。

一首淒涼的樂曲開始播放，和著李雍的絕望慘號，猶如地獄的奏鳴曲……

九頭島上，時間已近中午。風雨略小了一些，水位也略有下降。

在一片廢墟中，白離厭、袁印和唐無相正在緩步前行，他們都面露疲態。

「這一帶的建築物已經搜索了百分之七八十。」袁印雙手捂著肩膀，他的嘴唇都凍得發紫了，哆嗦著說道：「接下來……我們該怎麼辦？」

其實白離厭現在的情況也好不到哪裏。他感覺有些頭重腳輕，很有可能是感冒了，他帶了藥，可以緩解一下。但是，他不能停下來休息，必須撐到回到公寓。

唐無相體質要強一些，但是臉上也缺乏血色。他說道：「我們先找個地方烤烤火吧，如果發燒了，就麻煩了。」

白離厭搖頭道：「不行，火光太顯眼了，濃煙也會引起注意。先吃點藥吧。」其實白離厭覺得自己已經發燒了，他的頭暈乎乎的，走路也有點不利索了。在這種情況下遇到鬼，是非常危險的。

他們的手機都浸濕了很久，無法用了。白離厭咬了咬牙，下定決心：「繼續探索剩下的區域，拚一拚吧！總不能在這裏等死。如果你們想放棄，請自便吧，我不會停下來的。」

袁印咧嘴一笑：「誰說要放棄了？走！我要是放棄，早就自殺了，何必來執行這個血字！」

唐無相也是一臉堅毅的表情：「我是軍人，軍人作逃兵而死，是何等恥辱！我是絕不會退縮的！白先生，我們一起走到最後！」

白離厭輕笑一聲：「好！我們走！」

一棟兩層樓的建築出現在他們面前。這棟建築物比較大，算是比較完整的了。一樓是一片空曠，比普通學校的操場還要大一倍，一覽無遺，什麼也沒有。

於是，三人沿著樓梯朝二樓走去。

這時，雨又變大了。也許，這場風雨會一直持續到血字終結那一刻吧。

三個人儘量放輕腳步，同時打起十二分精神注意著四周。為什麼在這個島上，倉庫惡靈會現身呢？

來到二樓，依舊是一片空曠。有一段牆面裂開了，雨水從那裏不斷打進來。

三人距離那面裂牆很近。白離厭心裏忽然生起一個很不好的預感：「別靠近那裏！」

然而，他的話說晚了，唐無相已接近了裂牆。一陣陰風吹入，唐無相馬上聞到了一股腐臭氣息！

「逃！」唐無相立刻大喊道。

白離厭拔腿就跑，袁印和唐無相的反應也不慢！很快，三個人就衝出了這棟建築物。

然而，沒過多久，唐無相就和前面兩個人跑散了。白離厭和袁印一路不停地跑著，直到體力實在不行了才停下來。白離厭不斷地喘著粗氣，這時才注意到，唐無相沒有跟上來。

掉了隊的唐無相心中充滿驚恐，手機不能用，更不能大喊，在這個島上彷彿只剩下自己一個人！恐懼啃噬著唐無相的心，無論他多麼努力地用意志力，終究敵不過這超越常理的恐怖。

唐無相待在原地，深呼吸了幾下。最後，他決定豁出去了，不管怎麼說，都不能束手待斃！他獨自前行著，確定那個鬼沒有追來，鬆了一口氣。他跑進入了另外一座建築物裏。

他忽然看到，在空曠的一樓裏，角落處放著一個東西。當他走近一看，那居然是……一個無線電發報機！

牆壁上滿是鮮血，還留有一個血手印。

這是那個發出摩斯電碼的人待過的地方！

把發報機拿到手上，唐無相感到有了希望。

「血雖然不算多，但是如果一直不止血的話，恐怕也會死。應該沒有走多遠，所以……」

唐無相開始檢查那個無線電發報機，讓他很驚喜的是，發報機竟然還可以用。

「那個人的屍體，應該就在不遠處！」

找到屍體的話，就能找到一些線索！唐無相下定決心，把無線電發報機緊緊捧在胸口，準備好好搜索一番。

而當他剛站起身、回過頭，就看到一張腐爛的恐怖面孔正對著他！

白離厭和袁印繼續搜索著廢棄建築。白離厭認為，唐無相是凶多吉少了。

就在這時，白離厭忽然停住腳步。他眉頭緊蹙，感到有些不對勁。

「是我多心了嗎？」

然而，那種不安的感覺越來越強烈。白離厭開始相信自己的直覺了。

他緩緩回過頭，看向袁印，深呼吸了一下，問道：「你……是袁印嗎？」

沒有回答。

白離厭立刻邁開步伐衝刺起來！

因為感冒的緣故，他沒有能夠聞出腐臭的味道。在他身邊的，已經不是袁印了！

一九六一年二月。樓長蒲連生站在陽臺上，從公寓的二十九層俯瞰下去，發現又有一個新住戶追逐著影子進入了公寓。

「又有新住戶了。」蒲連生歎了口氣，「真是可憐的人。」

「有新住戶了嗎？」屋裏坐著一個正在看血字記錄的俏麗女子，她是蒲連生的妻子葉寒。夫妻倆被分在同一個房間。

「嗯，我出去一下。你要不要一起來？」

「嗯，好的。」

很快，一批住戶都集中到了一樓。當蒲連生到來的時候，很多住戶忙說道：「這位同志，我們樓長來了，他會和你說明情況！」

新住戶是一個穿著樸素的男子，他從口袋內摸出一把鑰匙，驚疑不定地說：「你們……你們是誰？我要報警！你們到底做了什麼，把我的影子……」
「這位先生！」距離男子最近的莫水瞳說道，「我們不是壞人。這裏是個很詭異的地方，我們都被詛咒了，根本離不開這個公寓……」
「胡扯什麼！詛咒？」男子極為不屑，「你們以為我會上當受騙嗎？」
「先生！」蒲連生不禁提高了音量，「請你冷靜。事情不是你想的這樣，請你聽我說。」
蒲連生那極為俊美的容貌，縱然是男性看了，也要呆上一呆的。男子看到蒲連生的瞬間，不由得對他有了幾分好感，蒲連生眼神清澈，怎麼看也不像是個壞人。
蒲連生把所有情況告訴了男子。而一九六〇年末已經出現了魔王級血字的通知。
男子根本不能接受這麼荒誕的事，指著蒲連生怒罵道：「你胡說八道什麼！你居然宣傳迷信，我怎麼會上你的當！」
「不相信的話，你可以到外面去看看。你會發現，從外面是根本看不到這座公寓的。」
男子嗤之以鼻，他沒有說什麼就跑了出去。五分鐘後，他一臉慘白地回來了。
男子忽然跪在蒲連生面前，泣不成聲地說：「我，我兒子剛剛出生啊！才剛給他起好了名字，我怎麼可以在這個時候出事呢？求求你，求你幫我吧！」
葉寒連忙上前把他扶起來，說道：「這位先生，不要這樣，我理解你的心情。我也有個女兒……我們一定會幫你的！」
「你叫什麼名字？」蒲連生關切地問道，「你是這個公寓第五十一個住戶。」
「我叫……白離厭。」每次被問到名字，白離厭都會有一種自卑感，這是父母將他視為累贅吧。
蒲連生對這個奇怪的名字沒有追問，爽快地說：「好的，白先生，你就是我們中的一員了。大家都會互相幫助的，只要我力所能及，絕對不會放棄任何一個住戶的！」

白離猒後來知道，因為魔王的緣故，血字的規律打亂了，發佈頻率也大大提高了。白離猒必須從家裏搬出來，他只能夠欺騙妻子，說是工作需要到外地去長駐。而住戶們知道他兒子剛出生，都慷慨解囊捐助，蒲連生是出錢最多的。

白離猒五月時接到了第一次血字，一起執行血字的有兩名資深住戶。那個時代沒有手機，如果執行血字的地點太過荒僻，就得不到公寓內智者的幫助了，只有靠自己。臨行前，蒲連生夫婦請他到了他們家中，他見到了年幼的蒲緋靈。

「葉新算是比較有經驗的住戶了，我已經告訴他了，你是新住戶，一定要多多幫助你。等你回來，我再來請你喝酒！」

不到一年時間，白離猒竟然執行了五次血字。當倉庫出現時，大家很興奮，可是後來卻發現死亡率提高了。蒲連生決定不使用道具，白離猒也聽他的。葉寒更是因此絕望，一時衝動決定去執行魔王級血字。結果，白離猒就跟著蒲連生和莫水瞳，一起陪葉寒去執行魔王級血字了。

當蒲連生把蒲靡靈從異空間帶出來的時候，白離猒就感覺到，那個孩子的眼中充滿邪惡的氣息。可是，他不想讓蒲連生失望。莫水瞳也是抱著同樣的想法吧。

現在他們來到了新時代的公寓，卻依舊是魔王血字之年，真是非常巧合和諷刺。新一代的住戶，完全沒有那麼心地純良，一個個都自私自利地各懷鬼胎。唯一不變的，只有連生和水瞳了。

白離猒將全身的力氣都爆發出來，在九頭島的風雨中咬牙苦苦支撐著。因為嗅覺不敏感，他無法靠氣味判斷出鬼是否接近了。他不斷地喘著粗氣，強壓著恐懼。他抹去臉上的雨水，猛然咳嗽起來，雖然捂住了嘴巴，還是咳得很大聲。

白離厭感覺身體癱軟，視線都有點模糊了。他還能撐多久呢？

唐無相此時在風雨中飛奔著，他帶著那個無線電發報機跑了很久，然而，身後的鬼魂是否甩掉了，他一點兒信心都沒有。

他現在很想仔細研究發報機，還要找到發報人的屍體。跑進了一棟建築裏，他才鬆了一口氣。漸漸適應了黑暗後，他勉強能看到周圍了。

他緊貼著牆壁慢慢走著，來到一扇窗戶前，朝窗外看了看，覺得沒事，才放下心轉過頭來。

一個腐爛的面孔，立刻映入眼簾！

唐無相驚駭不已，馬上撞破了身後的窗戶衝出去！

這一次，距離太近了，他勉強看清楚了，的確是感覺眼熟。但是，和之前夢紫櫻所說的眼熟又不一樣……

袁印並沒有死。

他正氣喘吁吁地躲在一堵斷牆後面。剛才，用九死一生來形容也毫不為過，他現在還能活著，就是一個奇蹟。

「那個鬼……果真很熟悉，在哪裏見到過？」袁印竭力思索著，卻還是想不出來。

「算了……」袁印理了理濕漉漉的頭髮，眼中滿是決絕之色：「拚了！我一定要拚到最後一刻！」

不過，袁印也做好了赴死的準備。他整了整衣服，看了看斷牆後方，確認沒有動靜了，才再次走動起來。雨勢依舊不減，不過他現在所在的地方是較高的坡帶，已經沒有了積水。風雖然很大，但是，順著風走，倒是能省些力氣。

這時，他猛然咳嗽了起來。一直風吹雨淋，估計他也感冒了。

「開玩笑……我怎麼可以倒下，怎麼可以……」

袁印的父母在他很小的時候就離異了，他跟父親生活。他從小就看不起窩囊的父親，總是在每個人面前低頭哈腰。離婚後的父親，總是怨天尤人，覺得天下所有不公平的事情都發生在他的身上。袁印對這樣的父親充滿厭惡。父親最落魄潦倒的時候，四處借錢，親戚看到他都是連連搖頭。袁印在心裏暗暗發誓，絕對不要成為父親這樣沒有出息的人，唯有自強才能不讓人欺負。

袁印後來發憤學習，考取了名牌大學，進入公寓之前，他已經可以不用去嫉妒他人，可以保有尊嚴地活著。曾經發誓要活得和父親不一樣的他，終於實現了目標。但是，一進入公寓，他的所有努力就在旦夕間化為烏有，連性命都無法保住。

他不會忘記，父親因為長期飲酒而最終病逝的時候，依舊抱怨連連。父親這一生，就在怨懟和屈辱中過活，袁印絲毫不同情他。所以，就算面臨現在這樣的絕境，袁印也絕不會低頭。就算死在這個島上，他也不能丟棄尊嚴！

「要我死……也休想讓我怕你們……」袁印咬緊牙關，一步步在泥濘的地面前行。地勢高了，周圍的風也變大了，呼吸有些困難。前方已經沒有廢棄建築了，是一個高坡，這裏距離海平面有幾十米高。從這裏可以看到，海面上浪濤不斷翻湧。

袁印又咳嗽了起來。剛才他已經吃了藥，可是藥的效果還沒有體現出來。袁印又咳嗽了好幾聲，緊攥雙拳。「倉庫惡靈……假住戶……會是哪一個？」

袁印逃出來的時候，和白離厭跑散了。他現在站在高處，正好觀察一下島的全面情況，也看看是否有白離厭和唐無相的身影。

不過，天空一片黑暗，島上也沒有其他光源，能見度太低，朝哪裏看都是陰暗。即使眼睛已經適應習慣了黑暗，袁印還是無法看清。

白離厭已經被逼上了絕路。他根本就甩不掉後面那個緊緊相隨的黑影！他……死定了。目前什麼線索都沒有，白離厭根本無法思考。他的體力已經透支了，因為感冒，頭昏昏沉沉的，如果不是靠意志力強撐著，只怕已經昏迷了。

而他，已經沒有退路了。他的身後就是洶湧的大海。只要他一離開九頭島，影子詛咒就會馬上要了他的命！

天南市裏，李雍正在一邊開車一邊用手機通話。

「已經查到你說的那個人的行蹤了。馬上動手嗎？」

「嗯。」李雍重重點了點頭，「你務必要完成這件事。這件事辦好了，以後會有很多好處！」

「好，我馬上動手。」

「好……」李雍深呼吸了一下，「聽著，千萬，不要失手！」

掛斷手機後，李雍扯掉耳機，目光森冷地說：「小隱，我不會讓你死的。爸爸一定會讓你活過來的，誰都休想阻止我！」

徐饕的屍體，李雍已經安排人去處理了。現場會偽造好，他的不在場證明也會非常完備。不過，現在重要的不是這個。

李雍將油門踩到底。

在天南市市中心的商業廣場上，幾個人鬆了一口氣。

「血洗掉了吧？」柯銀夜看了看身旁的銀羽，抓住她的手仔細看了看，又將臉轉向正靠在一邊牆壁上的子夜，問道：「你知道是怎麼回事嗎？」

「他們的目標是我，我大概知道是誰要殺我了。」子夜的表情依舊是平時那樣沉靜如水，但雙目中卻透出一分決然：「李隱，他擔心連累我，所以都不聯繫我。」

商業街上，有不少人都注意著他們幾個，隨時彙報消息。

「李院長。」一個戴墨鏡的男子在一間商店裏，隔著櫥窗對手機說道：「這裏是市中心最繁華的地段，市政府距離這裏也不遠。在這裏動手，很不方便。」

「你們自己看著辦吧。錢，不是問題。」

戴墨鏡的男子笑道：「李院長，錢就不必了，只要你記得我們這個人情就夠了。」

「我可以相信你吧？」

「當然。以後我們的發展，還請您多多關照。」

「我不會忘記為我出力的人。」李雍一向是恩威並施，賞罰分明，所以他才能收買人心。

「還有……另外那件事情，你也要處理好。」

「李院長，你放心。你兒子在之前二十四小時見過的人，我會一一查出來的，只是要花一些時間。一有消息，我就馬上告訴你。」

「很好。查出來後，列出一個名單給我。辛苦你了。」

「不辛苦。為李院長做事，我很榮幸。」掛斷了電話，這個袁姓男子嘴角露出冷笑。這個任務，一定要辦好。殺一個女人而已，這麼簡單的工作，沒有道理做不好。

贏子夜，已然成為李雍勢在必殺的目標！

在九頭島的海岸邊，白離厭的身體終於撐不住了，他倒在地上。他完全放棄了。

「連生……對不起，我先走一步了。你和水瞳……一定要活下去……」

白離厭慢慢閉上了眼睛。不是他要放棄，是他真的沒有一點辦法了。閉上眼睛後，他開始回顧自己的一生。

「紅佳，今後，我們一定會幸福地生活在一起……」那是他對妻子的承諾。

天南市裏，白離厭的妻子周紅佳，正在書房裏，用滿是皺紋的手撫摸著一張發黃的黑白照片。照片裏的白離厭意氣風發，自己則一臉幸福地依偎在丈夫身旁。

五十年了……丈夫已經失蹤了整整五十年了……

紅佳後來改嫁給現在的丈夫，兒子白誠改名為何誠，但是，她始終沒有忘記丈夫。雖然白離厭只是失蹤，但是大家都認為他已經死了。

「離厭……」周紅佳將照片捧在胸口。她並不知道，不久前，丈夫曾在不遠處默默地看著她。只是，她已經無法認出丈夫了。

「媽……」何誠走了進來，一眼看見母親老淚縱橫。「媽……」他連忙關切地問道，「你……沒事吧？」

「我忽然想起了你爸……」周紅佳抹去眼淚，「今年是他失蹤整整五十年……」

「媽，都五十年了，思念又有什麼用呢？」

「但是，我無法忘記他啊。我和他一起度過了太多難忘的歲月。有些事情，不是說忘就能忘記的。我一直感覺，他並沒有走遠……」

「媽……其實我何嘗不是呢？雖然我從來沒有見過爸爸，但是，我一直在想，爸是什麼樣子的，為什麼會離開我們，他現在……是不是還活著……我一直在想這些。如果有可能，我真的很想見他……」

「我也是……我想在離開這個世界之前，能夠再見他一次……一次也好……」

白離厭此時感覺意識開始模糊了。發燒的症狀越來越嚴重了，他已經脫水了。

紅佳……連生……

就在他意識混亂之時，眼睛看到的，是一張恐怖至極的腐爛面孔。那是……死神！

白離厭在最後一瞬間，看到那雙眼睛時，忽然明白了，這個鬼是誰！

袁印死了。站在那個高坡上時，他被推了下去，當場死亡。

唐無相則是從昏迷中醒來的。他剛才從很高的地方摔了下來，此時額頭都還在流血，但是，他始終死死地抱著無線電發報機。然而，他的眼中卻是一片茫然。

「是……是……是你……」白離厭支撐起身體，想去接觸那張駭然的面孔，可是，他的身體已經動不了了。

與此同時，周紅佳的身體猛然顫抖了一下，雙眼頓時睜大了！

「媽……你……你怎麼了？」

「不知道……怎麼了，我感覺心很痛，很痛……」

和子夜等人在一起的蒲連生，此時也是臉色一變。子夜立刻注意到他的表情變化，問道：「怎麼了？出什麼事情了嗎？」

「離厭……離厭他，出事了嗎？我感覺，他可能已經遭遇不測了……」蒲連生意識到，他恐怕永遠也見不到白離厭了。他無法忘記白離厭進入公寓時痛苦不堪的樣子，這讓他想起自己和葉寒進入公寓時的絕望。

「離厭……」蒲連生頓時掩面而泣，「離厭——」

周紅佳身體僵硬地坐著，茫然地看著天花板，五十年的歲月在她身上留下了蒼老的印跡，可是，她再也無法見到離厭了。

她將手抬起，似乎想去觸摸什麼：「是錯覺嗎？我總感覺，你不在了……」他曾經對自己許諾，愛情從未消失，此刻也一樣。

白離厭冰冷的屍體躺在海灘上，海浪不斷拍打著他的身體。

時間一分一秒地流逝，二〇一一年十月十五日過去了。九頭島上，再也沒有一個活人了。

白離厭空洞的雙眼看著海面的方向，一天天過去，他的屍體逐漸腐爛了。

死去的住戶，沒有血字的干涉，是不會變成鬼魂的。但是，如果血字干涉了，就一定會變成鬼。九頭島的時空被詛咒了。

公寓住戶踏上九頭島的那一瞬間，出現在他們面前的，就是在未來死去的他們的屍體。他們的屍體腐爛後變成了鬼魂，然後，這個島的時空回到了十月一日。而住戶們十月十四日登島，過了午夜零點後，他們就回到了十月一日。

他們被未來死去的自己殺死了。未來的自己變為了索命的惡靈，五個鬼魂分別對應著殺死了還活著的自己。鬼魂已經沒有他們的自我意識了，完全受血字詛咒的控制。這個詛咒不可改變，也不能改變。

唐無相在最後一刻，因為太過恐懼，失去了記憶，看到鬼魂的他，用手中的無線電發報機將摩斯電碼發了出去。而公寓則讓住戶們通過摩斯電碼來到了九頭島。唐無相在發現無線電發報機的建築內看到的牆壁上的血跡，是後來被殺死的自己留下的。

因為看到的是死去的自己，所以，才會感到如此熟悉……

這個血字，根本就是無解的，從一開始就不存在生路！

在摩斯電碼發出去的一瞬間，結果就註定了。這是不可能打破的時空悖論詛咒，也是魔王級血字對公寓普通血字最扭曲的異化。所以，這也是最後一個血字了。在這之後，就是十一月的血字總清算了。

倉庫惡靈無需繼續偽裝了，一個月只能殺十個人的限制取消了，所有住戶將無一倖免！因此，也就沒有繼續發佈血字的必要了。接下來，公寓不會再讓新的住戶進入公寓，到二〇一一年的最後一天，倉庫惡靈就會自動回歸黑洞，不再出來。二〇一二年開始，公寓又會恢復原狀，任何鬼都不能進入，重新開始又一個五十年的輪迴。

也就是說，公寓裏現在的住戶，只有在血字總清算以前，把魔王級血字完成，才有可能活著離開公寓。否則，只能等死！

終結的時刻，終於到來了！

王

THE END

最終幕

時間： 2011年12月31日20:00 ～ 00:30

地點： 公寓周圍的無人區

人物： 柯銀夜、柯銀羽、神谷小夜子、桐生憐羅休、上官眠、蒲連生、莫水瞳、李隱

規則： 這是2011年最後的魔王級血字，也是五十年輪迴最後的血字。一旦完成本血字，將獲得自由，不再是公寓住户，而且永遠無法再進入公寓。完成血字回歸公寓後，住户必須在一個小時內離開公寓，否則會被影子殺死。

地獄公寓

12 倉庫惡靈的真面目

公寓附近的無人區裏，依舊透著陰森和恐怖，不時有風席捲而來。午夜零點已過，九頭島血字已經終結了。

蒲連生大步流星地走著，他必須回公寓去確認，也許白離厭活下來了，他還抱著最後一絲希望！

而子夜、銀夜等人則緊緊地跟在他的身後跑著。他們離開公寓也接近四十八小時了，也是必須回去一趟的。

這時，上官眠站在一個二層的理髮店上，看著蒲連生等一行人跑過。她的目光無憂無喜，面無表情。

而李雍，他的車子就停在無人區的街道上，正打著電話。

「什麼？」電話另外一頭傳來的聲音無比驚訝地說，「你是說……你是說……」

「對，我剛才思前想後，還是決定，由我親自動手。這個要殺的人，是很特殊的，我親自動手好一些。」

掛斷電話後，李雍檢查了一下手槍，就推開了車門。

住戶們通過巷道衝進公寓，當蒲連生推開旋轉門進去時，卻只看到一片黑暗。如果白離厭回來了，應該會打開一樓大廳的燈吧？

「他……死了……」

蒲連生癱坐在地上，恨恨地捶打著地板，滿臉都是淚。

莫水瞳也趕回來了，站在蒲連生身後，歎著氣把他扶起來。

「他也死了……」蒲連生心中升起很大的恐懼，他也會失去一切吧？從五十年前陪伴他到現在的，只有水瞳一個人了。

「快走吧！」子夜正色道，「繼續待在公寓裏很危險。要難過也出去再說。現在快走！」

眾人走出公寓外，在巷道外面看到了一個熟悉的身影。

子夜頓時驚喜萬分地說：「李隱！」

「你小子……」銀夜也呆住了，「你還活著啊！」

子夜已經撲了過去，緊緊抱住李隱，泣不成聲地說：「我……我真的很擔心你，一直……一直都在擔心你……」

「我知道，讓你一直為我操心，對不起，子夜。」李隱撫摸著子夜的秀髮，說道：「血字，我會盡全力完成的。一定會！」

在距離魔王的空間很近的某處。

彌真和彌天的面色有些難看。他們旁邊是提著燈籠的李隱，他看著前方說：「就是……這裏了。」

這裏是地下遺跡。確切地說，是彌天和彌真之前執行第十次血字詛咒的地方。

「我們運氣真好。」此時彌天依舊心有餘悸，「這個空間居然沒有破碎……」

「畢竟是第十次血字詛咒的異空間。」彌真倒是很平靜地說，「我想也不會那麼容易出事。不過，魔王找到這個地方，也是時間問題。」

魔王會來這裏的，那時候，就什麼希望也沒有了。

彌真攤開一張紙，這是蒲靡靈留下的日記紙，上面寫到，在這個地下遺跡裏，有他留下的魔王級血字的終極秘密。他還有一個提示。

「多了一個。你們沒有發現嗎？」

這是日記紙的最後一句話了。

「多了一個？」彌天還是一頭霧水，「究竟是什麼意思？」

「走吧。」李隱提著燈籠，向地下遺跡塔走去。在這裏，他們勢必會遇到更可怕的東西。

彌真走到李隱身旁，和他並肩而行。她深深地感到，哪怕在這麼可怕的地方，可以和他在一起，真的非常幸福。

「李隱……」

「什麼事情？」

「我們……一定能活下去的吧？」

李隱沒有回答。

彌真卻露出了甜美的笑容，說道：「你說過的，只要是我，就算是奇蹟也一定可以創造出來的。所以，為了你，為了彌天，我一定要創造出奇蹟來。」

蒲靡靈的最後留言，是最後的希望了。

就在這時……彌真的腳下忽然撕開了一道裂縫！她的身體立刻墜落下去！

李隱眼疾手快，一把抓住了彌真的手！彌天也立刻要衝過來，彌真卻大喊道：「別過來！彌天，你也會被吸進來的！」

因為深雨必須共同承擔詛咒，所以，彌天一旦接近，也會被空間裂縫吸進去！而深雨此刻下落不明，不知道被捲到了什麼地方。

「去找蒲靡靈的日記……快去！那樣才能救我！」

彌天只能咬緊牙關，轉過身跑了。

李隱一直緊緊抓著彌真的手，拚命要將她拉出來，可是，空間裂縫的吸力太大了。這個空間外層已經沒有重疊空間存在了。下方是一片黑色，在這片黑色的另外一邊，是一個巨大的黑洞。

強大的吸力是從黑洞中釋放出來的。那黑洞後面……就是魔王！

一旦被吸進去，彌真就是十死無生！她一死，彌天和深雨也會死！

「李隱，不行，你也會被吸進去的！」彌真意識到，這個吸力對李隱也一定會有影響！對彌真而言，李隱的生命是最珍貴的。

「你放手吧！」彌真大喊道，「你不是執行魔王級血字的人，魔王不會直接殺你。如果你死抓著我不放，你也會有危險的！」

李隱卻抓得更緊了，他一隻手撐住地面，一隻手緊抓住彌真的右手，斬釘截鐵地說：「別說了！我不會讓你死！我絕對不會讓你死的，彌真！」

彌真流下了淚水，就算是面臨血字的絕境，她都不會流淚，可是，如果要她看著李隱死去，那是最大的痛苦！

「你知道你對我來說有多重要嗎？」彌真哽咽地說，「如果你死了，那麼我活著還有什麼意義？」

李隱的身體漸漸移動了起來，朝著黑洞的方向……

魔王，是僅次於公寓本身的恐怖力量。唯有地獄契約可以封印魔王。只要執行魔王級血字，就會陷入這層空間的絕境中，無論是誰，都逃不過去。

「我……也一樣。」李隱開口了，「我曾經沒有心，沒有感情。是你，讓我重新擁有了靈魂。對我來說……你是最重要的人。我絕對不會讓你死……」

「李隱！」

「我愛上你了！」

彌真懷疑自己是不是聽錯了。

「李隱？你，你說……」

「我愛你，我愛你，我愛你……」李隱此刻泣不成聲，「要我說多少次都可以！你是我愛的女人，所以，我絕對不會讓你死！拚上我的性命，我也要救你！」

此時此刻，彌真感覺到，自己獲得了新生！李隱的這句話，是她一直夢寐以求、極度渴望聽到的。然而，她卻沒有想到，會是在這樣的絕境下，才讓她聽到了這句話。

「我絕對不會讓你死！絕對！」

住戶們走出了社區，在無人的大街上匆匆走著。

「血字總清算，就要開始了……」蒲連生嘆惜道，「我們該怎麼辦呢？」

「究竟……誰是倉庫惡靈？」莫水瞳也歎氣道，「還是沒有一點線索啊。」

「倉庫惡靈……也許根本就不存在吧，」柯銀羽忽然提出新的想法，「畢竟這只是我們的假設啊。」

「也許吧……」柯銀夜緊緊牽著銀羽的手，「也許真的不存在，只是公寓的問題。但是，對我們而言都一樣。我們面臨的結局，都是死。」

就在這時，他們眼前一道殘影閃過。是上官眠，她身邊還跟著母親韓未若。

「上官？」

上官眠拉著母親的手，一步步走了過來，問道：「白離厭死了吧？」

「嗯……」蒲連生痛苦地點頭道，「他已經……」

上官眠忽然看向李隱，凌厲的目光掃射過來，忽然說道：「等等……不對勁。」

「什麼不對勁？」眾人一片愕然。

上官眠緩步走向李隱，忽然取出了一把槍，將槍口對準李隱的額頭！

大家發出了驚呼聲！子夜更是衝過來，喊道：「上官眠！你要做什麼?!」

「我是不會看錯的。」上官眠冷笑地說，「你們站遠一點。」話音剛落，還不等李隱開口，她就扣動了扳機。

鮮血從李隱的後腦勺飆射而出，他的身體隨即轟然倒下。上官眠又迅速抽出一把刀來，將李隱的頭顱瞬間割下！

那顆頭顱飛到空中，又落到地上。上官眠又要衝過去時，那顆頭顱動了起來！雙目變得一片血紅！

更恐怖的是，李隱斷了頭的身體，竟然還能夠動！

所有人都露出駭然的神情！

「他是……倉庫惡靈！」上官眠大吼道，「快逃！」

大家立刻飛跑起來！跑得最快的，自然是韓未若了，畢竟她也是個有些能耐的殺手。

大家跑出了好一段路，時不時地回過頭去，每個人都難以相信這一切。

李隱是倉庫惡靈？這也就意味著，李隱早就死在倉庫裏了！

子夜的臉色，更是一片慘白！

上官眠看著那個朝著她移動而來的無頭身體，迅疾甩出一個小型塑膠炸彈！炸彈貼近無頭屍體，發出轟然的爆炸聲！

大家紛紛停下腳步。

「上官不會有事吧？」蒲連生擔憂地說，「那可是鬼啊……上官再厲害也沒有用！」

「不過，李隱是倉庫惡靈，這……這怎麼可能？」銀夜一臉的難以置信，「還有，上官眠，她怎麼看出來的？」

韓未若此時也很緊張，她本來以為上官眠會馬上跟上來的，沒想到她竟然留在那裏了！她決定回去，去保護女兒！

「你們先逃吧，我去看看情況！」韓未若飛速地衝回原路。她非常擔憂女兒的生死！

就在這時，她忽然停住了腳步。

她慢慢地朝下看去。只見自己的左胸上，一隻被鮮血染紅的手，從裏面伸了出來！

她回過頭看去。

身後站著的人，竟然是……

嬴——子——夜！

只見嬴子夜的頭髮迅速變長，那張絕美的臉，也變得扭曲恐怖起來！

真正的倉庫惡靈不是李隱，而是嬴子夜！

當初死在倉庫裏的，正是嬴子夜！

而被上官眠一槍爆頭並砍掉首級的，是被倉庫惡靈製造出來的假李隱！

此時，在地下遺跡的異空間中，拚死也要將彌真拉出來的李隱，才是真正的李隱！從頭到尾，和彌真一起進入異空間、一直陪伴在她身邊的人，都是真正的李隱！

魔王所在的黑洞，不把彌真吸進去，就不會甘休。

李隱拚命地抓著彌真的手，他的身體已經大半被拉進裂縫裏了。要不是靠抓著一塊凸出的岩石，他已經和彌真一起被拉入魔王的空間中了。

如果陷入那片黑暗中，就算死了也不得安息！靈魂、身體，都將被徹底毀滅！

這就是魔王。從來不需要直接現身，更無法讓住戶接觸到，住戶們陷入異空間，被自己內心投射幻化出的世界束縛，最終，都會成為魔王的獵物。五十年才出現一次的魔王，是終極噩夢。但也正因為如此，執行一次，就可以成功離開公寓。

五十年會出現一次的「倉庫」，正是從公寓內打開的一個異空間，用虛假的道具誘騙住戶打開藏著鬼的抽屜，是僅次於魔王的恐怖血字。

這一次，是贏子夜，親手打開了潘朵拉魔盒。深雨在此之前早就畫出過這幅預知畫，然而，她是在夢遊時畫出來的，清醒時對此一無所知。

在執行完在星辰家的血字回來的幾天後，險些死在這次血字中的子夜，因為使用道具而智商下降。這讓她內心非常痛苦，因為，她日後都無法幫助李隱了。

於是，她決定進入倉庫重新選擇道具。多執行血字就可以拿到新道具，她想竭盡全力幫助李隱。其實，那些道具，本身只是毫無用處的破銅爛鐵，住戶使用道具時，產生的效果和詛咒，都和道具本身無關，而是「倉庫」直接作用在住戶身上的。

李隱和子夜最後一次見面的那一天，子夜起得很早，她為李隱做了點吃的。

「我還記得，你以前給我做過蛋糕……」子夜輕笑著，指著桌上的一碗海鮮湯，說道：「公寓的食材是上等的，不過，我不是經常做，你吃吃看吧。」

李隱看得出，子夜心裏很難過。「倉庫」異空間強行把子夜的智力降低了，並且這個詛咒根本不可能解除，會解除詛咒根本就是謊言，但是，等到住戶發現這一點，也已經來不及了。

「倉庫」本身就是一個很可怕的詛咒空間，更不用提那個隱藏在抽屜中的鬼了。

「真好喝……」一無所知的李隱相當體諒子夜的心情，喝著心愛的人做的海鮮湯，他很滿足，很感動。

吃完飯後，李隱和子夜一起收拾碗筷。他對子夜說道：「你不要太難過。當時的情況，不是你能掌控的。」

「嗯……我知道。」子夜輕笑一聲，她忽然走到李隱身後，環抱住了他。

「子夜？」

「真好……有你在，我就沒有不能克服的恐懼了。謝謝你，李隱，謝謝你，一直在我身邊。」

「對我說什麼謝謝……」李隱回過身，緊緊地抱住子夜，他知道，也許未來會有最可怕的結局在等待他們，但是，至少此時，他的懷中有子夜。

「我們會活下去的。」

這就是李隱對子夜說的最後一句話，也是李隱最後一次見到子夜。

回到自己房間後，子夜心緒難平，她取出了倉庫通行證，進入了倉庫。看著四個櫃子，最後做出了決定。

「拿這個道具出來吧。」走到詛咒類道具的櫃子前，她選中了一個名叫「巫魘」的道具。

子夜將抽屜輕輕拉開。還來不及反應，一隻慘白的手就從抽屜裏伸出，一把掐住了子夜的脖子！

這一瞬間，子夜的大腦一片空白！

這是怎麼回事？這……不可能！

但是，她來不及思考，身體就被整個拉入了抽屜裏！接著，抽屜就緊緊關閉了。被拉入抽屜的子夜明白，她就要死了。她再也出不去了，再也見不到李隱了！臨死前發出了悲慘的哀號的子夜，就這樣死去了。臨死之前，她心心念念的，只有李隱。

抽屜再度打開了。抽屜中潛藏的鬼，從裏面走了出來，變成了……子夜的樣子！然後，通過黑洞的空間通道，進入了子夜住的四〇三室。因為鬼成功地走出了倉庫，根據血字規則，第五張地獄契約碎片落在了這個鬼手裏。

倉庫惡靈，完全擁有了子夜的全部記憶，以及子夜的聲音、性格、對李隱的愛……她可以完美地偽裝，讓任何人都看不出端倪。

倉庫惡靈走出去後，倉庫就和所有道具一起消失了。

是子夜，觸發了這個僅次於魔王級血字恐怖程度的特殊血字的死路！她就這樣永遠地從這個世界消失了。

李隱縱然對子夜一往情深，對她非常瞭解，也沒有看出絲毫破綻。

不過，那個時候，公寓對倉庫惡靈還有限制，在一段時間內不能殺死住戶。當然，不能殺死住戶，不代表不能殺公寓外的普通人類。

假李隱，是幾個公寓外的人被殺害後，用肢體拼接而成的。假李隱是和倉庫惡靈完全不同的兩個個體，並非是倉庫惡靈的分身。那樣一來，公寓裏就有了兩個鬼。這也是公寓限制的上限，倉庫惡靈只能弄出一個鬼來。否則，公寓內豈不是鬼魂遍地了？

假李隱被造出來之後，一直都被倉庫惡靈放在黑洞空間裏，有需要時才會取出。而製造出假李隱的第二天，正是嚴琅和千汐月的血字開始之前。

要想知道二人的具體情況，李隱覺得問彌真也許會有些線索。在大學裏，彌真和汐月的關係最好。所以，李隱決定去找彌真。

彌真那時已經搬出了和心湖合租的房子，自己在外面租了一間房。李隱從林心湖那裏問到她的住址，就去找到了她。

那時候，彌真一心想要幫助嚴琅和汐月，也和深雨保持著聯繫。

她正在新租的房子裏，看著那本《子彈飛過》，是李隱寫的軍事小說。而李隱的筆名「十次血字」，讓她懷疑，是不是彌天告訴了李隱公寓的事情。

打開門看到李隱來時，彌真非常驚訝。

「李隱，你怎麼知道我搬到這裏來了？」

「心湖告訴我的。怎麼，不請我進去？」

李隱進入房間後，立刻看到了桌上放著的那本《子彈飛過》。

「你在看我的書？」李隱雖然有些驚訝，但是，仔細一想也不奇怪。

「嗯，是啊。你的書寫得很不錯呢。」彌真為李隱泡好了茶，觀察著他。她想知道，如果是彌天告訴了他真相，那麼當他注意到自己發現筆名時，會怎麼說呢？

李隱想詢問千汐月的事情，一時又不知道如何開口。

彌真感覺到，眼前的李隱好像有一點不一樣了。可是不一樣在哪裏，又說不上來。不過，後來她意識到，那是進入公寓磨礪了兩年的李隱，變得更加成熟穩健、內斂含蓄了。

李隱說道：「彌真……我想問你一些事情……」

「我也有事情想問你。」彌真說道，「你能告訴我嗎？」

如果李隱真的知道了公寓的事情，她就不能再裝作什麼都不知情了。彌天為什麼要將這件事情告訴李隱，她也想知道理由。彌天會不會隱藏了什麼秘密？

「十次血字。」彌真指著書上的筆名，問道：「這個筆名，你是怎麼想出來的？」

「這……」李隱當然不能說出真相來，然而，他接著就聽到了讓他難以置信的話。

「彌天把公寓的事情，告訴你了嗎？這個筆名，我不認為是個巧合。」

還有比這更如晴天霹靂的事情嗎？李隱驚駭萬分地看著彌真，那句話的意思，是非常明瞭了。

「你知道公寓的事情嗎？你和彌天，都知道公寓的存在嗎？執行十次血字才能離開的恐怖公寓？」

「是的，是這樣沒錯。可是，不是彌天告訴你的嗎？」彌真明顯看出不對勁了，一個無比恐怖的猜測湧上她的心頭。

難道……不，不可能！

「你和彌天是怎麼知道公寓和十次血字的？」李隱抓起書，急切地追問道：「你們究竟是怎麼知道的？」

「李隱！」彌真真的害怕了。就算是十次血字，她也一次次熬過來了，但是，都沒有像現在這麼害怕！

李隱是比她的生命更重要的人啊！她如何能夠接受這麼恐怖的事實！

「難道……難道你……進去了？那個，那個公寓，你進去了？」

怎麼可能會那麼巧合！

彌真難以相信這一點，公寓在城市的邊緣，那種地方，誰會特意前去？然而，李隱凝重的臉色讓彌真的心愈發下沉。

這麼荒誕的事情居然真的發生了！

「告訴我，這究竟是怎麼回事？為什麼你會知道那個公寓的存在？」李隱追問著，他實在是無法相信，居然會是這樣！

接著，彌真說出了所有事情。

聽完這一切，李隱簡直不敢相信。原來，從那麼早之前，他就已經和公寓的住戶見過面了？自己和這個公寓，豈不是很深的孽緣？

而彌真受到的衝擊，比李隱更強。

李隱成為了住戶？和自己一樣，也要面臨十次血字的絕境？

「第幾次？」彌真上前抓住李隱的手，眼中流露出緊張憂懼，大聲問道：「你是第幾次血字了？到第五次了沒有？」

「我的第五次血字，剛剛發佈。」

李隱當然不能告訴彌真，他抹掉了三次血字。

「才第五次？告訴我，是怎麼回事？」

那一刻，李隱深刻地感受到了彌真對他的強烈愛意。他心中嘆惜一聲，說道：「你別著急，我現在是公寓樓長。雖然血字很困難，但是，我也撐到了今天……」

彌真好不容易平靜了下來，李隱才把自己的事情都說了出來。

真是天意弄人啊。

李隱知道彌天一直被陷在地下遺跡塔中，而彌真更是因此遭到了詛咒。第十次血字的詛咒，竟然會在彌真完成第十次血字之後，依舊對她產生影響！李隱感覺到不可思議，甚至懷疑，所謂十次血字，會不會根本就是一個陷阱？

不過，完成第十次血字後活著回歸公寓，就能脫離公寓住戶的身分，至少在彌真身上是徹底實現了。這也算是個好消息吧。

雖然依舊心如刀絞，但是，彌真畢竟是個堅強的人，事情已經發生了，再怎麼怨天尤人也於事無補了。既然如此，只有針對目前的局面來制定對策了，否則，一切都將陷入最可怕的危局！

「接下來的血字，和嚴琅、汐月有關。這是我第五次的血字，你知道些什麼嗎？」

「等一等，李隱。」彌真卻取出一張紙來，說道：「這是上官小姐給我的倉庫道具排列表，我後來和深雨核對過，完全沒有錯。」

「不要打開抽屜，因裏面血字是假，道具其實為死路，櫃子裏有一個鬼。」彌真將排列表中的藏頭文分析出來後，對李隱說道：「倉庫的櫃子裏有一個鬼。而倉庫消失，極有可能就是因為那個鬼，已經被某個住戶釋放了出來！如果是這樣，那個住戶本人肯定被殺死了，但是，公寓並沒有住戶失蹤，那就意味著，這個鬼，變成了這個住戶的樣子！」

李隱一把抓過那張紙，越看手越抖得厲害。

「怎麼可能……倉庫關閉，就是因為這個？」

如果這是真的，那麼，有可能是倉庫惡靈的人……

「你一定要謹慎。」彌真神色凝重起來，「現在，我們還有機會，目前公寓還沒有人莫名死去，說明公寓對這個鬼還是有限制的。我們要想辦法查出這個鬼是誰，然後利用血字來對付這個鬼……」

李隱雖然希望是彌真想錯了，可是他也很難自我欺騙，當務之急，應該是……

「對了！」李隱忽然說道，「你現在已經知道了這一點，那麼，那個鬼會來殺你嗎？我們現在在這裏說話，會不會那個鬼已經知道了？」

「不會。我發現這一點已經過去好幾個小時了，到現在我還活得好好的。李隱，你要千萬當心，平時儘量不要在公寓多待，但是，也不能讓他們發現你。」

李隱緊咬牙關，按照彌真的推測，住戶中混入了鬼，那麼他們即將面臨滅頂之災！而且，子夜也是嫌疑人之一！

李隱儘量用樂觀的態度考慮問題，他希望子夜不是。按照藏頭文，應該是打開了抽屜讓鬼釋放而出、倉庫關閉的那一天，子夜給他做了飯，二人還談了很長時間。如果她要去拿道具，應該會告訴自己一聲才對。

而柯銀夜、柯銀羽、皇甫壑、上官眠、卞星辰、蒲深雨，都有很大嫌疑。而現在，上官眠和深雨都接觸過彌真，這兩個人都有可能是倉庫惡靈，彌真自然非常危險了。

和彌真有多年的交情，李隱不可能坐視不管。他咬緊牙關說：「我們是住戶，或許公寓會有限制，但是，你已經不是住戶了，不如，我們這麼安排吧……」

李隱決定，讓彌真假死！

如果鬼對他們的情況無法感知，也許就能夠奏效。雖然不確定，可是只有賭一賭了，否則就只能等死。而彌真權衡再三後，也決定選擇詐死，順便試探一下，鬼對他們的感知限度有多大。

只是，彌真覺得，李隱那有些機械和冰冷的神情，有些陌生了。進入公寓兩年，李隱改變了太多。接著，李隱將彌真安排到了父母在郊區的一處房產裏，因為父母一年到頭也不會去一次。他安排好後，讓彌真不要聯繫其他人，而他則儘量想辦法查出誰是假住戶。

李隱想到了一個問題：「彌真，有一點，我不明白。我也是嫌疑人之一，我也可能是假住戶，你為什麼不懷疑我？如果我是鬼，你現在就已經沒命了啊！」

彌真的回答讓他終生難忘。

「不可以是你。我不會去想，是你會怎麼樣。因為那是我不能承受的現實。我寧可賭一賭，也不要去想那種可能性。」

彌真對李隱的這份深情，他如何能不知道？

但是，他已經有了子夜。為了她，寧可抹掉三次血字也要救回她。所以，彌真的心意，他不可能回應。而彌真當然也知道這一點，她明白，李隱的心完全在子夜身上。

後來，嚴琅和千汐月僥倖生存下來。李隱也度過了第五次血字。

蒲靡靈留下的日記紙，還提供了一個很重要的線索，就是要找到一個叫洞天山的地方。

神谷小夜子和柯銀羽去執行日本明星能條沙繪的血字時，李隱終於找到了洞天山，是在肖山市。於是，他開車帶著彌真前往洞天山。也就是在那天晚上，倉庫惡靈——也就是假子夜，帶著假李隱，來到了李隱家裏。

倉庫惡靈的目的，就是拿到李隱藏在這兒的地獄契約碎片。當時，假李隱是被製造出來後第一次離開公寓。而第二次離開公寓，就是現在。上官眠的眼力何等毒辣，雖然假李隱的頭髮部分被染白了，但是上官眠的記憶力驚人，注意到白髮的面積和真李隱有細微的不同，於是馬上就動手殺了假李隱。當然，弄錯的可能性不能說一點兒也沒有，但是，上官眠向來辣手無情，就算錯殺也不會放過。除了這兩次，假李隱都是待在黑洞空間中。

李隱和彌真一起去到洞天山的那天晚上，倉庫惡靈和假李隱，在家裏遇到了李隱的母親楊景蕙。楊景蕙自然將這兩個鬼，當成了兒子和子夜。當時，楊景蕙在衣櫃下面發現了一個檀木盒子，這是李雍通過冷馨拿到的深雨的預知畫，而預知畫中，正是子夜在倉庫中取道具，被拖入倉庫櫃子的場景！

當時，倉庫惡靈已經走出房間，卻沒有馬上下樓，而是在門口看到楊景蕙拿出了那幾幅油畫。楊景蕙就註定非死不可了。

倉庫惡靈和假李隱拿走地獄契約碎片後，假裝先離開，留下了字條，之後再讓假李隱回來，將楊景蕙殺害，並奪走了預知畫。

然而，就在假李隱走後，楊景蕙做了一件事情。因為看到這如此維妙維肖的油畫，讓她很是讚歎，她猜測，這會不會是李隱請人為子夜畫的？雖然內容有點詭異，就像恐怖故事一樣。

楊景蕙就給油畫拍了照片，立刻將照片發到了李隱的電子郵箱裏，並在郵件裏寫道：「你和子夜剛才走得急，這幾幅油畫，我想大概是你找人為子夜畫的。畫得很好，只是內容太怪了。」

李隱和彌真在洞天山最終逃過了一劫。李隱因為跑得太急，手上被樹枝劃出了一道傷口，但是，總算是安然脫險了。

那一晚，彌真向李隱告白了。面臨生死絕境，她無法再保持極度理智冷靜了。在如此摯愛的男人面前，她又如何能夠繼續埋藏心意？

彌真問他：「我不可以嗎？我真的就不可以嗎？」

她知道，李隱和子夜的感情，不是自己能夠介入的。如果沒有李隱進入公寓這件事情，她會永遠埋藏自己的愛意，遠遠地注視著他。但是，現在情況不一樣了，李隱和自己的未來都是虛無縹緲。如果最後真的會死，她至少希望能一直待在李隱身邊。她希望最後爭取一次。

但是，李隱依舊拒絕了她。

李隱對愛情是很忠誠的，否則，他也不會為了救子夜，不惜付出那麼大的代價了。

他只是輕輕說了兩個字，沒有更多解釋。他不能給彌真留下一絲一毫的幻想。

「放手。」

他就這樣斷絕了彌真的所有希望。

李隱走後，彌真終於明白了。她想，既然爭取過了，那麼，她也就死心了。她很感激李隱，不留餘地地拒絕了她。但是，她依舊會拚上自己的一切去幫助李隱，讓他能活著離開公寓。她也發誓，今晚的行為，她絕對不會再做第二次。從此，她在李隱面前，就只是一個同學，是他好友的姐姐。

那一晚，彌真就這樣下定了決心。然而，是不是造化弄人呢？

第二天，當李隱獲知母親的死訊趕回家中時，他幾乎要崩潰了。

母親的身體被撕得七零八落，慘死當場。

然而，更可怕的打擊在後面。在錄口供時，他在手機上發現，郵箱裏有一封新郵件。打開那封郵件後，他看到了極為可怕的一張照片。

他當然一眼就認出那是深雨所畫的。而母親的話更讓他駭然欲絕。

昨天？昨天他明明是和彌真一起去了洞天山，那正是母親發出郵件的時間啊！而在錄口供時，子夜從頭到尾都沒有提到，她昨天晚上去過李隱家。然後，李隱發現，家裏的地獄契約碎片不見了。再加上深雨的預知畫，就算是白癡也能得出結論了。

倉庫惡靈……是子夜！

她是真真正正的倉庫惡靈！

他忽然想起彌真所說的話。她說，她不敢想像李隱是倉庫惡靈的這種可能性。那麼，他呢？他不也是一直都迴避著，恐懼著去想這樣的可能性嗎？

真正的子夜已經死了。深雨的預知畫明確地顯示，子夜死了！

母親說子夜陪著「自己」來，那麼就意味著，是假子夜弄出來的新的鬼。那麼，現在公寓裏的那些住戶，銀夜、銀羽、深雨、星辰……有幾個是可以相信的？他們真的是人嗎？

子夜死了。殺死她的兇手，昨晚還和自己同床共枕，直到剛才，都在自己身旁！而李隱，卻連為子夜復仇都做不到！甚至，母親也死在了鬼的手上！

自己還有必要活下去嗎？

現在，公寓裏的住戶，也許有一大半都是鬼了。就連畫出預知畫的深雨，只怕也遭遇了不測。這樣一來，完成血字還有意義嗎？自己隨時都可能死去。

去死吧……

去死吧……

去死吧……

李隱已經找不出繼續活在這個世界上的理由了。子夜和母親都死了，而自己面臨著無解的絕境。

於是，李隱留下了紙條，決定去自殺，主動離開這個世界。

這就是當時李隱要自殺的全部真相！

李隱選擇自殺的地點，是天南市郊藍雲區的一個湖。那裏是釣魚愛好者非常喜歡的地方。不過，因為紅袍連環殺人案，全城人心惶惶，原本很熱鬧的湖邊，幾乎一個人都沒有。

租借了垂釣用具後，李隱就去釣魚了。

釣魚和執行血字，有一個共同點。就是需要很多耐心。李隱想釣起的不是魚，而是自己失落的人生。

李隱原本也是一個心志堅韌的人，所以才能撐到現在。然而，短短兩天時間，母親和子夜的死訊，幾乎宣判了他的死刑。就算是一個意志堅如鋼鐵的人，也不可能還能撐得下來了，除非是一個機器人。

垂釣的時候，李隱回想起了很多事情。關於母親，關於子夜，他都想了很多。明知道是被父親利用，還對父親一往情深、卻最終慘死的母親；和自己一路生死與共、攜手扶持的子夜。這兩個人都是李隱願意用生命去守護的人，如今卻都因為公寓而死。而他卻連復仇的力量都沒有，連自己的生命都沒有辦法保全。而這一切的起因，都是因為他進入了公寓。

如果沒有進入公寓，這些悲劇都不會發生。如果那一天，他沒有走進公寓，他的一生就會很普通，像普通人一樣娶妻生子，像普通人一樣經歷生老病死……如果沒有進入公寓，他也不會認識子夜，也不會有這樣淒慘的結局了。

李隱甩掉釣魚竿，整個人跪倒在地上，緊緊地抓著泥土。在夕陽下，他真實地感覺到，自己的生命力量正一點一點被抽走。

他對自己抹掉三次血字後悔，就是因為這個。如果子夜還活著，他是絕不會後悔的。

如果換一個時間點，他能否為了救子夜而如此犧牲呢？如果冷靜下來，他真的能做出這樣的犧牲嗎？他不能確定。

最殘酷的是，子夜被他救下後，也只是多活了幾個月而已。他的付出和犧牲，現在看來毫無意義。子夜如果泉下有知，恐怕也會死不瞑目吧。

他今後，再也無法看見子夜的笑容了。真正的子夜的笑容。

他終於站起身，一步步邁向冰冷的湖水中。

那個時候，李隱心中所想的是：子夜，媽媽，我來陪你們了。你們在地下應該很寂寞吧，既然這個世界有鬼，想必也會有死後的世界。那麼，我們應該可以重逢了吧？

他在那一刻有了解脫的感覺。但是，他想錯了。住戶即使死去，沒有血字的干涉，也是無法變成鬼魂的。他想要見到子夜和母親，根本就是奢望。

但是，他繼續向前走著……

就在湖水已經沒到胸口時，李隱聽到身後傳來一聲淒厲的大喊：「李隱……不要！」

那是……彌真的聲音。

李隱回過頭，只見彌真三步並作兩步，撲進了湖水中！

李隱大聲嘶喊道：「你在做什麼？快回去！」

他很清楚彌真的性格，知道她就是拚了性命不要，也會來救自己的！

於是，李隱想要加快腳步，然而，彌真很快就衝了過來，一把抓住李隱的手臂，她的臉上滿是水花，眼中滿是震驚。

「你要做什麼？李隱？你拒絕了我，決定要和子夜生死與共，我可以接受，只要你幸福，只要你活著，怎麼樣都可以！可是，你為什麼要尋死？就因為你媽媽去世了嗎？我看到新聞了，你不能這樣，你要為子夜考慮……」

彌真之所以能夠找到這裏來，是因為李隱當初安排彌真詐死，為了防止意外，準備了兩部手機，他和彌真各自拿著一部，兩部手機都有GPS定位功能，可以查到對方所在的位置。

「子夜？」李隱聽到這個撕裂了他內心的名字，這個他所深愛的名字，他凝視著彌真，悽楚地說道：「她已經不存在了。她不在這個世界上了。而且，我也不可能再有生機了。一樣是死，我不想死在那個公寓手上。彌真，放手吧，你也許還有救，活下去，想辦法救出彌天。」

彌真一時無比錯愕：「子夜……子夜死了？」

「對。她就是那個你推測的倉庫惡靈。」

彌真感到身體猶如觸電一般，渾身顫慄。她怎麼會不知道子夜在李隱心目中的地位？她怎麼會不知道李隱對子夜用情之深？她已經決定，永遠在背後支持李隱和子夜，如果子夜有生命危險，她也一樣會拚上性命去救她。只因為她是李隱的摯愛，是在李隱心中和生命等同的愛人。

子夜死了，死在了倉庫裏，那麼，在同學聚會上她見到的子夜，就是一個鬼了嗎？

「難道……伯母的死也與她有關？」彌真是何等聰慧的人，已經推理得和事實差不多了。

「是……沒錯。我已經什麼都沒有了。子夜死了，媽媽也死了。而且那個鬼還可以製造出新的鬼，公寓裏還有沒有人，我都不能確定。就算我現在回去公寓，告訴其他住戶這件事情，又能怎樣？我們如果表現出提防，那個鬼多半會大開殺戒。我不可能再回去了，我也不可能再去面對殺死子夜的那個惡靈。我無法為子夜復仇，又要等待死亡的到來。彌真，你認為我還有理由不死在這裏嗎？你就放手吧……」

「不！」

彌真斬釘截鐵地拉住李隱的手，她的目光堅定不移，她絕對不會放手！

「我也像你一樣絕望過，李隱。我父母在車禍中去世的時候，我和彌天還是孩子。對我們來說，那就是世界末日，我們失去了全部。但是，我面對父母的遺像，看著彌天時，就知道了自己要做些什麼。父母不在了，我要守護彌天，支撐家庭了。所以，我就對自己說，我一定不可以倒下。我的身後，有彌天在！我和彌天進入公寓，是陷入了人生最大的絕境。但是，我要履行誓言。如果我死了，彌天也會死，我不能讓他孤獨一人活在公寓裏。」

「我只是一個普通人。對我而言，最美好的，就是能夠看到彌天因為我而露出笑容的時刻。那時候，我就記住了，笑容是人生的美好，是我和彌天最寶貴的財富。絕望的人眼中只能看到地獄，而在尋求希望的人眼中，再小的生機也可以化為奇蹟。」

李隱聽著彌真的話，雖然目光依舊黯淡，但是身體已經不再掙扎。

「我一直都希望，能和彌天生活在美好的、有希望的世界裏。後來，我們認識了你，李隱。也許你現在感覺很痛苦，看不到一絲生機，但是，至少你還活著。我能看到的希望，就是你還活著這一點，但是，如果你現在沉入湖裏，我就沒有辦法再看到一絲一毫的希望了。請活下去吧，你不希望回到美好和光明的世界嗎？你還活著，所以你還沒有輸。我會幫你的，就算付出生命也會幫你。我已經想明白了，你永遠不愛我也沒有關係，只要你活下去，只要你能活著離開公寓，對我來說就足夠了。而且……子夜也不會希望你這樣死去的。就算是為了她，你也要活下去，李隱！」

李隱深呼吸了一下：「能活下去嗎？在失去了子夜和母親後，還能繼續活下去嗎？」

「是的！就算你現在失去了很多，只要你還活著，就不會失去全部的！你還有機會離開公寓的！我知道，失去至親和摯愛，日子會很痛苦和悲慘，但是，還是能夠重新回到光明的世界的！」

李隱緩緩看向彌真，他的眼中已經漸漸有了生機，雙眼溢滿淚水。

「光明……嗎？在失去子夜後，我沒有信心可以幸福了。也許對我來說，活著也是地獄吧。但是，你說得對，我還活著，這就已經是希望了。」

既然已經失去了一切，還用怕失去更多嗎？

「還有一分生路……」李隱攥緊了拳頭，忽然對著空中咆哮道：「好！我會一直活下去！」

上岸之後，李隱的目光中已經是果斷和冰冷。他緩緩抬起頭，看著被猶如火燒一般的紅色天空，喃喃道：「你會希望我這麼做的？子夜？我會最後搏一次，直到死為止。那時候，我們再相見。」

「接下來，我就回公寓去。」李隱已經在短短時間內想好了計畫，「我會裝作什麼也不知道回公寓去，不對任何住戶提及此事。一來，沒有哪個住戶我可以相信，二來，說出去反而會打草驚蛇。我估計這個鬼無法全能感知，既然如此，我就虛與委蛇，依舊把她當做子夜……」

「但是，那樣很危險啊，你儘量搬出來住吧！」

「不，那樣太容易露出破綻了。我就說，如果無法承諾可以保護她到最後，就不會再擁抱她。那樣，就能夠合理地和她分開了。我沒有別的選擇了。」

彌真的心揪緊了，那樣確實太危險了，李隱不會有事嗎？

「你回去先休息吧，彌真。我不會再尋死了，我會如你所願，活下去的。」

李隱就這樣回歸了公寓，在四十八小時到來以前。

「我回來了。」

雖說抓住了一線生機，但是，李隱依舊難以從子夜和母親的雙重打擊中迅速走出來。在公寓裏，他長期頹廢，是真的心情很低落。但是他既然選擇了活下去，那麼自然就要盡力而為，直到自己死去。

而接下來最重要的，就是根據在洞天山獲取的蒲靡靈殘留的日記紙，查出燈玄橋這個地方的位置。

根據李隱和彌真的分析，作為昔日封印了魔王的蒲靡靈，或許真的有辦法應對魔王級血字指示。而一旦能夠做到，李隱就可以去賭一賭，執行魔王級血字，那樣一來，目前的劫難就可以迎刃而解。只不過，蒲靡靈究竟葫蘆裏賣的是什麼藥，就沒有人能夠知道了。

對於公寓裏的住戶，李隱觀察下來，依舊無法判斷哪些是人，哪些是鬼。他根本不知道，公寓最多只能出現兩個鬼，而且限制是相當大的，在七月以前，每個月只能殺一個住戶。這樣很難引起住戶的注意，因為公寓每天都有住戶因為忍受不了絕望而自殺。

倉庫惡靈被釋放是在五月。五月和六月裏，鬼都是只殺了一名住戶，而且是新住戶，所以，完全沒有人注意到。不僅如此，在十一月血字總清算以前，假李隱是不能夠殺害住戶的。但是，一旦到了十一月，所有住戶一天內就會死光！

不過，倉庫惡靈曾經偶然救了卞星辰一命。那是在假子夜和星辰一起去金域學院那一次，當時李隱正在執行血字，子夜提出去金域學院尋找線索，當然這是因為根據子夜的性格和情感很可能會發生的事情，完美模仿了子夜的倉庫惡靈才會那麼做，而星辰也跟隨她一起去了。結果，在檔案室裏，他們遭遇了王紹傑的鬼魂。但是，直到血字結束，那個鬼都沒有再度出現。卞星辰對此事也是一直百思不得其解。其實理由很簡單，因為倉庫惡靈就在卞星辰的身邊，王紹傑的亡魂根本靠近不得！否則，卞星辰早在紅月鎮血字之前就死了。

雖然對這些事情都一無所知，但是生活在一個有鬼的公寓裏，李隱用盡了全身力氣來壓抑恐懼。他也不是沒有想過離開公寓去住，但是一來這樣容易露出破綻，二來四十八小時內總歸要回公寓一次，搬出去根本沒有意義。

彌真日夜擔憂著李隱的安危，可是李隱執意如此，畢竟他都是差點自殺的人了，既然活下來了，那自然是要用全力去拚的。

就在六月來臨前夕，李隱和彌真終於想出了一個也許有可能死裏逃生的計畫。這是一個更加搏命的做法。

這個計畫擬訂後，二人考慮了很多細節和要點，最終確定了這個計畫的實行時間。當然，這個計畫有太多不確定因素，成功的可能性也實在很低。

李隱一直都會抽時間到彌真這裏來，彌真是唯一可以相信的人了。除了她，李隱無法和任何人訴說此事。

彌真注意到，李隱始終陷入在深沉的悲痛中，而這不是一天兩天可以化解的。有時候，她真的擔心，李隱會再度去自殺。

而在那個計畫中，彌真是最重要的一環。

「彌真，無論如何，拜託你了。」

當李隱對彌真這樣說的時候，彌真自然明白，李隱已經是置之死地而後生了。當然，彌真的想法也是一樣的。

彌真沒有多說什麼，她回答李隱的，只是簡單兩個字：「一定。」

六月八日，那是皇甫壑和戰天麟等人執行血字的日子。那一天，李隱也去找彌真了，當時，對燈玄橋的調查依舊是一無所獲。

李隱將門打開後，就看到彌真在看當初彌天留給她的信。看到李隱進來，彌真連忙站起身問道：「怎麼？還沒查到燈玄橋在哪裏嗎？」

「嗯，」李隱應道：「看來，我們還要……」

李隱的話剛說到一半，卻看到，牆壁上有一個黑影突兀地浮現而出！

李隱和彌真一齊看去，只見在房間一角，在洞天山上見到過的那個女人，被繩子吊在半空中，身體猶如鐘擺一般搖晃著。

李隱馬上就意識到，他們被蒲靡靈暗算了！他是故意將他們引到洞天山的那個洞穴裏的！他毫不猶豫地抓起彌真的手，衝出了大門！

接下來，他們就進入了一個古怪的建築物裏，並且在那裏看到了燈玄橋和蒲靡靈留下的日記內容。

這是一九八二年發佈的血字，當時是第十次血字的難度。

當時，彌真忽然想到了最大的問題所在，如果一直被困在這裏，四十八小時後，李隱必定會性命不保！影子詛咒是絕對的，只有血字期間才可以不受限制。

李隱的內心也很清楚這一點。但是，他不希望彌真再為他擔憂，就撒了一個謊，說自己有了遏制影子詛咒的能力。

當然，這是一個漏洞百出的謊言，李隱也知道，彌真很快就會發現這是假的。但是，能騙一時是一時吧。

他們歷經艱辛，找到了紅色一號餐廳，在那裏，獲悉在這個建築裏，只有餐廳和盥洗室才是安全的，接下來就要尋找白色二號盥洗室。根據蒲靡靈所說，如果待上一個小時，鬼就會出現在門口。

李隱和彌真用完餐後，算準時間，就再度離開。接下來，他們又花了半個小時，找到了二號盥洗室。

在那裏，他們找到了非常驚人的東西。

那個盥洗室的面積相當大，在洗臉池旁，放著兩個式樣古樸的破舊燈籠。燈籠旁邊，放著一個盒子。

李隱和彌真立刻走過去，打開了盒子，看到了蒲靡靈留下的日記紙，上面的內容是：

這個燈籠叫引路燈。你們現在陷入的這個空間，和魔王所在的空間是連在一起的。不過，不用擔心，兩個空間之間有大量重疊空間阻隔，就像蜂巢那麼複雜，就叫這些空間為『地獄』好了。你們距離魔王還是有些距離的。不過，如果四十八小時內回不去，就麻煩了。所以，只有使用引路燈了。你們不用問引路燈是怎麼來的，我也不會說的。

拿著這個引路燈，要去尋找火種。火種散佈在『地獄』的各個空間，不會很難找到。只要接觸了引路燈的人，就能看見和碰到火種。火種是散發出灰白色光芒的猶如鬼火一般的小火苗，一旦點燃引路燈，只要有一個要回去的意念，就能立即從『地獄』回到現實世界。這個引路燈非常方便，因為你可以選擇讓它消失或者出現，這段時間裏，引路燈則是進入了『地獄』和現實的夾縫地帶，這用你們的意念就可以做到。這樣，只要四十八小時回去一次就可以了。一個火種，正好可以燃燒二十四小時。火種是可以儲存起來的，放在身上就可以。也可以回到現實世界一段時間後，在二十四小時之前回到這裏。只要有火種，引路燈就可以無限使用。火種在陰森恐怖的地方會愈加密集，這一點務必記住。一旦火種燃燒殆盡，你們就會被強制回到這個空間。

李隱和彌真驚喜不已，李隱這才放鬆了不少。

隨即，他們發現，在浴缸的浴簾後面，就有十幾個小火苗漂浮著，他們立刻將這些小火苗收好。古屍血字中出現的引路燈，和這個引路燈很類似，但卻是完全不同的東西。前者是用來感應鬼的位置而且燃燒時間只有五分鐘，後者則是可以穿越「地獄」和現實，而且可以燃燒整整一天。

「真的有那麼神奇嗎？」李隱露出期待的神情，「如果是那樣的話，絕對是遭遇危險時保命的絕佳工具啊！可惜，執行血字的時候大多限定地點不可以使用。」

李隱馬上進行了實驗。他拿起火種，點燃了一只燈籠。他的身體立刻消失了，然後出現在了彌真住的地方。李隱終於鬆了一口氣。

接下來，他閉上眼睛，想著引路燈消失，然後果然發現手上沒有了引路燈。再想著引路燈出現，燈籠果然又重新出現了。

李隱通過進一步實驗發現，引路燈消失進入空間夾縫的時候，燃燒不會停止。二十四小時內是可以隨時用引路燈回去的，也能再回來。

從此以後，李隱和彌真就使用引路燈，一直穿梭在那個「地獄」和現實世界中。如果沒有引路燈，不光是影子詛咒的問題，單單吃飯就是個很大的問題了。李隱和彌真陷入「地獄」半年，如果找不到食物，他們怎麼可能活到現在。

而尋找火種，倒是一點都不麻煩。接下來，他們就發現，越是可怕的地方，火種出現的數量和頻率就越高，而且儲藏也很方便，即使在水中也可以燃燒。靠著火種的儲存，以及隨時可以放入空間夾縫的引路燈，只要不是火種枯竭，二人就算遇到鬼魂也絕對不會死。

這就解決了李隱目前的最大問題。他原本是抱著赴死的心態回到公寓的，但是有了這個引路燈，就算一直待在公寓內，假子夜要對他不利，他也可以馬上用引路燈逃回「地獄」來。

因此，在公寓的李隱和在「地獄」的李隱，都是真正的李隱，這段時間以來，他都是用引路燈在空間裏穿梭。

當然，引路燈不是萬能的。執行血字的時候，李隱是沒有辦法使用引路燈的。只要限定必須待在某一地點，如果使用了引路燈，影子詛咒就會立即觸發。不過，引路燈給李隱和彌真的生命提供了極大的保障。這也是二人在「地獄」中待了半年，還能活到今日的根本原因。

後來，根據日記指引，在被困一星期後，他們終於離開了那個建築，繼而來到一個古怪的火車站，在那裏，李隱和彌真找到了新的日記紙，要他們前往夜幽谷。

彌真看完日記紙後說道：「要等到午夜零點啊。已經過去那麼多天了，還是出不去啊。」她看了看李隱腳下的影子，「影子詛咒……」

雖然有了引路燈，時間充裕了許多，不過，因為對倉庫惡靈的恐懼，李隱多數時間還是待在這個「地獄」裏，待在現實世界時，也基本不在公寓裏。此時，距離李隱離開公寓已經接近四十八小時了，所以彌真才提醒一下李隱。

「你別擔心。」李隱倒是不急，他已經算好了時間。

「火種是我們的最大保命之物。」李隱打開了一個盒子，清點了火種的數目後，說道：「現在一共有二十三個火種，我們兩個一起用的話，就各自有十一天的時間。接下來要繼續尋找火種，多收集一些。」

李隱看了看火車窗外，說道：「好了，彌真，時間快到了，我現在必須回公寓去了。如果有危險，你也馬上點燃火種回去。」

「嗯，你小心一些，李隱。回到公寓後就馬上回來吧，看到那個假子夜一定要鎮定。」

「我知道。我會儘快回來的，彌真。」

接著，李隱回到了現實世界，回到了公寓裏。

那個時候，他得知了新血字的發佈。而血字的執行人中，竟然有子夜！

李隱並不十分驚訝。子夜已經死了，自然不會有發佈給子夜的血字指示。事實是，當時接到血字的住戶一共有十二名住戶，而假子夜將接到血字的某一位住戶殺害了，然後冒名頂替，聲稱自己是血字執行者。被殺害的那名住戶，名叫張櫻，住在一七〇八室，她是被倉庫惡靈殺害後，偽裝為上吊自殺的樣子。大家都以為張櫻自殺是因為受到皇甫壑等人的血字團滅的影響。張櫻死去之前，已經看完了血字全文，所以，她房間裏的血字就消失了。沒有人懷疑，子夜根本就不是這次血字的執行者。

當李隱從住戶口中獲悉張櫻是在血字發佈當天上吊自盡的時候，就已經洞悉了這一切。這個血字，誰生、誰死，對他而言已經不重要了，畢竟，他根本不知道公寓內還有多少人真的是人類。至於地獄契約碎片的搶奪，他也沒有興趣了，他從深雨的預知畫中看到倉庫惡靈拿著地獄契約碎片的恐怖場景，就知道再奪取碎片都沒有意義了。這就是後來李隱沒有效仿銀夜等人組建聯盟的根本原因。

就在那時，李隱接到了父親的電話，要他參加母親的葬禮。當時，李隱幾乎不假思索地產生了一個念頭，要將母親的骨灰盒帶回來！

從父親手中奪走骨灰盒後，李隱回到了「地獄」中。

彌真正吃著三明治，看見李隱回來，心中一喜。李隱每一次回公寓去，她都是提心吊膽的。即使有了引路燈，即使有蒲靡靈留下的線索，她和李隱依舊是步履艱難。

李隱坐回到彌真身旁，一念之下，引路燈消失了。

「火種還是要省著點用。」李隱抱著母親的骨灰盒，「待在那個世界，真是煎熬。」

李隱的聲音很清冷，並沒有多少感情。對於現在的他來說，生命是最大的奢侈品了。他失去了心，失去了情感，已經成了一個空殼。他不敢再去期待什麼，也不敢再去奢望什麼了。

彌真忽然對李隱說道：「剛才你走的時候，我不是說過，我和彌天能活下來，是有原因的嗎？」

李隱微微點頭。

「其實……我是，一個通靈巫女。」彌真一本正經地說出了這句玩笑話。

李隱一時間沒有察覺她是在開玩笑，立即追問道：「什麼？」

當彌真宣佈這是一個玩笑後，李隱不禁也被逗樂了。已經沒有心的軀殼，竟然有了一絲萌動。

接下來，彌真講述了和李隱相識後發生的一幕幕。

「十次血字，步步艱難，我可以支撐到今天，早就看開了。」彌真神色凝重起來，「我確實一直都在恐懼。但是，恐懼是一個人活著最重要的感覺之一，連恐懼都沒有，也就意味著一個人的心死了。」

李隱的眼中不禁泛起淚花。他為何而哭泣呢？無盡的恐懼，一直侵蝕著他，他漸漸麻木而最終心死了。所以，他打算放棄生命，隨著命運隨波逐流。他無法再去直面恐懼了。但是，彌真的話讓他明白過來了。恐懼是一個人對生的執念，如果連恐懼都沒有，那就是一個心死的人了。

「恐懼，並不是要感到恥辱的事情。人類進化至今，正是和恐懼抗爭才走到這一步的。」彌真意味深長地看了李隱一眼，「所以，你就恐懼血字，然後征服恐懼吧。」

遊戲血字執行當天，因為子夜走了，李隱才放心地回歸了公寓。當晚，他就進行血字解析。他想知道，有子夜執行的話，血字會有什麼變數？在進行血字解析的時候，銀夜和銀羽來找他了。

那個時候，李隱還沒有完全從頹廢和心死的狀態中走出，但是，他有了方向和目標。他非常感激彌真。

李隱對這個血字的解析，已經很接近生路了。他甚至希望，血字中的鬼可以殺了假子夜。

在銀夜和銀羽走後，李隱回歸了「地獄」。此時，火車已經快要到達夜幽谷了。無比灰暗的天空下，前方出現了一個面積很大的蒼茫大峽谷。

他打算等進入夜幽谷後，再回公寓一次，看看血字結果如何。

當時，假子夜選擇了直接跳到遊戲結局，讓她操作的角色登上洛雲山山頂的顏玉療養院，把血字的死路全面觸發了。

那時候，神谷小夜子、公孫剡、羅蘭等人，都是躲在房間裏。假子夜裝作癱倒在地上，喃喃自語道：「既然你放棄了，我還堅持什麼呢？只是，一次就選中了死路，難道，這就是宿命嗎？」當時，距離她的房間較近的住戶聽到這句話，真的以為是嬴子夜一心求死才會做出如此選擇。就在林天澤被殺害的時候，住戶正好死去了一半。

接下來，房間裏的假子夜露出猙獰的恐怖本相，走出了房間！住戶如果死絕了，只有子夜回去，就有可能會引起住戶懷疑。

當時，住戶們聽到的鬼魂逃離走廊的腳步聲，正是為了躲避倉庫惡靈！但是，因為大家都緊閉房門，自然不知道發生了什麼事情。

最後，那兩個鬼都不在了。因為，倉庫惡靈變回了子夜。

那一次血字，公孫剡、神谷小夜子、羅蘭等人可以活下來，完全是因為倉庫惡靈。然而，大家卻誤以為是神谷小夜子最後的選擇，才得以扭轉乾坤。

與此同時，李隱和彌真已經進入了夜幽谷。距離血字結束還有一段時間，所以他和彌真繼續深入谷內。在夜幽谷，出現了大量形狀古怪的石頭，也發現了一個小鎮。日記中提及的葉家，就在夜幽谷內。

沒有花多長時間，二人就找到了一戶門牌寫著「葉」的人家。實際上，這根本不是真正的葉姓人家。

他們進入後，發現這座房子很破敗，沒有多少傢俱。幸運的是，他們找到了一些火種。之前在火車上，他們沒有找到很多火種，在這裏，自然是要多搜尋一些了。

後來，李隱和彌真回到了現實。假子夜安然歸來，讓李隱心中多少失望，但是也沒有辦法。接下來，他和彌真再接再厲地探索夜幽谷。夜幽谷小鎮相當大，一些破舊住宅根本沒有門牌號，他們只有繼續搜尋。

六月廿一日下午，搜索過程中發生了意外。

他們正在一棟房子裏尋找時，李隱發現，灰色的天空完全暗了下來。這絕對是異兆！

「李隱，拿出引路燈！」彌真也感覺到了不對，將引路燈從空間夾縫中取出，並拿出了火種。

李隱也隨即取出引路燈。能找到火種的地方，絕對不會是安全地帶。李隱和彌真早就有了心理準備，一旦發生什麼事情，馬上回到現實去。

過了好一會兒，什麼都沒有發生，但是，李隱沒有絲毫放鬆警惕。

二人背對牆壁，在窗戶兩側坐下。彌真為保萬一，拿了碎裂的鏡子，横放在窗戶前，那樣從鏡子裏就可以看出是否有鬼在接近！

半個小時過去了，一切正常。如果沒事發生，他們不會使用火種，不可以浪費啊！

突然，彌真看到，在鏡子裏出現了一個人頭輪廓，隔著窗簾，從窗戶外伸了進來，幾乎湊到了自己的臉上！李隱和彌真立即點燃了引路燈！

回到現實後，彌真回到了住處，李隱則回到了公寓社區裏。

彌真立即給李隱打電話過去：「你看清那個鬼了嗎？」

「沒有。但是，天色變暗和鬼出現是有關聯的。如果那個鬼就這樣待在原地不走，我們接下來回去……」

引路燈能切換空間，但是回去的話，還是會在原地。

「希望鬼已經走掉了。如果不行的話，大不了多用掉一些火種，直到那個鬼走掉為止！」

「這樣吧……」李隱考慮了一番後說，「為求穩妥，一旦引路燈即將燃盡，我們立即用新火種點燃，這樣就可以撐下去。目前的火種數量，足夠撐一個星期。」

「不行，如果時間長了，萬一你有血字要執行怎麼辦？如果沒有火種了，你就會被拉回『地獄』，要是因此趕不上血字，就麻煩了。而且，蒲靡靈留下的日記紙會不會有變故也難說。他說不定預先就知道會有這樣的事情發生，才把日記紙放在夜幽谷的。」

於是，李隱採納了彌真的建議，接下來兩天，二人都待在現實世界裏。二人繼續擬訂新的對策。彌真告訴李隱，以前她是公寓住戶的時候，也見識過人性醜惡的一面。有些住戶因為嫉妒她和彌天血字執行次數越來越高，甚至想對他們不利。彌天因此愈發內向陰沉了。

因為談及彌天，彌真提到了他寫的恐怖小說《輪迴》。廿三日，李隱在公寓的電腦裏，找出了他存的《輪迴》電子檔，看了起來。

那個時候，深雨正好過來，對這本書起了興趣，就要李隱發給他。李隱在深雨走後才發現，假子夜正站在門口！

李隱並不知道，就是因為倉庫惡靈看到了李隱給深雨文字檔的這一幕，因此在血字發佈的前一晚，進入星辰的房間，將電腦內的檔案內容做了大修改。這直接導致了星辰在紅月鎮血字中死去！

對此一無所知的李隱，在廿三日下午和彌真一起回歸了夜幽谷。而他們擔心的事情並沒有發生，那棟房子裏，沒有再出現鬼魂。

而那時，天空依舊是一片灰暗。彌真和李隱稍稍放了心。

越是深入，他們越發覺小鎮太大了，幾乎覆蓋了夜幽谷整個山頭。

「我們走吧。」彌真說道，「不管怎樣，一定要找到線索。」

「你也要小心。」李隱走到窗口仔細看了一下，回過頭說道：「那個雕像會導致詛咒失衡，你也很危險。」

要不是沒有了火種就必定會被拉回「地獄」來，李隱就會讓彌真不要進入這個空間，他一個人繼續去找蒲靡靈留下的日記紙。她本身已經遭到了那麼可怕的詛咒，怎能讓她更加涉險。

然而，李隱沒有預料到，他和彌真會在夜幽谷被困一個半月之久。雖然因為引路燈的緣故，被困的一個半月多數是在現實世界中度過的，可是，依舊遭遇了死劫一般的災難。

在接下來的一個星期裏，每隔一天，他們才到夜幽谷來一次。因為，夜幽谷越來越危險了。一旦天空轉為黑暗，就意味著危險來臨。隨著時間的推移，天空變暗的頻率也越來越高！

由於去「地獄」的次數減少，火種的數量也減少了。當然，李隱和彌真不會放棄尋找蒲靡靈的日記紙。日記紙中明確提及了彌天以及魔王級血字的秘密，現在，魔王級血字成為了李隱最大的救星，而且有彌天的線索，彌真的詛咒才有解除的希望。只需能夠找到彌天，讓他回歸公寓，一切詛咒都能迎刃而解。

七月一日，李隱和彌真發現了玄機所在。小鎮房屋內的破損石雕，和那些鬼是共同體。破壞破損石雕，就能夠扭轉局面。李隱和彌真說幹就幹，開始尋找破損石雕，一旦發現，就立即破壞。不過石雕一般都藏得很好，不是很容易發現。

然而，可怕的事情還是發生了。

七月十四日，安雪麗等人去執行化裝舞會血字的前一天……

那時是晚上。李隱和彌真進入夜幽谷後，發覺天黑了，而他們在一個房間裏。忽然從身後的大門裏伸出一隻手，將李隱的挎包一把拉了過去！

李隱和彌真馬上逃走了。但是，裝有所有火種的盒子，就在那個挎包裏！可是，李隱哪裏可能和鬼搶奪那個包？

二人一直被那個鬼追逐，二人只好分開跑，尋求一絲生機。而最後被鬼追的，是李隱。

彌真發覺鬼沒有追上來時，很為李隱擔心。現在李隱身上沒有火種了，沒有火種，引路燈就只是一隻沒用的破燈籠。如果李隱能夠找到火種，那是最好不過。但是，他們在這個小鎮搜尋了那麼長時間，早就把火種找到了大半，現在一時之間要找到新火種，不是那麼容易的事情。

幸虧李隱的運氣還算好。他奪路而逃，最後闖進一個屋子裏，找到了幾個新火種，僥倖逃回了現實世界。然而，最麻煩的事情發生了。他一心想著回去救彌真，可是每次用引路燈回去，都發現那個鬼竟然一直待在房子外面，讓他根本出不去！

李隱只好又逃回現實世界，他想著，只有等這個鬼離開，他才能夠回去救彌真。那個房子很小，無論從哪裏逃出去都不可能不被發覺，而那個鬼所站的地方，能夠看到所有位置。

七月十五日午夜零點過後，安雪麗開始執行血字時，李隱負責接收住戶用匿名手機發來的消息，這是三大聯盟讓他做的。他也是每隔一段時間就回去看一看，看那個鬼是否離開了。

當他第九次回去時，終於看到那個鬼不在了，而那個時候，化裝舞會血字也到了最危險的時刻！而他只想著要去救彌真。現在彌真身上沒有火種，天依舊是一片黑暗，彌真實在是太危險了！

從二人分開到現在已經超過十個小時了，李隱心急如焚。跑了不久後，他驚喜地發現，在不遠處，彌真衝進了一座房子！

李隱馬上跑過去，剛要開口大喊，卻忽然感到身後一陣惡寒。他隨即回過頭去，只見有一個黑影正朝他撲來！

那個鬼根本沒有走！只是躲在了李隱看不到的死角！

李隱立刻飛也似的跑了起來！本來他能夠馬上用引路燈逃回去的，但是，彌真就在眼前，他不能棄她不顧！剛才他看到了彌真，那麼後面那個鬼應該也看到了！自己現在回去，就是把彌真置於危險而不顧！要走，他也要和彌真一起走！

就在李隱拚命衝向彌真進入的那座房子時，身後的惡寒感也越來越強烈。即便如此，李隱依舊堅持不用引路燈逃回現實世界，他絕對不能夠放棄彌真！

這段時間來，一直陪伴在自己身邊、不斷安慰勸導著自己，那個身處絕境也百折不撓的堅強女子，為了生命的一絲美好就能夠奉獻所有的女子……他怎能夠棄她於不顧？沒有她，自己早就沉入了冰冷的湖水中，那麼，現在拚上這條命來救她，又能怎樣！

就在李隱衝到那座房子前，準備進去的一剎那，身後那種惡寒感覺竟然消失了。他回過頭一看，那個黑影，消失了？

然而，當他再次回頭後，卻睚眥俱裂地看到……彌真竟然從這座房子的第三層窗戶墜了下來！李隱立即一個箭步衝過去，也算是運氣好，竟然接中了彌真，但是，他自己也狠狠地跌在地上，受了傷。

這時，他注意到彌真握在手上的錘子，以及她身邊散落下來的一些碎裂石雕塊，聯繫到剛才那個鬼的消失，李隱立刻產生了一個猜測……

來不及思考，李隱馬上抱起彌真，飛奔而逃。懷中的彌真看了他一眼，就昏迷了過去。

李隱頓時大驚失色，彌真昏迷了，就無法拿出空間夾縫裏的引路燈啊！引路燈只能讓一個人回到現實，是無法兩個人共用的！他於是立刻下了決心，就讓彌真先回到現實中去！

黑暗的天空，這時終於轉為了灰色。鬼魂不會進入小鎮了。李隱和彌真，就這樣又一次僥倖地活了下來。

李隱進入附近的一個房子，裏面有乾淨的床鋪。他讓彌真睡下，用帶來的急救箱為她手上的傷口進行包紮，同時將引路燈取出。雖然現在應該不會再有危險，但他還是很小心。一旦發生什麼事情，他就送彌真先逃回去。

忽然，彌真醒過來了。

彌真看到李隱，喜極而泣，她首先想到的，不是自己活下來了，而是李隱還活著。

「你沒事就太好了，你還活著，你還活著……」

李隱看到她醒來也鬆了一口氣，他問道：「你到底遇到了什麼？」

當彌真告訴他之後，雖然早就預料到了，李隱還是感到極為震撼！

彌真從三層樓墜落，就能夠判斷出，彌真正在被鬼魂追逐！然而在這生死危難關頭，她第一件去做的事情不是尋找火種，而是去破壞石雕像來救自己！當時，就因為石雕被破壞了，在他身後追逐的鬼魂才消失不見的。而彌真為此，幾乎付出了生命代價！如果她當時是立即去尋找火種，說不定就能夠逃過一死！

是怎樣的愛，才能讓她捨生忘死到這樣的地步？差一點……就差那麼一點點，她就會死了！就會死在自己面前！

子夜死後，李隱就失去了感情，一度沒有了表情。他一直認為，他不可能像對子夜那樣去深愛一個女人了。更何況未來如此渺茫，他根本不會去考慮感情了。彌真的心意他當然明白，可是，在李隱的心中，死去的子夜是無法替代的，這是他這一生無法治癒的創痛。他現在只考慮著能否獲得一線生機，感情已經彷彿隔世了。

彌真帶給他的震撼，讓他的心情久久難以平靜。

他還能說什麼？彌真為他做了那麼多，但是，他能夠報答她嗎？他刻骨銘心深愛的，是子夜，雖然她已經死了，但是，她的倩影依舊烙印在他的心頭，根本無法忘懷。

李隱只能說道：「彌真，謝謝你。以後不要為我那麼拚命了。因為……我不值得。」

這樣一個好女孩，是應該得到幸福的。他在心中發誓，只要能讓彌真活下去，他願意付出任何代價！

李隱將找到的火種分了一半給彌真。二人決定分頭尋找蒲靡靈的日記。

但是，李隱並不知道，彌真已經被夜幽谷詛咒了。

後來，彌真發現自己的右手和左腳變成了石頭！更可怕的是，在變成石頭後，即便取出引路燈點燃，也沒有辦法回到現實中了！

這個詛咒，已經讓引路燈失效了！

彌真只能咬牙強撐著，她相信，一定有辦法能夠解除這個詛咒的。如果那麼輕易就絕望，她也不可能活到今天了。越是在生死危急關頭，彌真就越是冷靜。

後來，她找到了葉鈴鈴家，發現了地獄契約碎片和蒲靡靈的日記！然而，放著契約碎片的茶几下面伸出了一隻潰爛的手，她連忙要去阻止。她打翻了茶几，抓住了契約碎片和裝著日記紙的盒子，整個人也倒在了地上。可是，她的右腳也石化了，根本無法站起來！

就在這時，李隱破窗而入，拿著引路燈，看到了這一幕！

那隻潰爛的手已經不見了，而彌真的整個身體迅速石化，就連衣服也變成了石頭。

「不——」李隱驚呼著就要衝上去，然而，剛接近彌真，他忽然就聽到彌真大喊道：「快逃啊！

這個房間有鬼！我的身體變成石頭後，就沒有辦法用引路燈了！」

李隱頓時驚駭不已，彌真又大喊道：「你右腳的鞋子！」

李隱低下頭，駭然發覺，自己右腳的鞋尖部分，也開始變成石頭了！李隱立即抬起腳，甩掉了鞋子！隨即左腳的鞋尖也開始石化。

他踉蹌地後退了兩步，卻發覺，左腳鞋子的石化立刻停止了！他明白了，如果接近彌真，她身上的石化詛咒也會在他身上起作用！

彌真也是極為聰明的，也看出了這一點：「快帶著契約碎片和日記離開！」她馬上從盒子裏取出日記紙，用左手把契約碎片丟過來，再拿住日記紙想丟時，左手卻已經完全石化了。

李隱的大腦中一片空白！然而，他根本無法阻止，他連接近彌真都做不到！彌真為了他付出那麼多，可是，他卻只能眼睜睜看著彌真變成石頭！

「李隱，快走……」

彌真說完這句話，她的嘴巴也石化了，隨後，已經徹底變成石像的彌真，就這樣倒在了地上，手裏拿著一張日記紙。

李隱跪倒在地上，根本不去看契約碎片。

「不……不能夠……」李隱的視線慢慢被淚水模糊了，就在不久前，他還暗暗發誓，會不惜一切代價讓彌真活下去……可是，她就這麼變成了石頭，在自己面前！最後一刻，她首先想到的，是把契約碎片給他！

「不能夠！」李隱抹掉了眼淚，急促地說：「一定有辦法的，一定有辦法能夠讓你變回來的！如果這個夜幽谷和以前的血字有關，也許就有生路！我會找出生路的，彌真，你等我，不管要花多少時間，我一定會讓你活過來的！你一定要等我！」

李隱忍痛帶著契約碎片，離開了這座房子，在夜幽谷裏搜索能夠救彌真的方法！

過了很久，李隱依舊一無所獲，只好先回去。回到公寓後，他才知道，最後一刻，安雪麗發回消息，新的契約碎片在夜幽谷。李隱這才確定，這的確是地獄契約碎片。

然而，翌日，公寓就發佈了新血字，李隱是血字執行者之一，內容是前往歐洲，法國里昂！在歐洲的血字裏，上官眠、李隱和洪相佑三人得以僥倖存活。

然而，李隱並沒有多高興。彌真依舊化為石頭在那個「地獄」中，李隱一次次用引路燈進入夜幽谷搜集線索，卻始終一無所獲，好幾次還險些送命。

雖然找到了新的契約碎片，可是有兩張是在倉庫惡靈手中。這也就意味著，李隱根本沒有希望和李隱在一起這麼長時間，彌真告訴了他很多以前公寓的事情。第一次血字時，她想出生路後也立即和大家分享，活下來的人很感激她。她這樣做，是希望以後大家和彌天一起執行血字時，會幫助彌天。所以，她每一次血字都出力極多，這樣廣結善緣，雖然不是每次都可以救活住戶，但是確實讓不少住戶免予一死。在化為石頭的那一瞬，彌真想到的，也只是對眼前的這個深愛的男子的祝福。她就是一個堅毅的女子。

夜幽谷的火種越來越少了。最終，李隱決定離開夜幽谷去尋找新火種。

《第四類靈異現象》劇組的血字發佈後，在八月五日，上官眠、柯銀夜、徐饕等人在香港九龍的葉鳳山執行血字。那一天，李隱出現在假子夜面前，和她回到了子夜以前住過的暮月街。

他已經意識到，留給他的時間沒有多少了。他決定最後搏一搏。他想試著，能不能用引路燈，將倉庫惡靈帶入夜幽谷，來個以毒攻毒。雖然目前試過用引路燈是無法帶人的，但是對方不是人，是否有作用，還不知道。這是在搏命，要不是火種枯竭了，他也不會這麼賭。

置之死地而後生，李隱的想法實在瘋狂，由此也可知，他已經被逼到了何等地步。

最主要的原因，是他無法把彌真丟在夜幽谷，自己一個人去尋求生機。人怕死是可以理解的，但怕死不是可以捨棄彌真的理由。

而最大的轉機產生，是深雨執行了魔王級血字，因為她分擔了詛咒，彌真得以死裏逃生。

就在彌天的空間投射分身和深雨一起進入夜幽谷救了彌真後，李隱也離開了深雨的血字空間，用引路燈進入了夜幽谷。然而他剛一進來，彌天和深雨就掉入了另外一個空間。

當李隱看到彌真得以復活，心中的恐懼都煙消雲散了。她活下來了。這樣，就足夠了。

那一刻，李隱無比感激命運。

接下來，二人來到夜幽谷山下，坐上那列火車，離開了夜幽谷。火車很奇怪，在二人上車後，不等到午夜零點就發車了。

然而，厄運並未結束。

魔王的恐怖，開始向彌真襲來……

火車行駛著。李隱看著身旁熟睡的彌真，回憶起在前往法國里昂的船上，上官眠對他說過的話。

一向冷血的上官眠，突然對他提起了彌真的事情：「當水墨畫血字的詛咒消除，我清醒過來時，發現她在身邊，我做的第一件事情，就是用槍對準她的頭，問她：『你冒死救我的目的是什麼？』而她的回答是：『你是那個公寓的住戶。這個理由就足夠了。』然後我就問她：『只是那麼簡單？你就不怕死嗎？』她的答案也很簡單：『我隨時都距離死亡很近，無時無刻不在害怕死亡。只是，一個人活著，總要想著生機和希望。我不會放棄，所以我活到了今天。』」

上官眠對李隱說：「我從不介意這世上任何人死在我面前，從我殺死麗娜那一刻起，我就沒有不可以殺的人了。但是，從今以後，楚彌真是我在這世上絕不會殺的人之一。而你是她所愛的人，所以，無論發生什麼事情，我都不會殺你。你可以站在這和我說話，都要感謝她。被槍指著還能說出這樣的話，這樣的人我從來沒有見到過。有一個絕對不可以殺的人，我才能找到活下去的理由。」

上官眠將她最後一點人性，寄託在了彌真的身上。

李隱看著靠著他的肩膀昏昏睡去的彌真，不禁會心一笑。雖然在陰冷灰暗的天空下，李隱卻感到，這一刻，是子夜死後，他心中最平靜的時刻。

他手裏拿著兩隻燈籠。彌真的燈籠在她變成石頭後，就從空間夾縫掉了出來。

就在李隱再度看向彌真的時候，卻感到渾身都冰冷了。她竟然消失了！

那時，彌真已經被拉入了異空間。李隱駭然大驚，引路燈都在他手上，彌真怎麼可能會消失？她去了什麼地方？

李隱猶如跌入了萬丈冰窖！他在火車車廂內一遍遍尋找，都沒有她的蹤跡！

他回到現實世界，去了安排的住處，也去找過嚴琅夫婦，可是都沒有找到彌真的蹤跡。她好像從這個世界上徹底消失了。

如果對上官眠而言，彌真維繫著她最後一點人性，那麼，對李隱來說，彌真就是他已經枯竭的心靈的最後一點光明。

李隱想起，投射的彌天分身可以在空間中穿梭，那麼，自己是不是也能夠有重疊空間的投射分身？或者，有沒有辦法可以破開重疊的空間，去找彌真呢？

李隱開始用引路燈做穿梭空間的實驗，看能否用引路燈打開空間之間的屏障。可是，他始終沒有成功。直到火車終於到達下一站，他找到了新的蒲靡靈日記紙後，才知道該怎麼做。在那裏，他獲得了新的火種，可以在「地獄」內的空間之間穿梭，就像彌天的分身那樣，有了打破空間的能力。

於是，他穿越了很多空間，終於找到了彌真。

而找到彌真的地方，竟然是他們非常熟悉的天南市金域學院。

然後，他就看到，彌真，彌天竟然和另外一個「自己」在一起！李隱立刻明白了，彌真陷入了魔王級血字的心魔中。

和神谷小夜子進行交易，李隱為了獲得新預知畫而不惜幫她去拿引路燈，也是為了彌真。但是，那些預知畫因為未來已經無法由蒲靡靈預知，就沒有意義了。

「我帶你走，彌真，不要待在這裏，我要帶你離開！」

李隱當時很擔心，彌真會不會認為他也是心魔，而不敢接近他。但是，彌真沒有猶豫，就向他走過來了。似乎她可以分辨出，自己是真正的李隱。

她來到李隱面前，靜靜凝視著他，輕聲說道：「帶我走吧。」

她知道，在這個空間裏，深愛她的李隱，只是鏡花水月。即使不能夠如她所希望的那樣相愛，可是，她愛的始終是真正的李隱。

後來，因為彌天的緣故，在教學樓頂，彌真被地上偽裝成屍體的鬼魂抓住腳，生死一線之間，李隱衝了過來，用引路燈帶著她逃了出去！

但是，這個空間會不斷膨脹並吞噬周圍的重疊空間。魔王的詛咒，絕對沒有漏洞。最終，彌真再度被異空間拉了回去，甚至失去了記憶，徹底陷入了那個膨脹的異空間。李隱耗費了更長時間，才在她即將被魔王拉進去的一瞬間將她救出了。

當所有空間都碎裂時，李隱靠著引路燈，再度逃到了這個地下遺跡空間中。

然而，火種已經用完了。

所有空間都崩潰了，不可能再找到多少火種了。現在，彌天就是去尋找火種了。

李隱拉著被黑洞吞吸的彌真，緊咬牙關喊道：「我會帶你走！我愛著你，愛著你啊！我不能讓你死，彌真！你聽到沒有？我不能讓你死！」

只要他鬆了手，彌真就會永遠離開他，就和子夜一樣！

子夜已經死去半年了。這半年來，一度心如死灰、猶如行屍走肉的李隱，之所以能活到現在，都是因為彌真。而在即將失去彌真的這一刻，他才明白，他已經不能沒有彌真了。

「李隱……」彌真不知該說什麼。李隱終於說了她最期待聽到的話，卻是在這生死一線的時刻！

在公寓附近的無人區裏，此刻險象環生。

柯銀夜等人根本不知韓未若已經死去，剛才，子夜說要跟過去看看情況，就追著韓未若過去了。

「李隱是倉庫惡靈？這怎麼可能？」此時最難接受的人是銀夜，他和李隱一直是惺惺相惜的，實在不願意相信李隱早就死在了倉庫中。

眾人忽然停下腳步。因為，眼前出現了一個人。

李雍！

他看到柯銀夜等人，目光掃視一番，便掏出槍來，冷冷地說：「我耐心有限，快告訴我，嬴子夜在哪裏！」

李雍要殺死嬴子夜，是因為，他知道嬴子夜就是倉庫惡靈！

他通過冷馨得到了深雨夢遊時畫的預知畫，接下來，冷馨更是告訴了他可以讓嬴青璃復活的方法。

他最初是打算安排李隱離開子夜，可是李隱卻行蹤飄忽不定。與此同時，他查出了可以殺死十六個人來換取嬴青璃復活的人中，最後一個人……是李隱！

只是，他卻知道，子夜已經死了，現在在李隱身邊的是一個惡靈，時刻有可能殺死李隱。對自己的親生兒子，李雍能下得了手嗎？

他最後的安排，是一個個殺掉那十六人。同時，他也在等待。因為，也有可能，李隱會被倉庫惡靈殺死。這才是李雍遲遲不殺最後一個人的原因。

當李隱被鬼魂拖入血泊中的時候，他以為李隱真的死了，然而，嬴青璃卻沒有復活。他立刻懷疑查出的十六人名單有誤，只有先考慮復活李隱了。

但是，在那以前，他有一件事情要做。他要去殺掉倉庫惡靈！命令林翔等人去殺子夜，就是這個原因。他要殺掉一個鬼！

李雍並不知道李隱還活著。在李隱拿著證據來找他、而被他關起來後，李隱就用引路燈逃了出去。這就是李隱的第二手準備。在被拉入血泊的時候，他也立即取出引路燈逃到了「地獄」。

「說，嬴子夜在什麼地方？」李雍提高了音量，「你們的事情我都知道，我是李隱的父親！我要殺掉她，她是鬼，你們知道嗎？真正的嬴子夜已經死了！」

此時，李隱感到，黑洞的吸力越來越強，彌真的手漸漸從他的手掌中滑了出去！然後，只有彌真的手指還被李隱抓住了。

李隱只感覺心幾乎要爆炸了。他已經失去了子夜，不能夠再失去彌真了！

如果有火種的話就好了！只要有火種，那麼就可以解決眼前的難題！

彌真的手繼續一點點地滑出去，李隱感覺，再不放手，自己也很可能被吸進去了！

彌真想開口說些什麼，可是，看見李隱的眼神，卻什麼也說不出來了。她明白，因為，她也有這樣的眼神，不惜一切為了所愛之人的眼神……

就在這時，一個聲音忽然響起。

「火種，我給你！」

在李隱面前，一個身影浮現出來，是深雨！她手裏也拿著一個引路燈，攤開手心，裏面是五個灰白色的小火苗！

深寸將那五個火種放到李隱手中，就馬上消失了。畢竟，她也是魔王級血字的執行住戶，一不小心也會被吸進去的。

李隱馬上拿起一個火種，放到了彌真的手中，就在這一瞬間，他的手和彌真的手完全分開了！

彌真的手猛然一抓，在最後一刻抓到了火種！她立即從空間夾縫裏取出了引路燈！她的身體距離魔王的黑洞越來越近了！

李隱眼看著彌真的身體被黑洞完全吞噬了，接著，眼前的空間裂縫立即消失了……

李雍舉著槍，他已經下定決心，一定要殺了那個倉庫惡靈！他也知道，子彈殺不了鬼魂，但是，總要試一試！

他不能讓李隱復活後，再度被殺死！

他最終還是無法對自己的兒子下殺手。即使為了復活摯愛，他也沒有辦法殺死自己的親生兒子。

在那一刻，他放棄了這個計畫。

「告訴我……」李雍打開槍的保險，「嬴子夜在什麼地方！我數一，二，三，再不開口，我就殺掉你們中任意一個人！」

上官眠正在巷道內飛奔。

縱然面對這樣的危局，她也是不亂方寸。忽然，她停下了腳步。她看到，母親韓未若的屍體倒在地上，地面已經被血染紅了。

上官眠猛一踏腳，瞬間就到了母親面前，拉起韓未若，立即看到了她破開的左胸。已經沒救了。

上官眠就這樣看著逝去的母親，一如當初看著真實在她面前死去。

她的眼中沒有淚水，沒有哀號，沒有悲傷。

自從真實被自己親手殺死後，上官眠就再也沒有人性留存了。以前她說過，不會殺彌真，也不會殺李隱，但是，她對於假李隱還不能百分百確定的情況下，也毫不猶豫地痛下殺手！

上官眠輕輕放下母親的屍體，抬起頭來。眼中是機械一般冰冷的殺意。她忽然將母親的屍體高高舉起，朝某個方向扔去，立刻要離開原地！

可是，她感覺到，右手被一隻冰冷的手死死抓住了！

上官眠毫不猶豫地用左手揮舞出一把刀刃，齊刷刷砍斷了右手！一瞬間，她的身體就到了百米開外！被砍斷的右手斷面上，鮮血不斷噴灑而出。

這是上官眠第二次斷臂。但是，和上一次不同，現在不是執行血字，回到公寓身體也不會自癒的，而那隻斷掉的右手在鬼手上，也不可能拿回來做手術接上了。上官眠永遠失去了她的右手。

上官眠沒有停下來，一路狂奔，很快，眼前就出現了銀夜等人，以及李雍！

看見舉槍的李雍，上官眠根本沒在意，這個人對她沒有半點威脅，她自然不會浪費時間。但是，她忽然想到了什麼，停下了腳步！

有嫌疑是倉庫惡靈的，就那麼幾個人。按理說，倉庫惡靈被確定了是李隱，但是，她感覺有點不對勁。此刻，她發現，嬴子夜不在！

「怎麼回事？」她看向眾人，「嬴子夜在哪裏？」

「不知道啊。」神谷小夜子看到上官眠的右手竟然被砍得只剩下一小截，難以置信地說：「她剛才和你母親一起去找你了，你沒有看到她們嗎？」

上官眠立刻丟下了一句話。

「逃吧。如果你們不想死。」

上官眠立刻消失了！

李雍驚愕不已，就在他愣神的當口，其他人都分頭逃開！連上官眠都斷了一臂，她說要逃，誰還敢留在這兒？大家都分散開了，只有銀夜和銀羽是一起逃的！

在街角的一家理髮店裏，只有羅休、羅骸和韓瑾三個人。因為店主早就走了，沒有繳納電費，室內一片黑暗。

羅骸說是羅休的哥哥，可是，他看起來才三十幾歲，比羅休要顯得年輕一些。當然，羅骸的真實年齡，絕非像外表這樣。

「血字總清算……」羅休坐在一張椅子上，雙手合十撐住下巴，看向哥哥，說道：「故地重遊的感想如何？」

「很糟糕。」羅骸看向韓瑾，說道：「也罷。一樣是死，還不如搏一搏。」

要不是這個公寓，羅家是不會遭到詛咒，而最終淪為蠱師的。

羅骸捂著臉說：「不管怎麼樣，終究是要清算一下了。」

韓瑾忽然壓低聲音說：「噓——你們聲音輕一點，外面動靜不小，我們小心一些！」

羅骸和羅休都不說話了。

四散而逃的住戶們，現在猶如驚弓之鳥。神谷小夜子跑得很快，然而，她再怎麼拚命跑，還是跑不出無人區。這一個月裏，無人區的範圍又擴大了許多。周圍的街道一點燈光都沒有。

神谷小夜子抹了抹額頭的汗，想起李雍說的「嬴子夜是鬼」這個說法，結合上官眠的反應，心中確定了幾分。

嬴子夜才是倉庫惡靈，那麼，那個李隱是怎麼回事？莫非倉庫惡靈有兩個？

神谷小夜子注意著四周，還不時抬頭看著空中，心中越加不安。就在這時，她聽到低語聲：「小夜子，快，在這裏！」

她立即看過去，只見在一條巷道上，妹妹桐生憐正站在那裏！

神谷小夜子卻不敢過去了，誰知道眼前的憐是人是鬼？她開始不斷後退，讓憐費解不已。這時，小夜子的電話響起，是雅臣打來的。接通後，她就聽到雅臣的聲音：「喂？小夜子？你沒事吧？好像出了什麼事情？」

「你在哪裏？」

「墨延路。」

依舊是在無人區範圍裏。

「馬上逃出無人區，盡可能逃！明白嗎？」

「那我們在什麼地方碰面？」

「先離開無人區再說！就這樣，我先掛了。」

「好的。你放心，嬴子夜現在就在我身邊呢，有她在，我安心不少，掛了！」

小夜子聽到這句話，在原地愣住了，電話卻已經掛斷了。

「喂……雅臣，雅臣！」

這時，憐已經來到了小夜子面前，問道：「怎麼了？姐姐？你為什麼看到我就後退？」

「逃……」小夜子馬上抓住憐的肩膀，「快逃！千萬別去墨延路，快逃！」

這裏離墨延路並不遠！

小夜子又撥打了雅臣的電話。可是，鈴聲一遍一遍響著，就是沒有人接電話！

小夜子的心，一點一點往下沉。雅臣，多半已經凶多吉少了！

再怎麼厲害的偵探，對於目前的這種局面，也毫無應對之策了！她一把抓起憐的手，狂奔起來！

母親死後，憐就是她最重要的親人了！小夜子性情涼薄，也是在桐生家族裏造就的，但是，唯有憐，是她要豁出性命去保護的人。

至於雅臣，雖然她和他有過一段感情，卻只能說是恐怖之境的抱團取暖罷了。雖然難過，她也不可能為了他去送死啊！

然而，她的體力已經消耗得太多了，更何況，跑得再快，能快得過鬼嗎？現在，只有指望跑出無人區後，或許還有一線生機！

「記住，憐。」小夜子一邊喘著氣一邊說，「嬴子夜已經死了，現在的嬴子夜是倉庫惡靈偽裝的！如果你看到嬴子夜，一定要逃！」

「姐姐，你說什麼？這是真的嗎？」憐剛進入公寓不久，也只認識李隱、嬴子夜等比較有名的住戶。

這對姐妹一路上跑得上氣不接下氣，最後終於停了下來，稍稍休息一下。就在這時，小夜子的手機又震動起來。她一把取出，卻發現，來電的是……雅臣！

她立即一把甩掉手機，和憐繼續奔跑起來！雅臣肯定已經死了，打電話的會是誰？想也知道了！住戶們都陷入了絕望之中，而且，沒有人敢回公寓去！等待他們的，只有死亡啊！

蒲連生將「李隱和嬴子夜都是倉庫惡靈」這個消息群發給所有住戶。當住戶們都知道這件事後，都愕然不已。他們意識到了一個可怕的事實。

血字總清算，即將到來了。沒有人可以逃出生天！

然而，蒲連生沒有想到，他群發簡訊原本是好意，卻釀成了大禍。

一旦所有住戶都知道了倉庫惡靈的真面目，血字總清算就會提前來臨！

此時，假嬴子夜之事已經盡人皆知！

13 血字總清算

柯銀夜和柯銀羽正在跑著，忽然，他們的腳步停下了，身體一動也不能動！接著，月光之下，他們的影子，竟然先於他們動了起來！

影子操縱住戶！

這樣的事情，只有住戶違背血字規則、影子詛咒發動時才會發生！現在，影子是朝著公寓的方向跑去！

不光是柯銀夜和柯銀羽，神谷小夜子、桐生憐、蒲連生，甚至正在異空間的李隱都是如此！李隱看到，臺階上，自己的影子動了起來！他發現自己無法控制自己的身體了！

李隱無比錯愕，他沒有違背公寓規則啊，怎麼會觸發影子詛咒？接下來，他就自動點燃了引路燈，他回到了現實世界。在影子操縱下，他也朝公寓奔去！

一個小時後，公寓全體住戶，都在影子操縱下回到了公寓，在一樓大廳站定了，一動也不能動！

血字總清算提前到來，影子詛咒發動了！

當李隱進入公寓時，大家都紛紛看向他，叫嚷道：「他不也是倉庫惡靈嗎？難道是來殺我們的？」

當李隱站定後，住戶們的影子詛咒解開了，大家能自由活動了。頓時，大家都用恐懼的眼神看著李隱，紛紛朝旋轉門衝去！

可是，他們發現，一旦接近旋轉門，影子就會控制住戶站在原地，一動也不能動！

血字總清算，是必須在公寓內進行的！沒有完成十次血字，沒有能夠完成魔王級血字的住戶，必須死！

只有深雨因為情況特殊，所以是例外。這時，沒有只殺十個人的限制了。而此時，倉庫惡靈也已經回到了公寓裏。

住戶們嘗試著進入一樓房間跳窗戶，可是影子會控制他們不能動。到二樓去嘗試，還是失敗……當發現無論用什麼辦法也無法離開公寓時，住戶們都絕望了，他們亂跑起來。他們還是把李隱當做鬼，沒有人敢接近他。

現在，公寓裏一共有四十九個住戶。住戶們憤怒地謾罵著，怒吼著，開始互相殘殺，有的精神崩潰了，有的直接自殺了。

公寓，就是他們的葬身之地！

李隱看著這一幕，也意識到了情況有多可怕。他隨即發現，只要他想取出引路燈，身體就一動也不能動。想用引路燈逃出去，是不可能的了！

李隱感到渾身都冰冷了。這麼一來，他和彌真的計畫就不可能實行了！最後一線可以拯救全體住戶的希望，此刻徹底消失了！

從子夜打開那個櫃子抽屜時起，這一刻就註定了必定會到來。現在只是提前了一些而已。

「你們試試，能不能打破牆壁！」

「你個混蛋敢推我，你想死是不是？」

「媽的，反正要死，老子平時就看你們不爽，我要把你們都給宰了！」

公寓陷入了極度混亂中，有人被踩踏在地上。對於住戶的全武行，上官眠也不能出手阻止了。而失去了她的武力鎮壓手段，很快就出現了大規模的廝殺。

此時，羅休來到了十一樓，這裏暫時還沒有住戶到來。樓下的慘叫聲，在這裏也聽得到。

「阿瑾。」羅休走在最前面，眼中閃過一絲殺機，「嫁給我，你受苦了。」

「我從不後悔嫁入羅家。」韓瑾撥了一下額前的瀏海，「最可憐的，是十三……也許不該告訴他，這個公寓的存在。」

羅骸一言不發。他始終沉浸在昔日的回憶中。羅家的悲劇，是從這個公寓開始的。

「小心一些。」羅休此時非常警惕，「就算是死，我也要為十三討回一點利息。」

住戶們開始向上走。他們希望，在上面的樓層，影子詛咒可以給他們一線希望。

上官眠已經給斷掉的右手傷口進行了簡單處理，但是，包紮好的繃帶又被血染紅了。她已經上到了第七層。

這時，第七層還沒有人，她衝入一個個房間，然而一到窗口，影子就會讓她無法移動！她嘗試著將體內的真氣逼入手掌，可是，真氣一釋放出去，就立刻消散於無形！

她的強大真氣完全被阻滯了，在影子詛咒之下，半點都發揮不出來！作為一個頂級殺手，此刻連半點反抗能力都沒有！只有她停止運轉真氣，影子詛咒才不會影響她的行動。也就是說，想要靠武力闖出去，是沒有可能了。上官眠都是如此，更不用說其他人了。

在混亂之下，柯銀夜帶著柯銀羽來到了十八樓。而為了躲避混亂，有越來越多的住戶朝更上層逃去。

在這裏，已經基本聽不到樓下的嘈雜聲了。這個昔日安全的避難所，已經變成比任何一個血字執行地都要可怕的地方。根據柯銀夜的分析，很多住戶會在最後一刻去執行魔王級血字。銀夜強行砸開了一個住戶的房間，進去後想打開燈，房間內卻依舊是一片漆黑。

「果然……」柯銀夜算是明白了，公寓要在這黑暗之中，讓他們一個接一個死去！

柯銀夜看向身旁的銀羽，她是比自己的生命還要重要的人啊。這時，銀羽抱住了銀夜，深深地吻著他的唇。銀夜也環著她的腰，深吻著她。

二人都很清楚，要活著走出這個公寓，已經是不可能的了。在死亡到來之前，他們絕對不捨棄彼此。

羅休停下了腳步。羅骸和韓瑾自然也停下了。

「怎麼了？」韓瑾露出警惕的神色，立即問道。

羅休注意著四周的動靜，做了一個噤聲的手勢。羅骸則取出了一把匕首，迅速割傷自己的手指，在旁邊的牆壁上開始畫。

羅家的血受到了蠱的詛咒，而羅骸繼承的血詛咒最強。羅家的人，註定會為人帶來不祥，所以，必須用降頭術來分擔詛咒。

羅骸很快在牆壁上畫下了一個奇怪的符號，隨後，血符號的中央，血跡開始散開……

羅骸面色一變，有反應了！

「阿瑾！」羅骸立即向一旁的韓瑾使了個眼色，她馬上從身上的包裹取出了一個黑色的頭骨！這是羅家先祖的頭骨之一！她迅速將黑色頭骨放在地上，又取出一把沾染有羅家人血液的匕首，狠狠插入頭骨！

「走！」

三個人迅速跑開，衝入一旁的樓梯間裏，卻看到一個人衝了上來。那個人……赫然是李隱！「李隱？」羅休面色一變。羅骸卻搖搖頭說：「沒有問題，他是倉庫惡靈的說法應該有誤。」

李隱走了上來，喘著氣問道：「你們……是羅十三的家人吧？」

「快走吧。」羅骸陰沉著臉說，「我們羅家人的血脈可以起一點作用，但你們就沒有辦法了。」

「羅家的血脈？」

「你不需要知道這些。我們都沒有可能活著離開這座公寓了。但是，死之前，我們要為羅家死去的人討回一點利息！」

羅骸是目前羅家最年長的人，羅家現在僅存的血脈只有他和弟弟羅休了。家族的詛咒，羅家人對這座公寓刻骨銘心的恨……那是一段不堪回首的往事。

羅骸和羅休擦過李隱的身體，準備下樓去。而當韓瑾走過李隱身邊時，她的肩膀卻被李隱一把抓住了。而他的手……竟然毫無體溫！

李隱回過頭來，他的雙眼是一片白色！

就算是羅家人，他們也無法看出，這是用活人的身體拚接出來的，羅骸失算了。

這時，在第八層樓，已經有幾名住戶要去執行魔王級血字了。這幾名新住戶用刀子割傷了手指，紛紛在牆壁上寫下「祭」字。

然而，出現的魔王級血字內容，卻讓他們都瞠目結舌。血字執行時間，竟然是在二〇一一年十二月三十一日！現在才十月中旬啊！

他們看到這個血字時，完全絕望了。這種情況下，公寓是根本不打算讓他們離開了。現在，有誰能夠逃出去？

而李隱還是不願意放棄。如果現在放棄，怎麼對得起彌真和他一起付出的努力？

李隱來到了第二十層。他打算嘗試一下能不能進入天臺，如果能，試試看可否在天臺上取出引路燈！

剛來到第二十層，李隱就看到走廊上正走來的神谷小夜子和桐生憐。二人滿臉緊張，看到李隱後，小夜子更是面色煞白，立即護住身後的憐，緊咬牙關說道：「憐，你快逃！」

李隱立即明白過來，說道：「你們別誤會，我不是鬼！真的不是！你們看到的那個，是倉庫惡靈弄出來的另一個我的鬼！」

神谷小夜子哪裏肯信，她不斷後退，認定眼前的李隱絕對就是鬼！她可是親眼看見，他被上官眠砍下了頭啊！

忽然，樓梯間裏又跑上來了一個人，那是一個新住戶，名叫程海，他一跑上來，因為背對著李隱，加上樓道黑暗，所以筆直朝前衝，就進入了自己的房間內，關上門，身體緊貼牆壁。他只希望，公寓裏那麼多的住戶，倉庫惡靈殺掉一部分人就行了，不要殺掉他！

程海忽然又聽見了外面李隱的聲音，頓時汗毛倒豎！現在的住戶們，哪一個不是把李隱當做是鬼？程海嚇得魂飛魄散，他連滾帶爬地逃進臥室，來到窗前跪下，苦苦祈禱著：「神明啊，求求您大發慈悲吧，我不想死啊……」

忽然，有幾縷頭髮垂到了他的脖子上，濃密的頭髮開始盤繞起他的脖頸來，程海還來不及掙扎，就被高高吊了起來！

程海的慘叫聲傳了出來，外面的神谷小夜子和李隱頓時心驚不已！

三個人立即撒腿飛奔，朝樓下逃去！然而，腳步剛一邁動，他們就發現，眼前所有房間的門縫下，濃密的黑髮大量湧出，很快，走廊就被鋪成一片黑色！

「不會吧……」對於執行血字沒有經驗的桐生憐嚇得面無人色。

「不要停下！」李隱朝樓梯間跑去，然而，靠近樓梯間的房間，也在門縫下湧出了黑髮！

倉庫中走出的這個惡靈，根本不是普通血字的鬼魂可以相提並論的！血字總清算是沒有生路的！無論是上官眠這種武藝超群的人，還是羅骸、羅休這樣會蠱術的人，最後結局都沒有任何差別！

銀夜和銀羽臉色慘白地衝進臥室，將門鎖住！又搬來了許多傢俱抵住門！

「這個鬼……有分身！」銀羽的身體顫抖著，剛才他們的手機快被打爆了，住戶們都發信來求救，無論逃到哪個樓層，都難逃一死。

「不，不要……」銀羽渾身癱軟，滿臉淚水，她死死抱著銀夜，哭喊道：「不要，我不要死，我也不要你死！好不容易，我們能在一起，為什麼我們最後還是要死……」

銀羽本來以為自己已經看淡了生死，可是，在臨近死亡的一刻，她還是如此留戀這個世界。銀夜一直拚死守護著她，為她遮風擋雨，為她排除兇險，好幾次險死還生。當她終於發現自己愛上了這個義兄時，卻只能迎接最殘忍的結局嗎？

銀夜又何嘗不是肝腸寸斷。他為了銀羽，連死都不怕，可如今卻沒有辦法保護她了。看著銀羽在自己面前死去，是最可怕的事情了。可是，人力終究無法和公寓抗衡，身為人類，銀夜已經盡力了。

這時，門縫下，濃密的黑色長髮瘋狂地湧入，朝著銀夜和銀羽蔓延過來！

地下遺跡空間裏，一道空間裂縫撕開了，彌真，從裂縫中一步邁出！

她在最危險的時刻，用引路燈得以死裏逃生！要不是深雨，現在她已經一命歸西。也正因為李隱一直沒有放棄，她才能活了下來。

她也知道，自己並沒有安全。火種只能燃燒二十四小時，二十四小時後，她的生命依舊難以保全，只希望這個空間裏還有足夠數量的火種。

現在，李隱在哪裏？

彌真沿著臺階朝下跑去。越是向下就越寬敞，也越陰暗。臺階到了底部，出現在她面前的，是一個開闊的廣場。廣場周圍是暗灰色的牆壁，牆上有許多古怪的壁畫。這個地方，已經是她第二次來了。

「彌天……你還好吧？」彌真喃喃自語道。

銀夜和銀羽已經到了山窮水盡的地步。他們逃到房間的角落裏蜷縮著。銀夜死死地抱住銀羽，在生命的最後時刻，兩個深深相愛的人只能緊緊相擁，他們都閉上了眼睛。

「銀羽，如果有來生，我一定會繼續守護你，那時候，你一定要找到我。這是我們的約定。」

「嗯，來生，你也一定要來找我，娶我……」

銀夜和銀羽已經泣不成聲了，而頭髮已經快要碰到他們的身體了。

就在這時，那些頭髮忽然停滯了，沒有繼續蔓延過來，然後，開始漸漸地縮了回去！

二人看到這一幕，簡直難以置信。竟然……死裏逃生了嗎？

此時，那個羅家祖先的黑色頭骨還放在原地。大量的頭髮，從頭骨的眼部、嘴部瘋狂湧入，而插在頭骨上的那把匕首，也變得愈發血紅！

李隱此時正拉著神谷姐妹，躲在十七樓的一個房間內。剛才，他們也很奇怪，那些頭髮竟然突然縮了回去。目前限制已經全面解除了，怎麼還會有這樣的情況？

三個人躲在一張沙發後面，都是心驚膽戰。神谷小夜子已經有點相信李隱不是鬼了，如果他是鬼，直接殺了她們就行了，何必那麼長時間一直假裝？

「剛才，程海，還有江紹賓都死了。」憐渾身顫抖著，「那些頭髮纏住他們，把他們捲進了房間裏面……我們，我們該怎麼辦？」

李隱卻在沉思，剛才，為什麼那些鬼髮停止了？

羅休和羅骸，這時恰好就在隔壁的一個房間裏躲著。

「祖先頭骨起作用了。」羅骸的嘴角有一絲血跡，「但是，能爭取到的時間不會很長。」

「我說過，起碼也要收回一點利息。」羅休滿臉獰色，他的妻子韓瑾已經死了。當他回過頭時，她就消失了。

妻子和兒子都已經死了。羅休知道，自己也很快會去陪伴他們的。

那個黑色頭骨上面插的匕首，上面沾染的血，是羅骸的。而此刻，湧入黑色頭骨中的頭髮越來越多，頭骨的額部已經出現了一些裂痕。

頭骨裂痕出現的一瞬間，羅骸又吐出了一口血來！

「可惡……時間比想像中還短……祖先的頭骨，加上我的血，也只能做到這樣的地步嗎？」

「骸……」羅休看向哥哥，內心很沉痛。

他們羅家的悲劇宿命，從一開始就註定了，無法改變。

「我大概要先走一步了。」羅骸緊抓著沙發，說道：「想要靠這個來對抗這個公寓，真的是以卵擊石吧。不過，我至少也拚過了。」

羅骸在垂死掙扎。人類根本不可能抗衡公寓。任何人，都休想打破血字的規則。隨即，羅骸猛然吐出了一大口血，面色蒼白之極！

「骸！」羅休緊抓住他，大聲喊道：「骸！振作一些！」

「我們家族的人，就算死了，也得不到安息的，就像祖先們一樣。」羅骸知道自己到了彌留之際，「我們就算再怎麼憎恨都沒有用的。被不祥纏身的我們，沒有選擇。只有讓他人分擔詛咒，我們的家族才能支撐下去，可是，現在只剩下我們了……」

「別說了，骸……」

「還記得嗎？小時候，我們問爺爺，為什麼我們家的花園下面埋著那麼多骸骨。爺爺說，那是我們的宿命。他們長眠於地下，靈魂卻依舊不得安寧，依舊要化為詛咒的一部分……」

「你別說了！」

「我一直想改變，只因為我們家族的祖先，執行公寓的第十次血字時失敗死去，那個詛咒就一直延續到家族的後代。我們只能用自己的血來養蠱。現在，這一切該結束了，你也好，我也好……羅家的宿命也好……」

黑色頭骨已經遍佈裂痕了。被埋在羅家花園的祖先骸骨，一直都是用來養蠱，然後成為後代使用蠱術的基礎。

終於，整個黑色頭骨完全粉碎了，羅骸最後的努力徹底化為烏有！

羅休抱著哥哥冰冷的屍體。死去的羅骸，面目迅速變得蒼老了，頭髮變白，有了眼袋，皮膚也粗糙起來。他一直承受著蠱術，雖然顯得年輕，卻是在透支生命保護著弟弟羅休。

地下遺跡空間裏，彌真因為拿著引路燈，可以用來照明。此時，周圍無比寂寥，她正在搜尋著彌天。距離那個地下遺跡塔已經很近了。

周圍變得愈發開闊，眼前又出現了一段臺階。她沿著臺階走了下去，看到了彌天……以及深雨。

彌天回過頭，他的表情相當難看。

這是一個橢圓形空間，周圍有許多扇小窗戶。從小窗戶看下去，就會發現這是一座高塔的塔頂，塔的四周是一大片開闊的地底空間，下方則是無底深淵。在塔的一端，有一條長長的鐵鏈連向下方。在鎖鏈上，一個男人的雙手被高高吊著，懸掛在那裏。男人的全身都是黑色的，但是他的容貌……赫然正是彌天！

「現在的我……還是空間投射分身。」彌天看著下方被吊在空中的自己，說道：「姐姐，我很奇怪，為什麼我無法用意念回到公寓去。我的本體還是在沉睡著。」

其實在魔王級血字裏，他的本體一度進入了異空間，最後由於異空間破碎，本體才回歸了地下遺跡塔空間。

「姐姐……」彌天輕聲說道，「你現在很危險，一旦你也被……」

彌真卻拿著引路燈，搖頭說：「不會那麼快。我現在回現實世界去看看情況，李隱應該回去了。」彌真消失了。

深雨看向下方的萬丈深壑，又看了看彌天，說道：「無論如何，你們姐弟都讓我很佩服。」「走到這一步，姐姐付出了很多，我執行的血字，超過一半，都是靠姐姐指引生路，才能活下來的。」彌天眼中滿是對姐姐的崇拜。

就在這時，懸吊著的彌天的身體，臉朝向了塔頂窗戶邊上的深雨和彌天！

「深雨。」彌天一把將深雨拉到身後，「一旦有事，你馬上用引路燈逃走！你身上現在有多少火種？」

「六個。」

彌天隱隱地感覺到了不對勁。為什麼……剛才……

公寓裏，黑色頭骨碎裂後，更多的住戶死去了。

而李隱發現，他根本無法進入天臺。現在可以說是上天無路，入地無門了。李隱身旁的小夜子和憐，也都是戰戰兢兢的。

李隱忽然轉過頭，抽出了身上的刀子！進來的人，是蒲連生和莫水瞳。

李隱將刀子放下，蒲連生看到李隱，立刻大睜雙眼。小夜子馬上解釋道：「他應該是真的李隱。你們……」她這才想起來，這裏是二十九樓，蒲連生就住在這一層。

「現在是什麼局面，我們都很清楚。」李隱深呼吸了一下，「我們……」

樓下有一個尖利的慘叫聲響起！

蒲連生的心揪緊了。穿越五十年的時光，最終卻仍舊是這樣的結局嗎？

這時，他們赫然看到，電梯的顯示幕上，數字從「二十六」變成了「二十七」，並且還在繼續上升！

現在，公寓是不可能會有住戶敢坐電梯的！

幾個人立即撒腿朝樓梯間跑去！現在真的是在劫難逃了！

這時候，彌真回到了現實世界，就在公寓的無人區中。確定位置後，她立即飛奔起來，在公寓住了那麼多年，路線她記得很清楚。

「你一定要沒事啊，李隱……你一定要活著等我過來！」

公寓的各個樓層響著慘叫聲、痛哭聲、哀號聲，這裏就是一個人間地獄！

「快，快逃！」

某個樓層裏，三名新住戶正在走廊上飛奔而逃，他們個個都面色慘白，嚇得花容失色，臉上佈滿淚水。她們剛才親眼看到，一個住戶突然就被那些黑色長髮纏繞住，拖進一個房間，然後就傳來了一聲聲慘叫！

這個時候，最後一個人跑得太急，猛然摔倒在地，腳都扭傷了。而前面的兩個人只是回頭看了一眼，就繼續向前跑去，根本不管她了。這個摔倒的女孩叫童瑩，她害怕得拚命哭喊，好不容易掙扎著爬起來，可是，她從自己的腳下看過去，卻看到身後有一雙陰白的赤腳，正在朝她慢慢走來！

她嚇得魂飛魄散，連忙連滾帶爬地朝前面跑去，然而，哪裏還來得及？

拋下童瑩逃走的兩個人，衝入樓梯間後，卻不知道該是向上還是向下了。畢竟，不管逃到哪裏，都是無法離開公寓的。

其中一個額頭較寬的青年叫龍智，另外一個長髮女子叫林秋雁。住戶們在朝不保夕的壓力下，有些男女住戶就住到了一起，靠彼此的陪伴來排斥心中的壓抑和恐懼。

林秋雁和龍智相處了一段時間，多少還是有一點感情在的，龍智不到萬不得已，也不會輕易放棄林秋雁，雖然他知道這個女人不只是和自己上過床，但是他也同樣不止一次和女住戶發生一夜情。在巨大的恐懼之中，大家都是在發洩罷了。

龍智思索了一番，說道：「這樣吧，我們想辦法去找到柯銀夜和柯銀羽，或者找到蒲連生……他們一定能幫我們！」

林秋雁也感覺這樣做不錯。雖然現在怎麼看都是必死之局，但是他們實在是不甘心就這麼坐以待斃。於是，他們朝樓上跑去。

而在下一個樓層裏的一個房間裏，有兩個女人正躲在一張床底下。其中一個是戰天麟的妹妹符靜婷，另一個年輕女郎名叫華娜娜。這二人是鄰居，所以一起躲了起來。

外面走廊上此起彼伏的哭喊聲、絕望的尖叫聲，讓符靜婷渾身瑟瑟發抖，華娜娜則緊抓住她的手掌，低聲道：「別怕，一定會有辦法的，如果這是血字，也許還有生路。」

符靜婷沒有那麼好的心理素質，她是進入公寓之後，才知道了自己的哥哥以前也是這個公寓的住戶。她為了阻止哥哥利用毒藥殺人，一直以來都在分析研究他製作的毒藥的解藥。她自己就是天才藥劑師，然而，在這個公寓，她卻沒有半點用武之地。

這時，外面漸漸安靜了下來，符靜婷還是大氣也不敢出，華娜娜也是心跳得很快。這一次，公寓封鎖住戶，究竟會持續多久？倉庫血字發佈後才進入公寓的這些新住戶，難道就沒有一線生機了嗎？

「華……華姐……」滿臉淚水的符靜婷緊緊抓住華娜娜的手，哽咽著問：「有辦法嗎？你有辦法讓我們逃出去嗎？我不想死，我真的不想死啊，之前我中了毒，好不容易能活下來，可是卻不知道為什麼，莫名其妙進入了這個公寓……」

符靜婷至今都不明白，為什麼她會進入公寓？這個謎，是沒有人可以為她解答的。

華娜娜聽著符靜婷的哭訴，內心也是倍感煎熬，她也同樣不想死。

這時，兩隻毫無血色的手，忽然從她的後腦勺伸出來，死死卡住了她粉雕玉琢的脖頸……

「華姐……」符靜婷感到華娜娜的手鬆開了，轉過頭去一看，一旁已經沒有人了！

她立即從床底下鑽出來，四下一看，哪裏都沒有華娜娜的身影！

十七樓裏，一個拿著一把刀、渾身是血的男人正艱難地在走廊上走著。他的身上已經有多處刀傷了，不過傷口都不深。陷入瘋狂的住戶，不斷互相砍殺著，甚至有人當場強暴女住戶。這個男人叫韓冠楠，他是出於自衛才殺了人，死在他手上的住戶有兩個。

他的身旁，是一個頭髮凌亂、衣衫不整的女子，她叫金惜顏，面容很清秀，此刻眼睛卻是紅紅的，身上也有很多地方在流血。剛才，有六個男人一起撲過來，將她壓倒在地板上，而旁邊的住戶不是在看戲就是在砍殺，根本沒有來救她的。她如何抵抗得了？就在這時，韓冠楠衝出來救了她。

韓冠楠和那六個男人扭打了起來，他殺了人，但是自己也受了傷，他帶著金惜顏逃走了。那幾個人本來要追上來，但是後來他們聽到陸續傳來的慘叫聲，也就明白是怎麼一回事了。

金惜顏將身上的衣服撕下一塊，按在韓冠楠腿部的傷口上。她和韓冠楠都是三樓的住戶，平時是鄰居，也就是互相照應一下的關係。而想強暴她的六個男人中，有一個是她的男朋友！剛才他滿臉殘忍地說：「都是因為你，不是和你約會跑到這麼遠來，我怎麼會進入這個公寓？都怪你！」

「對不起，韓先生，你不要緊吧？」金惜顏哭著看著很快被血滲透的布片，「我……我該怎麼辦啊？」金惜顏此時害怕得六神無主，連男朋友都背叛了她，她還能夠怎麼辦？

「車到山前必有路。」韓冠楠壓著受傷的部位，「好了，柯銀夜他們還活著呢，他們應該可以想出生路來的。」

忽然，他們聽見了急促的腳步聲，回過頭去一看，只見一男一女奔了過來。這兩個人正是龍智和林秋雁！

「你剛才是說柯銀夜？」龍智驚喜不已，跑過來問道：「你看見他了？他在哪裏？我就說柯銀夜絕對不會那麼容易死的！他一定想到辦法了吧？」

「不……」韓冠楠搖了搖頭，「我沒有見到他，但是，我想他應該還活著。」

「你……你說的都是廢話啊！可惡，難道還要再上去？」

金惜顏連忙拉住龍智的衣服，說道：「你們能不能幫我一下？韓先生他受傷了，雖然傷口不算深，但是止不住血！你們也來幫忙吧！」

「你笨蛋啊你？那快給他清理傷口包紮啊！」林秋雁略微看了一眼韓冠楠說道，「房間裏應該有急救用品吧？沒有就寫張便利貼，可以拿出來的！」

「和他們廢話什麼？」龍智相當不耐煩，「別耽誤時間，去找柯銀夜！這個公寓裏死的人還不夠多嗎？多他一個也無所謂了！」

金惜顏這才想起來可以用便利貼拿出物品，她因為受到打擊，一時精神恍惚，把這麼簡單的事情都給忘記了！她連忙扶起韓冠楠。但是，必須要撞開房門去拿，這裏的房間門大多數是上鎖的啊！

「你們……幫忙撞開門吧！」金惜顏哀求道，「他是為了救我才受傷的，求你們幫幫忙吧……」

龍智不打算搭理他們，但是林秋雁心腸軟一點，看著韓冠楠身上的刀傷，抿了抿嘴唇，說道：「好吧，龍智，我們幫他們吧，多兩個人在，也好互相照應一下！現在公寓有不少住戶還會攻擊人啊……」

龍智想了想，感覺也有道理。他可是半點打架的本事都沒有，雖然眼前這個人受了傷，但既然他還活著，說不定有幾分底子。

儘管內心害怕，但是，反正逃到哪裏都是死，索性和這兩個人聚在一起。人一多，也可以壯一壯膽氣。

平心而論，普通的新住戶對於「倉庫血字」，還沒有什麼概念，現在說是李隱死了，那麼柯銀夜就成為他們心目中的救世主了。人在絕望的時候，就會選擇盲目跟從。

被住戶們視為救世主的銀夜，其實現在也在苟延殘喘著。要不是羅骸付出了生命的代價，他此刻也不能夠活下來。

這時，他身邊出現了三個人。這些還懷抱一絲希望的人過來找他，希望他能夠為他們指點迷津。現在，他們在十四樓銀夜的房間裏。一個穿著筆挺西裝、戴著眼鏡的儒雅男子，名叫韓俊深，縱然是在這樣的狀況下，依舊談吐不俗；另外兩個人，一個是臉上有刀疤的男子，名叫夏宇豪，一個是十五六歲的白衣少女，名叫張伊夏。

韓俊深思路清晰，反應迅速，在危局中方寸不亂，夏宇豪很聽他的話。柯銀夜根本不知道，韓俊深是天南市最大的地下黑幫組織「暗月幫」的二把手。這個人殺伐果斷，做事非常有條理，幫內的人都非常看重他。而夏宇豪則是他的心腹。「暗月幫」的一把手感到韓俊深想奪權，就決定暗殺他。在一次精心策劃的刺殺行動中，他雖然逃得性命，卻在逃跑時誤入了這個公寓。

韓俊深一直深藏不露，從來不高調，並積極籠絡住戶，手段可謂八面玲瓏。夏宇豪對他可以說是忠心耿耿，就算為他擋子彈都不會猶豫。如今，韓俊深來找到銀夜，就是知道，唯有和銀夜聯手，方才有一線生機。

韓俊深推了推眼鏡，給夏宇豪使了個顏色，夏宇豪就到外面去為他們望風了。韓俊深看著對他有些警惕的銀夜，坐下來說道：「柯先生，你不用擔心，我不會對你和柯小姐不利的。當下情況之嚴峻，你我都清楚。我是個沒有執行過血字的菜鳥，需要柯先生多多幫忙。直說吧，目前這個局，能不能解？」

韓俊深很緊張，他懷疑銀夜可能還知道一些內幕，也許還能有救。

「目前……」銀夜也知道韓俊深希望聽到他說什麼，但是，他根本就是一丁點兒辦法都沒有啊！他思索了很久，還是想不出生路的線索！

「很多住戶去嘗試選擇執行魔王級血字，但都是要到十二月三十一日才能去。」銀夜說道，「一定要說辦法的話……剛才，鬼的頭髮本來就要殺死我和銀羽了，但是突然停止，又縮回去了。我想，這當中也許有什麼玄機！」

「玄機？」韓俊深眼中流露出一絲精光，沉默了一會兒，他摩挲著手指上的一枚古銅戒指，脫口說道：「羅休！」

「你是說……羅休？」

「對。」韓俊深的手指繼續在戒指上摩挲著，這是他思考問題時的習慣：「柯先生，雖然他口口聲聲說沒有下蠱能力了，但是，誰知道是真是假？難保他不會為了讓自己不成為眾矢之的而撒謊！」

韓俊深雖然沒有十分把握，但是，他認為，住戶中如果有誰可以勉強做到這一點，就只有羅休，或者他那個神秘的哥哥羅骸！

白衣少女張伊夏也是滿臉喜色，她也感覺韓俊深說得很有道理。夏宇豪正通過貓眼觀察著走廊，偶爾會有一些住戶跑過，但是目前還沒有異常。但是，夏宇豪絲毫不敢鬆懈。

這時，韓俊深走到客廳，對他說道：「宇豪，我們已經用手機聯繫過羅休了，他說會和我們在第十六層會面，我們馬上過去。」

「是！韓先生！」夏宇豪畢恭畢敬地說著，跟在韓俊深身後。

張伊夏不時朝視窗看去，此時落地窗的窗戶開著，風一陣陣吹入，不時將窗簾吹起。他們朝大門走去，然而，銀夜轉動著門把手，卻發現門打不開了！他頓時臉色大變！

銀夜感到汗毛倒豎，他感覺到，一種危險的感覺正在房間內瀰漫著。

「快，撞開門！」

那個鬼肯定進入了這個房間！只是，還不知道在什麼地方。

每個人都一次又一次撞擊著大門，可是絲毫沒有用處。

韓俊深一咬牙，說道：「讓開！」他伸手取出了一把槍來！

這是「暗月幫」進行槍械走私得來的，韓俊深打開槍的保險，不顧周圍人詫異目光，就開槍了。

槍聲一響，打中了門鎖，他一腳踢了過去，竟還是弄不開門！

柯銀夜環顧著房間，剛才他就有感覺了，可是，現在就是什麼地方也看不出有問題啊！

在哪裏……在哪裏？柯銀夜不斷抓著頭髮，他快要崩潰了！

這時，龍智等人闖入了一個房間。金惜顏馬上撕下一張便利貼，將想到的藥品都寫在上面，貼在了一個櫃子上，然後一把拉開櫃子，果然所有藥品都出現了。她開始給韓冠楠處理傷口，上藥。龍智有些不耐煩地說：「動作快一點！現在我們個個都是……嗯？」

他們看到，廚房裏橫躺著一雙腳。龍智馬上走了過去，看到一個住戶身上插了一刀，早就氣絕身亡了。

「老兄，你早點投胎去吧，你的死和我們沒關係啊。」龍智走出廚房，將門關上，又走了回來。

「你說我們現在該怎麼辦？」林秋雁都快哭出來了，「每次給銀夜和銀羽打電話，總是在通話中！看來很多人都在打他們的電話啊！我們該怎麼辦？」

韓冠楠卻苦笑一聲說：「這至少證明，還有不少住戶還活著啊。」

金惜顏開始給韓冠楠耐心包紮傷口，同時不斷看向身後。

龍智又走到門口，看了看貓眼，內心非常急躁。誰知道銀夜和銀羽在哪裏？一個個房間找，要找到什麼時候？他們現在還活著，只能說人品太好了。

林秋雁走過來拍了拍他的肩膀問道：「剛才廚房裏面躺著的……是死了的住戶？」

「嗯。」龍智點點頭，「應該是……」他忽然面色一變。

等等……剛才死了的那個人，龍智怎麼完全不記得他的臉？

他馬上又跑到廚房門口，把廚房門一把拉開，卻發現地上根本就沒有屍體！他駭然不已地蹲下身子，橫看豎看，等到反應過來，剛要衝出去時，一旁的冰箱忽然打開了，一隻手猛然伸出來，抓住龍智的一隻手臂，將他整個人拉入了冰箱裏！

林秋雁看他又進去，不明白是怎麼回事，匆匆跑入了廚房，卻發現龍智根本就不在！她連忙在廚房裏到處看，可是根本沒有可以藏人的地方。她發現，冰箱下方有血跡滲透出來。

她走過去一把拉開冰箱，只見血是從裏面的冷凍格流出來的。她拉開最下面的一個冷凍格，就看到一大塊碎肉和大量鮮血！

龍智的整個身體，竟然被塞進了冰箱下面的四個冷凍格中！

看到這麼恐怖的死法，林秋雁嚇得花容失色，她立即後退，卻踩到了地面流動的血跡，一下滑倒在地上，她馬上要支撐著站起身，卻發現整個冰箱居然朝她倒下來，一個冷凍格掉出來，龍智的人頭就摔到了她的胸口上！

隨著一聲淒厲的慘叫，她被電冰箱壓住了！鮮血不斷從下面湧出！

聽到慘叫聲的一瞬間，金惜顏嚇得魂飛魄散，馬上拉住韓冠楠，立即衝向門口，一把將門拉開！

但是，他們怎麼可能逃得掉？

銀夜的房間內，他們依舊無法打開大門。銀夜和銀羽都感覺到，整個房間裏有一種陰森的感覺，室內的溫度明顯在下降，他們渾身直起雞皮疙瘩。

「快打電話給羅休！」韓俊深還強自保持著鎮定，「他也許有辦法！」

這種情況下還能夠有一絲冷靜，連銀夜也佩服起韓俊深來，馬上取出手機給羅休打去了電話。

正在十六層等待銀夜等人的羅休，這才得知了這邊的情況。

「能夠想一些辦法嗎？」銀夜哀求地說，「羅先生，只要你能夠救我們……」

「夠了。」羅休也明白了是怎麼回事，「感恩的話就不用說了，我不是為了你，是為了我羅家的人。你們待在那裏，我現在就下去！」

銀夜這才稍微鬆了口氣，然而銀羽卻拉著他的手，用無比驚駭的目光看向眼前……那排落地窗！

銀夜為落地窗購置的窗簾，是一副古代仕女圖，而此刻，他們才發現，窗簾上的仕女們，竟然變成了一群披頭散髮、面目扭曲的猙獰女鬼！

李隱和小夜子、桐生憐、蒲連生、莫水瞳，一起待在十九樓的一個房間裏。

蒲連生打破了沉默：「我想到一個辦法，或許可以嘗試一下。」

所有人的目光都迅速朝他看去。不等李隱和小夜子開口問，蒲連生就說出了他的想法：「能不能……犧牲掉血字，來取消倉庫血字？」

「這……」小夜子飛快地思索著，「這個血字太特殊了，不知道可否使用這個規則？像李隱這樣的情況，他在執行的算是哪一個血字？而且，符合這個條件的人，只有李隱、蒲先生你和柯銀夜、柯銀羽四個人了。」

那麼，就算這個辦法有效，誰來救誰呢？柯銀夜和柯銀羽肯定都會選擇救對方，根本指望不了他們。而在場的人，該用什麼來說服李隱和蒲連生救他們？不，首先，這能不能做到，都是一個問題。

小夜子看了看身後的憐，對這個妹妹，她是發自內心疼愛的，就算危及到自己的性命，她也會先考慮憐的安危。除此之外，桐生家其他人的死活，她根本是毫不關心。桐生步未之死其實也算是被她捲入的，但是出於從小對桐生家的憎惡之情，小夜子對她的死也只是唏噓一番，並沒有怎麼難過。

李隱和蒲連生，兩個人都可以去救別人，但是他們第一考慮的肯定是自己獲救，他們肯定可以輕易達成協定，互相救對方。而小夜子和憐有什麼理由讓他們來救？小夜子雖然也算是公寓智者之一，但是在這樣的生死關頭，這一點根本毫無優勢。

「這個辦法是行不通的。」李隱搖了搖頭，「我仔細想了想，這樣做雖然可以取消血字，但是根本沒有意義。這個公寓有很多住戶是在倉庫血字發佈後才進入公寓的，但是他們現在根本也一樣會死。更何況，抹消血字最多可以回歸公寓，但是，現在的我們本來就在公寓裏，這樣做，完全沒有改變任何情況。」

小夜子和蒲連生這才如夢初醒。

「你早就考慮過這一點了？」蒲連生馬上問道。

「嗯，沒錯。」

其實所謂取消血字，也只是將住戶帶離危險地帶，如果留在原地一樣會死，根本就不算徹底的拯救方法，代價卻高得出奇。一切都是建立在公寓是避難所之上，可是公寓已經不再是一個避難所了。

憐曾經希望父親帶著她離開。自從母親死後，她對桐生家的人沒有好感，可是，最後她還是被留下了。她一直難以忘記父親的眼神，還有姐姐那看著桐生家的人充滿仇恨的目光……多年來，憐一直思念姐姐和父親，可是，她和小夜子還有未來嗎？

小夜子緊緊握住了憐的手。她此刻很後悔。如果知道事情會發展到今天這一步，當年就不該為了仇恨，同意父親把憐留在桐生家。如果時間能倒流，她寧可放棄復仇，拚上一切，都要帶著憐離開那個只有陰謀和爭鬥的家族。那樣，憐的童年就不會蒙上陰影。

她第一次為自己的自私而悔恨。仔細想來，她和憐從小到大，只有在母親綾子去世前的那段日子是最美好的。但是，從那之後，她只想著為母親復仇，卻忽略了憐的感受。如今，她和憐的生命即將止步，她還能給憐什麼呢？

憐忽然身體猛然一顫，看向小夜子身後的一堵牆壁！大家的目光都投了過去，只見牆壁慢慢出現了一個黑洞，黑洞越變越大。

大家紛紛站起，迅速衝到門口。小夜子喊道：「我們分開逃！我帶著憐走！」

小夜子已經下定了決心。如果這是她們姐妹生命的最後時刻，她一定要好好地保護憐！

衝出大門後，小夜子帶著憐衝到樓梯間，她咬緊牙關，帶著她朝下面跑去。

跑到樓梯拐角，她們看到了一男一女，男人的胸口不斷流血，女人則滿臉淚水地抓住男人。看到小夜子和憐，女人頓時大喜，她以前是神谷盟的成員！

「快救救我們！我丈夫被砍傷了，神谷小姐，我們以前為神谷盟出過不少力啊，求你……」這個女人叫唐藍月，受傷的男人是她的丈夫周儒。

小夜子半點猶豫都沒有，就拉著憐一起朝下跑了。現在這個情況下，她連憐都未必能保護，如何去救這兩個人？

「姐姐……」憐頓時面露不忍之色，「我們……」

「別說了。」小夜子繼續下樓，「姐只要還有一口氣在，就不會讓你少一根汗毛！」

她們又看到一個男人跌跌撞撞地衝過來，差點撞了上去。男人也渾身是血，拿著一把刀，看到小夜子和憐，男人不由分說地舉起刀子，朝小夜子刺過來！

小夜子學過空手道，而且這個男人也受了傷，幾次進攻都被她躲過了，隨即一腳橫掃，便將男人勾倒在地。男人還不肯甘休，掙扎著要站起來，小夜子迅速取出一把匕首，狠狠地劃過男人的喉嚨！

她哪裏還有時間和這個人慢慢耗！這是她第一次殺人，竟連半點猶豫都沒有，血濺在她的臉上，她的眼中發出森森寒光。

「憐，我們走！」

她馬上拉起憐，又朝下跑去，進入了第十層樓。她發現有一個房間門開著，就立即衝了進去，關上門。她觀察了一下，似乎沒有人在。

她深呼吸了一下，渾身都癱軟下來。

「憐……」她此刻再堅強，也感覺要崩潰了。她一把拉過妹妹，緊緊抱住了，說道：「對不起……真的對不起……這些年，我不該拋下你的。」

「姐姐，我知道的。」憐已經是滿臉淚痕，「媽媽對你有多重要，我很清楚。所以，你要我調查桐生家的人，你要我成為偵探，我都做到了。我一直想和姐姐一起生活，還有爸爸……我知道，姐姐很恨爸爸，可是，他畢竟是我們的爸爸啊……」

憐也清楚，到了這個地步，想活下去絕對是奢求了。她死死抱住小夜子，只希望在這一刻，能夠和姐姐死在一起。

唐藍月只能看著丈夫在自己面前死去了。她抱著丈夫的屍體痛哭著，她也打算自殺了。於是，她拔出刀子，狠狠地插入了胸口！

身體倒下後，她的目光漸漸渙散。然而，在失去意識的最後一刻，她看到，一雙陰白的赤腳，從她的面前緩緩邁過……

日本京都市，神谷神社。神谷隆彥坐在屋簷下，他輾轉難眠，手上拿著一個小酒杯。

「你果然……睡不著。」

一個溫柔的聲音響起，他回過頭去，是穿著一身素白和服的妻子信乃，正盤膝跪坐著。信乃雖然人到中年，容貌卻依舊美豔。

「你怎麼……」

「你的心思，我一直都明白。」

輕輕酌了一口酒，隆彥輕笑道：「我做了不該做的事情。將來如果我死了，也會下地獄的吧？」

「那是無可奈何的選擇。而且，是我和你一起做的。」

「就算如此，也是不可原諒的。」

「該請求原諒的人，並不是你。」

「是嗎？」隆彥抬起頭，目光投向天空，雙眼迷離了起來。

「那孩子……小夜子會死。」隆彥握著酒杯的手開始輕輕顫抖，「那是……宿命。」

上官眠的左手按住牆壁，然而，她已經快撐不下去了。她已經逃到了頂層，已經無處可逃了！她此時待在二十九樓的一個房間裏。那個鬼，很快就會上來了！

舉起一把槍來，她對準了前方。

這時，眼前的門把手旋轉了起來！門被推開了！

上官眠沒有鎖門。拖延時間毫無意義。

她扣動了扳機，對準的是門口放置的一顆炸彈。這是威力最高的一個炸彈，而在如此近的距離，她知道自己也活不下了。

所有公寓住戶都聽到了樓頂傳來的轟然巨響！公寓的二十九層被炸得粉碎，下面的幾個樓層也被波及！一些在二十九層和二十八層的住戶也被炸得粉身碎骨。

李隱也聽到了爆炸聲，他知道，能弄出這種動靜來的只有一個人，必定是上官眠！她肯定是拚死一搏了！爆炸的威力毋庸置疑，就算是頂級高手，也斷無倖免的可能。

但是，沒有過去多久，破碎的建築以驚人的速度自動恢復起來。不到一分鐘，被破壞的二十九層竟然恢復如初！而上官眠……

她此刻在二十六樓。爆炸轟擊的一瞬間，她耗盡了全身所有真氣，在一瞬間爆發，竟然轟穿地面，一口氣轟到了二十六層！此刻她面色蒼白至極，左手也是大半都已經沒有了。但是，她的經脈嚴重受損，現在已經武功盡廢了。她從不可一世的頂級殺手，變成了一個普通人！

她不斷吐出鮮血，連動都動不了。雙手盡斷，內臟也受創嚴重，要不是她從小練武，早就死了。掙扎著將身體靠在牆壁上，她睜大了雙眼。她已經什麼都沒有了。就算今天活下去，將來被埃利克森家族的人知道她武功盡廢這件事，也是必死無疑的！無論夢家還是巫，都不可能會庇護已經變成一個普通人的她。

她本來是不相信這個世界上有報應的。但是，她現在感覺，也許報應是存在的。她殺死了麗娜，才活了下來。現在，她失去了殺死麗娜所獲得的一切。

年幼的她，曾經是個溫柔可愛的女孩，和同樣性格的麗娜非常要好。在殺手訓練營中，她們互相鼓勵著對方。如果不是因為那一次最終篩選，二人被分到同一組的話，也許至今還是好友吧。就算是動手殺人，就算可以做到去殺和她同齡的孩子，她還是不想殺麗娜。但是，到了最後的時刻，她還是那麼做了。

她殺死的是她最後一絲對殺人的疑問。她想保留一個自己不想殺的人，但是，她最終發現，一個人如果想活下去，就不可能會有絕對不會去殺的人。

李隱、銀夜、銀羽、上官眠、神谷小夜子和桐生憐，此時全部都在生死關頭！

就在這一刻，彌真終於趕到了進入公寓的那個死胡同！她已經不再是住戶，沒有辦法進入公寓了，她停下了腳步。儘管她身體素質很好，但是跑了那麼長時間，也相當疲憊了。

她打電話向李隱瞭解到了公寓內發生的情況，她不敢耽擱，馬上給李隱打去了電話：「現在的情況怎麼樣？」

「活下來的住戶，應該不會超過二十個人了……」李隱氣喘吁吁地回答道，「彌真，你就算來這裏，也沒有用的……」

「不，」彌真說道：「想辦法把那個鬼引到一樓大廳來！」

「彌真，你……不，不可以！」李隱大驚失色，「時間不是還沒有到嗎？你現在？」

「沒有選擇了。如果不那麼做，你就會死的。我一定要讓你活下來！放心吧，我不會死的，絕對不會！」

「不可以！不可以！」李隱就算面臨生死困局，也不能犧牲自己所愛的女人，來讓自己活下來！子夜死後，這個世界上對自己最重要的女人，就是彌真了！他寧可死，也不要看到彌真為他死去！

「我絕對不會死的，李隱！」

李隱怎麼能同意？這是彌真在冒著生命危險救他啊！他當然清楚，為了他，彌真絕對會毫不猶豫就這麼做的。只要可以救自己，她根本就不怕死！

「你要為彌天想一想！」李隱繼續勸道，「彌真，你要考慮清楚啊！你死了，彌天也會死的！也許你們還有機會活下去的！」

「我說過了，我不會死。」彌真心急如焚，「我會不知道這一點嗎？我會讓彌天去死嗎？你和彌天是一樣重要的！」

聽到這句話，李隱開始相信了。的確，彌真不可能會為了自己，不惜葬送彌天的生命啊！他不能再浪費時間了。

「明白了。」李隱掛斷了電話，他馬上朝樓下跑去！

剛才，他和蒲連生、莫水瞳也跑散了。現在，他感覺得到，在他的身後……那個鬼在追他！不過，這個鬼是有分身的……

所以，李隱決定讓自己顯得特別重要！他從胸口掏出了契約碎片！這是在夜幽谷獲得的碎片！這個東西，是對魔王有直接威脅的。當初，他因為告訴了假子夜家中藏有碎片的事情，間接導致了母親的去世。

只能說，奇蹟終於出現了。

銀夜和銀羽面前那佈滿女鬼的窗簾，此刻又變成了原來的仕女圖。所有的分身歸一了。

目標只有一個。李隱！

李隱不斷加快速度，他已經衝到了十樓，雖然坐電梯更快，但是他絕對不敢那麼做。

他猛然感到一陣寒意從背後襲來，他仍然一路向下衝。他突然看到，下面的臺階上，一個黑洞浮現出來！

繼而，一顆垂著濃密黑髮、面部慘白的頭顱伸了出來。頭顱的雙目在一瞬間變成血紅，嘴巴大大張開，化為一個拳頭大小的黑洞！一雙手從黑洞裏伸出，將迎面跑來的李隱的腳抓住了！

眼前，便是殺死了子夜的惡靈！和李隱一起待了半年之久，一直以子夜的形象在他面前出現，而他則提心吊膽地在其面前演了那麼長時間戲的……倉庫惡靈！

惡靈的身體慢慢抬起，和李隱高度齊平了，臉慢慢向李隱伸過來，幾乎要緊貼著他的臉了。一隻手抓向李隱拿著的契約碎片！

李隱明白，已經結束了。

掙扎了那麼久，現在還是要結束了。他並不後悔，雖然只是多活了幾個月，但是，和彌真在一起的這幾個月，對他而言，是一次重生。

面對著眼前的鬼，李隱並不準備坐以待斃。他剛要伸出手去，卻看到眼前的惡靈忽然縮了回去，身體沉入了黑洞中！

李隱簡直不敢置信！

在上面的一個樓層，羅休正站在一個打開的黑洞前，將一隻手伸進去。他雖然已經沒有能力繼續下蠱，但是，羅家的血本來就是一種詛咒。他用自己的血，進行最後一搏，足以讓黑洞封閉一分鐘。

他知道這並沒有多大意義。但是，這一分鐘，也許就可以帶來變數。他已經豁出去了！

眼前的黑洞慢慢縮小，消失了。

一分鐘！李隱並不知道，他獲得了一分鐘的寶貴時間！他馬上邁開步子，繼續朝下面跑去！速度也越來越快，他只想著快點到一樓去！

他終於跑到了樓下！他看到了旋轉門，也看到前面的巷道口，看到了站在那裏的彌真！

「我到了，彌真！」李隱拿起手機說，「我看到你了！」

彌真深呼吸了一下，說道：「好，李隱，你站到旋轉門前！」她低聲說道：「現在，是時候了。

彌天，你不會死的，姐姐不會讓你死的！」

她將手舉起，又一抓，一隻古樸破舊的燈籠出現在她手中。她一念之下，就回到了地下遺跡塔的塔頂。

彌天和深雨依舊在這兒。

彌真看向下方被捆縛的彌天的本體，又看著身邊的彌天，說道：「彌天，對不起了……你消失吧。不用再壓抑了。」

「姐姐，你要執行這個計畫？」

「對，我考慮過了，你不會死的。我保證！」

彌天點點頭。他怎麼會不相信姐姐呢？

「姐姐，下一次醒來，希望能看到你的笑容啊！」

彌天的身體漸漸消失了。這只是一個空間投射分身，是彌天的執念產生的。

在彌天消失的一瞬間，被鎖鏈捆縛的彌天本體睜開了眼睛，那是一雙無瞳的眼睛！卻死死地盯著上方的彌真！

彌真又使用引路燈，回到了死胡同前。

她已經在來的路上根據記憶計算過距離了。從這開始算起，公寓內部一定會出現在這個範圍內！

李隱站在公寓門口，他看到了彌真消失又出現，也明白了她的想法。

這時，地板上的黑洞開始浮現，就在李隱面前不到一米的地方！惡靈的身體再度緩緩升起，扭曲的面孔再度接近……

李隱立即將揉成一團的契約碎片扔在地上，身體猛然躲開！

惡靈伸出手，將那團紙拿了起來。就在這時，惡靈的後面，出現了一個高大的黑色巨人！

他們終於做到了！那個高大黑色的巨人，仔細看去，竟然是一個個恐怖惡鬼的身體層層疊疊形成的，很快，無數惡鬼化為一股黑色浪潮，向著剛剛拿起契約碎片的倉庫惡靈直湧而來！

一瞬間，無數黑色惡鬼將倉庫惡靈徹底吞沒，並且衝出了公寓旋轉門，一路向彌真而去！而這時的彌真，一動也不能動！

很快，無數惡靈穿過死胡同，最終化為了一個身體黑色的男子，在彌真的面前成形，赫然正是……彌天！

這是被無數惡靈附體的彌天！

這一幕，在水墨畫血字裏曾經出現過，當時的殺手都被這些惡靈吞沒，連屍體都不曾留下！彌天伸出的手指，距離彌真的身體只有幾釐米！

然後，這一切在彌真面前都消失了！那個死胡同也變為一片平地！畢竟，這個死胡同並不是公寓的建築。

這是第十次血字的詛咒，當初，王紹傑等人的鬼魂，也是這樣被徹底毀滅了。

李隱在黑色巨人出現的當口躲開了，所以沒有被殃及。

就這樣，倉庫惡靈，從這個世界上徹底消失了！公寓恢復了原樣，假李隱也被黑洞吞了進去，再也不可能出來了。

公寓的旋轉門雖然也消失了，但是，很快又恢復了。畢竟，就算是鬼魂，也不可能毀掉這個公寓。

李隱終於昏厥了。而彌真恢復清醒時，也感到全身乏力，倒在了地上。他們都耗盡了所有力氣。

14 蒲靡靈的秘密

不知道在黑暗中徘徊了多久，李隱終於漸漸有了意識，睜開了眼睛。

窗戶大開著，陽光灑入室內，讓他感覺很溫暖。看著眼前熟悉的房間，這裏是……他家裏自己的房間？

這裏不是公寓，而是他的家裏！

「你醒了？李隱？」彌真的聲音在一旁響起，李隱的頭略略轉過，床頭櫃放著引路燈，彌真正喜極而泣地看著他。

「彌……彌真……」

記憶開始復甦，李隱終於想起，在最後一刻，靠著李隱和彌真釜底抽薪的最後一搏，他們策劃了近半年的「驅虎吞狼」之計，終於圓滿成功了。這個計畫，其實成功的機率非常低，現在真的實現了，簡直就是奇蹟中的奇蹟。

當然，這也意味著，李隱，永遠也無法再見到子夜了，無論是真正的她，還是偽裝的她……他將身體強撐起來，緊緊握住了彌真的手，艱難地說道：「彌真，我……」他有太多太多的話想說，可是，一時間什麼話也說不出來了。

「我明白的。」彌真露出一個會心的微笑，「我都知道。你放心吧，只要有事情，我會馬上把你帶到『地獄』去，現在火種不多了，只能節約一點了。」

「彌天……還好吧？」

「他很好。我會救他的，還有你……」

對彌真而言，此刻，是她人生幸福的巔峰。就算明天就會死去，她也沒有遺憾了。死亡，已經不再那麼恐怖了。

李隱撐起身體來，緊緊抱住了彌真。此刻，已經不需要言語，他的臉漸漸貼近彌真的臉。他吻上了彌真的唇，這是他發自內心的愛意的表達。

他們深深地吻了很久才分開。彌真的頭依偎在李隱的胸口。兩個人能夠活著，此刻能夠在一起，是跨越了多少生死難關，是和死神一次次的爭鬥換取來的。

他們從王紹傑鬼魂的下場來判斷，第十次血字的詛咒連鬼也都可以毀滅。而彌真是可以提前感受到那些鬼魂在她面前出現的。那一次和上官眠在高架上面對一群殺手，她是故意正對著前方，利用這一點，殺死了那些殺手。

於是，彌真決定，在下一次出現這個詛咒的時候，利用這個，將倉庫惡靈殺死！血字總清算幾乎讓這個計畫失敗了。不過，彌真根據其出現的規律計算了很多次，距離和時間已經很準確了。她之所以可以提前感知詛咒出現的時候，和她與彌天共同承擔詛咒有密切聯繫。而且，彌天的意志一直在進行頑強抵抗，也是詛咒不斷加強的原因。如果彌天放棄反抗，那麼詛咒就會立即出現。

真的是太驚險了。只要有一丁點兒差錯，李隱和彌真就死無葬身之地了。

「地獄契約碎片也集齊了。」彌真又說出一個好消息，「倉庫惡靈消失後，有兩張契約碎片掉在地上，加上我們在夜幽谷拿到的那一張，全都沒事。」

李隱頓時大喜過望！這麼一來，所有契約碎片就掌握在了住戶手中！另外四張，分別是銀夜和銀羽有兩張，深雨給了李隱一張，神谷小夜子有一張。深雨那一張碎片，是彌真在保管著。當初深雨給李隱後，他擔心假子夜搶去，進入「地獄」後就給了彌真。

原本李隱以為，這樣做必定會犧牲掉契約碎片。萬萬沒有想到，最後竟然還是集合了！換言之，執行魔王級血字指示，現在已經有了最大的籌碼！

不過，只有進入魔王所在的空間，才能利用地獄契約。李隱看向彌真，內心擔憂不已。如果被吸入魔王空間，只怕引路燈也會無效。地獄契約，該由誰來持有？不僅如此，現在倖存下來的住戶，也會爭奪地獄契約，大家好不容易從死亡線上熬過來，絕不會善罷甘休！

「上官眠還活著嗎？」

「她還活著，但是雙手都斷了，而且武功廢了。她現在非但沒有半點武力，以後就算是劇烈運動都會有生命危險。她已經沒有能力來爭奪契約碎片了。」

這個消息讓李隱很震撼，昔日那麼可怕的上官眠，如今居然連一個普通人都不如了？她受傷一事一旦被歐洲那些想要她命的人知道，她是絕對沒有活路的。

「那三張契約碎片，目前在哪裏？」

「全部都在蒲連生手上。有一個叫韓俊深的人想要奪走契約碎片，他拿槍指著蒲連生的時候，蒲連生居然將他的槍奪下，反過來一槍打死了他和他的一個手下。他還實在是厲害，難怪當年是樓長。」

目前，蒲連生持有的契約碎片最多。彌真通過手機和他們進行了談判，契約碎片的歸還必須等李隱活到他這次血字結束。

「你昏迷後，你的房間重新出現了血字，然後影子詛咒操縱你的身體離開了公寓。血字的內容是，扣減血字總清算的時間，原血字內容照舊。你要活到十月底，才算完成了這次血字。引路燈居然可以使用，想來是為了平衡倉庫惡靈的出現？還是說，你就算逃到『地獄』去，也不安全？」

倉庫血字總算結束了。李隱，完成的血字變成了七次。如果能活過這次血字，就算是完成了八次血字！

就在這時，房門打開，李雍走了進來。

李隱見到父親進來，表情並沒有什麼變化。而彌真馬上回過頭說道：「伯父，李隱醒了！」

「嗯。」李雍看了看彌真，又看向李隱，心中一塊石頭總算落了地。

他已經聽彌真說了事情的來龍去脈，內心對彌真讚歎不已，已經完全接受了這個準兒媳。他震撼於她對李隱的種種付出，就算他是個內心狠毒之人，也不由得動容。

彌真自然也知道李雍所做的一切，但是，他畢竟是李隱的父親。彌真從小就失去了父母，子欲養而親不在是何等痛苦，她非常清楚。而且，李隱目前要執行的這個血字，李雍或許就是生路的關鍵。

「小隱……」李雍看著兒子的冰冷眼神，說道：「你應該告訴我一切的。接下來的事情，我會處理的。我會讓徐家的人復活。」

「你……」李隱頓時明白了什麼，「你瘋了嗎？」

「復活的話他們就不是鬼了，也沒有能力再傷害你我。我已經吩咐下去了，動作必須快一點了。」

林翔的所有直系親屬都已經死了。李雍知道，不能拖下去了。

「你接下來到『地獄』去躲一躲吧。和彌真一起，等一切結束了再回來。」李雍歎道，「我也沒有辦法，除此之外，我還能做什麼？請人做法為他們超度？為他們舉辦隆重的葬禮？還是我去自首？誰知道生路是什麼。這樣做最乾脆，一了百了。」

「你殺了他們的兒子！你難道忘記這一點了嗎？」

「我說過了，復活後，這一切就都結束了。」

李隱支撐著站起身，他無法再忍受了，難道父親殺的人還不夠多嗎？

「住手吧……爸！你別再繼續殺人了！」

李雍卻絲毫不為所動：「已經來不及了。在你昏迷的這段時間，已經開始了。你這次是血字的緣故，等血字結束，就不會再有冤魂來索命了。」

「爸！」

「你這是第七次血字啊！只有你一個人執行！你好不容易活了過來，難道我能看著你死去嗎？我為了你，放棄了讓青璃復活，你知道嗎？我這二十年來沒有一天不思念她，就是為了你，我放棄了！」

彌真剛想開口說些什麼，李隱卻阻止了她：「彌真，你別說話。這是我和我爸之間的事情。」他看向父親，繼續說道：「還有時間，我們還有選擇的。爸，你去自首吧，你居然還要繼續殺人嗎？」

「自首？我自首，你就會沒事了？你確定嗎？你要知道，一旦我自首，就不會再有人幫我做事了，到時候後悔也來不及！總之，我不會讓你死的。你一定要活下來……」

李隱的心揪緊了。他能夠去檢舉自己的父親嗎？大義滅親，無疑是將父親推向死亡。他該怎麼選擇？為了讓自己活下去，犧牲掉父親嗎？雖然是個心狠手辣、幾乎泯滅人性的父親，可是，他依舊是父親。沒有他，就沒有自己身上的每一滴血，每一寸骨。

該怎麼做，才是正確的？徐饕臨死的時候，那大睜的眼睛、那憎恨的眼神，李隱至今無法忘記。家人對自己是重要的，對徐濤而言不也是一樣嗎？人生是做不到完美的。李隱該做選擇了。

彌真還是開口了：「伯父，你認為，那個別墅真的可以讓死人復活嗎？冷馨說那裏以前是血字執行地點。可是，為什麼公寓會容許一個能讓死者復活的場所存在？」

李雍聽到這句話，內心一顫。對啊……為什麼？

「冷馨告訴你的……」彌真緊接著說出了一個猜想，「真的是實話嗎？」

此刻，在李雍的那棟別墅地下室裏，黑暗中有一股血腥陰森的氣息蔓延開來，彷彿正誕生出什麼恐怖的存在……

地下遺跡塔空間裏，深雨沿著臺階，朝遺跡塔下方走去。

彌天已經消失了，他已經徹底放棄了反抗，就不會再產生投射分身了。而下一次，被附體的他，將把彌真也帶入這個空間，然後……殺死她吧。

深雨要尋找的，便是蒲靡靈留下的東西。可以拯救住戶的最後一線希望。她終於看到，在某一層的中央，有一張石桌，上面放著一個盒子。

她快步走過去，將盒蓋輕輕打開。她本以為裏面是一張日記紙，沒想到卻是一封信。已經泛黃的信封上寫著「深雨親啟」。

深雨並不驚訝，對於可以預知未來的蒲靡靈，這是很正常的事情。她將信取出，期待著蒲靡靈給自己的答案。但是，這封信完全超乎她的想像，更是顛覆了她的所有認知。

深雨：

如果你可以看到這封信，就意味著我成功了。我終於瞞過了魔王，讓你到達了這裏。

我知道，你有很多疑問。但是，你只要記住兩點就可以了。

第一，你不是鬼胎。

第二，我和你母親（當然不是敏）一直深愛著你，一直到死……不，就算死了，也深愛著你。

你一定感覺很混亂吧？在魔王面前，我只是一個渺小生命，不過是引誘住戶進入陷阱的誘餌。說難聽點，連人都不能算。五十年前，葉寒執行魔王級血字的時候，我誕生了，蒲連生將我帶到了現實世界中。

我對自己可以活在現實中很感恩。但是，我後來才發現，我所擁有的預知畫能力，本身就是一種詛咒。我的人生早已被安排好了，我可以通過畫出預知畫來讓別人察覺血字生路，但是，我只能看到魔王想讓我看到的。我至今都不知道魔王到底是什麼東西。那些預知畫，就是魔王對我的詛咒和控制。表面上看，我似乎改變了歷史，其實一切卻被魔王牢牢掌控著。我無法控制自己不去畫出預知畫。而我和你一樣，都不能畫出魔王級血字，以及自己的未來。

我後來發現，預知畫反而會導致住戶觸發更可怕的死路，引發更恐怖的未來，死的人會比原來更多。無論我刻意改變歷史，還是遵照歷史，都無法逃脫控制。我畫出的畫是魔王讓我畫的，而我不該畫的、不該說的，魔王也絕對不會讓我表達出來。

要瞞過魔王，是一件幾乎不可能辦到的事情。我根本不知道自己的未來會如何，只能眼看著自己陷入詛咒的深淵。我不知道自己所做的事情，哪一步會造成我未來的滅亡，甚至傷害我深愛的人。

我經過不斷探索，發現了魔王的秘密。但是，我不敢直接說出來，因為我懷疑這根本是魔王故意讓我知道的。於是，我嘗試著用隱晦的方法，用一個提示來告訴蒲連生。但是，他執行血字後就再也沒有回來。

所以，我決定，按照魔王對我的命運詛咒來生活下去，但是我不會放棄嘗試逃脫控制。

後來，我封印了魔王。但是，住戶們已經死絕了。至於封印的方式，我不能說。如果我告訴了你，你恐怕就會馬上死去。

後來，我離開天南市，在幾十年裏遊歷各地，尋找著各種根據預知畫會和公寓有牽連的人。和他們接觸後，我嘗試打破我的宿命。因為我知道，未來我一定還會和這個公寓產生關係，這是必然的，魔王不可能白白給我這樣的能力。而到了那個時候，在失去價值之後，我的下場可想而知。

後來我娶了一個女人，也就是敏的母親。我並不愛她，但是我確實累了，很想安頓下來。因為我不知道自己的未來會如何，就隨便找了一個人，其實我很對不起這個妻子。後來我也越發絕望，妻子也早早過世了。我很悔恨，不禁會想，莫非這也是魔王為我安排好的宿命嗎？

我之所以養成寫日記的習慣，其實是寫給魔王看的。我故意選擇了公寓裏的筆記本，就是因為魔王看到的可能性會很高。我想知道，如果我在日記中，對命運的順從可以欺騙魔王的話，我是不是能夠生活得好一些？

這個時候，我又造訪了一個人。那個人是和公寓有牽連的人，我畫出了她的未來。她叫羅念雪，因為她的先祖是公寓住戶，她的家族一直遭受詛咒。這個家族受到的是蠱的詛咒，因此世世代代，天生就是『人形蠱』。我知道，這個家族未來還會有人進入公寓，然後慘死。羅念雪，就是你的親生母親。

我很想好好向你形容一下你的母親，但是，我真的找不出合適的辭彙。她在我心目中是世間最完美的女子。第一次看到她，喪妻不久的我就被她吸引了。我告訴了她我遭遇的一切。羅家的人，我只和她一個人接觸過，其他人都不知道我的存在。我們同病相憐，都能體會對方的痛苦，也因此感覺到自己有了命運相同的夥伴。所謂愛情，也許就是相知，相依，相守了吧。

我終於不再孤獨了。她是羅家的人，知道自己生為『人形蠱』，沒有未來可言，壽命也不會太長，只有靠和家族的人共同承擔詛咒才能盡可能延長生命。但是，她從來都不會怨天尤人，她珍惜並熱愛生活的每一刻。

我們認識半年後，她懷了你。但是，這讓她很害怕。她知道，你是羅家的孩子，一旦你出生，你就會是『人形蠱』，註定會帶來不祥，沒有希望和未來。羅家的人，運氣最好的也活不過四十歲，而女性的壽命會更加短。對於能畫出預知畫的我，要提前知道孩子的性別並不困難。

最後，你的母親想出來的唯一辦法，就是使用降頭術，將你轉生到另外一個女子體內。那樣一來，你將不再有羅家的血脈。但是，那個女子必須要和父母一方有直系血緣關係。你就依舊有羅家的血脈，卻不會受到詛咒了。

我最初是不同意的。因為這樣做，她最多只有一兩年的壽命了。可是，念雪執意要那麼做，因為只有這樣，女兒出生後，才能像正常人那樣活著。最終，我同意了。雖然我意識到這樣強行改變預知畫的未來，也許會引發更可怕後果，但我還是決定賭一賭。因為，我和念雪都很愛你。

你也知道了，我們選定的人，就是我女兒敏，只有她才符合條件，而我和緋靈根本不是親兄妹。讓自己的女兒生下另外一個女兒，著實是一件詭異恐怖的事情，但是，我也只能那麼做了。我是有點自私，但是，實在是沒有兩全的方法。

念雪一開始就決定，她這一生絕對不會見你，因為她擔心自己會給你帶來不祥。她唯一的要求，是要我為你取名深雨。因為她特別喜歡下雨，而且，我們第一次見面時，也是在一個雨天。這才是你的名字的真正意義。

在敏懷孕的日子，我陪伴念雪走過了她人生最後的路程。她在你出生之前就去世了，臨死前，她要我照顧好你。

然而，我發現，在被改變的未來中，你將會成為公寓的住戶！當然，你現在進入公寓的時間，遠遠晚於我最初畫出來的情況。

我寧可自己死，也不能看到你死。你是念雪付出生命換取的我們最重要的女兒啊！

她給了你正常人的人生，她為了能讓你幸福，付出了一切。

我想改變未來。可是，每當我產生出一個念頭，畫出的預知畫未來也會相應發生改變，但是，結果還是一樣，那就是你會進入公寓，然後極為悲慘地死去。區別只在於進入的時間不同，以及死去的方式和度過的血字次數不同罷了。

我明白，想不讓你進入公寓，是不可能的了。那麼，唯有將你進入公寓的時間儘量延後到魔王級血字下一次發佈的時間，再讓你知道魔王的秘密。這樣，你或許就能封印魔王，離開公寓了。但是，我知道，現在和五十年前不同，即使你知道了這一點，光是集齊七張契約碎片就是問題，更不要說魔王級血字本身的恐怖了。而且，我該怎麼告訴你這個秘密？

我知道，要徹底瞞過魔王，只有我死去。

於是，我選擇了自殺。但是，在自殺以前，我已經做好了準備，使用引路燈進入距離魔王較近的幾個空間裏，留下一些日記紙。然後，在遺跡塔內留下這封用正常信紙寫的信。只要能夠一路指引你到這裏來，我就成功了。我事先也留下了一些對你有幫助的預知畫，通過日記紙藏在世界各地。然後，我利用了楚彌真，讓你能夠到這裏，看到這些。

我死後會發生什麼事情，我無法完全預測，預知畫遲早會因為魔王而改變的。你能否到達這裏，看到我要告訴你的秘密，也是很難說的。但是，如果你真的成功了，請記好我下面的話。

我已經為你準備好了引路燈。為了防止看到這封信的人是魔王，我不能在這封信裏告訴你真相。你用引路燈到現實世界去，然後去公寓二九〇八室，在臥室牆壁的牆紙後面，有我給你的最後留言！魔王再怎麼可怕，也絕對無法進入公寓！

最後，請你忘記所有日記上那些用來欺騙魔王的話，關於你的部分，很多都是虛假的。我和你母親一直深愛著你。也請你永遠不要忘記你的母親，她的陵墓在天南市西城區金楓陵園，如果你可以活下來，一定要去看看她。她活著的時候，一直都沒有機會看到你。

深雨，你一定要活下來！我們愛你！

你的父親蒲靡靈

留下這封信的時候，蒲靡靈並不知道，死後的他會化為一個惡靈，化身為深雨的右手，幾乎殺死了深雨。他的確從來沒有逃脫這個公寓的控制和支配。

深雨緊抓著信紙，頭腦中一片空白。對於這麼有衝擊力的事實，她實在是難以消化。

良久，她的手顫抖著，一下跪在地上，模糊的視線只看見信紙上的最後四個字：「我們愛你！」

金楓陵園裏，羅休正站在一塊墓碑前。他俯下身子，觸摸著墓碑，上面寫著「小妹羅念雪之墓」。對於羅念雪和蒲靡靈之間的事情，他並不知道。他和哥哥羅骸一直都是在各地遊歷，只有小妹一直留在天南市守著羅家祖宅，過著深居簡出的日子。小妹去世時，他們都沒能趕回來看她最後一眼。

「念雪，骸，阿瑾和十三都去陪伴你了，我也快去見你們了。我是羅家的最後一個人了。在我之後，羅家的血脈就徹底消失了。我們一定會相聚的。」

深雨將信紙放入懷中，這泛黃而字跡模糊不清的信紙，是深雨最珍貴的寶物！她雖然已經無法進入公寓，但是只要聯繫上一個住戶，就能夠馬上拿到父親為她留下的東西！

就在她剛要拿起引路燈的時候，她忽然發現，自己的手掌竟然漸漸變成了石頭！這是彌真受到的詛咒！和彌真共同承擔詛咒後，居然在她的身上也引發了？

深雨還來不及思考，她的雙手就已經化為石頭，身上的那封信也石化了。不到一分鐘，深雨就完全變成了一座石像！

蒲靡靈當年為防萬一，故意在契約碎片發佈的夜幽谷留下了他的日記紙，想讓深雨能夠集齊契約碎片，他卻沒有想到，這樣反而造成了她現在受到的詛咒。

他的計算雖然精密，卻終究棋差一著。命運，哪裏是那麼容易可以改變的？

神谷隆彥正在神社內修建樹枝，妻子信乃在屋子裏縫補衣服。

隆彥的手猛然一顫，樹枝頓時剪歪了。他的神色頓時一變。

「還是……來了嗎？」

在李雍購買的那棟別墅地下室裏，李雍寫下的一個個染血的名字，漸漸被那團黑暗侵蝕，逐漸消失了。

就在剛才，李雍派出去的人，終於將徐家三口人生前二十四小時見面超過一小時的人，全部殺死了。

這時，李雍進入了別墅。走到地下室門口，他輕輕推開門，沿著臺階朝下走去。他正好看到了自已寫下的名字全部消失的一幕。隨後，地下室的門關閉了。

黑暗中，他感到了一陣陰森可怖的氣息。

這時，李隱點燃了引路燈。他發現自己進入了一個黑暗的空間，眼前正是父親李雍！

「爸……」他剛才明明是想用引路燈回到「地獄」的，可是，卻出現在了這個地下室裏！

繼而，他手中的引路燈熄滅了！整個燈籠開始腐朽，最後在他手中化為一大團粉末！

李雍馬上朝兒子走去。可是，李隱發現眼前變得越加黑暗，很快，他就看不到父親了。

「李隱，李……」父親的聲音越來越輕，最後幾乎聽不見了。

李隱驚駭之餘，來不及多思考，就朝前面跑去！可是，根本沒有用！

這個別墅，根本不是讓死人復活的地方，而是讓死者化為真正厲鬼的所在！

原本徐家死去的三個人，只是索命的冤魂。而現在，這裏只有不折不扣的幽冥厲鬼！

引路燈也毀掉了。李隱根本就逃不掉了！謝罪也好，道歉也好，做什麼都沒有用了。就算徐饕站在這裏，也一樣會死！

死路已經全面觸發了。

李隱在黑暗中跑了五分鐘，卻跑不到頭。他聽到身後有傳過來磨牙的聲音，聲音一陣陣地逼近，讓他頭皮發麻。

李隱立即朝前跑，很快，前方也感覺到一股陰森的氣息撲面而來，一隻濕漉漉的手觸摸到了他的臉頰！他馬上側過身子又朝旁邊跑，抹了抹臉，卻清晰地聞到一股血腥氣息！

不知道跑了多久，李隱才停下了腳步。接下來的時間很漫長，可是他沒有了引路燈，沒有離開這裏的辦法，也無法想出生路。

突然，他被黑暗中伸出的一隻手拉住，然後被拉了過去！本已經絕望的李隱，卻發現拉住他的人是彌真！而她的引路燈也漸漸朽爛了！

「為什麼會這樣？」彌真看到引路燈的變化，不由得臉色大變。引路燈一直以來都是他們最大的依仗，如今他們該怎麼離開？

李隱和彌真都陷入了這片黑暗空間。而這個血字還有半個月。別的不說，光是沒有食物就已經死定了！而一旦彌真死去，彌天和深雨也同樣會死！

「還有機會！」李隱不願輕言放棄，「只要二十四小時一過，我們就會被自動拉回『地獄』去，回到地下遺跡塔。只要能撐下去，就可以活下來！」

二〇一一年即將劃上最後的句點。十二月三十一日到來了。

銀夜等人屏息凝神地在公寓一樓大廳裏等候。只要彌真出現在巷口，他們就會馬上出去。此時是十二月三十一日午夜零點。根據約定，彌真會在今天出現，拿出最後一張契約碎片。

大家內心都很焦急。因為相信彌真的話，張伊夏、符靜婷等人性急地選擇了執行魔王級血字，但是，如果彌真不能來……後果實在是不堪設想。

銀夜和銀羽幫李隱操辦了他父親的喪事。小夜子和憐在一起安靜地等候著。上官眠一直躺在沙發上，幾乎一動不動。蒲連生表面上很平靜，內心卻極為緊張。

銀夜忽然站起身，說道：「我去看一看李隱。銀羽，如果彌真來了，打電話給我。」銀夜坐電梯來到四樓，前往李隱所在的房間。

四〇四室一直都是開著的。銀夜走了進去，輕輕推開臥室的門。李隱正躺在床上。

「到了最關鍵的時刻，你卻還躺在這裏。你未免太讓我失望了。」銀夜朝李隱走去，他已經來過很多次了。和李隱一起並肩戰鬥到今天，他很希望可以和李隱一起離開公寓。

李隱卻是兩眼翻白，一動不動。如果彌真最終不能夠喚回李隱的靈魂，他就會永遠這樣不生不死地活下去。

在最後一刻，李隱也成了那個詛咒共同體的一員。四個人，已經是那個雕像的極限了。即使身體回歸了公寓，李隱也無法恢復如常。李隱現在和彌天一樣，都因為詛咒而失去了意識，只不過，彌天的本體被無數惡靈附身，情況更加嚴重。

而要救所有住戶，只有一個辦法。就是彌真找出她和彌天執行的第十次血字的生路。

李隱的靈魂，應該和彌天的靈魂一樣，也在那個地下遺跡塔的某處。而在塔的下面發現的深雨的石雕，至今也毫無變化，即使李隱加入分擔詛咒，她也沒有恢復。

如果彌真不能夠在這兩個多月的時間裏解除這個詛咒，她也許就不會來了。李隱和彌天如果不能得救，她怎麼可能將最後一張契約碎片交給他們。

就在這時，銀夜的手機響了。銀羽說道：「她來了！」

面容有些憔悴的彌真來了。住戶們一個個走出公寓，興奮地盯著她。彌真沒有多說什麼，取出了一張羊皮紙碎片。

「我……還是解不開第十次血字。不過，我遵守約定，這張契約碎片，給你們。只要你們有人封印了魔王，我們承受的詛咒壓力也會減輕。那就等明年，執行滿十次血字吧！」彌真做出這個決定，也是心如刀絞，但是，她沒有選擇。

彌真把契約碎片放在地上，說道：「至於你們誰來拿契約碎片，就由你們自己決定了。」她說完就離開了。

所有人的目光都集中在最後的契約碎片上，每個人的目光中都充滿火熱。今天是二〇一一年的最後一天了，已經沒有別的選擇了。

要不是蒲連生手上有槍，很多人早就會撲過去搶了。不過，有槍不代表一定會是蒲連生能獲得契約碎片。

蒲連生一手拿著槍，彎下腰去撿起契約碎片。就在這時，上官眠出現在他的身旁。大家並沒有把她當一回事，而上官眠冷冷地說了一句話：「不想死的話，就把契約碎片給我。」

蒲連生立即看向上官眠，眼中滿是警備。他知道，這個女殺手絕不會說空話，她是什麼事情都能做出來的。

就在蒲連生一愣神的功夫，旁邊忽然衝出一個人來，一把搶過契約碎片，飛也似的逃開了！這個人正是韓冠楠！韓冠楠覺得，只要跑快一點，就算蒲連生有槍，也不一定能對付得了他。只要有契約碎片在手，他就可以和其他住戶談判和對話。

衝到另外一條巷道上，緊張不已的韓冠楠忽然感覺手有些冷，手臂彷彿浸入了冰水一樣！他猛然抬起手，發現手上出現了一條條黑色絲線，而且還在向身體各個部位擴散！

韓冠楠痛苦地在地上打滾，他感覺自己猶如在冰窖中，嘴唇都凍紫了。他的體溫正在急劇下降！很快，他就看到，上官眠慢慢地向他走過來。

「你……」韓冠楠驚駭不已，「你……你……」

公寓住戶都忘記了一件事情。上官眠就算沒有了絕世武功，她依舊有一個可怕的殺手鐧——毒藥。由於她現在雙臂盡失，能使用的毒藥數量有限，但是，對付住戶已經綽綽有餘。

韓冠楠實在是想不明白，他是怎麼被下毒的。而剛才上官眠對蒲連生的威脅是怎麼一回事，大家這才明白了過來。她現在，依舊擁有對住戶生殺予奪的能力！

住戶們已經圍了過來。金惜顏看著整張臉幾乎已經沒有一塊好肉的韓冠楠，立刻跪了下來，對上官眠說道：「求求你……給他解藥吧！契約碎片給你，求你放過他吧！」她一把拿過韓冠楠手中的契約碎片，放到上官眠的腳下，哭喊著哀求道：「我是被他救的，如果不是他，我已經死了……求求你，別讓他死……」金惜顏雖然知道上官眠的恐怖，她依舊要為韓冠楠求饒，她不能眼睜睜看著韓冠楠死去。

金惜顏看上官眠依舊不為所動，磕起頭來：「求求你……求你放過他吧……求你給我解藥吧！」

住戶們都露出不忍之色。銀夜上前一步，他想，現在上官眠失去了武力，大家一起威逼，未必就會怕了她。上官眠在銀夜邁動步子的時候就開口了：「柯銀夜，你如果再上前一步，這個男人就是你的下場。不讓你們察覺就能下毒的辦法，我有的是。」

符靜婷，看到上官眠的所作所為，想到了同樣用毒藥殘害生命的哥哥戰天麟！她不知道這種毒藥該怎麼解，但是，只要給她一點時間……她一個箭步衝了過去。

符靜婷一直都想挽救哥哥用毒藥殺害的生命，所以一直製作解藥。可是，她終究來不及阻止一切。她也知道，她能活下來，是因為上官眠為她解了毒。但是，就算冒著生命危險，她也不能袖手旁觀。

符靜婷快步走過去，冷冷地看向上官眠，抓起了韓冠楠的手臂。他的脈搏越來越微弱了。

「好冷……好冷……」韓冠楠身上到處都是黑線，身上的血色褪去，臉色越發蒼白。

「給他解藥吧！」符靜婷也求情道，「上官眠，你已經拿到契約碎片了啊！」

上官眠依舊不為所動。她就是要殺雞儆猴，不能讓住戶因為她失去了武力而輕視她。為了集齊契約碎片，她並不介意殺死多少住戶。她之所以不殺死所有人，僅僅因為銀夜等人對她還有利用價值。敢和她搶奪契約碎片、藐視她的人，一定要死。敢違逆她、反抗她的人，更是要死！

「給我，快把解藥給我！」金惜顏索性站起來，抓住上官眠。然而，她一抓上官眠的衣袖，就猛然感到手臂一寒，手臂上開始浮現出了黑線！

「不……不要……」金惜顏駭然至極，她很快感到身體冰冷了起來，緩緩倒下，再也無力掙扎！

上官眠冷冷地看著韓冠楠和金惜顏，金惜顏怨毒地看著她，用手抓著她的鞋子，說道：「解藥……求你，給我們……解藥……」即使在這時，她說的依舊是「我們」，而不是「我」。

銀夜和銀羽看得心寒，銀羽就要衝上去，卻被銀夜死死拉住。上官眠毫無人性！

符靜婷看向上官眠的眼神幾乎能噴出火來。但是，她依然保持著冷靜。這時，符靜婷忽然看到，在上官眠的頭頂盤旋著一隻蜜蜂。這是上官眠飼養的毒蜂，其刺入人體時，幾乎不會有痛感，毒液卻會讓人體溫急劇下降，最後血液凍結而死亡。

符靜婷發現那隻毒蜂後，馬上明白了是怎麼回事。她心想，如果可以捕獲這隻毒蜂，也許就可以研究出解藥來，雖然不知道會花費多長時間。目前，只有先虛與委蛇，假裝站在上官眠這邊了。

然而，一陣冰冷的感覺忽然從後頸傳來，符靜婷頓時睜大了眼睛！上官眠怎麼可能放任符靜婷這樣一個天才活著。危險的萌芽，當然要扼殺在搖籃裏。符靜婷感到冰冷的觸感後，立刻倒在了地上。

「好了。」上官眠回過頭說，「現在，拿著契約碎片的人，都給我交出來。」

這句話充滿殺機，每個人都嚇得魂飛魄散。他們終於意識到，上官眠現在這個樣子，依然可以輕鬆殺死他們！

「你會有報應的！上官眠！」符靜婷一把抓住上官眠的腳，一口狠狠地咬了上去！然而，她咬了幾下，就感覺渾身無力。上官眠一腳狠狠踢到了符靜婷臉上，冷冷地俯視她，冷笑道：「報應？有那種東西的話，這世界上幾乎所有的人都會死。」

符靜婷的視線開始模糊，她想提醒大家小心毒蜂，說道：「你們……小心，下毒的是，是……」

然而，她無法說完了。一把尖銳的匕首刺入了她的喉嚨！上官眠的鞋尖處，竟然有一把刀尖凸出！她向下一踏，就將刀尖狠狠刺入了符靜婷的脖子！

銀羽此刻真的要拚命衝上去，卻還是被銀夜死死拉住。銀羽眼淚橫流，心如刀絞。

就在這時，蒲連生舉起了槍，可是，看著上官眠那猶如看著死人的目光，他遲疑了。畢竟，沒有幾個人是不怕死的。

銀羽想說什麼，可是銀夜對她搖了搖頭。此刻銀夜也是怒火中燒，他以前就知道上官眠殺人如麻，將來必定會對住戶不利，才會定下殺她的計畫。銀夜將手伸入口袋，取出了兩張契約碎片，放在地上。小夜子咬緊牙關，看了看身後的憐，也只有將契約碎片取出，放在上官眠面前。只剩下持有三張碎片的蒲連生了。

氣氛頓時極為緊張。上官眠看向蒲連生，也不催促。

「連生大哥！」莫水瞳急切地勸道，「我們鬥不過她的，她太可怕了……連生大哥……」

蒲連生緊咬牙關看著上官眠。面對這樣可怕的敵人，妥協似乎是唯一的辦法。但是，看著慘死的三名住戶，一股怒火在胸膛升起。他從來沒有見過一個人在殺人的時候，可以如此平靜。一個人怎麼能夠漠視生命到這個地步？

他取出了三張契約碎片，走到上官眠面前放下，又退了回去。上官眠低下頭，看著終於完整的地獄契約碎片。

上官眠用鞋子上的刀尖，在地上猛然劃出了一條線！然後，她用腳將七張碎片像拼圖一樣聚攏。碎片集合在一起，成為了一張完整的地獄契約！

碎片嚴絲合縫地拼在了一起，紙上的褶皺和折痕也完全消失了！地獄契約上那些看不懂的文字，忽然開始變成了血字！

繼而，血紅色文字重新排列起來，形成了一個巨大的漩渦！一旦仔細看去，就感覺好像會被拉入這個漩渦，被拖入一層層地獄！這一刻，可以封印魔王的地獄契約，終於誕生了！

上官眠看到這個漩渦時，她竟然害怕了！她的臉色瞬間變得慘白，好像自己在看著漩渦的時候，身體也旋轉了起來！她立即挪開了視線！她不敢直視這個漩渦！否則，她感覺自己會發瘋！

上官眠看向住戶們，說道：「好了，你們如果想要去執行魔王級血字，就快去吧。只要我封印了魔王，你們也就可以活下去了。」上官眠將地獄契約用腳輕輕托起，低下頭去，咬住碎片，放進了她腰間掛著的一個小包裏，用嘴巴將拉鏈拉上。

這個過程中，蒲連生好幾次想開槍，但是，他不知道上官眠的下毒手段是什麼，最終還是不敢那麼做。

住戶們只有目送著上官眠走回公寓。他們要選擇的，就是在今天，是否要去執行魔王級血字。

「走吧，銀羽。」銀夜最終下定了決心，「有地獄契約的話，執行血字成功的機率就會增加！」

「好。」銀羽抹去眼淚，「不過，我想把他們的屍體……好好安置一下。」

很多住戶都選擇進入公寓，來到自己的房間，寫下了「祭」字。魔王級血字出現了。

「二〇一一年十二月三十一日，晚上八點至午夜零點，地點是公寓周圍的無人區。這是二〇一一年最後的魔王級血字，也是五十年輪迴最後的血字。一旦完成本血字，將獲得自由，不再是公寓住戶，而且永遠無法再進入公寓。完成血字回歸公寓後，住戶必須在一個小時內離開公寓，否則會被影子殺死。」

而此時，李隱依舊在房間裏，像活死人一般沉睡著……

15 地獄契約

這座不知道在虛無中佇立了多久的公寓，最終將迎來這次五十年輪迴的終點。

天空徹底暗了下來。公寓的無人區被黑暗籠罩了。

銀夜、銀羽、神谷小夜子、桐生憐、羅休、上官眠、蒲連生和莫水瞳，都走出了公寓。他們不約而同地回過頭去，看著這座公寓。無論結果如何，他們都將不再是這座公寓的住戶了。

離開公寓巷口時，眾人看向眼前的無人區，緊張到了極點。

上官眠邁出了第一步，銀夜和銀羽緊隨其後。距離血字正式開始，還有不到一分鐘。大家都緊緊靠向上官眠，每個人都將希望放在她的身上。一旦她死去，地獄契約被奪走，就是真的絕望了。而在她身邊十米內，魔王絕對無法靠近。

這個無人區，從一開始，就是為最後的魔王級血字準備的。

這時，上官眠忽然看到，有一隻黑紫色的蝴蝶振動著翅膀，朝空中飛去。從來都是泰山崩於前而不變色的上官眠，露出了極度震愕的表情！她渾身劇烈顫抖著，雙眼瞪大了，一股濃烈的凶機和殺意猙獰浮現！

「你來了……你竟然來了！」她朝那隻蝴蝶追了過去！她的速度已經和正常人差不多了，住戶們都跟得上。這個時候，就算上官眠用下毒威脅他們，他們也不會離開她的身邊！

他們跑到一條寬闊的大街上，地上散落著不少枯黃落葉。在這條大街上，只站著一個人。

那是一個穿著黑色和服、留著一頭齊瀏海長髮的女人，美得不可方物。她正靠在一棵光禿禿的樹木下，那隻黑紫色蝴蝶，落到女人纖細的手指上。在她的和服上，還有很多同樣的蝴蝶。

女人的目光看向上官眠。她的眼眸實在太美了，讓人一旦看到，就無法挪開視線。

「緣……」上官眠的身體顫抖得愈發厲害。然而，這並非是恐懼，而是激動。上官眠這一生，只有面對一個人時會有這樣的表情。

「你……是誰？」銀羽不禁開口問道。

女人看到上官眠後就馬上直起身子，手微微抬起，黑紫色蝴蝶就飛上了天空。

「緣……緣……緣……緣！！！」上官眠歇斯底里地怒吼著，要不是她此刻失去了全部武功，她會馬上衝過去，和她拚個你死我活！

女人站在原地沒有動。那些黑紫色蝴蝶在她頭頂盤旋著，久久不散。她囁嚅著說道：「上官眠。」

「你竟然出現在這裏……」上官眠走過去，但是，看到那些黑紫色蝴蝶時，還是停了下來：「你怎麼會出現在這裏？」

一個讓上官眠憎恨到這等地步的人，也讓銀夜等人感覺無比駭然。這個女人也是殺手？他們並不知道，瞭解這個女人的人，一看到她出現，都會嚇得魂飛魄散，連路都走不動。哪怕是ＳＳ級高手，在她面前也絕對不敢多說一句話！

「我……我要殺了你！」上官眠怒目圓瞪，那些毒蜂也迅速朝女人撲去！可是，黑紫色蝴蝶隨即飛到毒蜂上面，毒蜂一隻隻掉到了地上！

魔王級血字已經正式開始了。

女人的聲音很溫柔，她的情緒沒有一絲波動。「你殺不了我的，眠。」一名為綠的女人輕啟朱唇。

「我一定會殺了你。」上官眠很清楚，現在她根本不可能殺得了綠。但是，她如何甘心放過這個女人？就在這時，她忽然感到眼前發生了一絲波動。畫面有如被撕裂開一樣，那些黑紫色蝴蝶也模糊了。

那棵樹下，哪裏還有什麼穿黑色和服的女人。只有一具鮮血淋漓的屍體！血腥味濃烈地撲面而來，她只感到頭部疼得厲害。

「不……不對……」她捂住頭，整個人倒在地上，額頭上沁出汗水……

等等……捂住頭？她仔細一看，發現自己已經有了完好的雙手！還來不及多想，她就聽到一個聲音問道：「小眠？你活下來了？」

她回過頭，看到一個金髮少女發出銀鈴般的笑聲，一把抱住了她：「太好了！你活下來了！」

眼前的金髮少女……不正是麗娜嗎？為什麼她會在這裏？

上官眠忽然又發現自己身上全都是血，而她的手中握著一把槍。周圍是一片樹林。陰暗的天空下，一名名荷槍實彈的黑衣男子把守著。

「太好了，我們接下來就可以去東歐總部接受特訓了！」麗娜握著上官眠的手說，「你的成績已經是進入前五了！」

上官眠迷惑了。公寓，魔王……一切變得很模糊，好像是一段不真實的記憶。現在，她是在哪裏？

「麗娜……」上官眠搖了搖頭，她想起來了，今天是組織的訓練生篩選，決定由誰進入東歐總部進行特訓。

「那你呢？」上官眠看著一旁的屍體，露出不忍之色。

「對了……」麗娜又說道，「你聽說了嗎？這一次去東歐總部，可以看見一個大人物。」

「誰？」

「世界毒藥師前三名是誰，你都知道吧？」

「當然。第三是莉莉・洛維斯，第二是黑寡婦，第一是傳說中最神秘的『綠』。」

「據說這一次，組織特意請到了綠，擔任組織的……」然而，麗娜接下來的話，上官眠都聽不到了。她感到很奇怪，她突然看到，一隻血淋淋的手竟然出現在麗娜的肩膀上！

「不——」上官眠撲了過去，卻整個人跌到了地上。她依舊在無人區的街道上，周圍的住戶卻一個也看不到了。那個黑和服女人也消失了蹤影。

「是……心魔嗎？」上官眠反而鬆了一口氣。她檢查了一下，地獄契約依舊在身上。

上官眠冷冷地注視著四周，在一條條街道上走著，她也注意到，身邊已經沒有一隻毒蜂了。

剛才那如此真實的場景，讓她回憶起了極為痛苦黑暗的過往。這也是她為何變成如此冷血無情的原因。

第一次見到綠，是她當時作為最優秀的訓練生，被推薦到了東歐總部。她見到了這個世界第一毒藥師。她永遠都是穿著一身黑色和服，很可能是日本人。不過，從來沒有人聽她說日語，她都是說英語。

當時，綠在黑色禁地組織待了三年。當上官眠看到她時，就沉醉於那雙極美的眼眸中，猶如置身夢幻。她從沒見過那麼美麗的人，而且，她也沒有見過自己以外的亞洲人。

綠對她說了一句話：「你，不想死嗎？」

世界毒藥師前三名都是女性，但是莉莉和黑寡婦都是在身體內飼養寄生毒蟲，但是綠的身體就充滿無盡奇毒，任何時刻，她都可以隨心所欲地下毒。各大勢力都招攬過她，然而她卻不會加入任何勢力，只和不同組織交易毒藥配方。因為她的緣故，一些勢力崛起，因此改變了歐洲地下世界的格局，形成多強鼎立的局面。

綠雖然殺了很多人，卻製造了各大勢力的制衡局面，反而救了很多人。而且，她絕對不會將沒有研究出解藥的毒藥賣給任何一個勢力。而且，她交易的時候，需求的金錢也遠遠小於這些毒藥的價值。

當時，上官眠是這樣回答的：「我想活下去，而且，我有想保護的人。」她並不知道，這個回答成為了她最黑暗的開始。

綠就對她說：「我，可以和你立下一個約定。」

「約定？」

「我可以讓你成為世界最強的殺手。」綠用白玉一般的手輕柔地撫摸著上官眠的臉頰，「你要回報我的，就是活下去。」

上官眠答應了。她之所以可以在十六歲的年紀就有這樣恐怖的武力，正是因為有綠的幫助。如果沒有綠，上官眠絕對不可能活到今天。在無比殘酷的淘汰中，要活下來太艱辛了，更不用說後來和金眼惡魔、冥王等強敵的一次次較量。她可以活下來的最根本原因，是因為綠給她長期服用一種奇怪的液體。服用這種液體超過一年後，上官眠就能輕易突破一次次煉體的瓶頸，速度、體力都強到了不可思議的地步。

接下來，東歐總部開始了殘忍的殺人競賽，上官眠脫穎而出。但是，她也在殘酷的殺戮中，漸漸地忘卻了昔日與麗娜的友情。最後，她殺死了麗娜。

然而，她現在後悔了。她發現，殺死麗娜後獲得的一切，對她而言全都沒有意義。如果當初，她沒有答應和綠的交易，就算死去，她也永遠不會背叛麗娜。如果再選一次，她寧可和麗娜一起死，也不會成為一個冷血殺人魔而活下來。生命，並非是唯一重要的，為了活著而出賣靈魂成為惡魔，這樣的生命，還有價值嗎？

她憎恨綠，就是這個原因。她後來明白了綠為什麼要那麼做，綠要培養一個亞裔高手崛起，形成新的制衡局面。但是，這卻奪走了上官眠人生的所有光明。

最初上官眠只是想保護麗娜，為了能保護麗娜，她答應和綠的約定。也正因為有綠傳授她毒藥知識，她才能那麼瞭解毒藥。綠給予了她前所未有的力量，而諷刺的是，原本要用於保護麗娜的力量，最後卻用來殺死了麗娜。

在擁有力量後的一次次殺戮中，上官眠漸漸發現自己失去了所有。她可以殺死世界上所有的人，卻永遠失去了心，發現這世界上有太多比死亡更痛苦的事情。

這時，已經成為黑色禁地組織頭號殺手的上官眠，接觸到了阿蒙雷尼家族暗中經營的「金色神國」。深入瞭解後，她終於知道了，世界上有這麼一個恐怖公寓。那時候，她就決定，將這個公寓作為自己的葬身之所。

她和綠約定的條件，是活下去。她原本以為，活下去是一件簡單的事情，但是，她現在才明白，活下去比死更艱難。她最終進入了公寓，她想捨棄和綠的交易換來的生命。她一點也不想活下去了。而當她因為彌真，重新燃起活下去的信念和希望時，卻失去了家人和武功。她已經什麼都沒有了。

當再一次看到綠的時候，上官眠唯一的念頭，就是殺了她！她拿走了上官眠所有珍視的東西。有一顆心、有家人、有朋友，可以享受並熱愛生活，這才是真正活著。身體活了下來，卻失去了這一切，她還能算是一個活人嗎？

忽然，她看到一旁的牆壁出現了一道足有一人寬的血痕！她立即退開，卻撞到了身後的一個人！她立即回過頭去，可是身後什麼也沒有！

眼前的場景完全改變了，竟然變成了歐式房屋！這個地方，上官眠越看越熟悉！

這時，一個金髮白人女子從一家餐館走了出來，隨即，一發子彈從她的腦袋穿過！她認出來了，這個白人女子是她昔日殺害的人之一！

白人女子的頭爆出大量鮮血，身體隨即倒地！上官眠回過頭就要逃，然而，一個半張面孔變成森然白骨、穿著和死去白人女子一樣衣服的惡鬼，一把抓住上官眠，將她拉了過去！

上官眠猛然將身體挺起，渾身都是汗水。此刻，她又發現，眼前坐著一個穿著黑色和服的絕美女人。而自己的手上，還拿著一個小瓶子，裏面還有一點綠色殘渣，嘴裏還殘留著苦味。

「你……」上官眠伸出手去，想抓住綠，她卻站起身來，從上官眠手中輕輕拿過瓶子。

「你……」上官眠忽然一把抓住綠的手，這隻可以輕易斷送無數人生命的手：「你的目的究竟是什麼？你到底，想要什麼？」

上官眠忽然感覺有什麼東西劃過脖子，繼而，她的頭掉在了地上！

一片密林裏，上官眠看著自己無頭的身體就這樣倒在地上。殺死她的，是兩個身體已經潰爛的人！她還來不及思考，場景又切換了。

她再次回到了大街上，她依舊沒有雙手，頭還是好好地在脖子上！她不斷喘息著，漸漸明白了一件事情。

她擁有地獄契約，所以，魔王不能夠輕易將她帶入另外一個空間。這也就意味著，這種情況會一直持續下去。直到她死去為止！

她在一家服裝店門口，靠著櫥窗，死死盯著裏面的兩個塑膠模特兒。她要繼續走的時候，身體卻一僵，再度看向櫥窗時，赫然看到……那兩個塑膠模特兒的臉孔，變成了自己！她看到的，是被吊在空中，已經慘死的自己的屍體！上官眠立即邁開步子飛奔！

而此時，綠正站在那棵樹前面。這是真正的世界第一毒藥師綠，而不是心魔。

剛才，上官眠等人在她面前猶如被橡皮擦掉一般，突兀地消失了。有一個身影浮現而出，正是夢可雲。

夢可雲也不敢太接近綠。綠的身世，至今都是一個謎，只知道她崛起於十年前，並迅速成為世界第一毒藥師，在世界各大黑暗勢力中超然存在著。

綠緩緩轉過頭，看向夢可雲。她的表情似乎永遠不會變化，更像是一具美麗的雕塑。

「您……」夢可雲感覺呼吸都很困難，她實在是害怕啊！可是，又不能什麼也不說，只好問道：「上官眠的事情……」

「我來是為了和她的約定。」綠輕輕抬起手，「她會守約的。」綠的指尖上停了一隻黑紫色蝴蝶。

夢可雲不由自主地又拉開了和綠的距離。幾天前，這個女人突然造訪夢家，要他們給她上官眠的情報。她的要求，誰敢不從？家族馬上同意了她的要求，並且讓夢可雲做她的跟班。

夢可雲略一走神，就發現綠不見了！緊接著，綠又站在自己身邊！夢可雲嚇得差點叫出聲來，立即將全身真氣運行起來，迅速拉開和綠的距離。

「你走吧。」綠依舊沒有任何表情，淡淡地說：「我會在這裏等她。」

上官眠，再度睜開雙眼的時候，發現自己竟然出現在最後的搏殺發生的山上！她就是在這座山上殺死了麗娜！

一陣血腥氣息撲鼻而來。她看到手中的刀子，鮮血順著刀子滴下。在濃密的樹蔭間，陽光都是顯得黯淡了。上官眠剛想移動身體，忽然一把刀子不知道從什麼地方飛來，頓時刺中了她的膝蓋！下一刻，又是一把刀朝她的眼睛飛來！上官眠立即躲過刀，然而，刀子從她的眼旁飛過的一瞬間，她從刀面反射出的鏡像中看到，在自己的身後，有一張充滿怨毒的陰慘慘的面孔！

上官眠猛然回頭，習慣性地舉起了她慣用的沙漠之鷹，對準後方！可是，後面空無一人！她立即朝森林深處跑去，還不時朝後看！

昔日上官眠和麗娜都是弱者，苦苦掙扎求存，但是，服用了綠給她的綠色液體，上官眠的潛能被無限激發，後來和麗娜的實力差距非常大了。上官眠看著幾乎被染紅的衣服，記憶完全復甦了。天色已經漸漸暗了下來，很多人都在等待天黑以後進行偷襲。作為公認強者的上官眠，已經被視為大家的公敵，要聯手起來對付她。

上官眠的手一滑，袖口露出三根毒針。一切都回到了那一天。她發現，自己的身體素質也變得和那個時候一樣。不同的是，她感覺這座山上，根本沒有活人。她握緊雙手，只要有任何異動，就會馬上射出毒針。

黑暗中，她感到一些陰森氣息開始流動。她猛然回過頭，將刀子扔了出去！這一刀刺入了樹上。一把刀忽然直飛而來，上官眠立即躲閃，腰部還是被刺傷了！她壓住受傷部位，還來不及跑，又一把刀從側面投來！上官眠想再度躲過，可是又刺中了她的手臂！

上官眠躲閃著從四面八方飛來的刀子，而她根本就沒有看到扔刀子的人是誰！不知道過去多久，她倒在一條小溪旁，撕下衣服，包紮著傷口，檢查著那些刀子上是否抹有毒藥。

她觀察了一下地形，取出了地圖，根據記憶，在去山頂的路上，她還會遭遇更多訓練生。確切地說，是更多亡靈。

她意識到，如果自己死在這裏，那麼地獄契約也將永遠失落在這裏了。她是目前對魔王最有威脅的住戶，她的血字難度一定會更高一些。

上官眠昂起頭，準備好所有的武器。她繞開了一些適合埋伏的地點，現在必須和魔王拖延時間。即使無法封印魔王，只要血字時間一到，她就可以回歸公寓了。

她忽然看到，前方的河上有一具屍體漂浮著，血已經將周圍的河水染紅。她跑了過去，發現屍體是被射中了左眼。這是麗娜慣用的殺人方式。

她查看著傷口，血液還沒有凝固，這不就意味著，麗娜就在附近嗎？魔王級血字中的人，是可以帶入現實的。如果她想，也許麗娜，還有母親和妹妹，都可以被她帶回現實中去。但是，她不敢賭。接近這些人，後果是什麼，誰也不知道。

最終，她還是決定去見一見麗娜。就算要冒一些風險，她也想再見一次麗娜！上官眠又展開地圖看了看，這裏已經距離山頂很近了，她記得是在山頂和麗娜相遇的。

上官眠感到身體止不住地顫抖。回憶一幕幕揭開……

前往東歐匈牙利總部的飛機上。「小眠，這次去了東歐總部，我們能活下來嗎？」麗娜此時明顯很恐懼。

「我會保護你的，麗娜。」上官眠握住麗娜的手，溫柔地說：「我們不是約定好了嗎？一旦獲得了『代號』，我們就不用整天擔心生死問題了。」

「那就好。」麗娜鬆了口氣的樣子，又說道：「小眠是中國人吧？如果可以去亞洲的話，小眠想找到自己的家人嗎？我也一直想找到自己的家人。」

上官眠在山路上又看到了一具被射中左眼的屍體。「麗娜……」她大步流星地向山頂走去。

當她來到山頂時，天已經完全黑了。這是最危險的時刻。

綠離開組織時，上官眠獲准去機場送她。此時上官眠已經完全不同了，她身上散發出一股殺伐果斷的氣質，目光中再也沒有昔日的溫柔。

「老師，」上官眠的臉像面具一般冰冷，她說道：「我能夠變得更強。」

綠看了她一眼。「你，要守約。」她只說了這麼一句話，就離開了。那是在今天之前，上官眠最後一次看到她。

上官眠深呼吸了一下，喃喃道：「我會守約的。」

她警惕著四周，隱隱感覺到，麗娜很快就會出現了。

黑暗中，一個輪廓開始浮現。上官眠快步走去，很快，她就隱約看到，一個面容腐爛、脖子上有一道清晰血痕的女人，正慢慢向她走來……

當綠出現在上官眠面前時，神谷小夜子異常驚恐，她從那個穿黑色和服的女人身上，感受到極其危險的氣息！

她回過頭，剛要對憐說話，卻發現周圍的街道發生了劇變。她和憐竟然在桐生家族的宅邸！

神谷小夜子很快就冷靜下來，對不知所措的憐說道：「別怕，魔王級血字已經開始了，發生任何事情都不奇怪。現在只有寄希望於上官眠能快一點封印魔王了。」

從小在桐生家長大的憐，一直沒有歸屬感。母親桐生綾子的死，一夜間改變了這對姐妹的命運。小夜子緊握住憐的手，她賭上性命也要保護妹妹。如果不是因為她，憐不會莫名其妙地被倉庫惡靈拉進公寓。

「我離開這裏已經很多年了，憐，只能讓你帶路了。這個地方和真正的桐生家應該沒有任何差別。」小夜子說道。

「可是，姐姐。」憐六神無主地說，「我們亂走的話，魔王的洞穴一旦打開，就會把我們一起吸進去……我們沒有地獄契約啊！」

「留在原地更容易死！這是我長期執行血字的經驗。總之先試試看吧。我們去你的房間吧。」

一直以來，小夜子心中最大的嫌疑人，是桐生雄二郎的長子，她的舅舅桐生正人，他的妻子桐生明子是個很有心計的女人，生下了一個兒子桐生克也。其他有較大嫌疑的，是雄二郎的兩個女兒桐生緋杏和桐生梨花。雄二郎的小兒子桐生拓真則是一直沒結婚，在外面花天酒地。

小夜子早就決定，一旦確認桐生正人就是兇手，她會親手將他送進公寓！就算她離開了公寓，她也會那麼做！當然，這件事情她會自己做，她不想讓憐的手沾滿鮮血。

她們沿著走廊走到一個沒有關門的房間，憐說道：「我一直住在這個房間。」

房間很寬敞，小夜子很快注意到，桌子上有一張照片，是桐生裕也、桐生青江和桐生步未一家三口人的合照。

「這張照片居然還在？」憐有些驚訝，「青江媽媽死後，這張照片我記得是燒掉了。步未那時哭得特別厲害，而且，這個鏡框，好幾年前就換掉了啊。」

小夜子注意到了日曆。「今天是……」小夜子頓時如遭電擊，「平成十六年？而且是……元旦？」

母親桐生綾子是在平成十六年（西元二〇〇四年）的元旦凌晨去世的，那時小夜子只有十三歲。小夜子猛然看向牆上的鐘，剛過午夜零點不久。也就是說，是在母親死去之前的一個小時。

她頓時明白了。難道這就是她的心魔嗎？她一直都想找出殺害母親的真凶，不惜和憐分離、成為偵探。所以，魔王讓她回到了這一天嗎？

「憐。」小夜子回頭說道，「也許，在這裏，也許我們能知道，殺了媽媽的人是誰！」

「什麼？」憐驚駭不已。魔王可以讓她們姐妹倆，終於解開這個七年前的謎團了嗎？

憐忽然說道：「姐姐，就像蒲靡靈那樣，我們也可以把媽媽帶回到現實去，媽媽就可以復活了，我們……」

「你開什麼玩笑？憐？」小夜子立即搖頭，「媽媽已經死了啊！就算她在這裏出現，也不再是真正的媽媽了！如果可以知道殺害母親的人是誰，等我離開公寓，就一定去找那個人復仇！」

不過，小夜子知道，現在不是考慮這個問題的時候，她能不能活著看到真凶出現，都是一個問題。這一個小時，首先要考慮的，是如何活下去！

「我們去看看媽媽的房間！」

桐生綾子在大學畢業後就離開家去了京都，不過她的房間一直保留著，那裏也許有線索。當然，風險也同樣是有的。她們只能祈禱，上官眠能夠撐下去了。

整個宅邸好像是空屋，真正的宅邸裏，傭人就有很多，可是這裏卻一個人都沒有。

「這是……」轉過一個拐角，憐看著前面一扇門，脫口而出道：「這是桐生正人的房間！」

「小心。」小夜子護住憐，小心翼翼地朝著那個房間走去。她已經做好了一旦有事，就帶著憐馬上逃走的準備！

這個念頭剛產生，她就看到，門把手旋轉了起來！

「糟！」小夜子馬上就要後退逃走，可是門馬上打開了，走出來的正是桐生正人的妻子桐生明子。她看起來就像真正的桐生明子一樣，手上端著一個盤子，上面是一個酒瓶和三個小杯子。她就像根本沒有看到小夜子和憐一樣，沿著另外一側走廊走了過去。

「這……怎麼會這樣？」憐頓時錯愕了，「警方錄口供的時候，明子舅媽明明說，她當時是在房間睡覺啊！可是看起來，她要去喝酒？」

本來在元旦的凌晨喝酒也是正常的，可是，桐生明子為什麼要撒謊？不過，這真的是案發當天的場景重現嗎？畢竟還不能確定，魔王會不會讓小夜子看到虛假的場景。所以，一切還不能定論。

「三個酒杯……」小夜子喃喃道，抓住憐的手，跟著跑了過去。她想去看一看！也許，能夠看到真相！是真是假，身為偵探的她，自然會加以判斷！最壞的情況，就是被魔王殺死，她也至少要知道，真凶是誰！

小夜子加快腳步，緊跟著桐生明子。她好像真的完全看不到她們，也聽不到她們的聲音。然而，又拐過一個拐角，小夜子目瞪口呆了。因為……桐生明子竟然消失了！

小夜子立即警惕起來。她擔心自己踏進了魔王的陷阱。她根據彌真說過的情況，觀察周圍是否有空間裂縫，也在看四周有沒有能夠抓住的東西，以免裂縫打開後，她和憐會被拉進去！她打開旁邊的一扇房門，帶著憐衝了進去。「去拉住窗戶柵欄！快！」

姐妹倆衝到窗前，卻發現窗戶是鎖死的。小夜子立即舉起一把椅子，狠狠朝玻璃砸去！玻璃砸碎後，她和憐一起抓住了窗戶柵欄！

此時小夜子才略微心定，現在即使空間裂縫出現，也可以支撐一會兒了。這個宅邸的氣氛很詭異，小夜子決定暫時不放開窗戶柵欄。

「真有一點懷念啊。」憐說道，「小時候偶爾來這裏玩，我們會和克也和步未一起玩。雖然媽媽一直不喜歡這個家，但她是真心關心桐生家的人的。姐姐，你不記得了吧？這是步未的房間。其實她一直把我當成真正的妹妹。不過，克也就一直都很排斥我。」

克也是桐生正人的兒子，是小夜子的表兄。克也雖然欠缺商業才能，但是做事比較踏實，所以很受外公的器重。不過，長期以來，他對小夜子和憐都沒有好臉色。而他的母親桐生明子，半夜三更的時候拿著三個酒杯，也就意味著有三個人要喝酒。會是誰呢？

憐若有所思地說：「姐姐，你還記得健太吧？」

「嗯，健太是克也的哥哥。只不過，他……」小夜子忽然看到，對面的窗戶裏有一個披頭散髮的黑影正緩緩從窗前經過！

此刻，在現實世界的桐生家宅邸裏，就在這個房間再過去一點距離的客廳裏，桐生家的人幾乎齊聚一堂，連神谷隆彥和神谷信乃都到場了。

桐生雄二郎焦慮地看向神谷隆彥，說道：「告訴我吧，現在我們該怎麼做？」隆彥沉默了好一會兒，才說道：「我已經盡力了。現在能做的，只有等待了。」

小夜子和憐匆匆地穿過走廊。現在的當務之急，是到母親的房間去！然而，憐和小夜子不一樣，比起看到真相，她更希望能夠和姐姐一起活下去。這些年來，小夜子的腦子裏只有復仇的念頭，性格變得無比冷酷，和以前完全不一樣了。

她們終於接近了母親的房間，房門半掩著。小夜子一眼就看到了一個女人的背影。雖然已經過去了七年，小夜子還是馬上認出，那好像是母親桐生綾子的背影！

小夜子再怎麼有城府，此時臉上都露出了激動之色，她抓住門把手，剛打算將門打開，一個熟悉的聲音響起了。

「已經……夠了。」那是一個年輕女人的聲音。是繼母森本信乃！信乃在母親過世前，一直是神社的神女，她在母親去世後沒多久就馬上嫁給了父親。小夜子雖然一直反感這個女人，也並沒有想過，她會和母親的死有關。母親被殺害的時候，她應該是在京都神社才對！這是魔王製造的幻影，還是真相？

難道森本信乃就是殺害母親的兇手嗎？根本就和桐生家沒有關係？結合她在母親死後嫁給父親這一點來判斷，也不是沒有可能。但問題是，桐生家有著很好的保安系統，很難想像會有外部人入侵。桐生家也根本沒有理由包庇一個外人！

母親的聲音接著傳來：「我不知道……我真的不知道會這樣……」母親的聲音裏充滿痛苦和淒慘，似乎正在哭。

「隆彥……是他讓你來的嗎？」桐生綾子哽咽地說道，「他果然也……」

「他不想那麼做。可是，桐生家的耐心已經到了極限了。如果你不是桐生家的孩子，不會拖到現在。」

「隆彥他，是不會那麼做的。我瞭解他。可是這樣下去，遲早連小夜子和憐也會受到傷害吧。」

「我只聽神谷先生的指示。他不希望做的事情，我也不會做。」

她們的話，小夜子和憐完全聽不懂。這到底是怎麼回事？小夜子忽然想起憐剛才提起的健太。桐生健太是桐生克也的哥哥，比他大一歲，就在綾子去世的三個月前，他莫名其妙地失蹤了。至今為止，健太都不知所蹤。

又傳來了信乃的聲音：「今天晚上，桐生家必須做出決定了。是犧牲你，還是根據神谷先生的意思，永遠帶著你以及兩個孩子離開，最後大家會通過表決來決定。當然，孩子們不會知道這件事。」

小夜子想把門打開，進去質問這一切。但是，她知道這是心魔的影像，如果強行進去，也許就無法看到當年的真相了。

綾子說道：「殺了我吧。只要我還活著，就不能保證小夜子和憐的生命安全。接下來該怎麼做，就看你和隆彥的了。其實我知道，根本無法解釋這一現象，縱然是繼承了神谷神社的隆彥也辦不到。他為了我，犧牲了太多。」

小夜子很想衝進去問為什麼。可是，如果衝進去，這兩個心魔會告訴她嗎？如果現在進去，會不會中了魔王的陷阱？她不能不考慮自己和憐的安危。

但是，從剛才的對話，她已經可以判斷出。桐生家全都知道一件事情，一件一直瞞著她和憐的事情。估計和自己同齡的克也、步未也是不知道的。但是，桐生正人、桐生裕也、桐生拓真幾個人，肯定都知道！這還不是最重要的。還有一個重要的事實，父親神谷隆彥，他從最開始就什麼都知道！聯想起幾個月前最後一次見到父親，他再三勸阻自己不要再調查這件事，難道就是為了掩飾他自己？

但是，為什麼母親會主動要求信乃殺了她？小夜子百思不得其解！

忽然，小夜子看到了令她睚眥俱裂的一幕！房間裏，母親的背影一旁，一道空間裂縫赫然出現！小夜子馬上拉著憐迅速逃開！她們一路狂奔，剛才只是出現了一條裂縫，應該還不至於會讓魔王看到她們。

而在現實世界裏，桐生家的會議已經進行了許久。此時是一片沉默，氣氛很壓抑。

「綾子已經死了，為什麼小夜子和憐會出事？」打破沉默的人是桐生裕也，他至今仍然相信步未還活著：「隆彥，你倒是說話啊！」

「卦像是這樣顯示的。」神谷隆彥神色憔悴，說道：「如果強行改變，反而會捲入更多的人。憐就是一個例子。而且，我感覺到，不是只有我，還有一個人，也在試圖改變未來。但是，未來是無法輕易改變的。」

一臉絡腮鬍鬚的桐生正人卻不屑地說：「未來，哪裏可能是註定的！父親不也是白手起家，一步步發展到今天的！如果相信什麼宿命，我們怎麼可能有今天！」

「別自欺欺人了，大哥。」說話的是一個打扮妖豔的女子，正是桐生梨花：「當年，綾子的事情不就是那麼詭異嗎？至今都查不出真相。她根本就不該進入桐生家的，如果沒有她……」

「夠了！」隆彥頓時站起身，重重敲打著桌面。他的目光猶如豹子，掃視著眾人：「你們這群自私自利的人，你們以為我是為了你們那麼做的嗎？我當年之所以把憐留在桐生家，就是想嘗試這樣能否讓憐不會被捲入小夜子的命運中去。但是，最後還是失敗了。如果知道會這樣，我一定也會帶走憐！」

信乃拉了拉隆彥的手臂，輕聲道：「別這樣。以大局為重。」

隆彥再度回到這裏，是因為綾子是這個家族的一員，至少他們有權利知道結果。但是，他現在清楚地看到，這些人擔心的事情只有一個，那就是自己是否會被連累。他們看著自己和信乃的眼神，猶如看著掃把星一般。

「夠了！」老態龍鍾的桐生雄二郎開口道，「無論如何，小夜子和憐都是我桐生家的血脈，我不允許她們兩個有事！」

隆彥對於桐生家的財產沒有半點興趣，然而，現實情況是，神社的經濟越來越拮据，近年來都是靠小夜子做偵探賺的錢來維持生活。無論小夜子和父親關係再怎麼差，父女血緣終究不能抹殺，她也不可能坐視父親因為經濟原因最終失去神社。雖然小夜子是個名人，不過由於她出席公開場合的次數很少，很少和人接觸，她和桐生家有關係的事情，知道的人很少，而知道隆彥和她的關係的人就更少。桐生家的人都認為神谷隆彥是對財產念念不忘。

隆彥深呼吸了一下。他開始回憶起七年前發生的事情。一切是怎麼發生的，至今都是一個謎。

綾子在大學畢業後，就搬出了桐生家，一直住在京都。七年前，由於憐和步未、健太、克也等人關係越來越好，綾子時常帶著她來玩。

當時，健太和憐產生了什麼矛盾，把憐弄哭了，還哭得很厲害。心疼憐的綾子，便對健太說了一句話：「欺負人的話，會被鬼婆婆帶走的啊。健太，快說對不起。」

然而，在那一晚之後，健太就失蹤了。

桐生家的人調出監視錄影，看到了真相。隆彥也看過那段錄影。那段錄影後來並沒有給員警看過。

錄影顯示，當天晚上午夜零點時分，健太從房間裏走出來，他睡眼惺忪的樣子，想去上廁所。可是，就在他走在走廊上時，走廊的另一側出現了一個黑影。那個黑影突然出現在健太身後，一把抓住了健太的手，把他拉進了走廊後面！

後來，他們對錄影做了技術處理，終於勉強看清楚，那個黑影是一個老太婆的輪廓！

一語成讖！綾子的一句無心之言，竟然成為了現實！而那晚以後，健太就像從世間蒸發了一樣，再也找不到了。桐生家的人都將綾子視為怪物，對她極盡辱罵。最後，隆彥取出了神社的一些符咒，貼在家裏的一些地方。

第二天，他們又看了監視器拍下的畫面，發現了更加恐怖的事情。

那個黑影再度出現了！這一次是出現在桐生正人夫婦的房間外。那個老太婆一般的影子，來到他們夫婦的房間，然而，因為門上所貼上的符咒，那個黑影一直徘徊在門口，始終無法進去，最終只有離開了。

接下來，桐生家安排保安巡邏，桐生青江甚至帶著步未到外面居住。自從這一嚇，導致桐生青江精神受到衝擊而患病，三年前她去世了。只是小夜子一直不知道，青江的死是這個原因。

但是，保安無論巡邏再多，第二天去看監視錄影，都會發現那個黑影在桐生家的各個成員房間門外徘徊。如果沒有隆彥的符咒，那麼，絕不會只有健太一個人遭遇「神隱」。然而這符咒，可以救他們多久？

所以，一個念頭漸漸在桐生家的成員中產生，最後被提出作為一項決議。那就是……殺了這一切的始作俑者，桐生綾子！

小夜子和憐，此刻蜷縮在一個廁所內。魔王已經開始搜索這個空間，她們只好躲避在這個狹小的地方，否則萬一被找到，對於沒有地獄契約的這兩個人來說，簡直就是十死無生。

對小夜子來說，剛才聽到的話實在是很大的打擊。雖然還不清楚究竟發生了什麼，但是七年前所發生的事情，恐怕遠遠超出她的想像。

「我……我好怕，姐姐……」憐緊抓著小夜子的手臂，要不是姐姐就在身邊，早就精神崩潰了。

隨著時間推移，母親被殺的時間也會很快來臨。到了那時候，也許真相會揭曉，但是與此同時，魔王也很可能會將小夜子和憐拉入其所在的空間。最終，小夜子決定，到此為止，不發生什麼特殊情況，先避免到處亂走。目前已經獲得了不少情報，如果可以活著離開公寓，她會回日本去，質問父親和繼母信乃，她一定要知道，究竟是怎麼一回事！

「憐，別怕，我會保護你的。我會想辦法撐到一切結束……」

「可是……姐姐……」憐依舊沒有放棄那個念頭，「如果，我們能活下去，能不能把媽媽帶出這個世界到現實去？我，我真的很想念媽媽……」

小夜子毫不猶豫地說：「不可以！憐，只要能結束這個血字，我永遠也不要和這個公寓扯上任何關係，回日本後，我這一輩子都不會再到中國來！」她不會去冒這個險，誰知道從這個世界帶出去的，是人還是鬼！

就在這時，她忽然隔著廁所門上鑲嵌的毛玻璃，隱約看到了一個黑影！那個黑影，就這樣站在門口，也不敲門，看不清楚其面孔。

這一瞬間，小夜子的呼吸幾乎要停止了。她緊緊抱住憐，內心的恐懼升騰而起。她幾乎感覺到了絕望。畢竟這和一般的血字不一樣，幾乎沒有生路可言啊！

時間一點點過去，小夜子感覺無比漫長。她看著那個黑影的面孔，不知道這個黑影是否能清晰地看到她和憐。那個黑影在門口站了一分鐘，就轉過頭離開了。

小夜子略微鬆了口氣，憐也是心有餘悸。小夜子剛想安慰憐，卻忽然看到，憐的脖子上掛著一個護身符，和當初在執行古屍血字前，憐交給她的護身符一模一樣！

「憐，這是……」

「姐姐，這和給你的那個護身符是一樣的。是爸爸給我的，他要我把護身符給你。以為你如果知道是他給的，也許不會收的。爸爸，其實一直很關心你……」

姐妹倆完全沒有發現，在二人的身後，馬桶蓋子漸漸抬起了！憐忽然注意到，牆壁上映照出一個黑影，從馬桶裏爬了出來！

她馬上回過頭去，只見馬桶蓋子蓋得好好的。

「走！」小夜子也看到了那個影子，馬上拉起憐，一把打開廁所門，衝了出去。慌不擇路的姐妹倆衝到走廊的另一頭，卻赫然看到，一個男人飛快地從她們面前衝過，他的衣服上沾染著血跡！

那是桐生正人！果然是他殺了母親？

小夜子知道，如果現在過去，等於是自投羅網。她拉著憐，走到走廊一側，進入了另外一個房間。她並沒有發現，頭頂的鐘，指標快速轉動著。

很快，她又聽到了一陣腳步聲。她微微拉開門縫，看到桐生拓真跑了過來。這個在小夜子眼中的敗家子，正氣喘吁吁地從剛才桐生正人跑來的方向奔過來，跑到一半，他還停下來，看著雙手，自言自語道：「我做了……我真的做了！那個瘟神，終於不存在了！」

接著從走廊另外一側跑過來的人，是桐生裕也！步未的父親！他跌跌撞撞地跑著，好幾次都差點摔倒，氣喘吁吁地自言自語道：「對不起，綾子，我必須那麼做。青江和步未，我要為她們著想，她們都搬了出去，還是不安全！我只能殺了你，我必須殺了你……」

下一刻跑過來的，是桐生緋杏和桐生梨花。這姐妹倆跑著，桐生緋杏一把抓住桐生梨花，面露恐懼地說：「不會有事吧？爸爸不是還沒有發話嗎？我們這樣做……」

「不這樣做還能怎麼辦？難道要我們等死嗎？」梨花歇斯底里地喊道，「沒聽神谷隆彥說嗎？符咒的效力是會逐步減弱的！只有殺了她才行！」

「神谷隆彥，好像是和那個神女一起被爸爸關起來了吧？對，爸爸一定也贊同我們那麼做的！家裏的傭人也暫時離開了，而且也不一定有人知道是我們做的。可是……我還是有點怕，梨花，刀子是你刺進去的啊，我只是按住她的手臂而已！」

「你胡說什麼？明明你也有份！休想把罪責都推給我一個人！」

這一幕，讓小夜子完全錯亂了。這究竟是怎麼回事？

現實世界的桐生家宅邸裏，雄二郎非常恐懼地說：「那一天，我是永遠不會忘記的。」

「當時，是我殺了她。」桐生正人說道，「當時青江搬出去住了，但還是沒有用，最後還不是被嚇出一身病來，要不是有符咒，她和步未只怕早就死了。唯一的選擇，就只有殺了綾子。我想，那個鬼影的出現，正是她對桐生家的詛咒。所以，我把她按倒在床上，一刀刺入了她的胸口……那時凌晨一點剛過。」

桐生拓真接著說道：「我是第二個進房間的，那時應該是凌晨一點十分。我進去的時候，看到她好好地坐在床上，臉色慘白。我就衝上去把她按倒在床上，一刀刺下去……」

「我是第三個……」桐生裕也說道，「我不知道大哥和三弟做的事情，我是在凌晨一點半的時候進了她的房間。她就站在門口，用非常怨毒的眼神看著我。我……我把她按倒在床上，一刀……殺了她……」

桐生梨花和桐生緋杏回憶起這一幕時，也是感到非常恐懼。

他們所有人都是殺人兇手，但是每個人卻又都不是殺人兇手。或許只有最早下手的桐生正人才是真凶吧。但是……如果正人殺的是綾子，那麼，後面幾個人所殺的……又是誰？

隆彥對這些人露出厭惡的表情，他永遠也不會原諒桐生家的人。然而，即使如此，他也做不了任何事情。桐生家的人個個都冷血殘酷，當初桐生雄二郎堅持要他留下一個女兒，就是為了留一個人質在家族裏。只有桐生憐作為人質，知道真相的隆彥才不敢對他們怎麼樣。他後來很快娶了信乃，也正是因為自暴自棄了。他居然相信了這些人，還希望和他們達成協定。然而，他終究還是失敗了。

最後，小夜子看到，走過來的人正是……桐生雄二郎！他的臉上有一些血跡，表情卻滿是獰色！他是最後一個「殺死」了桐生綾子的人。對他而言，雖然綾子是女兒，但是，一旦妨礙到桐生家的利益，一樣可以犧牲掉。雖然隆彥再三表示，他會帶妻子和兩個女兒離開，他有信心可以阻止那個鬼影再度出現。但是，桐生雄二郎做事，一定要斬草除根。他，親手殺死了自己的女兒。已經被他的兒女們殺死了四次的女兒！

小夜子的臉白得像紙一樣，她鬼使神差地拉著憐的手，衝了出去！穿過走廊，來到了母親的房門口！

她猶豫著，要不要……要不要推開門？進去的話，也許可以看到真相，但是也可能，她會看到……

憐卻已經先一步將門打開，一下衝了進去，門馬上關上了！

「憐……」小夜子連忙上前要打開門，可是，她感到一陣強烈的心悸，好像這扇門的背後，隱藏著什麼極為恐怖的東西！但是，憐在裏面，就算魔王現在也在裏面，她也一定要進去！

小夜子擰動門把手，剛要推開門，就聽到了憐的聲音：「姐姐，是媽媽！你快進來，媽媽還活著，我們可以和媽媽一起生活下去了！」

「憐？」

把門猛然打開後，出現在小夜子面前的，是一個空蕩蕩的房間，一個人也沒有。

而在地板上，掉落著一件東西。那正是……憐的護身符！護身符隨即碎裂了，很快完全消失了。

小夜子的腦子一片空白，她就像變成了化石一樣，無法置信地呆呆看著眼前的地板。

「不……不可以！你不可以帶走憐，不可以！」小夜子一下跪在護身符消失的地板上。憐，她深愛的妹妹，就這樣消失了？

她為了能夠報仇，一直活到今天，然而，最後犧牲的，卻是妹妹嗎？她並不知道，根據最初的命運，憐就會因為她而進入公寓。由於神谷隆彥的干涉，憐才沒有直接進入公寓。但是，命運是不可違抗的，最終她被倉庫惡靈直接帶進了公寓。神原雅臣也是一樣的。而至於符靜婷、羅休等人，都是因為蒲靡靈的干涉，才沒有進入公寓，所以最後命運強行改變為原來的樣子，這就是這些人莫名其妙進入公寓的真正原因。

小夜子並沒有注意到，一個影子出現在她身後的門口。那是一個披頭散髮的老太婆。一雙手慢慢向小夜子伸去！

小夜子眼前的場景突然發生了變化。她的脖子被一隻手抓住，拉入了重疊空間。身後的黑影變成了一個巨大的黑洞，將她的身體吞噬了進去！

媽媽……爸爸……雅臣……憐……你們……小夜子的意識沉入了黑暗，被黑洞徹底吞噬了，被拉進了魔王的空間。她的護身符也掉在了地上，粉碎消失了。

桐生家宅邸裏，隆彥忽然臉色一變。女兒護身符的消失，讓他立即有了感應。小夜子和憐，都不在了。

隆彥站起身來。信乃會意，從地下拿起一個用布包裹起來的東西遞給他。距離他最近的桐生正人不解地問道：「你要做什麼？」

布條被隆彥抖開了，是一把武士刀！這把神谷家先祖從平安時代一直傳下來的武士刀，被隆彥一把拔出，隨即劃過了桐生正人的脖子！

忍辱負重活到今天，只是為了保全女兒。現在，他已經沒有隱忍的必要了。舉著武士刀，隆彥衝向了眼前這群桐生家的人……

16 終極倖存者

銀夜清醒過來的時候，發現自己和銀羽被關在一座密室裏。

這個密室非常狹窄，地面是大理石瓷磚，周圍點著一根根蠟燭，牆壁上掛著古怪的油畫，眼前則是一個灶台。

銀羽也是剛剛醒來，她只感到頭昏腦漲，當她看清楚眼前的銀夜，才略微放下心來。

「銀羽！」銀夜一把抓住她的手，他真害怕銀羽會在他面前消失。現在，他們應該是進入了異空間，還好記憶並沒有被篡改。

「這是哪裏？」銀羽對這個地方很陌生，她本以為，心魔也許會是阿慎或者是自己從未見過的父母。

這個密室沒有窗戶，卻一直在燃燒蠟燭，而且門下面也沒有縫隙，這樣下去，氧氣會不斷消耗。銀夜也是一頭霧水。他預想了很多種心魔出現的方式，但是都沒想到會是眼前的情景。無論如何，他都會始終抓著銀羽的手，到死都絕不放開。

「只有指望上官眠沒事了。」銀夜也沒有別的辦法了。

「那個叫綠的女人，太詭異了。」銀羽感覺很怪，「難道又是個ＳＳ級殺手？看起來上官眠和她早就認識了。會不會是她的心魔呢？」

這時，門被打開了。兩個一襲白衣的外國男子站在門外，都是面無表情，看著銀夜和銀羽的眼神充滿冷漠。

「教祖要見你們。跟我來吧。」

看著那身白衣，以及在白衣男子腰間繫著的一把匕首，銀夜頓時恍然大悟，這些人是金色神國的信徒！這裏是金色神國，那個極端神秘詭異的組織。果然，在心魔裏，金色神國再度出現了。

「各位。」銀夜下意識地護著銀羽，他知道現在要逃走是不現實的，但是，他還是想盡可能和對方交涉：「能否告訴我，教祖為什麼要見我們？」

「少廢話。」一個男子冷冷地說：「快和我們走！」

銀夜發現外面非常開闊，是歐洲建築風格，周圍是一群白衣人，當他們看到銀夜和銀羽，眼睛都露出兇狠的目光。銀夜和銀羽自然不為所動，比起鬼來，這些人又算得了什麼！

他們走過一條條寬闊的走廊，最後進入了一個大廳。大廳是圓形的，有四根白色柱子，中間有一個王座，王座下是十幾級臺階，下方有一群白衣人跪倒在地。坐在王座上的，是一個戴著面具的人，想來就是金色神國的教祖了。

兩名白衣人看到那個戴著面具的人後，頓時露出狂熱的表情來：「教祖！這兩個黑心魔已經帶到了！」

教祖站起身，用英語說道：「不用了。你們退下吧。」

銀夜抓緊銀羽，腦子裏迅速思索所有可能發生的情況。現在首先要拖延時間，不能讓魔王發現這個空間。只要上官眠還活著，就有希望。

教祖俯視著臺階下的銀夜和銀羽，隨後將面具緩緩摘下，露出了一張年輕的臉龐，是一個容貌非常俊秀的白人男子。

就在這時，銀羽忽然發現，那些跪倒在地上的人中，其中有一個……是葉凡慎！他此時頭磕在地上。

教祖從臺階上慢慢走下來，他看起來非常平靜，然而眼中的殺機越來越濃，走到最後一級臺階時，他的眼中已經滿是嗜血之色，猶如看著獵物的野獸一般！

這時，銀夜一眼看到，教祖身下的大理石地面，猶如鏡子一般映照出了教祖！那是一個披頭散髮、滿臉鮮血、肌肉潰爛的惡鬼！

銀夜駭怕退後，葉凡慎忽然猛然站起，抽出手中的匕首，架在銀夜的脖子上！

銀羽再度見到初戀愛人，已經沒有一點感覺了，連恨意都淡薄了。這個男人只是她生命的一個黑色的痕跡。當看到葉凡慎把刀架在銀夜脖子上時，她的心裏只有深深的恐懼，比遭遇鬼魂、面臨死亡更強烈的恐懼。

她深愛著銀夜，比自己想像中更加深愛他。她一步上前，緊緊地盯著那把刀子。只要再下劃一寸，那把刀子就會奪走她在這個世上的最愛，就會讓她的靈魂破碎。

「求你……阿慎……」銀羽放棄了尊嚴，祈求著眼前這個將她害到這般地步的兇手：「不要殺他，不要殺他！」

「銀羽？」葉凡慎也注意到了銀羽的目光，難道她愛上了柯銀夜嗎，他不是她的哥哥嗎？

「殺了他們。」教祖冷冷地說，「葉祭司，你抓獲黑心魔有功，你現在已經是大祭司了。殺掉他們吧，這是你的榮耀。」

銀夜感受著匕首的冰冷，這也是受到詛咒之物。「等等。」銀夜對教祖說道：「你知道公寓嗎？」

教祖沒有任何反應，似乎他從來沒有聽說過這個詞。

葉凡慎冷冷地說：「對不起，銀羽，我必須殺了他。你也一樣。但是，我這是為了你好，請你相信我！」

「不……不！」銀羽衝過來要救銀夜，可是看著葉凡慎決絕的眼神又不敢亂動。

就在葉凡慎即將把刀劃過銀夜的脖子時，他右手的手肘忽然發出一股焦臭味！隨後手肘就像融掉的蠟燭一般，頓時斷下！

一個穿著黑色和服的絕美女子，出現在了大廳的另外一側。

「你……你是誰？」葉凡慎頓時暴怒地大吼，詭異的是，斷裂的傷口竟然沒有鮮血流出，而是有一些顏色詭異的黏稠液體。

銀夜和銀羽看向那個女子。這不正是綠嗎？

綠一步步朝銀夜和銀羽走過來。她的目光集中在教祖身上。教祖剛想開口說什麼，他的脖子部位忽然冒出了熱氣，接著也是如同燒融的蠟，徹底斷裂了！

教祖就這樣倒在地上，死了！大理石下面的那個鬼影也不見了，變為了正常的鏡像。

黑和服女子慢慢走到教祖的屍體面前，此時，大廳裏所有的白衣人都是斷手斷腳，沒有一個能衝上來了。

銀夜和銀羽用非常震愕的眼神看著她，黑和服女子繼而也把目光轉向了銀夜和銀羽。

綠開口道：「走吧。」

銀羽終於忍不住問道：「對不起……首先很感謝你的幫助，但是，請問……你究竟是誰？這個地方，為什麼你能進來？」

銀羽有一種強烈的感覺，恐怕這個女人不是心魔，而是真正的人！

「我有事情找小眠。」綠淡淡地說，「在那之前，有要做完的事情。」

身為一個人類，居然可以進入這樣的空間，那麼只有一個解釋了，她肯定有引路燈！

銀夜拉了拉銀羽，向她使了一個眼色。眼下這樣的局面，還是少開口為好。這個叫綠的女人，太神秘了。

他們走在走廊上，忽然，牆壁上出現了好幾面圓鏡。但是綠一走近，那些鏡子就一面接一面碎裂，玻璃碴都完全融化了。

綠忽然停下腳步，回過頭說：「接下來，你們自己走下去吧。不想死，就不要讓它出來。」

「什麼？」銀夜和銀羽都是一頭霧水。綠慢慢消失了。但是，她並沒有拿出引路燈！那她是如何自由出入異空間的？

下一刻，綠出現在公寓外的無人區街道上。夢可雲已經離開了。

綠抬起頭，看著不見月亮的天空，自言自語道：「還是，找不到。」她的身體出現了一道道裂痕，裂痕很快遍佈全身，她整個人碎裂成無數塊，掉落在地上，消失了。

過了五分鐘，原地忽然又有一道空間裂縫出現，一隻白皙的手從裂縫中伸出，綠竟然又從裂縫中走了出來。她自言自語道：「還有……三個……」

綠將右手微微抬起，無數黑紫色蝴蝶飛舞而來，盤旋在她的周圍。綠的身後，有一個身影從虛空中慢慢浮現。那個身影開始是透明的，很快化為實體，是手提著引路燈的彌真！

「我找到了有嫌疑的重疊空間。」彌真對眼前這個神秘莫測的女人依舊有些忌憚，「我想，應該是你說的……」

綠卻將手微微抬起，她的身體產生了波動，漸漸化為虛無，拿著引路燈的彌真也隨著她進入了異空間。

這是一座蒼茫大山的山腳下，彌真在一片蔥郁樹林裏出現，似乎是拂曉時分。彌真發現綠已經站在她面前了。她知道，眼前這個女人不是人類。

「根據約定，」彌真不卑不亢地說，「你要幫我解開詛咒。」

「我會守約的。」綠的表情毫無變化，從彌真第一次見到她的時候開始，她就一直這樣。

「好的。」彌真隱隱覺得，應該可以相信她。不過，這種生命完全掌控在對方手中的感覺，實在是不好受。彌真敢和她談判，是因為她確定對方是需要她幫忙的。

彌真拿著引路燈，在前面走。忽然，她感到肩頭被綠的手按住，還來不及做出反應，周圍的景色就瞬間倒退，一下就到了千米之外！

她們站在一處樹蔭下，綠更輕的聲音說：「躲好吧。魔王在注意這一帶。」

彌真感到難以置信。這附近根本沒有空間裂縫出現，綠為什麼會知道魔王的事情？這讓她越發確定，綠一定和魔王有什麼關係。

上官眠一刀狠狠朝前砍去，砍中的只是一具腐爛多時的屍體。那具屍體被砍斷了頭顱，倒在地上。

上官眠的身上染滿鮮血，她的實力變得越來越強，但是，她的目光卻越來越恐懼。這個世界上，能夠讓她恐懼的鬼，只有一個。麗娜！

麗娜一次次地在她面前出現，一次次以真實無比的形象出現！

上官眠不斷揮刀砍殺著，每次殺戮都會有屍體出現在她面前。這不是幻象，而是真正被她殺死的人。金眼惡魔，毒蠍，冥王……這些人的屍體，都在她面前出現了。

又是一刀砍去，對方的脖子上鮮血噴湧而出，用駭然的目光瞪著她，就倒地死去了。

「出來……麗娜！」

上官眠看到，黑暗中露出了一個側臉，只能看到一隻眼睛。那是一隻充滿憎恨和仇視的眼睛，釋放出無窮的惡意和怨恨！那是麗娜的左眼！

麗娜殺人的時候，都會射擊對方的左眼。這是因為，她和上官眠約定，將來如果攜手執行暗殺任務，她負責左邊，上官眠負責右邊。二人一直都是很有默契的搭檔。

上官眠直衝過去，她狠狠一刀想砍過去，可是，半空中的刀卻顫抖起來。

「我希望小眠可以找回家人……在那之前，我就是小眠的家人……」

恐懼淹沒了上官眠，她看著那隻左眼，再也無法動彈了。刀子落下，上官眠趔趄著倒退。

她還能怎麼選擇呢？和綠有了約定，她殺死了情同姐妹的麗娜，而如果沒有接受綠的條件，她早就和麗娜一起死在組織裏。她該怎麼選擇才是正確的？擁有力量是錯誤的嗎？想活下去也是錯誤的嗎？

那隻怨毒的眼睛離她越來越近，黑暗中，一雙染血的手慢慢朝上官眠伸過來！

下一瞬間，上官眠又出現在公寓附近無人區的街頭。她依舊是失去雙臂，武功盡廢。而在她面前出現的，不是麗娜，而是綠！

在異空間裏和彌真在一起的同時，綠竟然又出現在了這裏！

上官眠看向綠，無比冷酷地問道：「你當年為什麼要選擇我？」

綠看向死死盯著她的上官眠，說道：「那是……某個人和我的約定。」

「某個人？是誰？」

「你不需要知道。你只要，守約就可以了。」

上官眠忽然意識到了什麼。為什麼自己突然出現在她面前，她卻一點兒也不驚訝？好像從一開始，她就什麼都知道似的！

「金色神國研究公寓，也是你故意洩露給埃利克森家族情報的嗎？而我會知道這一切，會進入公寓也是？」

「你說的，我不知道。」

上官眠明白，綠不想對她說的事情，她也沒有辦法強迫綠說出來。但是，她開始意識到，有某種力量，推動著她成為了公寓的住戶。某個人，莫非就是……

綠的面孔忽然出現了一條裂縫，緊接著綠的身體就像玻璃破碎一樣裂開來，消失了。

上官眠眼前的場景再度發生了變化。不是殺戮和死亡了，而是一個很溫馨的場景。

她和麗娜漫步在風景秀麗的山間，像普通小女孩一樣嬉戲玩鬧。天空中掛著一條彩虹，陽光下很溫暖，不時吹過和煦的風。

而她看到……自己在笑。她有多久沒有笑了呢？看到自己無比燦爛自然的笑容，她有一種恍如隔世的感覺。那是獲取力量後她失去的自我。那是她一度憧憬卻親手毀掉的自我。

在山林間和麗娜玩耍，那是剛到達東歐總部的時候，是上官眠最懷念的時光。一路腥風血雨地走過來，有麗娜陪伴，上官眠就再也不會感到孤獨了。

「麗娜，我們一定要活下去，然後，我會變得很強很強。」上官眠盤膝而坐，「到時候，我們一定會找到我和麗娜的家人！」

「嗯！」麗娜點了點頭：「有小眠在，我絕對不會害怕的，我們一定要活下去。我們一定要獲得真正的自由！如果有一天，我比小眠還強，那麼就由我來保護小眠！」

兩個人的聲音越來越小，最後完全聽不到了。

雙手盡失的上官眠，流下了一滴眼淚。就算真實死去的時候，就算看到母親的屍體的時候，上官眠都未曾流下一滴眼淚，而此時，她流淚了。

她仰望著湛藍的天空，喃喃道：「抱歉，不能遵守和你的約定了。」

那兩個談笑風生的小女孩迅速化為腐爛的屍體，最後變成了骷髏！骷髏倒在上官眠身上，繼而變成一個巨大的黑洞。

上官眠閉上了眼睛，輕聲說道：「我來了，麗娜。到了另外一個世界，無論如何，都讓我來保護你！」

上官眠的身體被黑洞完全吞沒了，秀麗山林也在瞬間消失了……

銀夜和銀羽正處在最危急的關頭。

教祖持有的鏡子，並不是邪影鏡。而是一面被詛咒的鏡子。而將那本日記交給教祖的，並不是活著的蒲靡靈。那些匕首和聖水，也不是倉庫的道具，而是通過鏡子複製出來的惡靈的骨頭和血。在持有鏡子之時，教祖就已經被鏡子迷失了心智，因此去發展信徒，惡靈的血與骨就此擴散開來了。匕首是人骨，聖水是鮮血。金色神國的信徒越多，從鏡子中取出的匕首和聖水就越多，被惡靈詛咒的人也就越多。

最終的目的只有一個。就是從鏡子中出來，殺死所有出現在鏡子前的生靈！

當初，上官眠親手毀掉了鏡子，然而，在這個異空間裏，隱藏詛咒的惡靈之鏡，再度誕生出來了！

銀夜和銀羽在走廊上衝逃，可是，走廊兩邊的鏡子越來越多！因為，魔王已經發現了這個空間！

忽然，一隻手從一面鏡子裏伸出，一把將銀羽的手抓住，將她拉入了鏡子！銀夜眼疾手快地抱住銀羽的雙腿！

就在這時，銀夜身後的鏡子變成了一個黑洞，一股邪異的氣息湧了出來！如果銀夜不放手，很快就會被吸進去！

可是，銀夜絕不會放手！如果失去了銀羽，他離開公寓又有什麼意義？黑洞越來越大，那股力量猶如惡魔張開的猙獰大嘴，拉扯著銀夜……

一片幽靜的樹林中，天色還是灰濛濛的，林間萬籟俱靜。在樹林深處，搭著一個巨大的帳篷。綠慢慢地向帳篷走去。她的步伐不大，速度卻非常快。

走進帳篷，映入她眼簾的，是上百具倒地的骸骨！綠的目光很快集中在帳篷中央的一具骷髏上。

那個骷髏的身體已經碎裂了大半，頭骨也裂開了一半。

綠剛抬起腳步，忽然，她的腳懸停在半空，她輕輕轉過頭，看向一旁，雙手猛然向前一握！空間頓時猶如玻璃般碎裂，她從空間裂縫中抓住了一張半米長的羊皮紙，羊皮紙上有一個血紅色的漩渦！

這正是上官眠持有的地獄契約！

綠拿過地獄契約，凝視了一番，將羊皮紙卷起放到身上，頭也不回地向中央的骷髏走去。

當她接近骷髏時，那具骷髏的手也動了起來！頭骨也慢慢抬起！而當她站在骷髏面前時，骷髏再度倒在地上，一動也不動了。緊接著，頭骨開始融化了！

森森白骨變為了一大團粉末，粉末中出現了一把小巧的鑰匙。綠蹲下身子，將鑰匙拿了起來。這鑰匙是藏在骷髏的頭骨中的！

公寓裏的李隱猛然睜開了雙眼！

「這是……怎麼回事？」李隱馬上伸手進口袋，拿出手機一看，知道了今天的日期和現在的準確時間！

就在這時，手機鈴聲響起了。來電的是彌真！

李隱馬上接通電話：「喂，彌真……」

「快！進入二九〇八室的臥室，撕開牆紙，裏面有蒲靡靈留下的最後線索！是我們能夠和魔王抗衡的最後希望了！」

彌真此時就在深雨身旁。蒲靡靈留下的信，她也已經看到了。她和深雨現在都在現實世界裏，和綠暫時分開了。而綠竟然真的能讓詛咒暫時被壓下，讓李隱得以復甦，深雨的石化也解除了！

李隱聽彌真很快地說明了事情原委，迅速衝出房間，朝電梯跑去！

電梯向上的過程中，李隱非常緊張。按照彌真的說法，蒲靡靈居然佈局了那麼長時間，只為瞞過魔王留下線索！一旦獲得這個線索，住戶們就很有希望了！

李隱如何能不激動！能夠知道魔王的秘密，也許就能將其封印，他們就可以獲得自由了！

電梯門一打開，李隱直衝向二九〇八室。門沒有鎖。他進入臥室，急急地將牆紙撕開，因為牆紙很快就會復原，動作不能慢！

這裏……沒有！這裏……沒有！這裏……也沒有！

到了最後一部分牆面前，他將牆紙狠狠撕下！他的心也幾乎要跳出嗓子眼了，答案就要揭曉了！

果然，眼前有一段用蠟筆寫下的話。

「深雨，如果你能看到這段話，就說明你找到了我的信。綠現在應該會出現在你身邊，和她一起去拿到鑰匙，你們就會知道魔王級血字的真正生路。」

李隱驚得目瞪口呆。蒲靡靈即使在最後關頭還是非常謹慎，不敢把秘密完全寫出來！而秘密竟然全部繫在綠的身上！

聽過彌真的說明，李隱已經知道了綠的存在。彌真並不知道綠是世界第一毒藥師，只知道她和上官眠是實力相當的人物。而這個女人的出現，正驗證了蒲靡靈這段話。既然如此，值得搏一搏！

李隱將這段話拍了照，發給了彌真，然後準備到四〇四室去，寫下「祭」字！

進入電梯，李隱激動的心情稍稍平復了一些。他抬起頭，自言自語道：「對不起，子夜。我承諾過要帶著你一起離開公寓，但是，我沒能做到。但是，我絕不會屈服，我一定會回到光明世界去！」

子夜的死，是李隱心中無法揮去的痛楚，他是那麼深愛著她。然而，生命仍然要繼續下去。

李隱來到自己的房門前，看著隔壁四〇三室的房門。他這次出去，無論是生是死，都將永遠離開這個公寓了。他深深低下了頭，回憶起昔日和子夜相處的一幕幕，淚流滿面。

「對不起……子夜……」住戶不可能變成鬼，子夜當然也不可能聽到這番話了。可是，李隱還是想對子夜這麼說。「我要說，一直以來，我真的愛著你，子夜。」李隱又抬起頭，看向四〇三室的門。「永別了。」

李隱打開四〇四室房門，取出隨身帶的刀子，割傷了手指，在牆上寫下一個「祭」字！

血字很快浮現而出……

銀夜和銀羽還在走廊上不停奔跑。他們發現，金色神國竟然是受到惡靈詛咒而誕生的！

剛才，銀夜選擇了和銀羽一起被拉入鏡子世界。

銀羽的身體一直不停地抖，她再怎麼堅強也是個女人。要是沒有銀夜陪伴，她恐怕已經崩潰了。

銀夜擁抱著她，他的體溫漸漸驅散了銀羽的寒冷，他堅定地說：「有我在。」

銀羽停止了顫抖，她看向銀夜。他的眼中沒有了恐懼，只有堅定。

這個地方隨時都有可能出現鏡子中的惡靈。雖然現實世界中的惡靈之鏡已經被上官眠打破，詛咒消失了，可是在這個空間，詛咒依舊會源源不斷產生。

此時，銀夜也沒有發現，在二人的頭頂上，新的空間裂縫正在悄然出現……

李隱走出了公寓。

「二〇一一年十二月三十一日，晚上十點半至午夜零點，在公寓附近的無人區，執行魔王級血字指示。」

這是李隱最後的血字，後面的內容和其他執行魔王級血字的住戶的一樣。就在他向和彌真約定的地點走去時，一個熟悉的聲音傳來：「李隱。」

李隱的腳步停住了。他雖然已經有所準備，但是，沒想到會那麼快。

他的頭一點點轉過去。子夜就站在他身後，離他只有五米多。一頭飄逸的長髮，美得令他心醉的臉龐，她就這樣站在李隱面前！

子夜一步步走了過來。

李隱知道，這是心魔，他更知道，如果完成了魔王級血字，他就可以將她帶入現實世界。那麼，他就等於沒有失去子夜。

子夜一步上前，緊緊抱住了李隱。

這一刻，李隱幾乎窒息了。他明知道這是心魔，但是，對子夜深深的思念卻無法抑制，子夜是他那樣深愛的人啊！

「別走，李隱……我知道，彌真對你很好，可是，請你回到我身邊來吧。李隱，我真的很愛你，很愛你！」熟悉的聲音在耳畔輕語，讓李隱的心都顫抖起來。

當彌真即將墜入魔王空間時，李隱只知道，絕不能讓彌真死去。那一刻，他說出了內心真實的感情。但是，他並沒有忘記子夜。如果子夜能夠復活，他該如何抉擇？

眼前的場景突然切換了，李隱發現，自己和子夜竟然又回到了公寓！

子夜抬起頭，輕輕地說：「帶我走吧，李隱。和我，一起離開公寓吧。我就是子夜，真正的子夜，我無法忘記你。在被拖入倉庫抽屜的一瞬間，我想到的只有你。送信血字的時候，我和你都已經絕望了，那時候，你說，就算死去，就算轉世，我們也一定要再次相遇相愛。我們……」

「夠了！」李隱已經心亂如麻。明知道這是魔王創造出來的心魔，可是，子夜的話讓他太心動了。他想推開子夜，可是她身上的體香，她含情脈脈的眼神，她訴說的美好記憶，李隱真的無法抗拒。

這時，李隱的腦海中出現了另一張面孔。和他一直在「地獄」中，在絕望中尋求生機的彌真，她的笑容，總是可以在最危難關頭給他希望和信心。

「子夜，我……」

空間忽然碎裂了，一個身影拿著引路燈，出現在他和子夜的面前！

彌真怎麼也沒想到，如此輕易就進入了李隱所在的異空間。而她看到的，卻是和子夜緊緊相擁的李隱。

這一刻，三人默默相對……

深雨站在公寓的無人區裏。剛才，彌真帶著她來到這裏，又用引路燈離開了。李隱發來的彩信，她也看到了。

深雨非常猶豫。綠，那個神秘女人，聽說是二十幾歲的女子，但是父親至少在二十年前就死了啊！這時，她忽然發現，眼角一側出現了一抹黑色，立即看了過去。她看到了一個穿著黑色和服，留著一頭齊瀏海，擁有一張驚世駭俗的美麗面孔的女人。一些黑紫色蝴蝶圍繞著這個女人，這個場景，和彌真的描述完全一致！

「你……你就是綠？」深雨不由自主地後退，連忙說道：「彌真，她現在不在……」

「走吧。」綠幾乎一瞬間就到了深雨面前！

「我爸爸的事情……你能告訴我嗎？」深雨看出對方沒有惡意，深呼吸了一下，壯起膽子問道：「還有，『鑰匙』是什麼鑰匙？」

綠深深地凝視著深雨，沒有回答，纖纖玉手忽然抓住深雨的手臂，下一刻，二人周圍的場景又變化了！

「這是……」深雨又回到了地下遺跡塔！

彌天的本體就在塔頂的一角，還是在昏迷中。綠看向彌天，慢慢走了過去。綠忽然回頭，手向深雨抓去，可是，還沒有觸及深雨，深雨就消失了！

而深雨發現，自己出現在山腳下。她面前有兩個人，她都不認識。不過，這兩個人卻看過她的照片。

「你是……蒲深雨嗎？」

這兩人，一個是極為俊美的年輕男子，一個是面容滄桑的中年男人，正是蒲連生和羅休。

蒲連生進入異空間就和水瞳分開了，他也不知道水瞳現在是生是死。他從深雨的眉眼間，看到許多和自己相似的地方，對她有一種很親切的感覺。

羅休並不知道，眼前的深雨就是他的外甥女，妹妹念雪的女兒。然而，見到深雨後，他也有一種很親切的感覺，很自然地對她有好感。這對性情淡漠的羅休而言，是很少見的。

深雨還來不及回答，三人面前就出現了一個白衣女子和一個少年。

蒲連生對這個女子極為熟悉，她是五十年前的住戶葉藍。在葉藍旁邊前，站著一個面色蒼白的少年，眼睛中有一絲精芒閃現。

羅休剛想對深雨說話，卻聽到蒲連生大喊一聲，他們立刻回過頭去！

只見葉藍的身後，有一個空間裂縫出現，隨即一個黑洞形成了，葉藍瞬間被拉了進去！那少年一個箭步上前，抓住了葉藍的腿！

那個少年正是蒲靡靈！很快，蒲靡靈隨著葉藍被拉入了黑洞中！

也就是說，當時蒲靡靈跟著葉藍來執行魔王級血字。但是，蒲靡靈根本不是住戶，他畫不出魔王級血字的預知畫，最後也被拉入了魔王的空間？

地下遺跡塔的頂端，彌天甦醒了。他第一眼就見到了綠。他目瞪口呆，甚至懷疑自己是不是在做夢。

「還是沒有發現嗎？」綠輕柔地說，「五十年了，還是沒有發現，多了一個嗎？」

彌天猛然抬起頭，不敢置信地看著綠。「你是誰？多了一個，你知道是什麼多了一個？」彌天完全恢復了精神，猛然站起，仍然死死地盯著綠！

多了一個，是蒲靡靈留下的最後提示啊！到底是多了一個什麼？

綠很快說道：「五十年前，他和我訂下了約定。但是，最終沒有徹底實現。」

「不徹底？你究竟在說些什麼？」

事實上，真正的子夜根本就沒有見過彌真。然而，子夜看到彌真後，卻有些驚異。

彌真一時之間也沒有反應過來，她的腦子一片空白。就算魔王站在她面前，也不會比現在這一幕更讓她驚駭了。

李隱拉開了子夜的手，看向彌真，想說什麼，卻又說不出來。他現在所愛的人，是彌真。可是，他對子夜的愛太過刻骨銘心。

彌真終於反應了過來，這是心魔！她立即一步上前，抓住了李隱的手！「走吧！」

然而，子夜也緊抓住了李隱的另一條手臂！「李隱，不要留下我！帶我走吧！」

這兩個李隱深愛的女人，一左一右拉住了他。他必須選擇了。

李隱看向幾乎露出絕望之色的彌真，又看向眼中滿是淚水的子夜，一幕幕往事浮上心頭。

緣告訴了彌天所有真相。

「你也是公寓住戶？」彌天已經明白了，這個緣不是人類，而是一個空間投射分身。而她的投射分身，現在只剩下一個了。最後一個分身，竟然是在魔王所在的空間！而她至少已經活了幾百年。

難以置信的彌天問道：「你說你的本體，連魔王都找不到？」

「對。」緣說道，「我，也找不到本體。」

「好吧……我消化一下你的話。你是幾百年前的公寓住戶，在執行魔王級血字的時候，你的本體逃入了魔王也找不到的空間，而你只有一個投射分身被抓進了魔王所在的空間，只有最後一個分身和本體才知道魔王的秘密，其他分身一直在空間裂縫和現實世界之間活動。因為你的本體還沒找到，所以你作為分身的記憶也不完整。五十年前，蒲靡靈因為一個叫葉藍的住戶也被拉入魔王所在的空間，和你的分身相遇，於是，他就知道了魔王的秘密，並在你的幫助下逃到了現實世界，他因此一直受到魔王的監視和操縱？」
「因為封印不徹底。」
「封印還分徹底和不徹底的？」
「確切地說，封印魔王的是我。蒲靡靈給了我地獄契約。」
葉藍是五十年前公寓最後一個死去的住戶，當時她持有地獄契約，但是持有契約的狀況下被拉入魔王所在的空間，契約瞬間就和本人分離了。當時一同被拉入的蒲靡靈就將地獄契約交給了綠的投射分身，才封印了魔王。但是綠畢竟只是一個空間投射分身，她的封印並不徹底，否則也不會導致後來蒲靡靈擁有了畫預知畫的能力，一生都受控制。
綠的本體可以活幾百年，是因為她用毒藥完全改變了身體結構，器官的衰老完全抑制了，再活幾百年問題也不大。而她成為世界第一毒藥師，讓上官眠成為巔峰高手，則是和蒲靡靈的約定。他活著的時候一直和綠的分身在現實世界交流，並通過預知畫看到了上官眠的未來。蒲靡靈想進行一個實驗，如果讓上官眠這樣的超人進入公寓是否會提高生存率，如果能實現，他打算如法炮製。可惜計畫趕不上變化，綠在第一次接觸上官眠的時候，蒲靡靈已經死了。
「你的目的是，要讓本體獲得自由，離開公寓吧？」雖然完全無法理解這個女人是怎麼找到魔王級血字的漏洞，而且居然讓魔王也找不到她的本體，彌天對她佩服得五體投地！然而綠的回答卻出乎意料。
「我想找到真正的自己。我想知道真正的自己是誰。」
「你完全不記得自己是誰？父母、親人都不記得了嗎？」
「不記得了。」因為投射分身一再分裂，最初的記憶所剩無幾了。綠在這次百年來，一直尋找的是自己。唯一知道的是，本體穿的是黑色和服，所以是個日本人。至於為何有卓越的配製毒藥的才能，甚至用毒藥改造了身體，都是謎。

李隱做了決定。他抽開子夜的手，搖頭道：「對不起，子夜。你已經死了。我永遠都不會忘記你。但是，現在我愛的人是彌真。」

彌真看向李隱，露出了笑容。「謝謝你，子夜。」彌真說道，「謝謝你一直陪伴李隱。我也不會忘記你的。」

呆滯地看著李隱的子夜低下了頭，良久再度抬起頭時，卻化為了一張無比蒼白、沒有雙瞳的恐怖的鬼臉，雙手伸向李隱和彌真！

莫水瞳拿起一個精緻的陶瓷茶杯。她的對面坐著現實中早已經去世的父母。看到父母慈祥和藹的樣子，她非常心安。

她端起茶杯剛要喝，卻發現茶水竟然變成了黑色的！那團黑色不斷擴大，變為了一個大黑洞！莫水瞳就這樣被拉入了黑洞中，進入魔王所在的空間。

目前還活著的住戶，不算彌真、彌天和綠的話，只有六個人了，是李隱、銀夜、銀羽、深雨、羅休和蒲連生。

羅休越看深雨，越感覺她和念雪很像。而深雨和蒲連生更像，深雨完全繼承了連生五官的美麗，要說他們是兄妹也沒有人會懷疑。

「我叫蒲連生。你是蒲深雨小姐吧。」

深雨早就聽李隱提過蒲連生了，看到他，她也感到很親切。

「蒲先生。」深雨走過來，忽然又看向羅休。她對羅休也同樣有一種莫名的親切感。以前羅十三進入公寓的時候，和深雨見過幾面，雖然她和羅十三算是表兄妹，不過雙方都沒有什麼特別感覺。

「你好，我叫羅休，是公寓的新住戶。」

深雨忽然問道：「羅休……你是蠱師吧？你知道羅念雪嗎？」

聽到這個名字，羅休的腦子就像炸開了一樣！「念雪，你認識念雪？她是我妹妹！」

「羅念雪……是我的母……」深雨還沒有說完，忽然感到背後一涼。她立刻回過頭去，卻什麼也沒有。而當她再回過頭來，卻看到了極為恐怖的一幕……

李隱帶著彌真在公寓中不斷穿行。他發現，如果朝樓下跑去，就會到達上面的樓層，向上面跑則還是往上。也就是說，現在所在的異空間是公寓！

下方的惡靈正步步進逼！而引路燈的火種竟然熄滅了！李隱和彌真只有不停地逃跑了！

最後，二人來到了二十九樓！再上去就是天臺了！就真的是上天無路、入地無門了！

他們朝下看去，一層層的樓梯扶手上，有著白晃晃的手向上移動！而且速度非常快！

一旦鬼上來了，李隱和彌真被拉入魔王的空間，只是時間問題！

「彌真……」李隱緊抓著彌真的手，現在他沒有絲毫猶豫了。無論再怎麼留戀，過去真的逝去了，彌真現在就是他的愛人。他絕不會捨棄她，就算面對死亡也一樣！李隱喘息著，緊緊抱住了彌真。

與此同時，彌天在現實世界中，站在同一個地方，也就是公寓二十九層通往天臺的樓梯上，面前就是天臺大門。

彌天的本體清醒後，只要一個念頭，就可以回歸公寓。而在他回歸公寓後，地下遺跡塔的詛咒也就解除了，附體在他身上的無數惡鬼也離開了他。這個詛咒，現在徹底消失了，李隱、彌真和深雨的詛咒自然也不復存在了。

他取出一把鑰匙，這是綠交給他的。他把鑰匙插進了這扇一直鎖著的大門的鎖孔中。他推開了門。

門的後面，並不是天臺，而是一條狹長的走廊！走廊兩側是一扇扇房門。彌天一走進去，門就立刻關上了！

「多了一個」指的就是多了一個「樓層」！公寓不是二十九層的，而是三十層！第三十層，只有通過這扇常年被鎖的大門才能進入，而魔王所在的空間，正是公寓第三十層！

魔王就在眼前這個樓層中！

空氣中瀰漫著一股陰森沉重的氣息。這個走廊沒有聲控燈。門關上後，就是伸手不見五指。彌天在黑暗中緩緩前行。

在公寓漫長的歷史中，有很多人發現公寓多了一個樓層。從外面看，公寓是二十九層的，而乘坐電梯，也是只能到達二十九層，再上去就是天臺。

只有在樓梯間裏，有這扇從樓梯到天臺的一直上鎖的門。只有通過這扇門，才能進入第三十層！發現這一點的人，多半是已經進入第三十層的住戶。公寓裏不會有鬼進入，是指從第一層到第二十九層，而第三十層是魔王所在的空間，是例外。而執行了魔王級血字，跟隨在住戶身邊觀看血字進程的其他住戶，如果回到公寓，在越接近公寓頂層的地方，就越會有一種強烈的危險感。因此，蒲連生才會在回到二十九層時產生危險的感覺。

嚴彬和唐娟因為上官眠的指示回到公寓內，當時遇到了倉庫惡靈，上官眠說會到天臺接應他們，於是他們就想從樓梯間逃到天臺。可是用手槍轟開大門後，他們便是進入了公寓第三十層。因此，嚴彬才會說：「怎麼可能……你……」

「怎麼可能」是指他無法相信，眼前出現的竟然不是天臺，而是一個新的樓層！「你」指的就是出現在走廊另外一頭的綠的投射分身！不過，現在那個投射分身已經不在了。

此刻，在彌天的身上，有綠給他的地獄契約。雖然綠沒有本體的記憶，不知道公寓多了一個樓層的事情，但是蒲靡靈給過她提示，只要找到這把鑰匙就知道了。這把鑰匙是公寓潛藏的生路線索，被蒲靡靈藏了起來，並提示綠去找。鑰匙上面刻著「三十」，所以，綠和彌天都可以猜得到「三十」指的是什麼。

這扇通往第三十層的大門是一直上鎖的，材質極為堅固，用人力打開是不可能的，用槍械炸彈才能打開。平時住戶們在天臺上也能看到一扇鎖住的門，自然就認為是同一扇門了。嚴彬和唐娟實在是倒楣到了極點。

一旦有人發現了第三十層的秘密，就算待在公寓一到二十九層可以沒事，但是只要那時魔王不是被封印的狀態，一出公寓那就只有死。即使能活下來，以公寓的死亡率，能把這個消息傳遞多久呢？而公寓有太多辦法抹掉記憶，讓消息斷絕。

彌天有很多次在黑暗中執行血字，適應黑暗的能力很強，現在已經勉強能看到了。

他忽然看到，前方牆壁上出現了一道裂痕，裂縫迅速擴大變成一個大洞，一個人從裏面摔了出來，正是羅休！

莫名其妙的羅休也看到了對面站著的彌天！可是，他還來不及開口，旁邊一扇房門就打開了，一下把他拉了進去！門立刻關上了！

那扇門距離彌天有二十多米！而十米內才能封印魔王！

彌天取出地獄契約，咬緊牙關，飛奔向那扇門！魔王……就在那扇門後面！

一直以來，魔王居然就在所有住戶的頭頂上！就在距離他們那麼近的地方！

蒲連生拉著深雨的手，在山間飛奔！剛才，羅休就在他們面前被拉入了空間裂縫中！現在，他必須保護好深雨！絕對不能讓她受到傷害！

在一路飛奔中，深雨已經把父親的所有事情告訴了蒲連生。她說了讓蒲連生感到很溫暖的話：

「父親一直感激您！是您讓他來到了現實世界！」

蒲連生再也不後悔帶著蒲靡靈進入了現實世界。他就是自己的兒子！而現在，蒲連生很擔心深雨，一旦魔王沒有被完全封印，她會不會也步上蒲靡靈的後塵呢？

「深雨，你不再是孤兒了，你是我的孫女，你是我們蒲家的血脈！只要我還有一口氣，就一定會竭盡全力照顧你！」

深雨是多麼渴望有親人啊！她現在有親人了！她在內心呼喊著：星辰，你看到了嗎？我不再孤單了，你也會很高興吧？

突然，深雨感到抓著她的手一鬆，定睛一看，蒲連生已經消失得無影無蹤！

彌天跑到了那扇門前，他忽然聽到身後有動靜，回過頭一看，後面二十多米遠的牆上，出現了一個黑洞，又一個人被扯了進來，正是蒲連生！

蒲連生這時也反應過來了，他已經進入了魔王所在的空間！可是，這裏怎麼看上去那麼像公寓？

蒲連生對面的門忽然打開了，他一下就被拉入了房間裏！

魔王竟然移動到了那個房間？

彌天立刻飛奔過去！然而，那扇門已經鎖上了。手持地獄契約的彌天怒火中燒！

在自己眼皮底下，又一個人死去了！再這樣下去，他害怕再被拉進來的，會是彌真、李隱、深雨！

勉強鎮定了心神，彌天知道自己現在不能慌亂。反正這個樓層就這麼大，他總能把魔王給封印了！他加快腳步，繼續在樓層裏跑動！

忽然，彌天一個趔趄摔倒在地，手中的地獄契約飛了出去，一下飛出五六米遠！

彌天立刻想追過去，他身後的一扇門打開了，他感到一股強大的吸力扯住他，整個人朝後面倒飛過去！

沒有了地獄契約，彌天在第三十層裏只能任魔王宰割！

此時，李隱和彌真躲在異空間公寓的第二十九層最裏面的房間，把所有能找到的武器都擺在面前。他們也明白，這樣做是毫無用處的。引路燈莫名其妙地熄滅，再去點燃火種也沒有用了。除非有奇蹟出現，否則二人是必死無疑了。

彌天死死地抓住門把手，整個身體都和地面平行了！他已經快要撐不住了！

這時，李隱頭頂忽然開了個大洞，一隻手猛然伸出，一把將李隱整個抓起，猛然從二十九層拉了出去！

李隱在高空中墜落，地面上有一個巨大的黑洞在等著他！他用眼角的餘光看到，彌真就在他的旁邊，也在向黑洞墜去！

兩個人都墜入了黑洞中！

彌天聽到身後的牆壁發出響聲。他駭然看去，只見牆壁裂開，李隱和彌真出現在走廊上！然後立刻被扯向房間！

「不……不！」彌天絕望了，綠的投射分身已經消失了，沒有人來幫他們了！

就在這時，虛空中忽然伸出了一隻纖細白皙的手臂，一把抓住了地上的羊皮紙，然後朝彌天丟了過來！

緊接著，那隻手臂的主人完全進入了這個樓層！正是……綠！

這一瞬間，彌天的手也脫離了門把手！他立刻抓住了羊皮紙的一角！他看到李隱的身體已經有一半被拉進房間，立刻將羊皮紙扔了過去！

綠的本體終於暴露了，她被魔王拉入了公寓第三十層！她的身體也正朝這邊而來！

李隱抓住了地獄契約！一瞬間，李隱感到吸力消失了！

李隱一把將彌真拉住，他們有了這張地獄契約，就不會有事了！

綠和彌天也不再被吸力拉扯。綠站起身，她的本體也是那麼美麗。她很快向李隱和彌真走去。

彌天掙扎著站起身，只要到達李隱和彌真十米範圍內，就有救了！然而，他剛抬起腳，就感到身體一下被拉向後方！

「不……姐姐……救我！」

彌天淒厲的呼喊讓彌真大驚失色！她馬上和李隱跑出房間，看到彌天的身體被向後扯去，走廊盡頭的一扇門打開了！

那裏面是永恆的黑暗。那是吞噬一切希望的恐怖。那是絕無任何生命可以承受的絕望。

魔王，就在走廊盡頭的最後一扇門裏！

彌真衝出房間時，就一把將地獄契約塞給綠，喊道：「求你救我弟弟！」

綠接過地獄契約，而這時彌天已被拉入了房間！前方的牆壁再度裂開，銀夜和銀羽也掉了出來！

綠的身影瞬間移到了銀夜和銀羽面前！她手中地獄契約上的血紅色漩渦頓時旋轉起來！

綠看向眼前的大門，筆直走了過去！魔王就在這個房間裏！

李隱和彌真也是衝了過來！五個人全部進入了這個房間！

房間裏空無一人！

地板上忽然出現了一個雕像的碎塊，是那個四個人共同承擔詛咒的雕像！彌真為防萬一，一直把雕像交給彌天保管！

顯然，在生命的最後一刻，彌天知道一旦自己死去，彌真、李隱和深雨也會死，所以，他立刻摔碎了雕像，解除了共同承擔的詛咒。

「不……不可能是這樣的！」彌真一下跪倒在地上，臉上滿是絕望！

綠忽然把地獄契約遞給了李隱。

李隱頓時明白過來，狠狠地把地獄契約按在地面，咆哮道：「給我去死吧！魔王！永遠地消失吧！」

地獄契約上的血紅色漩渦不斷旋轉，忽然，眼前出現了一片絕對黑暗！

過了十幾秒鐘，大家才能重新看見了。地獄契約上的血紅色漩渦已經變成了一個黑色的圓。

魔王已經被封印了！而且，這一次是徹底封印。接下來的五十年，魔王再也不會出現了。

銀夜和銀羽呆愣愣地看著這一幕。

跪倒在地的彌真絕望地大哭起來。最後一刻，如果彌天不是為了她和李隱扔出了地獄契約，他現在是不會死的。原本，會死的是自己啊！

「不——」彌真撕心裂肺的哭喊聲響徹公寓。李隱將她緊緊抱在懷中，同樣淚流滿面。

地獄契約漸漸變得透明，最後完全消失了。

午夜零點到了。住戶們一個念頭，就出現在了公寓一樓大廳裏。

彌真已經不可能再進入公寓了，所以，她出現在公寓外面。

然後，大家發現自己的影子發生了變化，變成了當初進入公寓時的樣子！

離開公寓的一刻，終於到來了。

李隱夢寐以求，不知道幻想過多少次這個時刻的到來，現在已經激動得泣不成聲。他終於可以離開這個公寓了！

李隱的腦海中閃過許多住戶的面孔，他終於活下來了，終於實現了無數住戶的夙願，活下來了！

深雨此時出現在她執行魔王級血字的青田公園湖邊。血字終結了。她一個念頭，也出現在了公寓一樓大廳。

「結束了……終於結束了！」銀羽撲向銀夜的懷抱，喜極而泣：「我們終於自由了！」

銀夜撫摸著銀羽的秀髮，這段時間，銀羽的頭髮已經長長了。「銀羽，我們會幸福的。這一生，我們都不會再分離了！」

深雨本以為詛咒終結，皆大歡喜，可是，卻看到李隱是一副極為痛苦的樣子，心中感覺不妙。她也發現，彌天居然不在。

「怎麼了？」深雨走到李隱面前問道，「發生什麼事情了？」

綠對李隱說道：「我告訴過楚彌天，如果刻意毀壞那個雕像，共同承擔的詛咒就會集中到摔碎雕像的那個人身上，也就是說，你們身上的所有詛咒都沒有了，全部都轉移到了他身上。他是自己選擇死去的。」

「你說，彌天死了？」深雨頓時掩嘴驚呼，楚彌天對她的感情，她早就察覺到了。雖然她並不愛彌天，可是聽到他的死訊，心情還是很複雜。

李隱說道：「深雨，請你記住他。是他救了我們所有人。他一直都喜歡你，無論你是怎麼看待他的，請你……記住他吧。」

即使魔王五十年後再度復活，也絕對不能傷害到被封印的這個五十年輪迴中的所有住戶！因此，即使深雨有一半血脈屬於異空間，但是，魔王絕對無法再傷害她了！

五個人一起離開了公寓，彌真站在巷口等著他們。大家走出公寓，往後一看，發現公寓……消失了。不，與其說是消失，不如說是這些住戶永遠無法再看見它了。

李隱和彌真都向對方跑去，緊緊相擁。這個本該是皆大歡喜的時刻，他們卻都處在失去彌天的巨大悲痛中。

「這不是你的錯，彌真。」李隱安慰道，「他是為了我們才這樣選擇的。他一定希望你能一直幸福地活下去。」

「我真的還能有幸福嗎？」

「我們要幸福地活下去。我們不能浪費彌天救下的生命，要精彩而幸福地活著。這是我們唯一能為彌天做的。」

銀夜和銀羽看著他們，也非常感慨。銀羽依偎在銀夜懷中，輕聲說道：「為了那麼多死去的人，我們一定要幸福，銀夜！」

「我們一定會幸福的。一定！」

金色神國的詛咒已經完全解除了，從今以後，再也沒有任何力量可以威脅銀夜和銀羽的生命了。

深雨百感交集，她終於活下來了，然而，剛剛見到的爺爺蒲連生卻死了。她在這個世界上，還是依舊孤單嗎？

「大家一起走吧。」李隱神情堅定地說，「深雨，你和我們一起離開天南市吧，只要你願意，我們就一直在一起！」

深雨先是不敢置信，隨即面露狂喜。

不知何時，綠已經走了。綠已經完全恢復了記憶。幾百年後，她終於恢復了自由，和蒲靡靈的約定，她也做到了。她之所以能夠讓魔王找了幾百年都沒能找到，是因為她找到了一個特殊的異空間，公寓為魔王級血字留下了一個多重生路，讓她能夠在那個異空間活了幾百年。

從此以後，世界上所有人關於世界第一毒藥師的記憶，包括對所有公寓住戶的記憶，都會被完全抹除。

「現在，要去哪裏呢？」綠自言自語道。

五名倖存的公寓住戶，李隱、彌真、銀夜、銀羽和深雨，走到了社區停車場，上了預先停在那裏的一輛汽車。他們早就準備好，一旦能離開公寓，就立刻離開天南市。這五個人，是公寓這五十年輪迴中最後的倖存者。

深雨說道：「李隱，彌真，我很感謝你們。還有彌天，雖然他已經不在了，但是，我絕不會忘記他的。」

銀夜也說道：「我們也很感謝你們，還有彌天為我們所做的一切。」

銀羽眼裏噙著淚水說：「李隱，彌真，還有彌天……無論過去多久，你們的恩情，我們永遠都不會忘記，永遠！」

彌真面帶淚痕，輕撫著胸口，她看著車後的社區，喃喃道：「再見了，彌天。為了你，我和李隱會珍惜生命，好好地活下去。」

李隱和彌真深情地對視著。

「我愛你，彌真。」「我也愛你，李隱。」

那棟公寓依舊佇立在原地。五十年的輪迴終結了，魔王被封印了。但是，新一輪五十年的輪迴又開始了。無論過去多久，無論社會如何變遷，公寓永遠都不會消失。

這一天之後的一個晚上，一輛麵包車開進了這個社區。車上是一對年輕夫婦和一個小女孩。

「就是這裏吧？」妻子說道，「聽說這兒的房子比較便宜。」

「是啊，我們就去看看吧，如果房子不錯，我們就買下來了。小琴，我們要住進新房子了哦，高興嗎？」

丈夫把麵包車停在李隱等人離開的那個停車位上，抱著女兒下了車。

「嗯，爸爸，我會有自己的房間吧？」

「當然有！房間肯定不會小的！」

「嗯……社區門口怎麼都沒有保安啊？」妻子走在丈夫身邊說道。

「市區房價高，我們只能選差一點的房子了。不過，只要我們一家三口在一起，住在哪裏都會好的。」丈夫很愉快地說。

一家三口走進一條巷道，穿過去後，忽然看到一棟很高的公寓就在面前。

「是這棟嗎？」妻子驚喜道，「這裏竟然還有那麼好的公寓？我們去看看吧！」

一家三口嬉笑著，朝著這座他們心目中未來的幸福家園走去，卻沒有發現，自己的腳下已經沒有了影子……

〈全書完〉

地獄公寓 卷6 惡靈的真相【最終章】

作者：黑色火種
發行人：陳曉林
出版所：風雲時代出版股份有限公司
地址：105台北市民生東路五段178號7樓之3
風雲書網：http://www.eastbooks.com.tw
官方部落格：http://eastbooks.pixnet.net/blog
Facebook：http://www.facebook.com/h7560949
信箱：h7560949@ms15.hinet.net
郵撥帳號：12043291
服務專線：(02)27560949
傳真專線：(02)27653799
執行主編：劉宇青
美術編輯：MOMOCO

法律顧問：永然法律事務所 李永然律師
北辰著作權事務所 蕭雄淋律師

版權授權：蔡雷平
初版日期：2017年5月
初版二刷：2017年5月20日
ISBN：978-986-352-332-1

行政院新聞局局版台業字第3595號 營利事業統一編號22759935

定價：350元 特價：299元

國家圖書館出版品預行編目資料

地獄公寓 ／ 黑色火種 著. -- 初版-- 臺北市：風雲時代，
2016.04 -- 冊；公分

ISBN 978-986-352-332-1（第6冊；平裝）

857.7 105003553